霍松林——著

霍松林
唐诗鉴赏

陕西师范大学出版总社　西安

图书代号　SK24N1225

图书在版编目(CIP)数据

霍松林唐诗鉴赏／霍松林著. -- 西安：陕西师范大学出版总社有限公司,2024.9. -- ISBN 978-7-5695-4438-1

Ⅰ.I207.227.42

中国国家版本馆 CIP 数据核字第 2024G7U937 号

霍松林唐诗鉴赏
HUO SONGLIN TANGSHI JIANSHANG

霍松林　著

责任编辑	雷亚妮
责任校对	王娟娟
出版发行	陕西师范大学出版总社
	（西安市长安南路199号　邮编710062）
网　　址	http：//www.snupg.com
印　　刷	西安市建明工贸有限责任公司
开　　本	890 mm×1240 mm　1/32
印　　张	10.375
插　　页	2
字　　数	240 千
版　　次	2024 年 9 月第 1 版
印　　次	2024 年 9 月第 1 次印刷
书　　号	ISBN 978-7-5695-4438-1
定　　价	58.00 元

读者购书、书店添货或发现印刷装订问题,请与本公司营销部联系、调换。
电话:(029)85307864　85303629　传真:(029)85303879

导　读

刘锋焘

就文学鉴赏来说，在老一辈的学者中间，霍松林先生是最有特色、最有成就和影响的学者之一。日前，笔者受陕西师范大学出版总社委托，整理霍先生的唐诗鉴赏文集，借此机会，就霍先生唐诗鉴赏的方法、特色等方面，谈一些体会，与读者朋友们交流。

一

霍先生的唐诗鉴赏，总是从具体的作品出发，不作空谈。

鉴赏一篇作品，理所当然地要从作品本身出发，这应该是一个不会有异议的问题。但许多人写的鉴赏文章，却常常脱离作品本身，虽下笔千言，洋洋洒洒，却作无根之谈。霍先生的鉴赏文章，都是从具体作品入手的，对作品本意的理解、主题的解读、技巧方法的欣赏等，都是如此。即便对诗词作品中的人物形象的理解，也是如此。如对杜甫的名作《石壕吏》一诗中老妇形象的分析，霍先生指出："有些研究者从'安史之乱是非正义性的'这个概念出发，说《石壕吏》塑造了一个自愿报名参军的老妇形象，表现了人民群众的爱国主义精神。显然，这是不合诗的原意的。细读全诗，那老妇何尝是自愿'急应河阳役'呢？她'应河阳役'，分明是迫不得已，她那么'急'，更分明是迫不得已。不'急'，就要发生更严重的后果啊！这些好心的研究者不顾特定环境中人物的心理活动，根据'请从吏夜归……'的'致词'肯定了'老妇'的爱国主义精神，总算没有'歪曲劳动人民的形象'，但这样一来，将置'逾墙走'的'老翁'于何地呢？由于安史叛军的杀戮、抢掠，人民希望平叛；由于希望恢复'开元盛世'，杜甫也要求平叛。但当时的统治者对待叛军，却那样腐朽无能；而对待希望平叛、甚至已经贡献出三个儿子的劳动人民，却如此残暴无情。诗人杜甫面对这一切，没有美化现实，向'圣明天子'献颂歌，却如实地揭露了政治黑暗，发出了'有吏夜捉人'的呼喊！这是难能可贵的、值得高度评价的。抗日战争时期，国民党反动派一面鹰犬四出，乱'抓壮丁'，一面下令从中学《国文》课本中删去《石壕吏》，正说明这篇诗具有多么大的批判力量。"像这样的分析，与许多专家的分析结论不一样，但却是从作品本身得出的结论，很有说服力。

读诗解诗，需不离原作本身，更需关注全文，而不胶着于某字某句。晚唐诗人温庭筠的名作《商山早行》久已脍炙人口，但对其注解却颇多歧义，如其尾联"因思杜陵梦，凫雁满回塘"，就有许多不同的理解，比较有代表性的解释是"回想长安情境恍然如梦，而眼前则是'凫雁满塘'，一片萧瑟景象"。霍先生指出，这尾联其实是对首联中"客行悲故乡"的照应和补充，"把首尾联系起来看，就不会像有些选注家那样乱加解释了"，并进一步具体分析道，"旅途'早行'的景色，使诗人想起了昨夜在梦中出现的杜陵景色：'凫雁满回塘。'春天来了，故乡杜陵，回塘水暖，凫雁自得其乐；而自己却离家日远，在'茅店'里歇脚，在山路上奔波呢！'杜陵梦'，补出了夜间在'茅店'里思家的心情，与'客行悲故乡'首尾照应，互相补充；而梦中故乡的景色与旅途上的景色又形成鲜明的对照。眼里看的是'槲叶满山路'，心里想的是'凫雁满回塘'。'早行'之景与'早行'之情，都得到了完美的体现"。

像这样一些作品，只有从作品本身着眼，并顾及作品之全篇来仔细地阅读、理解，才会避免许多歧义，更会避免许多牵强附会的解释。霍先生的鉴赏实践，给我们提供了一种范例。

二

霍先生赏读唐诗作品，总是会考虑到作品写作的具体背景、环境、时代等，不作笼统的泛论。

杜甫的名作《自京赴奉先县咏怀五百字》中有"葵藿倾太阳"一句，以往许多注本都把"葵"解释为向日葵。这虽然对理解诗的大意没有太大的影响，但终与老杜原意不切合。霍先生指出："向日葵一名西番葵，一年生草本，原产美洲，十七世纪，我国才从南洋引进，杜甫怎会见到？杜甫所说的'葵'系锦葵科宿根草本，《花镜》说它'一名卫足葵，言其倾叶向阳，不令照其根也'。'藿'指豆叶，也向阳。曹植《求通亲亲表》：'若葵藿之倾叶，太阳虽不为之回光，然终向之者，诚也。臣窃自比葵藿，若降天地之施，垂二光之明者，实在陛下。'杜甫这句诗，实取义于此，既表现自己'倾太阳'的忠诚，也包含'太阳不为之回光'却仍然希望其'回光'的复杂内容，与上文'生逢尧舜君，不忍便永诀'和下文'终愧巢与由，未能易其节'有内在的联系。而希望太阳回光，又是为了实现稷契之志。"结合时代，确证名实；而后考证出处，通观全文，并联系作者的志向、作品的主旨，言而有据，十分切合原作原意。

中国幅员辽阔，地理环境复杂多样，所以，对有些具体的作品，还要联系具体的地理环境，而不能笼统地"一概而论"。温庭筠的名作《商山早行》有"鸡声茅店月，人迹板桥霜。槲叶落山路，枳花明驿墙"之句，不少人着眼于"板桥霜"和"槲叶落"，认为"这诗写的是秋景"，并说秋天"不当有'枳花'，想是误用"。作诗高手如温庭筠者，竟然会犯如此低级的错误，实在让人费解。对此，霍先生联系此诗的写作地点(陕西商洛一带的山区)，指出："这其实是误解。不光是秋天才有'霜'，也不是任何树都在秋天'落叶'。商县、洛南一带，枳树、槲树很多。槲树的叶片很大，冬天虽干枯，却仍留枝

— 3 —

上，直到第二年早春树枝将发嫩芽的时候，才纷纷脱落。而这时候，枳树的白花已在开放。"并举例说明"温庭筠对此很熟悉。他在《送洛南李主簿》里，也是用'槲叶晓迷路，枳花春满庭'的诗句描写商洛地区的早春景色的"。如果不联系具体的地理环境，就必然对此诗的理解产生很大的误差。

与上一特点一样，不脱离作品创作的具体时代、具体背景，也是避免笼统的无根之谈的方法和保证。这一特点，在霍先生的唐诗鉴赏文章中也有很多的例证。

三

霍先生的唐诗鉴赏，融入了自己的生活经验与创作经验，以此为基础，充分地发挥合理的想象。

欣赏作品，需要想象和联想。对此，霍先生有着明确的自觉意识："作诗要用形象思维的方法，读诗亦然。诗歌虽有形象性，但并不像电影之类的视觉艺术那样具有形象的可见性，因而在读诗的时候，必须根据自己的生活经验和历史知识，想象出作者描写的那幅生活图画。诗的形象，有它的确定性，按照诗的形象所确定的范围去展开想象的翅膀，一般地说，是会加深对原诗的理解的。"读杜甫的"晓看红湿处，花重锦官城"，霍先生会想到："等到天明一看，整个锦官城（成都）杂花生树，一片'红湿'，一朵朵红艳艳、沉甸甸，汇成花的海洋。那么，田里的禾苗呢？山上的树林呢？一切的一切呢？"由花而联想到禾苗、山林，这正是生活经验的体现。

生活经验的积累，使得霍先生能够对作品作出符合生活真实的解释。如祖咏《终南望馀雪》一首，霍先生指出，一"霁"字十分重要，"终南山距长安城南约六十华里，从长安城中遥望终南山，阴天固然看不清，就是在大晴天，一般看到的也是笼罩终南山的蒙蒙雾霭，只有在雨雪初晴之时，才能看清它的真面目"。"所以，如果写从长安城中遥望终南而不下一个'霁'字，却说望见'阴岭'的'馀雪'如何如何，那就违反了客观真实"。霍先生在长安城南的陕西师范大学工作了半个多世纪，对这一自然现象自是十分熟悉。但若没有对生活的留心，正像绝大多数生活在长安城中的人一样，也不会有这样的理解。对于诗中的"城中增暮寒"一句，霍先生用了俗谚"日暮天寒"和"下雪不冷消雪冷"，来说明当时已寒上加寒。又用"望雪觉寒"的"通感"体验解释说：长安"城中"人"望终南馀雪"寒光闪闪而"打了一个寒战"，更"增暮寒"，"终南望馀雪"的题目写到这种程度，意思即确完满了。善于借助生活体验，才能把那个"增"字分析得如此细致入微。

　　善于调动生活经验，是欣赏文学作品的一个重要基础；而联系自己的创作体验，则对作品的理解会更有超出常人的体会。霍先生的唐诗鉴赏正是这样。比如谈王勃的《送杜少府之任蜀川》，霍先生指出："首联对仗工整，为了避免板滞，次联以散调承之，文情跌宕。"这正是霍先生自己创作经验的表达。而将生活经验与创作经验相融合，理解优秀的文学作品，就能看出许多隐藏于字句之外的内容、洞悉笔墨之外的隐藏意与延伸意。霍先生讲杜甫《茅屋为秋风所破歌》"南村群童欺我老无力"，指出："只用一个'南'字，就把风向（由北而南）以及茅屋的位置（坐落在江北）点得一清二楚。"而讲"归来倚杖自叹息"，则谓此句"'一身而二任'，告诉我们在'归来'（回到屋里）之前，诗人是拄着拐杖立在屋外的；大约是一听到北风狂叫，就担心盖得不够结实的茅屋发生危险，因而就拄杖出门，直到风吹屋破，茅草也无法收回，这才无可奈何地走回家中。'倚杖'，当然又与'老无力'照应。'自叹息'中的'自'字，下得很沉痛！诗人如此不幸的遭遇只有自己叹息，未引起别人的同情和帮助，则世风的浇薄，就意在言外了"。创作的经验，使得霍先生能够敏锐地体味到老杜仅用"南村""归来"四字暗示出许多情景，而由"自叹息"联想到世风的浇薄，则只有结合复杂丰富的生活阅历才能体会得出这种言外之意。

　　丰富的创作经验、自身创作的甘苦体会，使得霍先生常常能敏锐地发现诗人用墨的苦心，如对杜甫《石壕吏》一诗的分析："杜甫和后来修《新唐书》的宋祁不同，他删减字句，并不是一味求简。他在不很必要的地方惜墨如金，正是为了突出重要的地方，为了留出篇幅，以便在最重要的地方用墨如泼。《石壕吏》一诗，将老妪'前置辞'的内容写得多么感慨淋漓，而开头和结尾，却都着墨不多。在开头，用'逾墙走'三字将老翁推出诗篇之外，专写老妪。在结尾，用'独与老翁别'一句写自己离开石壕村，却将老妪终于被'捉'走以及老翁事后回家的情景，也透露出来了。如果是不善剪裁的人，光老妪的终于被'捉'以及老翁的事后归来，不知要费多少笔墨才能交代清楚；而在交代清楚之后，又必然分散重点，失掉含蓄之美。"①读到这样的分析，不由得令我们拍掌称快、击节叫绝！

四

鉴赏，是"鉴"与"赏"的统一。首先要鉴，然后才能赏。鉴，先是要读懂原作，理解其原意，再是了解其构思布局、章法结构、意象意境，知其好坏，辨其高下，明其美丑，然后才能进入赏的层次，述其所以然。文学作品，特别是古典文学作品，由于时代变迁，今天的人读起来总会有一些文字、名物等方面的障碍，所以，要"鉴"，基本的语言阅读与理解能力，音韵、版本、校勘、训诂、考证等方面的基本知识，以及历史、地理乃至其他一切人文社会科学的基本知识当然是基础。对一般的文学作品，人们大都会有一个基本正确的理解，而对一些比较费解的作品就不同了。还有的作品，表面上看似简单，其实要作出正确的笺释也颇费笔墨。如白居易的名作《买花》中的"灼灼百朵红，戋戋五束素"两句，在全诗的章法上有着十分重要的作用，但对它的解释却颇有分歧。许多唐诗选本都把"戋戋"解释

---

① 霍松林：《尺幅万里——杜诗艺术漫谈》，见《文学遗产增刊》第13辑，中华书局1963年版，第6页。

为"微少",把"五束素"解释为"五把白牡丹"。霍先生认为这样解释不妥,且使下文的"一丛深色花,十户中人赋"两句失掉依据。《易·贲卦》有"束帛戋戋",旧注曰:束帛,五匹帛;戋戋,众多也。霍先生据此指出,白诗的"戋戋五束素",显然从此化出。"素"也就是"帛"或者"绢"。"一束"是五匹,"五束"就是二十五匹。《新唐书·食货志》云:"自初定两税时,钱轻货重……绢匹为钱三千二百。"白居易作此诗时正是"初定两税时",一匹绢价值三千二百,则二十五匹绢的价值便是八万。与白居易同时的李肇在《国史补》(卷中)里说:"京城贵游尚牡丹三十余年矣……一本有值数万者。"可证白居易的这两句诗是写实。当时长安崇尚红牡丹,而白牡丹则遭人贱视,故"灼灼百朵红"的价值是"戋戋五束素"。结尾的"一丛深色花"上承"灼灼百朵红",而"十户中人赋"则上承"戋戋五束素",可谓针线细密,章法谨严。此后出版的有关此诗注释或鉴赏的著作,大多都采用了霍先生的这种解释,有的训诂学专著还称此为"结合上下文进行训诂的范例"。

当然,读懂了作品的意思,并不等于就"鉴赏"或"欣赏"了作品,甚至还算不上真正的"鉴"。进一步,还要发现、分析、体悟作品的艺术技巧。文学作品的艺术技巧当然千变万化、丰富多彩,霍先生的文学鉴赏也有着多方面、多角度地赏析。

正如霍先生所说,美好的感情还需完美的艺术形式来体现,鉴赏诗美需要懂得艺术。同样,鉴赏作品也需要一定的方法技巧。如对张九龄《感遇》、李白《送友人》、杜甫《闻官军收河南河北》、柳宗元《酬曹侍御过象县见寄》、白居易《赋得古原草送别》、白居易《杏园中枣树》、白居易《买花》、白居易《忆江南》等作品的赏析,霍先生就都从不同的角度运用了比较、互证等方法。其他具体作品的赏析,如霍先生提出的"藏问于答"的表现手法,指出杜甫《石壕吏》一诗,只写了"妇"答,而实则是屡问屡答,"吏"问的内容,已在"妇"答中作了暗示。又如贾岛的《寻隐者不遇》,更是藏问于答:"你的师父干什么去了?""上哪儿采药去了?""在哪一处?"这些问的内容都从童子的回答中暗示了出来。像这样的例子,不胜枚举。

五

读懂了作品,发现了技巧,进一步,还要能领悟出作品潜在的"言外之意",这才是鉴赏的目的。对此,霍先生指出:"文艺鉴赏,乃是一种艺术的再创造,而不是对作品内容的刻板复述。文艺作品所描绘、所叙述的一切有其确定性的一面,这种确定性的东西愈是显而易见,读者的鉴赏就愈有一致性。正因为这样,古今中外的名作才能被不同时代、不同民族的读者共同欣赏。然而一切优秀的文艺作品都具有含蓄美,用接受美学的术语说,都具有'意义不确定性'和'意义空白'。鉴赏家的艺术再创造,就在于从作品实际出发,凭借自己的艺术敏感和审美经验,调动所有的生活阅历和知识库存,驰骋联想和想象,细致入微地阐明作品的象征、隐喻、暗示和含而未露、蓄而待发的种种内容与含意,并补充其'空白',突现其隐秘,甚至发掘出作者本人压根儿没有意识到的东西。"[1]

杜甫诗《曲江二首》,乍看起来是写赏春行乐,而霍先生细细分析,却析出了诗中的"惜春、留春之情,洋溢于字里行间。因'仕不得志'而有感,故惜春、留春之情饱含深广的社会内容,耐人寻味"。

更典型的,如李白的《送友人》,全诗如下:"青山横北郭,白水绕东城。此地一为别,孤蓬万里征。浮云游子意,落日故人情。挥手自兹去,萧萧班马鸣。"此诗既未写友人姓名,也未写送别之地和友人要去的地方,读来让人摸不着头脑。霍先生分析此诗,一开始就和王维的《送梓州李使君》一诗作对比,王诗写李使君要去的梓州的景物是"万壑树参天,千山响杜鹃。山中一夜雨,树杪百重泉"。

---

[1] 霍松林:《唐音阁鉴赏集·后记》,河北教育出版社2000年版。

对此，霍先生指出："王维把被送者要去的地方写得那么优美，意在鼓励他愉快地去做一番事业；……李白写送别之地山横水绕，则表明'此地'尚堪留恋，笔端饱含惜别之情；所以以下六句，全都是惜别之情的自然流露。"进一步，霍先生分析道："从'孤蓬万里征'和'浮云游子意'等句看，那位'友人'行踪无定，渺无归宿，所以题目只说'送友人'，而不说送友人到什么地方去。诗中也只能写送别之地，至于友人要去的地方，那是无法作具体描写的。"而"从'此地一为别，孤蓬万里征'，'挥手自兹去，萧萧班马鸣'的语气看，又仿佛兼指自己，很有点'君向潇湘我向秦'的味道"，"只写人各西东，耳畔犹闻马鸣，就戛然而止"，而"不尽"之意，尽皆传出。这样的赏析，很深刻，很独到，也给读者很多的启发。

六

鉴赏前人的文学作品，说到底，是为了今天的社会和生活，除了要给当今的文学创作提供借鉴外，更重要的，是为了给当今的人们提供一些精神食粮，使生活在现在的人们得到一种愉悦的审美享受，进而构建一种和谐融洽的社会氛围。所以，文学作品中的意境美、感情美，是鉴赏者最终要探寻、领悟和研究的东西。

优秀的文学作品，尤其是中国古典诗词，总能创造出一种令人神往的优美意境。这种意境，有的很醒目、很容易感觉到，而有的却需要用艺术审美的眼儿去发现。霍先生的文学鉴赏，总能发掘出古典诗词优美意境。如王湾《次北固山下》一诗中的"风正一帆悬"，霍先生从这一小景中看出了"平野开阔、大江直流、波平浪静的大景"。而王昌龄的"秦时明月汉时关"一句，让霍先生读出了"一幅苍凉悲壮的历史画卷，便以雄关万道、蜿蜒起伏于崇山峻岭之间的万里长城为主线，在明月辉映下徐徐展开，每一道雄关，都有无数将士轮番戍守，望月思家；都爆发过无数次月夜激战，将士的安危生死，牵动着多少闺中少妇的心"。至于王维《终南山》一诗中的"白云回望合"

一句,霍先生这样描述:"诗人身在终南山中,朝前看,'白云'聚合,看不见路,也看不见其他景物,仿佛再走几步,就可以浮游于白云的海洋,然而继续前进,白云却继续分向两边,可望而不可即;回头看,分向两边的白云又合拢来,汇成茫茫云海。"这句诗所写的情景,是许多有游山经验的人都会有的体验,但难得的是,王维却用简短的语句把这种人人都会有而不一定人人都能描述出来的体验写得如此真切,而霍先生又能从这简短的五个字中把这种奇妙的意境描绘得如此生动。这,就不是一般人所能做到的了。

对意境美的探寻之外,霍先生的文学鉴赏,还十分重视对作品中感情美的发掘。霍先生曾有这样的表述:"诗可以写景,可以叙事,也并不排斥特定情境下的说理。然而从本质上看,诗是抒情的。'情动于中而形于言',而使诗人动情的一切自然景物、社会事件以及蕴藏其中的哲理,都从属于感情的抒发而通过艺术构思进入形象体系,融合而成完美的诗境。因此,鉴赏诗作,捕捉诗美,归根结底就是要充分领会体现于整个形象体系、整个诗的意境中的情感美和心灵美。"①

霍先生的鉴赏实践,正是他这种主张的实现。对于描写自然的诗篇,如杜甫的《春夜喜雨》,霍先生充分地分析了诗中所写的雨的可喜、可爱,谓此诗"写出了典型春雨的也就是'好雨'的高尚品格,表现了诗人的也是一切'好人'的高尚人格";并与李约《观祈雨》一诗中的"朱门几处看歌舞,犹恐春阴咽管弦"作对比,进而说明"杜甫对春雨'润物'的喜悦之情难道不是一种很崇高的感情吗?"而那些写人事的诗篇,如司空曙的诗句"乍见翻疑梦,相悲各问年",霍先生指出:"老朋友的年龄,应该是彼此清楚的,明知故问,由'相悲'引起。彼此形容俱变,各显老态,与前度相逢时判若两人,故'相悲'而各问年龄,其阔别之长久、经历之辛酸,俱蕴含其

---

① 霍松林:《唐音阁随笔集》,河北教育出版社 2000 年版,第 246 页。

中。"读白居易《邯郸冬至夜思家》，霍先生更是仔细地分析了全诗中盈溢的思家思亲之情，并赞其"以己之情动人之情"。读杜甫的《月夜》，霍先生细致地分析了该诗的"饱含激情，感人肺腑"，并指出诗中"'独看'的泪痕里浸透着天下乱离的悲哀，'双照'的清辉中闪耀着四海升平的理想"。而对杜甫的《闻官军收河南河北》一诗，霍先生更是仔细地分析了诗人老杜忽闻叛乱已平的捷报而急于奔回老家的喜悦之情。至于杜甫的名作《自京赴奉先县咏怀五百字》《北征》《石壕吏》等篇，霍先生则着重分析了诗圣的忧国忧民之情。

这里，我们重点来看看霍先生对孟郊《游子吟》一诗的分析。由于篇幅的关系，只引对前四句的分析："'慈母手中线，游子身上衣'，由于中间省掉'缝'字而留给第三句补出，便成为两个词组，从而使二者之间的关系更其紧密，恰切地表现了母子相依为命的骨肉之情。第三句叫'临行'上承'游子'；'缝'上承'线'与'衣'；'密密缝'三字，将慈母手眼相应、行针引线的神态及其对儿子的爱抚、担忧、祝愿和希冀，和盘托出，扣人心弦，催人泪下。这'密密缝'的情景是'游子''临行'之际亲眼看见的，他从那细针密线中体会出慈母的心意：她切盼儿子早早归来；又生怕儿子迟迟不归，衣服破了，拿什么换？所以才'密密缝'。'意恐迟迟归'的那个'意'，既出于儿子的意想，也正是慈母的真意，慈母的爱心与儿子的孝心交融互感，给'迟迟归'倾注了无声的情感波涛：母亲怕儿子'迟迟归'，当然有复杂的心理活动；儿子体贴母亲，下决心要早早归，然而世路难行，谋生不易，万一'迟迟归'呢？"这一大段分析，细腻、真切，融入了霍先生自己的真切体验、真切情感。霍先生早年在南京中央大学求学时，有一次接到父亲的亲笔信，内附诗一首，有"游子单衾系我情"之句，年轻的霍先生读了十分感动，和韵赋诗："长江滚滚到天明，入耳常疑渭水声。客里思亲频有梦，庭帏夜冷不胜情。""北雁南来月正明，遥传慈父唤儿声。旧衾儿已添新

— 11 —

絮，为慰高堂念子情。"此后又作《思亲二十韵》："夜夜梦高堂，白发垂两肩。积雪迷天地，倚门眼欲穿。惊呼未出口，忽隔万里天。感叹还坐起，揽衣涕汍澜。"诗人对父母是如此的挂念，以至于常常在梦里见到高堂的慈容，而午夜梦回，居处凄冷，不由潸然泪下。读到妻子《慰母篇》，霍先生亦是："读君慰母篇，令我心悲酸。吁嗟天下母，鞠育同艰难。"①同样是天伦至性，感人至深。百行孝为先，普天下儿女，哪个没有受过父母的辛勤哺育？谁人又能忘得了父母的养育之恩？然而，"谁言寸草心，报得三春晖？"父母的恩情，岂是儿女所能报答得了的？

正是如此，霍先生的文学鉴赏，由于深入、细致地发掘作品中的意境美、心灵美，使得原本就富有艺术感染力的古典名作，在先生的笔下，更透出人性的美好光芒；并且，通过先生优美的文笔，把这种美好的意境、美好的感情，传达给更多的读者。

霍先生是一位功力深厚的学者，又是一位灵气飞动的诗人。所以，他的诗歌鉴赏有着学者的眼光、诗人的体会，是研究式的鉴赏、感悟式的体验，理论思辨与艺术感受融为一体，新见迭出而又文采斐然。读霍先生的鉴赏文章，本身就是一种美好的艺术享受。霍先生毕生研究的重点在于唐诗。本书所辑，皆为霍先生有关唐诗鉴赏的文章。多读一读这样的鉴赏精品，对提高我们的鉴赏能力、增加我们对唐诗的了解和喜爱、增强我们的民族自信，皆大有裨益！

今年大年初五，霍先生驾鹤仙去。陕西师范大学出版总社约我整理编选霍先生的唐诗评注和唐诗鉴赏集，我自然义不容辞。收入本书中的这些鉴赏文章，以霍先生早些年出版的《唐宋诗文鉴赏举隅》为底本，参考了后来出版的《唐宋名篇品鉴》《唐音阁鉴赏集》等，又

---

① 以上所引诗句，俱见霍松林《唐音阁诗词集》（河北教育出版社2000年版）。

补充了上三书中未收的一些精心撰构的篇目，而文字则以最晚出版、霍先生亲自过目的《霍松林选集·鉴赏集》为准。上述鉴赏集，尤以《唐宋诗文鉴赏举隅》影响为著，实乃经典之作。此次编辑，体例亦以其为准。少量篇目（亦即写作于《唐宋诗文鉴赏举隅》出版以后的篇章）没有题目，我们也依照《举隅》一书的体例，从原文中提炼出标题。以往此类工作，必当呈请霍先生亲自审定；而今日念及于此，益增哀恸。先生泉下有知，是否会恕学生鲁莽？知我罪我，亦任读者诸君矣。

刘锋焘
2024 年暮春，终南山下积翠轩

目 录

景中含情　朴素清新
　　——说王绩《野望》/ 001

豪情壮志谱骊歌
　　——说王勃《送杜少府之任蜀川》/ 002

初唐划时代的力作
　　——说卢照邻《长安古意》/ 010

境界雄阔　意蕴深远
　　——说陈子昂《登幽州台歌》/ 014

寓意深广　寄慨遥深
　　——说陈子昂《赠乔侍御》/ 016

七律初创阶段的最佳作品
　　——说沈佺期《独不见》/ 018

寄兴遥深　结体省净
　　——说张九龄《感遇》二首 / 020

初日斜照下的壮丽景象
　　——说张九龄《湖口望庐山瀑布水》/ 026

· 1 ·

尺幅万里　极目骋怀

　　——说王之涣《登鹳雀楼》/ 029

视觉通触觉　望雪增暮寒

　　——说祖咏《终南望馀雪》/ 031

何如"海日生残夜"一句能令万古传

　　——说王湾《次北固山下》/ 034

一气旋转　渺茫无际

　　——说崔颢《黄鹤楼》/ 039

诗中有画　意余象外

　　——说王维《终南山》/ 042

一幅秦川冬猎图

　　——说王维《观猎》/ 050

以乐景衬写惜别之情

　　——说王维《送元二使安西》/ 052

驰骋想象　波澜迭起

　　——说李白《梦游天姥吟留别》/ 055

一片真情　绵绵无尽

　　——说李白《金陵酒肆留别》/ 058

浮云落日　情意无极

　　——说李白《送友人》/ 061

状奇险之景　寓不平之意
　　——说李白《送友人入蜀》/065

李白生平第一首快诗
　　——说李白《早发白帝城》/069

境界开阔　精神超脱
　　——说畅诸《登颧雀楼》/071

盛唐边塞诗的杰作
　　——说高适《燕歌行》(并序)/073

"奇气益出"的边塞名篇
　　——说岑参《白雪歌送武判官归京》/076

五言古诗中的划时代杰作
　　——说杜甫《自京赴奉先县咏怀五百字》/079

对面着笔　别开生面
　　——说杜甫《月夜》/094

反映时代面貌的宏伟诗史
　　——"以文为诗"话《北征》/097

情见于诗　一片血泪
　　——说杜甫《送郑十八虔贬台州司户,伤其临老陷贼之故,
　　　　阙为面别,情见于诗》/111

句有余味　篇有余意
　　——说杜甫《曲江二首》/114

聊为义鹘行　永激壮士肝

　　——说杜甫《义鹘行》/123

其事何长　其言何简

　　——说杜甫《石壕吏》/127

人生无家别　何以为蒸黎

　　——说杜甫《无家别》/137

好雨的人格化

　　——说杜甫《春夜喜雨》/143

数间茅屋苦饶舌　说杀少陵忧国心

　　——说杜甫《茅屋为秋风所破歌》/146

老杜生平第一快诗

　　——说杜甫《闻官军收河南河北》/154

善用逆笔　风神摇曳

　　——说戴叔伦《过三闾庙》/159

曲尽情理　真挚动人

　　——说司空曙《云阳馆与韩绅宿别》/161

肺腑中流出的感恩诗

　　——说孟郊《游子吟》/163

造语新奇　苦调凄凉

　　——说孟郊《秋怀》(其二)/165

险语盘空　奇出意表

　　——说孟郊《游终南》／168

山红涧碧纷烂漫

　　——说韩愈《山石》／172

相思一夜梅花发

　　——说卢仝《有所思》／181

海天愁思正茫茫

　　——说柳宗元《登柳州城楼,寄漳、汀、封、连四州》／186

欲采蘋花不自由

　　——说柳宗元《酬曹侍御过象县见寄》／190

只将诗思入凉州

　　——说李益《边思》／193

吊古以诫今

　　——说刘禹锡《金陵五题》(其一、二、三)／195

巧妙设色　比兴兼用

　　——说刘禹锡《竹枝词九首》(其二)／201

南人行乐北人悲

　　——说刘禹锡《踏歌词四首》／203

咏春草以抒别情

　　——说白居易《赋得古原草送别》／209

抱膝灯前　魂飞家里

　　——说白居易《邯郸冬至夜思家》/ 215

枣树的赞歌

　　——说白居易《杏园中枣树》/ 217

一篇"长恨"有风情

　　——说白居易《长恨歌》/ 220

刺中尉承恩　代老农抒愤

　　——说白居易《宿紫阁山北村》/ 229

但伤民病痛　不识时忘讳

　　——说白居易《轻肥》/ 233

一丛深色花　十户中人赋

　　——说白居易《买花》/ 237

"免税"与"考课"的戏剧性描绘

　　——说白居易《杜陵叟》/ 244

异彩奇文相隐映

　　——说白居易《缭绫》/ 247

可怜身上衣正单　心忧炭贱愿天寒

　　——说白居易《卖炭翁》/ 251

"马蹄""牛领"的联系与对比

　　——说白居易《官牛》/ 258

为君翻作琵琶行　说尽心中无限事

　　——说白居易《琵琶行》/262

由触觉写到知觉

　　——说白居易《寒闺怨》/269

善用数词　极尽夸张

　　——说周匡物《及第谣》/271

藏问于答　词约意丰

　　——说贾岛《寻隐者不遇》/274

一骑红尘妃子笑

　　——说杜牧《过华清宫绝句三首》（其一）/278

瑶阶夜色凉如水　坐看牵手织女星

　　——说杜牧《秋夕》/280

状难写之景　含不尽之情

　　——说温庭筠《商山早行》/282

曲折深婉　余味无穷

　　——说李商隐《夜雨寄北》/287

春风举国裁宫锦

　　——说李商隐《隋宫》（七绝）/290

终古垂杨有暮鸦

　　——说李商隐《隋宫》（七律）/294

此日六军同驻马
　　——说李商隐《马嵬》(七律) ／297
诗虽短而意境曲折
　　——说李商隐《忆梅》／300
便是生灵血染成
　　——说杜荀鹤《再经胡城县》／302
漫天杨花　数声风笛
　　——说郑谷《淮上与友人别》／306

景中含情　朴素清新
——说王绩《野望》

> 东皋薄暮望，徙倚欲何依！
> 树树皆秋色，山山唯落晖。
> 牧人驱犊返，猎马带禽归。
> 相顾无相识，长歌怀采薇。

此诗写山野秋景，景中含情，朴素清新，流畅自然，力矫齐梁浮艳板滞之弊，是王绩的代表作之一。

首联叙事兼抒情，总摄以下六句。首句给中间两联的"望"中景象透入薄薄的暮色；次句遥呼尾句，使全诗笼罩着淡淡的哀愁。颔联写薄暮中的秋野静景，互文见义，山山、树树，一片秋色，一抹落晖。萧条、静谧，触发诗人彷徨无依之感。颈联写秋野动景，于山山、树树、秋色、落晖的背景上展现"牧人驱犊返，猎马带禽归"的画面。这画面，在秋季薄暮时的山野间具有典型性。既然是"返"与"归"，其由远而近的动态，也依稀可见。这些牧人、猎人，如果是老相识，可以与他们"言笑无厌时"（陶潜《移居》），该多好！然而并非如此，这就引出尾联："相顾无相识"，只能长歌以抒苦闷。王绩追慕陶潜，但他并不像陶潜那样能够从田园生活中得到慰藉，故其田园诗时露彷徨、怅惘之情。

此诗一洗南朝雕饰华靡之习，却发展了南齐永明以来逐渐律化的新形式，已经是一首比较成熟的五律，对近体诗的形成颇有影响。

豪情壮志谱骊歌
——说王勃《送杜少府之任蜀川》

> 城阙辅三秦，风烟望五津。
> 与君离别意，同是宦游人。
> 海内存知己，天涯若比邻。
> 无为在歧路，儿女共沾巾。

江淹的《别赋》，以"黯然销魂者，唯别而已矣"开头，描写了各种各样的离愁别绪，然后归结起来说："是以别方不定，别理千名，有别必怨，有怨必盈，使人意夺神骇，心折骨惊。虽渊、云之墨妙，严、乐之笔精，金闺之诸彦，兰台之群英，赋有凌云之称，辩有雕龙之声，谁能摹暂离之状、写永诀之情者乎！"说"别方不定，别理千名"（别离的地方没有一定，别离的原因也千差万别），这是对的，生活中的实际情况本来如此。但说"有别必怨，有怨必盈"，不管什么样的离别都"使人意夺神骇，心折骨惊"，这就不对了。《别赋》里用以领起下文的"别虽一绪，事乃万族"，也不符合客观实际。既然"事乃万族"（别离之事各不相同），怎能说"别虽一绪"（别离的情绪只有一种，那就是"怨"）呢？

然而读《别赋》，看作者所写的各种各样的离别，又的确能使人"黯然销魂"。当读到"春草碧色，春水渌波，送君南浦，伤如之何"的时候，总难免引起心灵的共鸣。平日相处，相亲相爱，这是人们常有的美好情操。相亲相爱而一旦分别，哪能没有惜别之情！更何况乱离之世失意的、不得已的离别呢？就诗歌创作领域看，从过去称为"苏李赠答诗"实则出于东汉末年文人之手的那些作品开始，直到初唐以前的许多送别诗，包括《文选》"祖饯"类所收各篇，如曹植的《送应氏》、沈约的《别范安成》等等,都抒发了"黯然销魂"的情绪。就乱离之世的离别而言,这是一种典型情绪,带有特定的时代色彩。因此,江淹所说的"有别必怨,有怨必盈",又是符合那个特定时代的典型环境的。

然而,曹植的组诗《赠白马王彪》,其第六首却稍有不同:

心悲动我神,弃置莫复陈。丈夫志四海,万里犹比邻。恩爱苟不亏,在远分日亲。何必同衾帱,然后展殷勤?忧思成疾疢,无乃儿女仁!仓卒骨肉情,能不怀苦辛?

《三国志·魏志·陈思王传》引《魏氏春秋》说:"植及白马王彪还国,欲同路东归,以叙隔阔之思,而监国使者不听,植发愤告离而作此诗。"前五首,都极其悲痛,第六首"丈夫志四海"等句,似抒豪情,实则强为宽解,而其情愈悲。结尾两句,即倾吐了虽欲宽解而实在无法宽解的忧愤。这样,从全诗的感情基调看,仍没有超出"有别必怨,有怨必盈"的范围。

王勃的《送杜少府之任蜀川》,却为传统的送别诗开拓了新的领域,输入了另一个时代的新鲜血液。

王勃(650—675)处于大唐帝国经过贞观(627—649)之治走向繁荣富强的时期。比起东汉末年的动乱和三国、两晋、南北朝的分裂来,这是新时代。当时的统治者打破了自曹魏以来由世族高门垄断政治的局面,通过科举考试,广泛地选拔人才,从而使社会地位低下的青年文人一般都具有乐观向上、积极进取的精神。王勃十五岁的时候,就上书右相刘祥道,条陈国家大事。十七岁应幽素举,及第,拜朝散郎,任沛王府修撰。次年,奉敕撰《平台秘略》。他在《平台秘略论》里说:"故文章经国之大业,不朽之能事。而君子等役心劳神,宜于大者远者,非缘情体物,雕虫小技而已。"这既表现了他改革诗文的卓识,也抒发了他经国济世的壮志。遗憾的是"诸王斗鸡,互有胜负"，他戏作了一篇代沛王鸡檄英王鸡的文章，高宗怒斥他挑拨沛王与英王之间的关系，将其逐出王府，断送了他的政治前途，使他的宏伟抱负无由实现。这篇《送杜少府之任蜀川》，从内容上看，应是被逐之前留居长安时的作品，当时他不到二十岁，风华正茂，意气昂扬。他所送的杜少府正要到蜀川去做官，也显然不是失意之士。国家是统一的，社会是安定的，彼此的前途都充满着希望。这就使得他写出了这首别开生面的送别诗，称得上"豪情壮志谱骊歌"。

这首诗的题目，张逊业《校正王勃集》作《杜少府之任蜀州》，《文苑英华》则作《送杜少府之任蜀州》，于"州"字后注云："集作'川'。"据《元和郡县图志》，唐武周垂拱二年（686）设置蜀州，而王勃死于高宗上元二年（675），可见张本"蜀州"是"蜀川"之误。杜少府不知是谁，但"少府"是唐代对县尉的美称，其地位低于县令，从这一点及其与王勃的友谊看，大约也是一位与王勃年龄差不多的青年。

首联"城阙辅三秦，风烟望五津"，属于"工对"中的"地名对"，极精整，极壮阔。《说文》云："阙，门观也。"又引何注昭公二十五年《公羊传》："天子外阙两观，诸侯内阙一观。"说明"城阙"并非专指天子所居。有的同志从这一点出发，引曹学佺《蜀中广记》云："成都本治赤野街，张仪徙置少城内，广营府舍，修整里闬，市张列肆，得与咸阳同制。此即'城阙辅三秦'之意。"从而断言，这里的"城阙"不指长安而指成都，首联"两句诗，正是对蜀地风物形胜的高度概括"。这其实是错误的。第一句《文苑英华》于"辅三"后注云："集作'俯西'。""俯西秦"的"城阙"，无疑不指成都而指长安。那么，这里的"阙"，就专指皇宫门前两相对峙、上有金凤的望楼，即王维名句"云里帝城双凤阙，雨中春树万人家"中的"双凤阙"。"三秦"，与"西秦"义近。项羽灭秦，三分关中，以封秦国降将，总称"三秦"。"辅"是护卫的意思。"城阙辅三秦"，本意是"三秦辅城阙"，但一则为了调谐平仄，更重要的是为了突出"城阙"而将它提前,因而变换句式。 在这里,"三秦"不是"辅"的宾语,而是"辅"的补语,前面省略了介词"以"。 杨炯《送丰城王少府》中的"长天照落霞",宋之问《奉和圣制立春剪彩花应制》中的"金阁妆仙杏",李峤《侍宴甘露殿》中的"云窗网碧纱",张说《广州萧都督入朝过岳州宴饯》中的"孤城抱大江",都是这种句式。 用通常的说法,应该是"落霞照长天","仙杏妆金阁","碧纱网云窗","大江抱孤城"。 把补语看作宾语,那就错了。 有的选注本把"辅三秦",解释为"拱卫三秦",就犯了这种错误。 "辅"是个动词,有的选注本释"辅三秦"为"以三秦为畿辅",既混淆了"三秦"与"畿辅"两个内涵不同的地理概念,也搞错了"辅"的词性。

第一句,"城""阙"并提,写凤阙入云、城垣高耸的京都长安,"辅"以辽阔的"三秦",视野宏远,气势雄伟,同时又点明送别之地。 次句"风烟望五津"中的"五津",指蜀中岷江的五个大渡口白华津、万里津、江首津、涉头津和江南津,泛指"蜀川",点杜少府即将宦游之地。 而"风烟"字、"望"字,又将相隔千里的秦、蜀两地连在一起。 自长安"城阙"遥望蜀川"五津",视线为迷蒙的"风烟"所遮,微露伤别之意,已摄下文"离别""天涯"之魂。

首联对仗工整,为了避免板滞,次联以散调承之,文情跌宕。 "与君离别意",紧承首联,写惜别之感,妙在欲吐还吞。 翻译一下,那就是:"跟你离别的意绪啊!……"那意绪到底怎么样,没有说;因为一说出,就未免使双方特别是对方有点感伤,于是立刻改口,来了个转折,用"同是宦游人"一句来宽慰和鼓励。 离开家乡在异地做官,叫"宦游"。 主张"城阙"指成都的同志认为王勃在京城任沛王府修撰,不能叫"宦游",因而说此诗作于因写檄鸡文被逐,旅寓巴蜀,后来又离蜀任虢州参军之时。 这其实是缺乏根据的。 "宦游"一词,见于《史记·司马相如列传》。 司马迁在叙述了司马相如"事孝景帝,为武骑常侍",后来又回到成都老家之后写道:

"(王)吉曰:'长卿久宦游不遂,而来过我。'"可见离家在京城里做官,也叫"宦游"。王勃是绛州龙门人,在长安做官,为什么"不能说是'宦游'"呢?这句诗的意思是:你和我既然同样是出门做官,想干一番事业的人,那就免不了各奔前程,哪能没有分别呢?

三联"海内存知己,天涯若比邻",推开一步,奇峰突起。从构思方面看,很可能受了曹植《赠白马王彪》"丈夫志四海,万里犹比邻;恩爱苟不亏,在远分日亲"的启发,但高度概括,自铸伟词,情调又积极乐观,能够给人以鼓舞力量,因而千百年来,万口传诵。张九龄《送韦城李少府》中的"相知无远近,万里尚为邻",高适《别董大》中的"莫愁前路无知己,天下谁人不识君",都与此一脉相承。这一联,包含两层意思。上下句紧密结合,具有因果关系:你和我互为知己,心心相连,因而即使一在天涯,一在海角,远隔千山万水,而感情交流,也像近在比邻一样,何必为离别而发愁!这是一层意思。张九龄的"相知无远近,万里尚为邻",即由此脱胎。这一联又并非明显的"流水对",上句与下句,可以有相对独立的意义。上句是说:四海之内,天地广阔,英才众多,走到哪里都会遇到知己,你就高高兴兴地到蜀川去吧!高适的"莫愁前路无知己,天下谁人不识君",即由此生发。下句是说:男儿志在四方,心胸开阔,视"天涯"犹如"比邻"。仅五个字,就概括了曹植"丈夫志四海,万里犹比邻"两句诗的内容。"天涯"极远,"比邻"极近,而视"天涯"如"比邻",充分表现了"北海虽赊,扶摇可接"的壮志豪情。

尾联"无为在歧路,儿女共沾巾",紧接三联,收束全篇。"歧路",岔路。古人送别,常至大路分岔处分手,所以把临别称为"临歧"。孙楚《征西官属送于陟阳侯作诗一首》,一开头即说:"晨风飘歧路,零雨被秋草,倾城远追送,饯我千里道。"这里的"歧路",与《列子·说符》"歧路亡羊"的"歧路"是两码事。有的注本引《列子》的原文解释"无为在歧路",引申说:"他也意识到他的前面会出现歧路,但他觉得,遇到歧路应以积极向上的精神来对待,不可悲观失望，做儿女之态，痛哭流涕。"这是不完全符合诗意的。三联"海内存知己，天涯若比邻"已将"黯然销魂"的离愁别怨一扫而空，所以尾联劝慰杜少府，让他欣然启程，慷慨赴任，不要像缺少英雄气概的小儿女那样哭哭啼啼，难舍难分。交情很深的朋友总是不愿分离的，然而"儿女情长"，就难免"英雄气短"。这两句诗，既曲折地表现了双方的惜别之情，又用"无为"两字屏除了"儿女情长"，鼓舞对方的英雄之气。全诗一洗悲酸之态，意境雄阔，风格爽朗，不愧名作。至今脍炙人口，并非偶然。

"别方不定，别理千名"，而"别方""别理"，又受历史环境的制约，具有时代的特点。唐代诗人，大都是通过科举进入仕途的知识分子，因而送友人"之任"（上任做官），就成为常见的题材。而王勃的这首《送杜少府之任蜀川》，则是首先以积极乐观的态度反映这一题材，鼓励友人建功立业的优秀作品。这篇作品，可以说为传统的送别诗开拓了新的领域。此后，以积极乐观的态度送人赴任、送人从军、送人出使、送人去干其他有利于国计民生之事的诗作，就大量涌现，其中有不少名篇。仅就五律而言，如王维的《送梓州李使君》：

万壑树参天，千山响杜鹃。
山中一夜雨，树杪百重泉。
汉女输橦布，巴人讼芋田。
文翁翻教授，不敢倚先贤。

这是送友人去做梓州刺史的。起四句神韵俊逸，高调摩云，结尾勉励友人发扬文翁化蜀的优良传统，不要倚赖先贤治绩而无所作为。又如陈子昂《送魏大从军》：

匈奴犹未灭，魏绛复从戎。
怅别三河道，言追六郡雄。

>雁山横代北，狐塞接云中。
>勿使燕然上，唯留汉将功。

这是送友人从军的，勉励友人驰驱沙场，消除边患，为国立功。意气豪迈，格调雄浑。又如杜甫《送翰林张司马南海勒碑》：

>冠冕通南极，文章落上台。
>诏从三殿去，碑到百蛮开。
>野馆浓花发，春帆细雨来。
>不知沧海上，天遣几时回？

堂皇绵邈，高华俊朗。胡应麟《诗薮》（内编卷四）推为"钱送"诗的代表作。

杜甫更用五古和排律表现这类题材，创作了《送樊二十三侍御赴汉中判官》《送长孙九侍御赴武威判官》《送从弟亚赴河西判官》《送韦十六评事充同谷防御判官》《奉送郭中丞兼太仆卿充陇右节度使三十韵》《送杨六判官使西蕃》等鸿篇巨制，融叙事、抒情、议论于一炉，或极意鼓舞，或出谋划策，勉励被送者尽心竭力，扶颠持危。感慨悲壮，沉郁顿挫，把送别诗的艺术水平推向空前的高度。

杨炯在《王子安集原序》中曾说王勃针对当时"争构纤微，竞为雕刻……骨气都尽，刚健不闻"的诗风，"思革其弊，用光志业"，其结果是"长风一振，众萌自偃"。这虽然有点夸张，但王勃改革诗风毕竟是有成绩的，他在发展七言古诗、完成五言律诗、试作七言绝句等方面都做出了贡献。仅就这首《送杜少府之任蜀川》在开拓送别诗的创作领域方面所产生的积极影响而言，也值得重视。

这首诗在章法上有个特点，那就是首联用"的对"（也称"工对"），次联不用对句。《诗人玉屑》（卷二）讲"偷春体"云："其法颔联（第二联）虽不拘对偶，疑非声律；然破题（指首联）已的对矣。

谓之'偷春格',言如梅花偷春色而先开也。"所举的例子是杜甫的《一百五日夜对月》:"无家对寒食,有泪如金波。 斫却月中桂,清光应更多。 仳离放红蕊,想像颦青蛾。 牛女漫愁思,秋期犹渡河。"五言律诗(七律也一样)的定例是中间两联用偶句,首尾两联不拘。 所谓"偷春格",就是将第二联的对偶提前到首联。 王勃的这一首,正是这样。 五律在形成的过程中因为还没有定型,所以更容易出现这种情况。 例如梁简文帝的《夜听妓诗》,首联"合欢蠲忿叶,萱草忘忧条"对偶,次联"何如明月夜,流风拂舞腰"不对偶。 王勃的五律,一般是中间两联对偶的,基本定型了。 这一首,因为首联两句分写送别之地与被送者的目的地,适于对偶。 而首联既用工对,第二联若是仍用对句,就难免流于板滞,因而以散调承接,恰切地表现了由惜别转向慰勉的情感变化。 那时候,并无"偷春格"的说法,作者并不是有意套"偷春格"的框框。 当然,王勃及其同时和以后的不少诗人,都写过前三联(乃至包括第四联)都用偶句的律诗,不见得都板滞,其中还有不少佳作。 但那就要在对偶的腾挪变化上下功夫。 例如前面所引王维的《送梓州李使君》,第二联就用了"流水对",因而化板为活,也收到了极好的艺术效果。

初唐划时代的力作
——说卢照邻《长安古意》

长安大道连狭斜,青牛白马七香车。
玉辇纵横过主第,金鞭络绎向侯家。
龙衔宝盖承朝日,凤吐流苏带晚霞。
百丈游丝争绕树,一群娇鸟共啼花。
游蜂戏蝶千门侧,碧树银台万种色。
复道交窗作合欢,双阙连甍垂凤翼。
梁家画阁中天起,汉帝金茎云外直。
楼前相望不相知,陌上相逢讵相识?
借问吹箫向紫烟,曾经学舞度芳年。
得成比目何辞死,愿作鸳鸯不羡仙。
比目鸳鸯真可羡,双去双来君不见?
生憎帐额绣孤鸾,好取门帘帖双燕。
双燕双飞绕画梁,罗帏翠被郁金香。
片片行云着蝉鬓,纤纤初月上鸦黄。
鸦黄粉白车中出,含娇含态情非一。
妖童宝马铁连钱,娼妇盘龙金屈膝。
御史府中乌夜啼,廷尉门前雀欲栖。
隐隐朱城临玉道,遥遥翠幰没金堤。
挟弹飞鹰杜陵北,探丸借客渭桥西。

俱邀侠客芙蓉剑，共宿娼家桃李蹊。
娼家日暮紫罗裙，清歌一啭口氛氲。
北堂夜夜人如月，南陌朝朝骑似云。
南陌北堂连北里，五剧三条控三市。
弱柳青槐拂地垂，佳气红尘暗天起。
汉代金吾千骑来，翡翠屠苏鹦鹉杯。
罗襦宝带为君解，燕歌赵舞为君开。
别有豪华称将相，转日回天不相让。
意气由来排灌夫，专权判不容萧相。
专权意气本豪雄，青虬紫燕坐春风。
自言歌舞长千载，自谓骄奢凌五公。
节物风光不相待，桑田碧海须臾改。
昔时金阶白玉堂，即今惟见青松在。
寂寂寥寥扬子居，年年岁岁一床书。
独有南山桂花发，飞来飞去袭人裾。

　　题为《长安古意》，实则借汉京人物写唐都现实，极富批判精神。

　　自开篇至"娼妇盘龙金屈膝"，铺写统治集团上层人物寻欢作乐、穷奢极欲的生活情景。首句展现长安大街深巷纵横交错的平面图，接着描绘街景：香车宝马，络绎不绝，有的驶入公主第宅，有的奔向王侯之家。"承朝日""带晚霞"，表明这些车马，从朝至暮，川流不息。接着写皇宫、官府的华美建筑：在花、鸟、蜂、蝶、游丝、绿树点缀的喧闹春光里，千门、银台、复道、双阙、画阁、金茎以及"交窗作合欢""连薨垂凤翼"的特写镜头连续闪现，令人眼花缭乱。而这，正是统治集团上层人物活动的大舞台。接下去，集中笔墨描状豪门歌儿舞女的生活和心境。憎绣孤鸾，自帖双燕，表现这些"笼中鸟"也有自己的爱情追求。"得成比目何辞死，愿作鸳鸯不羡仙"，则是追求恋爱自由的坚决誓言，成为历代传诵的名句。

从"御史府中乌夜啼"到"燕歌赵舞为君开"，以娼家为中心，写各色特殊人物的夜生活，妙在先以掌弹劾的御史和掌刑法的廷尉门庭冷落作陪衬，然后描写从杜陵到渭城，从南陌到北里，整个长安，在夜幕笼罩下变成癫狂、放荡的游乐场。那些目无法纪的王孙公子，或"挟弹飞鹰"，或"探丸借客"，邀约身带宝剑的侠客"共宿娼家"。娼家燕歌赵舞，花天酒地，招来的贵客远不止此。翠幰没堤，红尘暗天，各类声势显赫的人物都向这里聚集；最有讽刺意味的是"汉代金吾千骑来"，连禁卫军的军官们也成群结队，来此寻欢！

从"别有豪华称将相"至"即今惟见青松在"，写权臣倾轧，得意者横行一时，有"转日回天"之力，自以为荣华永在，但不久即灰飞烟灭。

在长安，还有与上述各色人物迥乎不同的另一类人物，那就是失意的知识分子。而作者，正是这类人物的代表，于是以穷居著书的扬雄自况，结束全篇。

第一段先用浓墨重彩描绘车马络绎奔向权门的多种画面，去干什么，却一字未提，给读者拓开驰骋想象的空间。次用极少笔墨写到几种建筑，然而复道、双阙、金茎等等，都是京城长安的主要标识，故可由局部联想整体。然后用较多文字表现歌儿舞女物质享受的奢华与精神生活的贫苦，未写他们的主子，而那些权豪势要之家的骄奢淫逸，也不难推想。

前三段所写的场景、人物既各有特点，又相互补充，合拢来便可窥见京城长安的轮廓和上层集团各色人物活动的概况。结尾用南山桂花烘托出自甘寂寞、治学著书的知识分子与上述争权夺利、寻欢作乐的各色人物作强烈对照，便可引发读者的无限联想。

全诗长达六十八句，以多姿多彩的笔触勾勒出京城长安的全貌。抑扬起伏，悉谐宫商，开合转换，咸中肯綮。既体现了大唐帝国的繁荣昌盛，又暴露了长安这座繁华都市肌体中的脓疮。在同类题材的作品中，不仅左思的《咏史（济济京城内）》、唐太宗的《帝京篇》无法比拟，就是骆宾王的《帝京篇》和王勃的《临高台》，在思想性和艺术性上也略逊一筹，可说是初唐划时代的力作。难怪胡应麟极口称赞："七言长体，极于此矣！"（《诗薮·内编》卷三）

境界雄阔　意蕴深远
——说陈子昂《登幽州台歌》

> 前不见古人，后不见来者。
> 念天地之悠悠，独怆然而涕下！

陈子昂少怀壮志，关心国计民生。入仕伊始，对武则天任用酷吏及重大政治、军事问题，屡陈己见，却屡受打击，乃至入狱。万岁通天元年（696）从武攸宜征讨契丹，任随军参谋，力图报国立功，一展抱负。次年，先头部队大败，时武攸宜大军驻渔阳（今天津蓟县），闻讯震恐，不敢进军。子昂屡提批评与建议，并请自领万人，冲锋陷阵，但得到的却是降职处分。他满腔悲愤，出蓟门，观燕国旧都；登幽州台，思燕昭王"卑身厚币以召贤者……乐毅自魏往，邹衍自齐往，剧辛自赵往，士争趋燕"（《史记·燕召公世家》），终于转败为胜的往事，作《蓟丘览古七首》。又"泫然涕下"，作《登幽州台歌》。读《蓟丘览古》，对理解《登幽州台歌》很有帮助，且看其中的《燕昭王》："南登碣石馆，遥望黄金台。丘陵尽乔木，昭王安在哉？霸图怅已矣，驱马复归来。"由"遥望黄金台"而登上黄金台，则《燕昭王》一诗的内涵，正是引发《登幽州台歌》的契机。然而这毕竟是各有特点的两首诗，后者的雄阔境界和深远意蕴，远非前者可比拟。

全诗突如其来，如山洪暴发，又戛然而止，如大河入海。诗人立足于幽州台这个时间与空间的交汇点，眼观天地，空间无边无际，而个人何其渺小！神游今古，时间无始无终，而一生何其短暂！如何德配天地、功垂今古，变渺小为伟大，化短暂为永恒，这正是诗人所感"念"、所思考的人生哲理。然而放眼历史长河：回头看，包括燕昭王、乐毅在内的一切明君贤臣、英雄豪杰已一去不返，追之弗及，望而不见；向前看，像燕昭王、乐毅那样的明君贤臣、英雄豪杰尚未出现，盼望不及，等待不来。于是一种沉重的孤立无援、独行无友的孤独感袭上心头，不禁怆然而涕下！

"独"字承上启下，"念"字统摄全篇。反复吟诵，一位独立苍茫、思索人生课题的抒情主人公形象便跃然纸上，而浩浩无涯的时空背景，也随之展现。诗人所"念"的人生课题带有普遍性与永恒性，兼之全诗直吐胸臆，气势磅礴，意境阔大，格调雄浑，具有震撼人心的艺术魅力，故千百年后，犹能引发读者的思考，激起读者的共鸣。

《登幽州台歌》是体现陈子昂诗歌主张的代表作。它的出现，标志着齐梁浮艳、纤弱诗风的影响已一扫而空，盛唐诗歌创作的新潮即将涌现。明人胡震亨以陈涉比陈子昂："大泽一呼，为众雄驱先。"(《唐音癸签》卷五)这是很有见地的。

寓意深广　寄慨遥深
——说陈子昂《赠乔侍御》

> 汉庭荣巧宦，云阁薄边功。
> 可怜骢马使，白首为谁雄。

陈子昂少怀经邦治国、匡时济民的远大理想。武周垂拱二年（686）春，金微州（故址在今蒙古人民共和国肯特省一带）都督仆固始叛乱，南下掳掠，生灵涂炭。陈子昂义愤填膺，以麟台正字参加了北征的西路军，担任幕僚之职。他的诗友左补阙乔知之（即诗题中的乔侍御），以代理侍御史的身份担任西路军监军。他们从洛阳出发，随军涉陇坂，经张掖折向西北，抵边塞重镇同城（今内蒙古自治区额济纳旗的黑城废墟），沿途所经多冰雪、沙漠之地，艰苦备尝。叛军很快被击溃，首领也被杀。然而不仅陈子昂未记寸功，就连年近五十的乔知之，也未得到应有的奖赏，反而遭人谗毁，心情抑郁。秉性刚直的陈子昂为此十分愤慨，写下了《赠乔侍御》这首诗。

这是一首借古讽今的诗，表面上议论汉朝的人和事，实际上辛辣地讽刺了当时的最高统治者武则天。寓意深广，寄慨遥深。

"汉庭荣巧宦，云阁薄边功"两句，夹叙夹议，从"荣"字落笔，以"薄"字作反衬，将两句诗所叙的事件，作了鲜明的对比。"巧宦"，指善于投机取巧、谄上压下的官僚。"云阁"，即云台阁，汉明帝将辅助汉光武中兴汉室的邓禹等二十八将画像于云台阁，表扬他们的战功。很明显，在朝廷受到荣宠的不应该是"巧宦"，而如今却"荣巧宦"；在"云阁"上受到表扬的应该是驰骋疆场的为国立功的名将，而如今却"薄边功"。两句诗，互文见义，正反相形，将赏罚不明、是非颠倒的昏暗现象揭露无遗。

第三句用"可怜"叫响,以引起读者的高度注意和同情,并用感喟、深沉的调子道出"可怜"的对象——骢马使,极富感染力。"骢马使"指东汉桓典。他曾任侍御史,为人刚直不阿,因常乘骢马,故称"骢马使"。京师权贵,都惧怕他,他也因此得不到重用(见《后汉书·桓典传》)。乔知之此时为代侍御史,故以桓典比他。

第四句"白首为谁雄",诗人感情的波涛臻于顶峰,用不平而又无可奈何的语气说,正直不阿的骢马使,你白首沉沦,不为世用,空有雄才,又能为谁发挥呢?

这首诗以"荣巧宦""薄边功"概括朝政昏暗,以"骢马使"比乔知之而叹其"可怜",然后以"白首为谁雄"的反诘语作结,蕴含深广,余味无穷。

七律初创阶段的最佳作品
——说沈佺期《独不见》

> 卢家少妇郁金堂,海燕双栖玳瑁梁。
> 九月寒砧催木叶,十年征戍忆辽阳。
> 白狼河北音书断,丹凤城南秋夜长。
> 谁为含愁独不见,更教明月照流黄。

此诗写久别相思之苦,主人公为一少妇,"卢家"不过是用典。首联以居室之华贵反衬内心之凄凉,以海燕之双栖反衬己身之独处。所谓以乐景写哀,倍增其哀。次联闻捣衣之声,兴念远之情。古时裁衣必先捣帛,深秋裁衣,寄征人御寒。故六朝以来诗赋中多借砧声以写闺思。此诗亦然,而其新创之处,乃在用"寒"用"催",将砧声拟人化,酿出木叶摇落、秋气袭人的萧瑟氛围,烘托女主人公对丈夫的关切与思念。其夫"十年征戍",远在"辽阳",思念已非一日,而"寒砧催木叶"之时,思念尤殷。三联分写思妇与征夫,而出发点仍在思妇。"白狼河北音书断",非客观叙事,乃思妇的内心独白。连音书都没有,是生是死,反复思量,深宵不寐,故感到秋夜特别漫长。上句是因,下句是果,词语对偶,意脉单行,有流走回环之妙。尾联拓开一步,又逼近一层。思夫而不得见,已极悲凉;更何况一轮明月,偏偏又透过帷帐,照出她的孤独身影!

此诗起、结警挺,中间两联对仗工丽,通篇色彩鲜妍,气势飞动,情景交融,声韵和谐,是七律初创阶段出现的最佳作品,有示范意义。胡应麟认为它是"初唐七律之冠"(《诗薮·内编》),沈德潜认为它"骨高,气高,色泽、情韵俱高"(《说诗晬语》),姚姬传甚至认为它"高振唐音,远包古韵,此是神到之作,当取冠一朝矣"(《五七言今体诗钞》)。

寄兴遥深　结体省净
——说张九龄《感遇》二首

> 兰叶春葳蕤，桂华秋皎洁。
> 欣欣此生意，自尔为佳节。
> 谁知林栖者，闻风坐相悦。
> 草木有本心，何求美人折。
>
> 江南有丹橘，经冬犹绿林。
> 岂伊地气暖，自有岁寒心。
> 可以荐嘉客，奈何阻重深！
> 运命唯所遇，循环不可寻。
> 徒言树桃李，此木岂无阴？

张九龄（673—740），字子寿，韶州曲江（今广东省曲江县）人，唐中宗景龙年间中进士，又以"道侔伊吕科"策高第，为左拾遗。累官至中书侍郎同平章事，迁中书令。唐玄宗的"开元之治"，史家曾认为可以比隆"贞观"，而张九龄，就是开元后期著名的贤相。他矜尚直节，敢言得失，注意援引"智能之士"，对安禄山的狼子野心早有觉察，建议唐玄宗及早剪除，未被采纳。终因受到李林甫等权奸的诽谤排挤，被贬为荆州刺史。他远贬之后，李林甫等人更受宠信，所谓"开元盛世"，也就一去不返。杜甫把《故右仆射相国张公九龄》作为组诗《八哀》之殿，是大有深意的。

《感遇》十二首，就是张九龄谪居荆州时所作，含蓄蕴藉，寄托遥深，对扭转六朝以来的浮艳诗风起过作用，历来受到评论家的重视。例如，高棅在《唐诗品汇》里就曾指出："张曲江公《感遇》等作，雅正冲淡，体合《风》《骚》，骏骏乎盛唐矣。"这里只谈其中的第一首和第七首。

第一首，把"兰"和"桂"作拟人化的描写。"兰叶春葳蕤，桂华秋皎洁"两句，互文见义：兰在春天，桂在秋季，它们的叶子多么繁茂，它们的花儿多么皎洁。正因为写兰、桂都兼及花叶，所以第三句便以"欣欣此生意"加以总括，第四句又以"自尔为佳节"加以赞颂。一般选注本未注意"互文"的特点，认为写兰只写叶，写桂只写花，未必符合诗意。三、四两句，一般都作了这样的解释："春兰秋桂欣欣向荣，因而使春秋成为美好的季节。"而这样解释的根据是把"自尔为佳节"中的"自"理解为介词"从"，又转变为"因"；把"尔"理解为代词"你""你们"，用以指兰、桂。这是值得商榷的。第一，头两句尽管有"春""秋"二字，但其主语分明是"兰叶"和"桂花"，怎能把"春""秋"看成主语，说什么"春秋因兰桂而成为美好的季节"？第二，作这样的解释，就与下面的"谁知"两句无法贯通。第三，统观全诗，诗人强调的是不求人知的情操，怎么会把兰桂抬高到"使春秋成为美好季节"的地步？联系上下文看，"自尔为佳节"的"自"，与杜甫诗"卧柳自生枝"（《过故斛斯校书庄》）、李华诗"芳树无人花自落"（《春行寄兴》）、陈师道诗"山空花自红"（《妾薄命》）中的"自"同一意义。"尔"，显然不是代词，而是副词、形容词的词尾，与"卓尔""率尔"中的"尔"词性相同。"佳节"，在这里也不能解释为"美好的季节"，而应该理解为"美好的节操"。诗人写了兰叶桂花的葳蕤、皎洁，接着说兰叶桂花如此这般的生意盎然、欣欣向荣，自身就形成一种美好的节操。用"自尔"作"为"的状语，意在说明那"佳节"出于本然，出于自我修养，既不假外求，也不求人知。这就自然而然地转入下文："谁知林栖者，闻风坐相悦。草木有本心，何求美人折？"

不难看出，"草木有本心"一句，和"欣欣此生意，自尔为佳节"

一脉相承，"何求美人折"一句，与"谁知林栖者，闻风坐相悦"前后呼应。既然如此，有的选注本把"谁知"两句，解释为"不料隐逸之士慕兰、桂的风致，竟引为同调"，也未必确切。"谁知"并不等于"谁料"，而近似于"谁管"。兰桂自为佳节，自有本心，自行其素，自具欣欣生意，不求美人采择；"林栖者"是否"闻风"，是否因闻风而相悦，谁知道呢？谁管它呢？

当然，不求人知，并不等于拒绝人家赏识，不求人折，更不等于反对人家采择。从"何求美人折"的语气看，从作者遭逸被贬的身世看，这正是针对不被人知、不被人折的情况而发的。"不以无人而不芳"，"不吾知其亦已兮，苟余情其信芳"，乃是全诗的命意所在。八句诗句句写兰桂，都没有写人。但从那完整的意象里，我们却可以看见人，看见封建社会里某些自励名节、洁身自好之士的品德。

前一首，是对"兰桂"的颂歌，后一首，则是对"丹橘"的颂歌。

有歌颂的正面，就有歌颂的反面。兰桂葳蕤皎洁，"美人"应该采择。如果不采兰桂而采萧艾，那"美人"也就不那么美。在前一首中，诗人用"何求美人折"歌颂了兰桂的自为佳节，自有本心，对"美人"的态度则含而不露，以致不太细心的读者会以为只写兰桂而与"美人"无涉。然而从"何求美人折"的自白里，不也可以听出"美人"不折的感慨吗？"美人"既然不折兰桂，他又折些什么？

"美人"一词，究竟何所指。翻唐诗的选注本，则说"美人"指"林栖者"。这恐怕未必符合诗人的原意。这首诗命意遣词，都有取于屈原的作品，而在屈原的《九章》里，就有一篇《思美人》，其中的"美人"指顷襄王。把张九龄被贬到荆州时所作的这首诗和屈原被放逐到江南所作的《思美人》联系起来读，也许会有更深一层的体会。

对"美人"的态度，如果说在前一首里含而不露，那么在后一首里，就有点露，尽管相当委婉。

屈原生于南国，橘树也生于南国，他的那篇《橘颂》一开头就说："后皇嘉树，橘来服兮。受命不迁，生南国兮。"其托物喻志之意，灼然可见。张九龄也是南方人，而他的谪居地荆州的治所江陵（即楚国的郢都），本来是著名的产橘地区。他的这首诗一开头就说："江南有丹橘，经冬犹绿林。"其托物喻志之意，尤其明显。屈原的名句告诉我们："嫋嫋兮秋风，洞庭波兮木叶下。"可见即使在"南国"，一到深秋，一般树木也难免摇落，又哪能经得住严冬的摧残？而"丹橘"呢，却"经冬犹绿林"。一个"犹"字，充满了赞颂之意。"丹橘"经冬犹绿，究竟是由于独得地利呢，还是出乎本性？如果由于独得地利，与本性无关，也就不值得赞颂。诗人抓住这一要害问题，以反诘语气排除了前者。"岂伊地气暖"——难道是由于"地气暖"的缘故吗？这种反诘语如果要回答的话，只能作否定的回答，然而它照例是无须回答的，比"不是由于地气暖"之类的否定句来得活。以反诘语一"纵"，以肯定语"自有岁寒心"一"收"，跌宕生姿，富有波澜。"自有岁寒心"的"自"也就是"自尔为佳节"的"自"。"岁寒心"，本来是讲松柏的。《论语·子罕》："岁寒然后知松柏之后凋也。"那么，张九龄为什么不是通过松柏，而是通过丹橘来歌颂耐寒的节操呢？这除了他谪居的"江南"正好"有丹橘"，自然联想到屈原的《橘颂》而外，还由于"丹橘"不仅经冬犹绿，"独立不迁"，而且硕果累累，有益于人。作者特意在"橘"前着一"丹"字，就为的是使你通过想象，在一片"绿林"中看见万颗丹实，并为下文"可以荐嘉客"预留伏笔。

汉代《古诗》中有一篇《橘柚垂华实》，全诗是这样的：

> 橘柚垂华实，乃在深山侧。闻君好我甘，窃独自雕饰。委身玉盘中，历年冀见食。芳菲不相投，青黄忽改色。人倘欲知我，因君为羽翼。

作者以橘柚自喻，表达了不为世用的愤懑和对终为世用的渴望。

张九龄所说的"可以荐嘉客",也就是"历年冀见食"的意思。"经冬犹绿林",不以岁寒而变节,已值得赞颂,结出累累硕果,只求贡献于人,更显出品德的高尚。"嘉客"是应该"荐"以佳果的,"丹橘"自揣并非劣果,因而自认"可以""荐嘉客",然而为重山深水所阻隔,到不了"嘉客"面前,又为之奈何!读"奈何阻重深"一句,如闻慨叹之声。

从全诗的构思看,从作者的遭遇看,把这一首中的"嘉客"和前一首中的"美人"看成同义词,大概不至于有什么错。那么,构成"荐嘉客"的阻力是什么,下文"徒言树桃李"中的"桃李"和"树桃李"者究竟何所指,也就可以意会了。

"运命"两句,不能被看成宣扬"天命观"。"运命唯所遇",是说运命的好坏,只是由于遭遇的好坏。就眼前说,不就是由于有"阻重深"的遭遇,因而交不上"荐嘉客"的好运吗?"奈何阻重深"中的"奈何"一词,已流露出一寻究竟的心情,想想"运命唯所遇"的严酷现实,就更急于探寻原因。然而呢,"循环不可寻",寻来寻去,却总是绕着一个圈子转,仍然弄不清原因,解不开疑团。于是以反诘语气收束全诗:"徒言树桃李,此木岂无阴?"——人家只忙于栽培那些桃树和李树,硬是不要橘树,难道橘树不能遮阴,没有用处吗?在前面,已写了"经冬犹绿林",是肯定它有"阴",又说"可以荐嘉客",是肯定它有实。不仅有美阴,而且有佳实,而"所遇"如此,这到底为什么?《韩非子·外储说左下》里讲了一个寓言故事:

阳虎去齐走赵,简主问曰:"吾闻子善树人。"虎曰:"臣居鲁,树三人,皆为令尹。及虎抵罪于鲁,皆搜索于鲁也。臣居齐,荐三人,一人得近王,一人为县令,一人为侯吏。及臣得罪,近王者不见臣,县令者迎臣执缚,侯吏者追臣至境上,不及而止。虎不善树人。"

主俯而笑曰:"树橘柚者,食之则甘,嗅之则香,树枳棘者,成而刺人。故君子慎所树。"

只树桃李而偏偏排除橘柚,这样的"君子",总不能说"慎所树"吧!

这首诗句句写"丹橘",构成了完整的意象,与"我心如松柏"之类的简单比喻不同。其意象本身,既体现了"丹橘"的特征,又有一定的典型意义。读这首诗,当我们看到"丹橘"经冬犹绿,既有甘实供人食用,又有美阴供人歇凉的许多优点的时候,难道不会联想到具有同样优点的一切"嘉树"吗?当我们看到"丹橘"被排除,而桃李却受到精心栽培的时候,难道不会联想到与此相类的社会现象吗?

就作者的创作动机说,显然是以"丹橘"之不为世用比自己之远离朝廷,以桃李之得时比李林甫、牛仙客等小人之受宠得志,但用于创造出具有典型性的意象,所以其客观意义,已远远超出了简单比喻的范围。杜甫在《八哀·故右仆射相国张公九龄》一诗中称赞张九龄"诗罢地有余,篇终语清省"。后一句,是说他的诗语言清新而简练,前一句,是说他的诗意余象外,给读者留有驰骋想象和联想的余地。诗人评诗,探骊得珠,是耐人寻味的。

初日斜照下的壮丽景象
——说张九龄《湖口望庐山瀑布水》

> 万丈红泉落，迢迢半紫氛。
> 奔流下杂树，洒落出重云。
> 日照虹霓似，天清风雨闻。
> 灵山多秀色，空水共氤氲。

张九龄早年受宰相张说器重，誉为"后出词人之冠"，擢任中书舍人。开元十四年（726），张说被劾罢相，九龄被牵连贬为太常少卿，旋又出为冀州刺史。他以母亲年老需要照顾为由，固请改授江南一州。玄宗优制许之，改为洪州都督。这首诗，当即写于任洪州都督之时。诗中所流露的喜悦之情是和此时的心境一致的。

湖口为鄱阳湖通长江之口，故名。唐代归洪州大都督府管辖。其位置在今九江市隔江之东。庐山，古名南嶂山，又名匡山，总称匡庐。林木葱郁，景观鳞次栉比，尤以瀑布奇景驰名天下。《太平御览》卷四一引远法师《庐山记》曰："（庐山）西南有石门，似双阙，壁立千余仞，而瀑布流焉。"其位置，在今九江市南。诗题"湖口望庐山瀑布水"，首先标出"望"的立脚点，然后标明"望"的对象，是颇费匠心的。必须弄清立脚点与"望"的对象的位置，才好准确地阐明"望"中景。根据湖口与庐山的位置加以分析，便知诗人在东而视线向西，先呈仰角，从山顶顺瀑布下移。从全诗看，天气晴朗，时当清晨，日光从东向西，斜射于庐山瀑布。因此，诗人首先"望"见的是"万丈红泉落，迢迢半紫氛"。"万丈"，极言其高；"红泉"，状朝阳照耀下的瀑布红艳夺目；"落"字本来很平常，但与"万丈红泉"相联系，便显出奔腾直下的磅礴气势。"红泉"从"万丈"高峰跌落，溅沫跳珠，腾起水汽，与阳光相融，远望非云非雾非霞，而又似云似雾似霞。诗人用"紫氛"二字作宏观把握扣诗题，想到诗人正从湖口仰望庐山瀑布，便知所谓"迢迢半紫氛"者，乃仰望中的远景：远远的庐山高处，紫氛弥漫半空。那么另一"半"呢，是蓝天？是绿树？是苍崖？是碧峰？给读者留下了驰骋想象的空间。总之，"紫氛"所占的一"半"与想象中的另一"半"虚实相生，丰富了画面，增强了层次感。次联写"红泉"继续下"落"景象。"红泉"下"落"，时而经过"杂树"，时而经过"重云"。"杂树"是明晰的，所以远望可见"奔流"直下。"重云"实际上是清晨浮动于山间的层层雾霭。诗人从湖口遥望，瀑布为雾霭所遮，便只见雾霭，接着又见瀑布从雾霭间"出"现，就像是从"云"中"洒落"。"下杂树"而用"奔流"，"出重云"而用"洒落"，便展现了两个迥不相同的镜头。而"重云"一词中的那个"重"字，又引发读者的想象，使你想到那两个镜头是交互出现的：在"云"与"云"之间的若干空档里，诗人望见的不就是"奔流下杂树"吗？

　　前面的四句诗，已把庐山瀑布从山顶直写到山脚，还有什么可写呢？有的，前四句用的是分镜头，这里何妨再作整体描绘。"日照虹霓似"一句，便以庐山前侧以及衬托庐山的天空为背景，以"日照"为光源，摄下了由山顶到山脚的瀑布全貌。在李白眼中，庐山瀑布的全貌是"飞流直下三千尺，疑是银河落九天"；在徐凝眼中，庐山瀑布的全貌是"今古长如白练飞，一条界破青山色"。他们只见一片银白，原因是他们看瀑布，都不在朝阳初升之时。张九龄不然，他选择了初日斜照庐山的独特时机和自东向西仰视的独特角度，便摄下了彩虹丽天的独特镜头。而"日照"一词的运用，不仅说明了庐山瀑布为什么像"虹霓"，也对前面的"红泉"之所以"红"，"紫氛"之所以"紫"，作出了应有的阐释。前面展现的是各种视觉形象，第六句则诉诸听觉。徐凝《庐山瀑布》诗以"奔雷入江不暂息"写其声；张九龄立于湖口，是否闻其声虽不得而知，但他用"天清风雨闻"加以描状,却精彩倍出。"天清"之时本无"风雨",而遥望中飞瀑奔腾,水花激射之状,给人以"风雨"骤至的感觉。"风雨"是有声可"闻"的,不管诗人是否真"闻",而借助"通感",因形及声,更强化了艺术魅力。前三联着重写瀑布,故尾联补写庐山,表明全诗所写乃庐山瀑布。以"灵山"代庐山,一是避免与题目字面重复,二是庐山原系道家所说三十六小洞天之八,素有仙山之誉。此处则意在突出瀑布,言"灵山"之所以"多秀色",就因为它有瀑布。而"空水共氤氲"一句,又从整体上描绘瀑布,描绘灵山秀色。"水",即题目中的"瀑布水";"空",指水上浮起的"紫氛";"共",与也;"氤氲",气盛貌。飞瀑与紫氛融会,何等璀璨,何等壮丽,不更为灵山增光添彩吗?

沈德潜《唐诗别裁》卷九选此诗,评云:"任华爱太白《瀑布诗》,系'海风吹不断,江月照还空'二语,此诗正足相敌。"认为此诗足可与李白诗相敌,评价是很高的,但遗憾的是未指出此诗的主要特色。全诗以"万丈红泉落"开篇,气象万千。李白的"疑是银河落九天",徐凝的"今古长如白练飞",未必不从此化出。李白"日照香炉生紫烟"一句,用"日照",用"紫烟",也显然受到此诗的影响。而此诗的独特之处,乃在于始终置庐山瀑布于红日的斜照之中,从而使得各种镜头都色彩绚丽,光芒四射。诗贵独创,切忌雷同。张九龄已经用过"虹霓"的比喻,后人便另辟蹊径,从而出现了"银河"、又出现了"白练",尤以"疑是银河落九天"脍炙人口,而张九龄的这一首反而鲜为人知。其实,就写出庐山瀑布在初日斜照下的独特风貌而言,张九龄的这首诗是独具特色,值得重视的。

尺幅万里　极目骋怀
——说王之涣《登鹳雀楼》

> 白日依山尽，黄河入海流。
> 欲穷千里目，更上一层楼。

沈括《梦溪笔谈》卷十五有云："河中府鹳雀楼三层，前瞻中条，下瞰大河。唐人留诗者甚多，唯李益、王之涣、畅当三篇能状其景。"而在这三篇中，王之涣的一首尤其脍炙人口。全诗四句，每句都写"登鹳雀楼"的所见所感。

首句"白日依山尽"中的"依山"二字，是"尽"的状语，表现了登楼远眺中白日傍山而落，以至于"尽"的景象。这一景象，包含了时间推移的过程，不是静景，而是动景。这动景，是诗人望中所见，因而也体现了诗人望中所感。诗人登楼远眺，流连忘返，从白日当空望到白日依山，又望到依山而尽，在这个时间推移的过程里，对美好的时光、美好的景物，流露了恋恋不舍之情。"依山"的"依"，兼有依傍、依恋的意思。"白日"无知，朝出夕落，并不会有什么情感的波动。但在诗人眼中，它的确是依山而尽的，于是融情入景，寥寥五字，就展现了一幅景中含情的图画，使人联想起无限好的夕阳、美丽的晚霞和霞光里耸立的雄山峻岭，并对如此美好的时光、美好的景物，产生了不胜眷恋的情感。

"黄河入海流"与首句字字对偶，铢两悉称。"入海"二字，也是"流"的状语。伫立在鹳雀楼上，地势虽高，但决然望不见黄河入海，望见的只是黄河在楼下奔"流"。像杜诗"平野入青徐"中的"入"字一样，这个"入海"的"入"字，也来自基于生活经验和地理知识的艺术想象。而一用"入海"作为"流"的状语，就如同用"依山"作为"尽"的状语,把客观景物写活了。黄河此刻虽在鹳雀楼下奔"流",距离大海尚有数千里之遥,但它的目标,它的理想,则是流入大海,而且终归要流入大海。这就赋予黄河以崇高的理想,从而也表现了诗人的阔大胸怀。同样,"入海流"不是静景,而是动景。看吧:晚霞映照,河面上飞溅起万点金光,这条黄色巨龙,咆哮着奔向遥远的大海,诗人的目光,也被带到遥远的东方。当然,黄河要流入的大海,还是看不见的,而心却早已飞向大海了。如果能够看见大海,那该有多好!于是水到渠成,转出三、四两句:"欲穷千里目,更上一层楼。"

一、二两句所展现的图景已经够阔大了,但诗人并不满足,还要"更上一层楼",远眺更远更广的天地,饱览千里以外的自然景色。但"更上一层楼"之后究竟看见了什么,却没有写,也用不着写,给读者留下了驰骋想象的广阔空间。

这后两句诗还有更深刻的含意。不管作者的主观意图如何,它实际上体现了这样一种哲理:站得愈高,看得愈远。做任何事情,要从高处看、远处看,才能看得广阔,看得全面。"欲穷千里目,更上一层楼"之所以成为千古名句,原因就在这里。

让我们再看看李益和畅当的诗。畅当《登鹳雀楼》云:"迥临飞鸟上,高出世尘间。天势围平野,河流入断山。"李益《同崔邠登鹳雀楼》云:"鹳雀楼前百尺樯,汀洲云树共茫茫。汉家箫鼓空流水,魏国山河半夕阳。事去千年犹恨速,愁来一日即为长。风烟并起思归望,远目非春亦自伤。"这两首诗都很不错,但和王之涣的诗相较,就未免逊色,传诵不如王诗之广,并非偶然。王诗短短二十字,既写景,又抒情,情由景生,景以情显,给人以尺幅千里,意境壮阔的感受,使人于美的享受中开拓心胸,得到哲理的启示,受到精神的鼓舞。四句诗两两对偶,但由于意境阔大,气象浑成,因而既整丽,又流动,不见斧凿痕迹,在艺术上是十分成功的。

视觉通触觉　望雪增暮寒
——说祖咏《终南望馀雪》

> 终南阴岭秀，积雪浮云端。
> 林表明霁色，城中增暮寒。

盛唐诗人祖咏是王维的诗友。历来传诵的那首《望蓟门》，算是边塞诗，但在他仅存的三十六首诗作中，写边塞题材的也只有这一首，其余的则以模山范水、描写自然景物为主。正像王维一样，他虽然也写了很出色的边塞诗，但就其基本倾向而言，则是属于田园山水诗派的诗人。

据《唐诗纪事》卷二十记载：《终南望馀雪》这首诗，是祖咏在长安应试时作的。按照规定，应该作成一首六韵十二句的五言排律，但他只写了这四句就交卷。有人问他为什么，他说"意尽"，即"意思已经完满了"！这真是无话即短，不必画蛇添足。祖咏确是懂得内容决定形式的道理，勇于打破艺术教条的铜枷铁锁的。

题目是《望终南馀雪》。从长安城中遥望终南山，所见的自然是它的"阴岭"（山北叫"阴"），唯其"阴"，才有"馀雪"。"阴"字下得很确切。"秀"，是望中所得的印象，既赞颂了终南山，又引出了下一句。"积雪浮云端"，就是"终南阴岭秀"的内容之一。这个"浮"字下得多生动！自然，"积雪"不可能"浮"在"云端"。这是说：终南山的"阴岭"高出"云端"，"积雪"未化，"云"，总不可能是完全静止的，而是相对流动的，高出"云端"的"积雪"又在阳光照耀下寒光闪闪，不正给人以"浮"的感觉吗？读者也许要问："这里并没有提到阳光呀？"是的，这里是没有提，但下句却作了补充。"林表明霁色"中的"霁色"，指的就是雨雪初晴之时的阳光给

"林表"涂上的色彩。

"明"字当然下得好，但"霁"字更重要。作者写的是从唐王朝的京城长安遥望终南馀雪的情景。终南山距长城南约六十华里，从长安城中遥望终南山，阴天固然看不清，就是在大晴天，一般看到的也是笼罩终南山的蒙蒙雾霭，只有在雨雪初晴之时，才能看清它的真面目。贾岛的《望(终南)山》诗里是这样写的："日日雨不断，愁杀望山人。天事不可长，劲风来如奔。阴霾一以扫，浩翠泻国门。长安百万家，家家张屏新。"久雨初晴，终南山翠色欲流，长安百万家，家家门前张开一面新崭崭的屏风，多好看！贾岛之时如此，现在仍然如此，久住西安的人，都有这样的经验。所以，如果写从长安城中遥望终南而不下一个"霁"字，却说望见"阴岭"的"馀雪"如何如何，那就违反了客观真实。

祖咏不仅用了"霁"，而且选择的是夕阳西下之时的"霁"。怎见得？他说"林表明霁色"，而不说"山脚""山腰"或"林下"明霁色，这是很费推敲的。"林表"承"终南阴岭"而来，自然在终南高处。只有终南高处的"林表"才"明霁色"，这表明"西山已衔半边日"，落日的余光平射过来，染红了"林表"，不用说也照亮了"浮"在"云端"的"积雪"，而结句的"暮"字，也已经呼之欲出了。

题目是《终南望馀雪》，当然要突出那个"望"字。前三句，都是写"望"中所见，属于视觉范围。"望"见"终南阴岭"的"积雪"仿佛在"云端"飘浮，"望"见从西山顶上平射过来的落日的余晖照亮了"林表"，照得那"积雪"寒光闪闪。题目就是限于写"望馀雪"，"望"见的不过如此，还有什么好写呢？诗人的高明之处，在于他抓住了视觉与触觉的"通感"，进一步以触觉的"寒"写视觉的"雪"，从而丰富了"望"的内容，提高了"望"的意境。俗谚说："下雪不冷消雪冷。"又说："日暮天寒。"一场雪后，只有"终南阴岭"尚有"馀雪"，其他地方的雪都正在融化，吸收了大量的热，自然要"寒"一些；日暮之时，又比白天"寒"。因此，诗人准确地用了"暮寒"二字。但这"暮寒"与"望终南馀雪"无关,重要的是诗人在"暮寒"之前加了一个"增"字。于"暮寒"之时,从长安"城中"遥"望"那"终南阴岭",只见"积雪"皑皑,寒光闪闪,视觉的所见立刻通向触觉的所感,不禁打了一个寒战,令人更"增"寒意。于是,那"望"中所见的"终南馀雪",就不仅被写出"积"的形质、"浮"的动态、"明"的色彩,而且被赋予"寒"的性情,它远在"终南阴岭",其威力却越过数十里的距离,作用于长安"城中",使"城中"人一"望"而"增暮寒"。"终南望馀雪"的题目写到这种程度,意思的确完满了,何必死守程式,再凑几句呢?王士稹在《渔洋诗话》(卷上)中把这首诗和陶渊明的"倾耳无希声,在目皓已洁",王维的"洒空深巷静,积素广庭宽"等诗句并列,称为咏雪的"最佳"作,不算过誉。

何如"海日生残夜"一句能令万古传
——说王湾《次北固山下》

> 客路青山外，行舟绿水前。
> 潮平两岸阔，风正一帆悬。
> 海日生残夜，江春入旧年。
> 乡书何处达，归雁洛阳边。

在十种唐人选唐诗中，有两种选了王湾的作品。《国秀集》只选一篇，题目为《次北固山下》，诗云："客路青山外，行舟绿水前。潮平两岸阔，风正一帆悬。海日生残夜，江春入旧年。乡书何处达，归雁洛阳边。"《河岳英灵集》卷下选了八首，其中有"海日生残夜，江春入旧年"一联的一首却题为《江南意》，诗云："南国多新意，东行伺早天。潮平两岸失，风正数帆悬。海日生残夜，江春入旧年。从来观气象，惟向此中偏。"《河岳英灵集》的编选者殷璠在王湾名下评介道：

> （王）湾词翰早著，为天下所称最者不过一二。游吴中，作《江南意》，诗云："海日生残夜，江春入旧年。"诗人已来，少有此句，张燕公手题政事堂，每示能文，令为楷式。又《捣衣篇》云："月华照杵空随妾，风响传砧不到君"，所有众制，咸类若斯。非张、蔡之未曾见也，觉颜、谢之弥远乎！

两集所选，首尾两联各异，第二联也有异文。题目呢，一作《江南意》，一作《次北固山下》，在取材、命意上也各不相同。尽管第三联一字不差，但仔细玩味，应该说这是各有特色的两首诗，不宜混为一谈。"东行伺早天"一句告诉我们,《江南意》所写的是作者东去吴中的情景;而"客路青山外"及尾联告诉我们,《次北固山下》所写的则是作者自吴中回洛阳,舟次京口时的感受。

从艺术上看,《江南意》较质朴,《次北固山下》则风华俊朗,诗意盎然。胡应麟在《诗薮·内编》卷四里说:

> 李白《塞下曲》《温泉宫》《别宋之悌》《南阳送客》《度荆门》,孟浩然《岳阳楼》,王维《岐王应教》《秋宵寓直》《观猎》,岑参《送李大仆》,王湾《北固山下》,崔颢《潼关》,祖咏《江南旅情》,张均《岳阳楼晚眺》,俱盛唐绝作。视初唐格调如一,而神韵超玄,气概闳逸,时或过之。

此后如姚鼐《今体诗钞》、王士稹《唐贤三昧集》、沈德潜《唐诗别裁集》、孙洙《唐诗三百首》、高步瀛《唐宋诗举要》以及新中国成立以来的各种唐诗选本,都舍《江南意》而选《次北固山下》,说明这两首诗的艺术水准自有高下之分,不难识别。

现在来看《次北固山下》。

题中的"次"是个动词,作"止宿""到达"讲。"北固山",在今江苏镇江市以北,三面临江。在当时,从这里北上邗沟,经通济渠,可以直达洛阳。在江南做客的作者,大约想于春节之前赶回故乡洛阳。一路行来,水阔风顺,诗意盎然,当船至北固山下的时候,吟成了这首诗。

诗以对偶句发端,既工丽,又跳脱。"客路",指作者要去的路。"青山"点题,指的就是"北固山"。"客路"在"青山"之"外",言其遥远。北宋词人欧阳修的那篇名作《踏莎行》,其结句"平芜尽处是春山,行人更在春山外",很受读者的赞赏,从构思上看,说不定受了王湾诗句的启发。迢迢的"客路"在"青山"之外,诗人所乘的"行舟",正朝着展现在眼前的碧绿的江水前进,驶归故乡。这一联先写"客路"而后写"行舟"，其人在江南旅途，而神驰洛阳故里，思家赶路的急切心情，已流露于字里行间，与末联的"乡书""归雁"，遥相照应。

次联的上句究竟是作"潮平两岸阔"好，还是作"潮平两岸失"好，颇有争论。沈德潜说："'两岸失'，言潮平而不见两岸也。别本作'两岸阔'，少味。"纪昀反驳说："'失'字有斧凿痕，唐人不甚用此种字。归愚（沈德潜）主之，未是。"用"失"用"阔"，都是表现"潮平"的结果。

"潮平"二字，乃下文"江春"之根，不宜轻易滑过。作者用"潮平"二字，意在表明：由于春到江南，雪消雨降，因而江水上升，高与岸平了。既然江水高与岸平，那么严冬季节高出江面的两岸自然就消失不见了，船上人的视野也就开阔了。"两岸失"，是就江面高与岸平说的；"两岸阔"，是就船上人可以看见两岸之上无限空阔说的。用"失"字，可以联想到杜甫的名句"归云拥树失山村"，并不显得有什么"斧凿痕"；用"阔"字，可以联想到杜甫的名句"星垂平野阔"，也不见得"少味"。

"风正一帆悬"一句也很精彩。诗人不用"风顺"而用"风正"，是因为光"风顺"还不足以保证"一帆悬"。风虽顺，却很猛，那帆就鼓成弧形了。只有既是顺风，又是和风，帆才能够"悬"，船也驶得平稳。而那个"正"字，是可以兼包"顺"与"和"的内容的。风顺而和，一帆高挂，端端正正地"悬"在那里，写小景已相当传神。但还不仅如此。如王夫之所指出，这句诗的妙处还在于它"以小景传大景之神"（《姜斋诗话》卷上）。可以设想，如果在曲曲折折的小河里行船，老是转弯子，这样的小景是难得出现的。如果在三峡行船，即使风顺而和，却仍然波翻浪涌，这样的小景也是难得出现的。所以，通过"风正一帆悬"的小景，就把平野开阔、大江直流、波平浪静等等的大景也表现出来了。

读到第三联，就知道作者是于岁暮腊残连夜行舟的。潮平而无浪，风顺而不猛，近看可见江水的碧绿，远望可见两岸的空阔。这显然是一个晴朗的、处处透露着春天气息的夜晚。于是乎，顺顺当当，称心如意地继续航行，不觉已到残夜。这第三联，就是表现江上行舟，即将天亮时的情景的。

沈德潜说："诗不可不造句。江中日中早，残冬立春，亦寻常意思，而王湾云：'海日生残夜，江春入旧年。'一经锤炼，便成警绝。"纪昀也说这"全是锻炼工夫"。"海日生残夜"，当然有"江中日早"的意思。"江中"为什么"日早"？"潮平两岸阔"一句已作了暗示。长江下游，江面宽阔，岸上也往往一望无际。所以，当残夜还未消退之时，一轮红日，已从东方碧空与海水相接处"生"了出来。"江春"指景物所表现的春意，"旧年"指行将逝尽的残冬，用一"入"字，让春意闯入残冬，诗意盎然。这一联诗之所以好，是由于炼字炼句服从于炼意。"日"代表光明，"夜"代表黑暗，不能并存。"春"与"冬"，也与此相类似。作者从炼意着眼，把"日"与"春"提到主语的位置而加以强调，并且用"生"字和"入"字使之拟人化，赋予它们以人的意志和情思，结果就炼出了这两个警句——海日生于残夜，将驱尽黑暗；江春闯入旧年，将赶走严冬。不仅写景逼真，叙事确切，而且表现出具有普遍意义的生活真理，给人以乐观、积极、向上的艺术鼓舞力量。

这两句诗，不仅传诵当时，而且蜚声后代。晚唐诗人郑谷《卷末偶题三首》之一云：

一卷疏芜一百篇，成名未敢暂忘筌。
何如"海日生残夜"，一句能令万古传。

明代的著名学者胡应麟在《诗薮·内编》卷四中说：

盛唐句，如："海日生残夜，江春入旧年。"中唐句，如："风兼残雪起，河带断冰流。"晚唐句，如："鸡声茅店月，人迹板桥霜。"皆形容景物，妙绝千古，而盛、中、晚界限斩然。

胡氏把"海日"一联作为盛唐诗的代表，说它与中、晚唐的某些名句相比，尽管都很"妙"，但此联有盛唐气象，另两联则表现出中、晚唐特点，界限斩然。很显然，胡氏是看出了"海日生残夜，江春入旧年"所表现的豪迈意境和壮美风格的。有人根据《诗人玉屑》断定"海日"乃"海月"之误，实不足征信。如果真作"海月"，这一联诗也就不可能受到张说、郑谷、胡应麟、沈德潜等颇有艺术鉴赏力的诗人、学者们的赞扬了。

当然，这一联诗的好处还在于它作为全诗的有机组成部分，起了承前启后的作用。海日东升，春意萌动，诗人放舟于绿水之上，继续向青山之外的客路驶去。这时候，一群北归的大雁正掠过晴空。于是触景生情，托雁捎信：雁儿啊，烦劳你们飞过洛阳的时候，替我告诉家里人，就说在北固山下看见我，天晴风顺，山青水绿，我正在扬帆前进呢！不多久，也就可以到家了。就这样，紧承三联，遥应首联，结束了全篇。

这首五律虽然以第三联著名，但并非只有佳句，从整体看，也是相当和谐、相当优美的。

一气旋转　渺茫无际
——说崔颢《黄鹤楼》

> 昔人已乘黄鹤去，此地空馀黄鹤楼。
> 黄鹤一去不复返，白云千载空悠悠。
> 晴川历历汉阳树，芳草萋萋鹦鹉洲。
> 日暮乡关何处是，烟波江上使人愁。

崔颢是盛唐时代享有盛名的诗人。他的七律《黄鹤楼》，在当时和后代都极受人们的赞扬。宋代诗论家严羽在《沧浪诗话·诗评》中甚至说："唐人七言律诗，当以崔颢《黄鹤楼》为第一。"

黄鹤楼旧址，在今湖北省武汉市长江大桥武昌桥头黄鹤矶上。《清一统志》云："黄鹤山在江夏县（今武昌）治西隅，一名黄鹄山。《府志》：'黄鹤山自高冠山西至于江，其首隆然，黄鹤楼枕焉。'"看来黄鹤楼是因黄鹤山而得名的。然而费文祎登仙驾鹤于此之说既见于《图经》，仙人子安乘黄鹤过此之说又见于《齐谐志》，可见黄鹤楼因仙人乘黄鹤而得名，早成为民间传说。崔颢于仕途失意，漂泊无依之际来登此楼，自有吊古伤今之感。而这种吊古伤今之感正好与这些传说合拍，于是触动灵感，写出了一气旋转的头两联，遂关千古登临之口。

"昔人已乘黄鹤去，此地空馀黄鹤楼。"楼，是以仙人乘黄鹤得名的，人与黄鹤俱去，空余此楼，徒有黄鹤之名而已！吊古伤今之意，借鹤去楼留点出，何等超脱！鹤已去而楼空留，已可谓感慨淋漓，更出人意料的是诗人又就"黄鹤去"腾空飞跃，突进一层："黄鹤一去不复返，白云千载空悠悠。"黄鹤飞去时，白云悠悠，黄鹤一去不返，那么白云虽在，也只是"空悠悠"而已！四句诗，一气贯注,盘旋转折,"黄鹤"三见,"空"字重出,虽紧扣诗题"黄鹤楼"写楼的今昔变化,而诗人吊古伤今的情怀,已跃然纸上。

"晴川历历汉阳树,芳草萋萋鹦鹉洲"一联写登楼北望所见的景物。黄鹤楼与汉阳隔江相望,故先看到"晴川",后看到汉阳树。"川",指汉江。因为天气晴明,故隔江之汉阳树,历历如在目前。鹦鹉洲,在黄鹤楼东北长江中,诗人从黄鹤楼望去,但见洲上芳草萋萋,可能想到了《楚辞·招隐士》中"王孙游兮不归,春草生兮萋萋"的名句,引起了思乡之情,于是远望故乡,写出了尾联。

尾联"日暮乡关何处是,烟波江上使人愁",紧承三联而来。作者的家乡汴州在武昌东北,三联写隔江看到汉阳树和鹦鹉洲,从这个方向极目远望,自然就想到家乡,因而抒发了乡愁,但这乡愁又借暮景作形象的表现,不流于概念化。登楼纵目,时光流逝,近处的江面上已是烟霭沉沉,远处呢,更显得暮色苍茫,家乡又遥隔千里,怎能望得见!于是发出了"何处是""使人愁"的感叹。

这首诗就内容说,只写登楼所见的景物和凭吊古迹、思念故乡的心情,说不上有什么重大意义。但这些情景,却很有普遍性,在旧时代尤其如此,而诗人把这些情景又表现得那么好,所以很能激起人们心灵上的共鸣。因此,这首诗就成了千古擅名之作。《唐才子传》(卷一)有云:"崔颢游武昌,登黄鹤楼,感慨赋诗。及李白来,曰:'眼前有景道不得,崔颢题诗在上头。'无作而去,为哲匠敛手云。"(《唐诗纪事》卷二十一和《苕溪渔隐丛话》前集卷五所引《该闻录》,也有类似的记载。)这也许是传说,但也并不是没有根据。李白的确一再效法崔作,可见多么心折。其《鹦鹉洲》云:"鹦鹉东过吴江水,江上洲传鹦鹉名。鹦鹉西飞陇山去,芳洲之树何青青!烟开兰叶香风暖,岸夹桃花锦浪生。迁客此时徒极目,长洲孤月向谁明?"前四句,模仿之迹宛然。其《登金陵凤凰台》云:"凤凰台上凤凰游,凤去台空江自流。吴宫花草埋幽径,晋代衣冠成古丘。三山半落青天外,二水中分白鹭洲。总为浮云能蔽日,长安不见使愁。"此诗虽学崔作,但只用前两句便概括了崔作前四句的"鹤去云悠"之感,留出次联写吴晋陈迹,又以浮云蔽日的感慨作结,内容似较深厚。但论者仍认为"不及崔诗之超妙"。

　　不过,在章法上,崔颢也并非前无所承。沈佺期《龙池篇》的前四句是这样的:"龙池跃龙龙已飞,龙德先天天不违。池开天汉分黄道,龙向天门入紫微。"四句中三句出现"龙",与《黄鹤楼》前四句中三句出现"黄鹤"是一致的,当然崔作的句法更活、更灵动。

诗中有画　意余象外
——说王维《终南山》

> 太乙近天都，连山接海隅。
> 白云回望合，青霭入看无。
> 分野中峰变，阴晴众壑殊。
> 欲投人处宿，隔水问樵夫。

终南山又名南山、中南、太乙，因它雄峙于周、秦、汉、唐都城之南，巍峨壮丽，引人注目，所以自《诗·秦风·终南》以来，屡入诗人吟咏。唐人咏终南山的诗，尤其不胜枚举。王维的这一首，是其中的名篇之一，历代传诵，脍炙人口。

王维不仅是杰出的诗人，而且兼擅音乐、书法和绘画。在绘画方面，尤以"破墨"山水见长，被推为"南宗"山水画之祖，与此相联系，在诗歌方面，他把田园山水诗的创作提到了新的高度，成为盛唐时期田园山水诗派的代表。苏轼中肯地指出："味摩诘之诗，诗中有画；观摩诘之画，画中有诗。"这首《终南山》，就具有"诗中有画"的特点。

写终南山，可以有各种各样的写法。例如中唐诗人韩愈的《南山诗》，长达一百有二韵，"取杜陵五言大篇之体，摄汉赋铺张雕绘之工"，其特点是力求作全面而细致的描绘，于山水诗中别开生面。然而尽管如此，作者仍有"挂一念万漏"之憾。而评论家却已经嫌其"冗曼"，讥其"繁缛"。这里透露了一个消息：艺术创作，贵在以个别显示一般，而不宜罗列一般；贵在以不全求全，而不宜以全求全。刘勰所谓"以少总多"，司空图所谓"万取一收"，以及古代画论家所谓"意馀于象"，都是这个意思。有人画《孟尝君宴客图》，作左右两列,力求详尽;大画家陈洪绶却只画右边筵席,而走使行觞,意思尽趋于左,使人想见隔林长廊,有无数食客。以全求全与以不全求全的高下优劣,于此可见。作为"南宗"山水画的开山祖,王维很懂得"意馀于象",以不全求全的艺术奥秘,因而能用只有四十个字的一首五言律诗,为偌大一座终南山传神写照。

首联"太乙近天都,连山接海隅",先用夸张手法勾画了终南山的总轮廓。宗炳《画山水序》云:"且夫昆仑山之大,瞳子之小,迫之以寸,则其形莫睹;迥以数里,则可围于寸眸。诚以其去稍阔,则其见弥小。"同理,终南山的总轮廓,只能得之于远眺,而不能得之于逼视。所以这一联显然是写远景。抓住了这一点,字句上的盘根错节就可以迎刃而解。

首句历来有不同的注释。"天都",或以为指"帝都",即唐天子的都城长安;或以为指终南山,因它"在天之中,居都之南";或以为指"天帝所居之处,犹言天府"。"太乙"是终南山的主峰,又是终南山的别名,王维显然用的是后一义。因为,如果"天都"指帝都,则"太乙近天都"不过说明了终南山与长安城之间的大致距离而已,有何诗味?如果"天都"指终南山,则"太乙近天都"等于"终南山靠近终南山",岂非梦呓!看起来,还是后一说比较合理。诗人将游终南,从远处走来,因而看见的是终南山的总轮廓。唐太宗《望终南山》云:"重峦俯渭水,碧嶂插遥天","太乙近天都",也就是"碧嶂插遥天"的另一种写法,极言终南山之高。终南虽高,去天甚遥,说它"近天都",当然是艺术夸张。但这是写远景,从平地遥望终南,其顶峰的确与天连接,因而说它"近天都",正是以夸张写真实。如果诗人已经站在山巅,还要极言其高,就得用"只有天在上,更无山与齐"之类的写法了。"连山接海隅"也是这样。终南山西起甘肃天水,东止河南陕县,远远未到海隅。说它"接海隅",固然不合事实,然而说它"与他山连接不断,直到海隅",又何尝不符合事实?这是写远景,从长安遥望终南,西边望不到头,东边望不到尾。岑参在《与高适、薛据同登慈恩寺浮图》诗里说："连山若波涛，奔凑似朝东。"韩愈在《南山诗》里说："东西两际海，巨细难穷究。"用"连山接海隅"写终南远景，虽夸张而愈见真实。

有人说，首联未作细致刻画，缺乏形象的鲜明性，算不得佳句。这也是皮相之谈。王维《山水论》云："远人无目，远树无枝；远山无石，隐隐如眉；远水无波，高与云齐。"首联既是写"远"景，怎能作细致刻画！"远人无目"，非"无目"也，画远人不画目，却应该使人想见他的目。画远山亦然。只说终南山高"近天都"、远"接海隅"，而它的气势之雄伟、景物之繁富，已意在言外，而诗人急于入山一游的心理活动，也已经跃然纸上。

次联写近景，总可以作细致刻画了吧？韩愈的《南山诗》，就连用五十一个"或"字（"或连若相从，或蹙若相斗……或如帝王尊，丛集朝贱幼，虽亲不亵狎，虽远不悖谬……"），又连用十四叠字（"延延离又属，央央叛不谨……"），极力捕捉凭高纵目所见的种种形象。王维没有这样做，仍以不全求全。

"白云回望合"一句，古今注家作过种种解释，或说"四望出去，白云连接着"，或说"回望山顶，白云聚合，笼罩于终南山上"，似乎都不得要领。"回望"既与下句"入看"对偶，则其意为"回头望"，而不是"四望"。但又不是"回望山顶"。说"回望山顶"，意味着游山已毕，正在出山，但诗人此时却正在入山，直到结尾，还说"欲投人处宿"呢！李白《下终南山过斛斯山人宿置酒》有云："暮从碧山下，山月随人归。却顾所来径，苍苍横翠微。"这写的是下终南而"回望"，望的是"所来径"即刚走过的路。王维写的是入终南山而"回望"，望的也是"所来径"即刚走过的路。"白云"是"望"的宾语，把宾语提前，写成"白云——回望合"，分明已藏过一层，即未"回望"之时，身边不见"白云"，它分了开来，退向两旁。而说"白云"分开，退向两旁，分明又藏过一层，即前面较远的地方，"白云"聚合，不见其他。实际情况是，诗人身在终南山中，朝前看，白云弥漫，看不见路，也看不见其他景物，仿佛再走几步，就可以浮游于白云的海洋，然而继续前进，白云却继续分向两边，可望而不可即；回头看，分向两边的白云又合拢来，汇成茫茫云海。这种奇妙的境界，凡有游山经验的人都并不陌生，但除了王维，又有谁能够只用五个字就表现得如此真切呢？

所有好诗，都或多或少有点"言外之意""弦外之音""味外之味"。懂得了"白云回望合"的"言外之意"，再读李白的"却顾所来径，苍苍横翠微"，是不是会尝到一点"味外之味"，听出一点"弦外之音"呢？

所谓"白云"，实际上是白茫茫的雾气。"青霭"呢，也是雾气，只不过淡一些，因而不是"白"色，而是"青"色，或者有点儿"翠"。李白所说的"翠微"，也就是"青霭"。岑参的名句"五陵北原上，万古青濛濛"，所写的也是"青霭"。"青霭入看无"一句，与上句"白云回望合"是所谓"互文"，它们错综为用，互相补充。就是说，"青霭入看无"，"白云"也"入看无"，"白云回望合"，"青霭"也"回望合"。诗人走出茫茫云海，前面又是濛濛"青霭"，仿佛继续前进，就可以摸着那"青霭"了，然而走了进去，却不但摸不着，而且看不见；回过头去，那"青霭"又合拢来，濛濛漫漫，可望而不可即。

刘勰在《文心雕龙》的《隐秀》篇里说："文之英蕤，有秀有隐。隐也者，文外之重旨者也；秀也者，篇中之独拔者也。"又说："情在词外曰隐，状溢目前曰秀。"（此二句今本已佚，见宋人张戒《岁寒堂诗话》所引。）所谓"秀"，也就是陆机所说的"一篇之警策"，梅尧臣所说的"状难状之景如在目前"；所谓"隐"，也就是陆机所说的"文外曲致"，梅尧臣所说的"含不尽之意见于言外"。"秀"与"隐"，各有特点和优点，然而在卓越的艺术大师笔下，又未尝不可以做到完美的结合。即如王维的这一联诗，如前面所分析，写云霭变灭，移步换形，真可以说"状溢目前"，但那"状溢目前"的外"秀"

里还"隐"着内"秀"。终南山既然高"近天都",远"接海隅",则其中千岩万壑,苍松古柏,怪石清泉,奇花异草,值得观赏的景物必然目不暇接,美不胜收。诗人正是为观赏美景才来游山的。然而当他进入深山的时候,朝前看,却不是只见"白云",就是只见"青霭",一切都笼罩于茫茫"白云"、濛濛"青霭"之中,看不见,看不真切。这是不是有点扫兴呢?不。唯其看不见,看不真切,才更令人神往,使人揣猜,引人入胜,急于"入看"。"入看"而"白云""青霭"俱"无",则其他景物就豁然呈现于眉睫之前。而呈现于眉睫之前的景物又围以"白云",衬以"青霭",岂不更显得美!然而这只是小范围里的美景,尝鼎一脔,自然还不解馋,于是就更急于进一步"入看",看看那"白云""青霭"之中还"隐"着什么。另一方面,已经看见的美景仍使人留恋,不能不"回望","回望"而"白云""青霭"俱"合",则刚才呈现于眉睫之前的景物或笼以青纱,或裹以冰绡,由清晰而朦胧,由朦胧而隐没,更令人回味无穷。这一切,诗人都没有明说,但他却在已经勾画出来的"象"里为我们留下了驰骋想象的广阔天地。

恽格在《瓯香馆集·画跋》里说:"尝谓天下为人不可使人疑,惟画理当使人疑,又当使人疑而得之。""画理"如此,"文理"亦然。那"使人疑而得之"的东西,就是"象外之意""味外之味""弦外之音"。在"白云回望合,青霭入看无"这两句诗里,就蕴涵着"使人疑而得之"的丰富内容。

第三联高度概括,尺幅万里。首联写出了终南山的高和从西到东的远,这是从山北遥望所见的景象。当诗人游山之时,穿"白云",出"青霭",又惊叹终南从北到南的阔,于是用"分野中峰变"一句来表现它的阔。游山而有"分野中峰变"的认识,则诗人立足"中峰",纵目四望之状已依稀可见。终南山东西之绵远如彼,南北之辽阔如此,只有立足于"近天都"的"中峰",才能收全景于眼底,而"阴晴众壑殊",就是尽收眼底的全景。所谓"阴晴众壑殊",当然不是指"东边日出西边雨",而是以阳光或浓或淡、或有或无来表现千岩万壑的千形百态。孟郊《游终南山》中的"高峰夜留景,深谷昼未明"一联,也许从这里得到启示而加以变化,既一脉相承,又各极其妙。

对于尾联,历来有不同的理解、不同的评价。有些人认为它与前三联不统一,不相称,从而持否定态度。王夫之辩解说:

"欲投人处宿,隔水问樵夫。"则山之辽廓荒远可知,与上六句初无异致,且得宾主分明,非独头意识悬相描摹也。(《姜斋诗话》卷二)

沈德潜也辩解说:

或谓末二句与通体不配。今玩其语意,见山远而人寡也,非寻常写景可比。(《唐诗别裁集》卷九)

这些意见都不错,值得参考。然而"玩其语意",似乎还可以领会到更多东西。第一,这首诗题为《终南山》,不少人便以为它只是客观地描写终南山而已,所以对字句乃至章法的解释,都搔不到痒处。其实它是写"游终南山"的,"欲投人处宿"这个句子分明有个省略了的主语"我",因而有此一句,便见得"我"在游山,句句有"我",处处有"我",以"我"观物,因景抒情。第二,"欲投人处宿"而要"隔水问樵夫",则"我"入山以来,穿"白云",出"青霭",登"中峰",观"众壑",始终未遇"人处",已不言可知。始终未遇"人处"而不嫌寂寞,却流连竟日,还要留宿山中,明日再游,则山景之赏心悦目,诗人之避喧好静,也不难于言外得之。第三,诗人既到"中峰",则"隔水问樵夫"的"水"实际上是深沟大涧,那么,他怎么会发现那个"樵夫"呢?"樵夫"当然不是游山的,而是砍樵的。既砍樵，就必然有树林，有音响。读"隔水问樵夫"一句，诗人侧耳静听，寻声辨向，从"隔水"的树林里欣然发现樵夫的情景，不难想见。既有"樵夫"，则在不太遥远的地方必然有"人处"，因而当诗人问何处有人家可以投宿的时候，"樵夫"口答手指，诗人侧首遥望的情景也不难想见。而遥指遥望之处，是云是霭？是阴是晴？抑或于云外林表，飘起袅袅炊烟？都足以"使人疑"，"疑"而有所"得"。第四，前六句写终南山，既无"人处"，又无声音。这里却实写有人——"樵夫"，虚写有声——不仅有问答之声，而且有砍樵之声。这是不是破坏了幽深寂静的意境呢？不是的。心理学上有所谓"同时反衬现象"。万籁俱寂而偶有音响作反衬，就更显得幽寂。王籍《入若耶溪》中的"蝉噪林逾静，鸟鸣山更幽"，常建《题破山寺禅院》中的"万籁此俱寂，但余钟磬音"，杜甫《题张氏幽居》中的"伐木丁丁山更幽"，都表现了这种意境。旷远荒凉而偶有动景作反衬，就更见其荒远。鲍照《芜城赋》中的"直视千里外，唯见起黄埃"，《还都道中作》里的"绝目尽平原，唯见远烟浮"，以及王维《使至塞上》中的"大漠孤烟直"，都表现了这种意境。《终南山》一诗，则将这两种意境融合无间：游山日，未逢"人处"，忽于深林中遥见"樵夫"，游山竟日，杳无音响，忽闻"伐木丁丁"之声而"隔水"与"樵夫"问答。此情此景，不是很值得玩味的吗？

总起来看，这首诗的主要特点和优点是善于"以不全求全"，从而收到了"以少总多""意馀于象"的艺术效果。倘拿韩愈的《南山诗》作比较，这一特点和优点就更显得突出。

"意"尽管"馀于象"，却依然含于"象"。"象外"之"意"，只能从"象内"去领会，而不应该离开"象"去随意附会。据《唐诗纪事》记载，有人把《终南山》这首单纯的山水诗说成"议时之作"，"谓'太乙近天都，连山接海隅'，言势焰盘据朝野也；'白云回望合，青霭入看无'，言有表而无其内也；'分野中峰变，阴晴众壑殊'，言恩泽偏也；'欲投人处宿，隔水问樵夫'，言畏祸深也。"这些"象"外之"意",其实是强加上去的,与"象"毫不相干。倘若当时的统治者据此给作者加上影射攻击的罪名,那就太冤枉了!清人王琦在驳斥这种谬论时说得好:"右丞自咏终南山,于人何预?而或者云云若是。彼飞燕兴逸于太白,蛰龙腾谤于眉山,又可怪焉!"(赵殿成《王右丞集笺注·终南山》)

一幅秦川冬猎图
——说王维《观猎》

> 风劲角弓鸣,将军猎渭城。
> 草枯鹰眼疾,雪尽马蹄轻。
> 忽过新丰市,还归细柳营。
> 回看射雕处,千里暮云平。

首联逆起,先写"风劲角弓鸣"而补写"将军猎渭城",未见其人,已闻其声,突兀奇警。如用顺叙,便是凡笔。颔联与首句同为因果句:因为"风劲",故拉弓放箭之声特别响亮;因为"草枯",故猎鹰的目光更加敏锐;因为"雪尽",故马蹄腾跃,轻快异常。而冬末春初,适于射猎的时令特征,亦随之点出。这三句,就字面看,只写弓、鹰、马而未写人,但稍加想象,便知纵鹰、驰马、拉弓者都是"将军",而当苍鹰发现猎物,迅猛搏击之时,将军追踪而至,跃马放箭的英姿,亦跃然纸上。王维真不愧是既精诗艺,又谙画理的名家,寥寥几笔,便活画出一幅秦川冬猎图。

颈联承"马蹄轻"发挥。以"渭城"为中心,东至"新丰市",西至"细柳营",在广阔的原野上"忽过""还归",纵横驰骋,其英风豪气与欢快心情,不言可知。"新丰"乃美酒产地,"细柳"乃亚夫军营,都能引起联想,凸现"将军"的豪迈气概和名将风度。

尾联近承"归"字,遥应"猎"字。人已"归"到营地,而出猎的得意场面,犹陶醉不已,因而"回看射雕处",追忆仰射命中、猛禽下落、军士欢呼的情景。这是出猎的高潮,却于归营回望中补写,虚中见实，跌宕生姿。结句就"回看"展现远景，暮云千里，一望无际。"将军"的心胸亦随眼界扩展，浩茫无际。

　　这是体现"盛唐气象"的名篇之一。沈德潜《唐诗别裁集》称其起头"胜人处全在突兀"，结尾"亦有回身射雕手段"，全诗"章法、句法、字法俱臻绝顶，盛唐诗中亦不多见"，可谓知言。

以乐景衬写惜别之情
——说王维《送元二使安西》

> 渭城朝雨浥轻尘，客舍青青柳色新。
> 劝君更进一杯酒，西出阳关无故人。

这是一首送别诗。在我国浩如烟海的古典诗歌中，送别诗多得难以数计，而这首诗却最负盛名，一脱稿，就被配上乐曲（称《渭城曲》《阳关曲》或《阳关三叠》）到处传唱。白居易《晚春欲携酒寻沈四著作》诗的"最忆《阳关》唱，真珠一串歌"，《对酒》诗的"相逢且莫推辞醉，听唱《阳关》第四声"，刘禹锡《与歌者何戡》诗的"旧人唯有何戡在，更与殷勤唱《渭城》"，李清照《凤凰台上忆吹箫》词的"休休！这回去也，千万遍《阳关》，也则难留"，都告诉我们这首送别诗的影响多么深远。

全诗四句。一、二两句只写地点、时间和景物，而送行之意，已跃然纸上。"渭城"，即秦时的咸阳城，汉代改称渭城，在今西安市西北，渭水之阳，乃是汉唐时代从长安到祖国西北边疆去的必经之地，因而那里就有供旅人寄宿的"客舍"。元二奉命出使安西，当然是从长安出发的，作者那时也在长安做官。诗人不写长安，而写"渭城""客舍"，则送行之远，情意之殷，都见于言外。那个"朝"（早晨）字也不宜轻易放过。从长安到"渭城"，很有一段距离。送行之地是"渭城""客舍"，而时间则是早晨，表明诗人从长安送元二到渭城，还不忍分别，就在"客舍"里住了下来。住了多久，不得而知，但至少是一个夜晚，其依依惜别之情，见于言外。正像俗话所说，"送君千里，终须一别"，如今已是早晨，元二不得不趁早出发了！凑巧，一阵"朝雨"，压下了"轻尘"，"客舍"外面的杨柳经过雨洗，一片青翠，道路干净湿润，景物清新可喜，朋友们不就可以高高兴兴地分手了吗？可是不然。

三、四两句，抒写好友之间依依惜别的真挚情谊：使命在身，势难挽留，分手在即，此刻，诗人再也没有旁的话可说了，只好又斟上一盅酒来劝慰行人："老兄！再干一杯吧！"这儿妙在下了一个"劝"字和一个"更"字，说明对方早已推说不能再喝，而主人还在"劝"他喝，屡劝屡喝，最后，还"劝君更进一杯酒"。为什么？就因为"西出阳关无故人"啊！"阳关"，故址在今甘肃省敦煌县西南。《元和郡县志》说，因为它在玉门关之南，所以称"阳关"，它既是古代自中原赴西北边疆的必由之路，又是古人意念中的内地和边疆的一个地理分界。诗题为《送元二使安西》，安西，在今新疆维吾尔自治区库车附近，远在"阳关"之外。诗人不说"西至安西无故人"，却说"西出阳关无故人"，这就留下一大段"潜台词"：老兄，一出阳关，你便再碰不到旧相识了，更何况你还要越走越远，直到安西去呢……别离的凄苦，友谊的真挚，都得到了曲折的表现，令人回味无穷。

现在，再回到一、二两句上来。"渭城朝雨浥轻尘，客舍青青柳色新"，就景色而言，这是清新宜人的。表现离别的凄苦，一般用凄苦的景物加以烘托，杜甫的《新安吏》中的"肥男有母送，瘦男独伶俜。白水暮东流，青山犹哭声"，就是一例。王维在这里用了另外一种手法，即"以乐景写哀"。王夫之在《姜斋诗话》里说："以乐景写哀，以哀景写乐，一倍增其哀乐。"他举的"以乐景写哀"的例子是《诗经》中的名句："昔我往矣，杨柳依依。"王维此诗的一、二两句，在艺术构思上也许受了"杨柳依依"的启发，但又另有新意。"朝雨"初过，"轻尘"不起，柳色青青，景色如此清新宜人，那么朋友们在一起，该多好！然而元二却要远去，怎么能不平添惜别之情！这是一层意思。元二要到阳关之外的"安西"去，那里的景物又如何呢？王之涣的《凉州词》里是这样描写的："羌笛何须怨杨柳，春风不度玉门关。"那么，元二"西出阳关"，不仅是"无故人"，就连"朝雨浥轻尘""青青柳色新"的自然美景，也无法看到了！这是又一层意思，很清楚，正因为有"乐景"的烘托，下面抒写的惜别之情才格外感人。

元二其人，我们连名字都不知道，但《送元二使安西》这首诗，却经历了一千二百余年的考验，至今还脍炙人口，说明它有强大的艺术感染力。这首送别诗究竟凭什么打动了当时以至尔后那么多读者的心弦呢？明代李东阳在《怀麓堂诗话》中有段话可供我们参考。他说："作诗不可以意循辞，而须以辞达意。辞能达意，可歌咏，则可以传。王摩诘'阳关无故人'之句，盛唐以前所未道。此辞一出，一时传诵不足，至为三叠歌之，后之咏别者，千言万语，殆不能出其意外，必如是，方可谓之达耳。"

驰骋想象　波澜迭起
——说李白《梦游天姥吟留别》

海客谈瀛洲，烟涛微茫信难求。
越人语天姥，云霞明灭或可睹。
天姥连天向天横，势拔五岳掩赤城。
天台四万八千丈，对此欲倒东南倾。
我欲因之梦吴越，一夜飞度镜湖月。
湖月照我影，送我至剡溪。
谢公宿处今尚在，渌水荡漾清猿啼。
脚著谢公屐，身登青云梯。
半壁见海日，空中闻天鸡。
千岩万转路不定，迷花倚石忽已暝。
熊咆龙吟殷岩泉，慄深林兮惊层巅。
云青青兮欲雨，水澹澹兮生烟。
列缺霹雳，丘峦崩摧。
洞天石扉，訇然中开。
青冥浩荡不见底，日月照耀金银台。
霓为衣兮风为马，云之君兮纷纷而来下。
虎鼓瑟兮鸾回车，仙之人兮列如麻。
忽魂悸以魄动，恍惊起而长嗟。
惟觉时之枕席，失向来之烟霞。

世间行乐亦如此，古来万事东流水。
别君去兮何时还？
且放白鹿青崖间，须行即骑访名山。
安能摧眉折腰事权贵，使我不得开心颜？

天宝三载(744)李白因受权贵排挤而被放出京。两年之后，告别东鲁，南游吴越，行前作此诗，诗题一作《别东鲁诸公》。全诗驰骋想象，助以夸张，通过梦游仙境的描绘抒发现实感慨。陈沆《诗比兴笺》认为"太白被放以后，回首蓬莱宫殿，有若梦游，故托天姥以寄意"，深中肯綮。

发端以瀛洲衬托天姥，迅速进入主题。以下先以"连天向天横"总写天姥，接着兼用夸张对比手法，突出其"拔五岳"、"掩赤城"、压天台的磅礴气势。说天姥"拔五岳""掩赤城"，已嫌其夸。用"四万八千丈"拔高天台，又让它拜倒在天姥脚下，更嫌其夸。天姥、五岳、赤城、天台，都非幻想世界的事物，而是祖国名山，有目共睹，不宜夸张失实。作者注意到这一点，所以不说天姥之高可"拔"可"掩"，而说其"势"可"拔"可"掩"，不说天台已"倒"，而说"欲倒"。用"势"、用"欲"极见匠心。更其巧妙的是，如此描状，其根据不是亲眼所见，而是"越人"讲述。拈出"越人语"三字，便获得了夸张、渲染的极大自由，而经过夸张、渲染的天姥又引起畅游的梦想，于是以"我欲因之梦吴越"一句转入奇幻莫测的梦游世界。

自"飞度镜湖月"至"空中闻天鸡"写"一夜"之间的经历，行动轻灵，光景明丽。"千岩万转路不定，迷花倚石忽已暝"，写一日游历，奇境层出，应接不暇，恍惚迷离，不觉"已暝"。自"熊咆龙吟"至"丘峦崩摧"，写入夜以后出现的恐怖景象，为"洞天石扉，訇然中开"酝酿气氛。这几句，可与《楚辞·招魂》"君无上天些！虎豹九关,啄害下人些"共读。 天界入口处,虎豹把守,很难接近。仙界入口处,熊咆龙吟,也不易闯入。

"青冥浩荡不见底"至"仙之人兮列如麻",写"洞天"中所见:"日月照耀金银台",何等辉煌! "虎鼓瑟兮鸾回车",又令人惊惧。随之以"忽惊起而长嗟"结束梦游,回到现实。 联想诗人供奉翰林的遭遇,则"洞天"内外种种幻象的现实根据和象征意蕴,便不难领悟。

末段因梦而悟,归到"留别",以"安能摧眉折腰事权贵,使我不得开心颜"作结,表现了绝意仕途,蔑视权贵,向往自由的反抗精神和高尚情操。

全诗波澜迭起,夭矫离奇,不可方物。 韵脚的变换与四、五、七言句式、骚体句式、散文句式的错综运用,又强化了天风海涛般的气势和自由奔放的激情。 与《蜀道难》同为代表李白独特艺术风格的歌行体杰作。

一片真情　绵绵无尽
——说李白《金陵酒肆留别》

> 风吹柳花满店香，吴姬压酒劝客尝。
> 金陵子弟来相送，欲行不行各尽觞。
> 请君试问东流水，别意与之谁短长。

留别，是留诗告别的意思。留别的场所是金陵酒店，题目已经标明，似乎不必再写了。但那是文，不是诗。试读第一句，分明仍是写那个酒店，却多么富于诗情画意。当然，诗不同于画，那画面，要通过读者的想象和联想去创造，关键在于诗人是否提供了引发读者想象和联想的充分条件。"风吹柳花满店香"，这是写店内，但你难道不会因此而想到店外吗？杨柳含烟，绿遍十里长堤，杨花柳絮，随着骀荡的春风，漫天飞舞，有一些，直飞到这个酒店里，送来春天的芳香，令人陶醉。有人挑剔道："柳花不可言香。"辩解者说：《唐书·南蛮传》里明说诃陵国以柳花椰子酿酒，这里的柳花，就是柳花酒，当然是香的。其实，这都有点儿隔靴搔痒。诗人在第二句里才说"酒"，第一句里的"柳花"即是柳絮，何必怀疑。时当暮春，地属江南，店外自然是杂花生树的芳菲世界。春风吹入店内，在送来柳絮的同时也送来花香，一个"香"字，把店内和店外连成一片，从而烘托出醉人的氛围，这是第一层。第二，这"香"字又和第二句的"酒"字密切相关。"吴姬压酒劝客尝"，只用七个字，就把那个吴姬写活了。她一见客人进店，就赶忙压榨新酒，又把压出的新酒捧过来，笑眯眯地说："快尝尝，这酒真香！"这期间，那新酒已经香气四溢，与风吹柳花带来的芳香融为一体，浑然莫辨。两句诗，展现了如此美好的境界，令人迷恋。而这，正是为下文抒发惜别之情作铺垫。

所谓以乐景写哀,一倍增其悲哀。

第三句突转。金陵子弟一来,店内似乎更加热闹了,但他们是来送行的。店外春光明丽,风景宜人,店内新酒初熟,吴姬殷勤好客,金陵子弟又纷纷来送,意厚情深,这真可以说是"四美具,二难并",怎忍舍此远行呢?惜别之情,于是油然而生,从而引出了以下三句。

"欲行不行各尽觞"一句,有人作了这样的解释:"欲行的诗人固陶然欲醉,而不行的相送者也各尽觞。"这似乎不合原意。"欲行"而又"不行",正表达了诗人不得不行而又无限依恋的矛盾心理。诗人不忍远行,相送者又何尝希望他马上就走,于是出现了"各尽觞"的场面。这里的"各尽觞",当然不是彼此只干一杯。而是继续劝酒,继续干杯,甚至当诗人多次起身告别之时,相送者还多次"劝君更尽一杯酒"呢!

前人多认为"此诗妙在结语",前面几句,一般人都作得出。其实,结语固妙,前面几句,也不能说不精彩。而且没有前面的烘托、铺垫、转折,结语之妙,又何从显现?读完前四句诗,已感到惜别的意绪,浩浩无涯,绵绵不尽。在此基础上再看结语,就觉得恰从诗中人物的肺腑中流出,一片真情,略无造作。正因为这样,才以情动情,感人肺腑。

当然,结语之妙,还可以从艺术表现上探求。惜别的意绪浩浩无涯,绵绵不尽,但这是抽象的。滚滚东流的江水,浩浩无涯,绵绵不尽,则是看得见,摸得着的。那座金陵酒店,也许正好面对大江,而诗人,也许告别之后即坐江船远去。当他与送行者"各尽觞"之时,遥望大江,心物交感,于是融别意于江水,给抽象以形象,从而强化了艺术感染力。就这一点而言,李白可能受到前人的启发。谢朓《暂使下都夜发新林至京邑赠西府同僚》中的"大江流日夜,客心悲未央",阴铿《晚出新亭》中的"大江一浩荡,离悲足几重",正与此同一机杼。李白的创新之处在于:他不用简单的比喻而出之以诘问。

读"请君试问东流水,别意与之谁短长"两句,那诘问者的神情,听众们的反应,以及展现在远处的江流、平野,虽然未着一字,却都视而可见,呼之欲出。刘禹锡的"欲问江深浅,应如远别情",李后主的"问君能有几多愁,恰似一江春水向东流",都是从这里变化出来的。

浮云落日　情意无极
——说李白《送友人》

> 青山横北郭，白水绕东城。
> 此地一为别，孤蓬万里征。
> 浮云游子意，落日故人情。
> 挥手自兹去，萧萧班马鸣。

王勃的《送杜少府之任蜀川》，一上来就以"城阙辅三秦，风烟望五津"一联分点送行之地与友人将去之地。王维的《送梓州李使君》，未提送别之地，只写李使君要去的梓州景物——"万壑树参天，千山响杜鹃。山中一夜雨，树杪百重泉。"李白的《送友人入蜀》，则由蜀道写到蜀城，写到在蜀城卖卜的严君平。这些诗写法各异，但异中也有同，那就是都或多或少地描述了被送者要去的地方。这因为被送者要去的地方是明确的，在题目中也作了明确的反映。被送者要到那个特定的地方去，并非偶然，因而送行之地可写可不写，但被送者要去的地方却不能不写，尽管可以有各种各样的写法。

李白的这首《送友人》却与此不同。

王维的"万壑树参天，千山响杜鹃"，以写景发端而不提送别，前人或评为"斗绝"，或赞以"逆起神韵超迈"。李白的"青山横北郭，白水绕东城"，同样以对偶句先写景，而不提送别，"斗绝""逆起神韵超迈"之类的评赞，也未尝不可以用。然而前者所写的是被送者要去之地的景，后者所写的是送别之地的景，命意谋篇，各有特色。王维把被送者要去的地方写得那么优美，意在鼓励他愉快地去做一番事业，所以用"文翁翻教授，不敢倚先贤"结束全诗。李白写送别之地山横水绕，则表明"此地"尚堪留恋，笔端饱含惜别之情，所以以下六句,全都是惜别之情的自然流露。

　　送别之地也就是与友人聚合之地。在山横水绕的地方与友人聚合,即使处境不那么得意,总还是不错的。可是如今呢,出于某种原因,不能不彼此分手了!当然,如果友人此去有一个较好的归宿,像王维所送的"李使君"那样在一个风景秀丽的地方去做官,那就不会有太多的惜别之情,重要的是要鼓励他做出成绩。李白送的这位"友人"却连一个明确的目的地也没有,他之所以要走,并不是已经有了什么归宿,而只是去寻找归宿。所以在送行之时,就充满了惜别之情。"此地一为别"一句,以"此地"指代"青山横北郭,白水绕东城",滴水不漏。"一为别"中的"一"这个副词也用得很传神。在古汉语中,"一"与"则"前后呼应,表示前一种情况一出现,后一种情况就紧跟着出现。例如《史记·范雎蔡泽列传》中的"王一兴兵而攻荥阳,则其国断而为三",就是这样的。这里用的正是"一……则"的格式,只由于诗的语言不同于散文的语言,下句里省略了"则"。"此地一为别",就"孤蓬万里征",一刹那就是截然不同的两种境界。"为别"的"为"字也值得玩味。"为别"略等于"作别",兼包相互"道别"的双方,与下面的"孤蓬"形成强烈的对照。在"为别"之前乃至"为别"之时,两人尚在一起,即使是"蓬"吧,还不是"孤蓬",而"一为别",就成为"孤蓬"了。蓬草被风吹散,便飞转无定,古人常用以比喻漂流无定的游子。"一为别"就成"孤蓬",亦自可伤,而"孤蓬"之"征",遥遥"万里",竟不知落脚何处,就更令人百感茫茫。当然,此时还在"为别","友人"并没有走,"孤蓬万里征",只是想象中的情景。然而从"青山横北郭,白水绕东城"的"此地""一为别"想到即将出现的"孤蓬万里征",其惜别之情不是已经见于言外了吗?朱超道《别席中兵》中"扁舟已入浪,孤帆渐逼天",王维《观别者》中"车徒望不见,时见起行尘",李白《送孟浩然之广陵》中"孤帆远影碧空尽,惟见长江天际流",都写的是目送行人远去的实景。"孤蓬万里征"在"为别"之时尚出于想象,然而"一为别"即成现实,目送友人远去之状也已经跃然纸上,和实写目送行人远去的诗句相比,似乎更多一些"虚实相生""馀味曲包"的妙处。

"浮云游子意,落日故人情"一联,通过"浮云"与"落日"表现"为别"之时双方的心理活动,情景交融。"浮云"乃"为别"之时所见。天空飘浮着白云,这是景。触景可以生情,而同一景对于不同的人又可以引起不同的心理活动。"游子"看见"浮云",究竟有什么心理活动呢?作者是写了的,却写得很含蓄。"浮云"与"游子意"之间,没有任何关联词,使人不明确"游子"看见"浮云"到底产生了什么"意",不能不认真地去想。一想,就会想出一些东西来。首先,"浮云"的"浮"与"游子"的"游"有相似之处。"浮云"没有根,随风飘浮,不由自主,也靡有定止。"游子"看见"浮云",大概是联想到了与之相似的命运吧!"游子"与"浮云"之间还有一种联系,那就是《古诗》里所说的"浮云蔽白日,游子不顾返"。那么,在那"游子意"里,是不是也还包含这样的内容呢?"落日"也是"为别"之时所见的景,但又兼写时间。作者在"落日"与"故人情"之间也没用任何关联词,给读者留下了吟味的余地。因为"一为别"就"孤蓬万里征";所以尽量拖长"为别"的时间,直拖到红日西落,再无法俄延了!这是一层意思。陈后主《乐府》"思君如落日,无有暂还时",诗句也许还可以包含这一层意思。总之,诗人没有直说"游子"有什么"意","故人"有什么"情",只用"浮云"与"落日"触发读者的联想,手法很高明。这种把几个名词性的词组连缀一起,中间不用关联词而让读者自己去寻找彼此之间的内在联系的造句方式,也很值得注意。晚唐诗人温庭筠《商山早行》中的"鸡声茅店月,人迹板桥霜"一联,颇为后人所称道,尽管意境各别,但就造句的特点而言,却与此一脉相承。

以上两联都是写未别之时的惜别之情。惜别已到"落日",不得不别,这才以"挥手自兹去,萧萧班马鸣"收束全诗。"兹"字近接"落日",指"兹时",遥承首联,指"此地"。在红日西落的"兹时"于"青山横北郭,白水绕东城"的"此地"互相"挥手",而"挥手"之后紧跟着的就是"孤蓬万里征",何以为情!《诗经·邶风·燕燕》有云:"瞻望弗及,泣涕如雨。"正面写离别之情,十分动人。李白在前面已经写了"游子意"和"故人情",故不再从正面写人,而只从侧面写马。当"挥手自兹去"之时,连两位友人所骑的马都因彼此分奔而萧萧长鸣,倾吐离情别绪,那么,作为万物之灵的人又怎么样呢?

从"孤蓬万里征"和"浮云游子意"等句看,那位"友人"行踪无定,渺无归宿,所以题目只说"送友人",而不说送友人到什么地方去。诗中也只能写送别之地,至于友人要去的地方,那是无法作具体描写的。

单纯从题目"送友人"看,送行者应该是"居人",送走"友人",他就回到山横水绕的城郭中去了。但从"此地一为别,孤蓬万里征","挥手自兹去,萧萧班马鸣"的语气看,又仿佛兼指自己,很有点"君向潇湘我向秦"的味道。《左传·襄公十八年》:"邢伯告中行伯曰:'有班马之声,齐师其遁。'"杜注:"夜遁,马不相见,故鸣。班,别也。"言"马"之"别",见得它们本来是在一起的,彼此的主人自然也在一起。主人"挥手此兹去",各成孤客,像"孤蓬"那样"万里征";马呢,自然也各成孤马,驮着各自的主人踏上"万里"征程,而且还不知道何处可以托足!"萧萧班马鸣"一句,说它像"边马有归心"那样借马写人,当然是可以的。然而诗人很富有同情心,又安知他不是由人的命运想到马的命运,于是乎移情人马,代马抒情。当然,代马抒情,归根到底还是抒人之情。这和"树犹如此,人何以堪"的艺术手法很相似,所不同的是不说"人何以堪",只写人各西东,耳畔犹闻马鸣,就戛然而止。沈德潜在《唐诗别裁集》里选了这首诗,评论说:"苏、李赠言,多唏嘘语而无蹶蹙声,知古人之意在不尽矣。太白犹不失斯旨。""不尽"的特点,在这一首诗里的确表现得很突出。

状奇险之景　寓不平之意
——说李白《送友人入蜀》

> 见说蚕丛路，崎岖不易行。
> 山从人面起，云傍马头生。
> 芳树笼秦栈，春流绕蜀城。
> 升沉应已定，不必问君平。

全篇紧扣诗题，写"送友人入蜀"。

入蜀总得经过蜀道，所以一上来就描写蜀道。然而如今正在"送友人"，友人并未踏上蜀道，自己当然也不在蜀道，蜀道如何，都未目睹，怎么写法呢？

宋玉《高唐赋》和孙绰《游天台山赋》，侈说高唐，畅游天台，其实都未亲历，全出遐想。至于李白的《梦游天姥吟留别》，题中已点明"梦游"，在构思谋篇上，则以"越人语天姥"而激发游兴，因想生幻，转入梦游的描写，创造了瑰奇怪丽的神仙境界。《送友人入蜀》虽然是一首抒情小诗，却具有类似的特点。写蜀道，先以"见说"领起，雄浑无迹，显示出卓越的艺术技巧。"见说"就是"听别人说"。别人可以说少，也可以说多，可以说好，也可以说坏，可以如实介绍，也可以夸张乃至虚构。以"见说"冒下，就获得了随意抒写的自由。

"见说蚕丛路，崎岖不易行"中的"蚕丛"，原是传说中古代蜀国的一个国王，这里用来指蜀地。"蚕丛路"，就是蜀道，点题目中"友人入蜀"的道路。友人将"入蜀"，送别之时，当然应该祝愿他"一路平安"。为了他一路平安，认真地讲一下蜀道之难行，好让友人多加小心，还是必要的。 从这一意义上说，以"见说"领起，就还有深意。 不光是我说，别人也都说那"蚕丛路崎岖不易行"啊！弦外之音岂不是："你可得小心啊！"接下去，就具体地描写如何"崎岖不易行"。 我们知道，作者的《蜀道难》一诗以"噫吁戏，危乎高哉！"开头，对"蜀道之难，难于上青天"作了惊心动魄的描绘，归结到"嗟尔远道之人，胡为乎来哉！"这首诗是"送友人入蜀"，而不是劝阻友人入蜀，因而不必要大谈"其险也如此"，以免友人"听此凋朱颜"，所以只借"见说"，写了这样两句："山从人面起，云傍马头生。"别人哪能"说"出这样好的诗句，这当然是李白的独创，只不过归之于"见说"罢了。

关于山陡难登的情状，早在东汉人马第伯的《封禅仪记》里就有十分逼真的摹写："石壁窅窱，如无道径。……两从者扶腋，前人相牵，后人见前人履底，前人见后人顶，如画重累人矣。"后人效法乃至抄袭者颇不乏人。 如唐时升《游泰山记》云："若阶而升天，时临绝壁，俯视心动。……前行者当后人之顶上，后行者在前人之踵下，惴惴不暇四顾。"其中"前行者"两句，剽窃之迹宛然。 至于袁中道《登泰岱》中的"前人踏皂帽，后侣戴青鞋"一联，则夺胎换骨，不乏兴象，但和李白的"人面""马头"一联相比，高下立见。 有"人"有"马"，见得这是登山。 那山如果壁立千仞，攀登之时就会出现马第伯、唐时升、袁中道等人摹写的情状。 李白正是写山的壁立难登，却没有说"后人""前人"如何如何，只用"山从人面起，云傍马头生"十个字，就展示了一幅有情有景的登山图，还表现了山"起"、云"生"的动态。 和前面所引的那些文字相较，既不那样着迹，又似乎毫不费力，真所谓"清水出芙蓉，天然去雕饰"。

前四句写"入蜀"之路难行，"友人"从何处"入蜀"，即作者在何处为"友人"送行，全未涉及。 读到"芳树笼秦栈，春流绕蜀城"

一联,才看出"友人"将从秦入蜀。 这一联,以写为叙,而所写的又是想象中的情境。 "友人"是要告别秦中到"蜀城"去的。 由于对"友人"的出行十分关心,所以始而借"见说"蜀道之崎岖以引起"友人"的注意,继而身在秦中,心驰蜀道,先后出现了"芳树笼秦栈""春流绕蜀城"的特写镜头,而他所送的"友人"呢,也已经在想象中通过"芳树"笼罩的"秦栈",到达"春流"环绕的"蜀城"。 既然已经写到"蜀城",以"问君平"作结,就显得水到渠成,天衣无缝。

"秦中自古帝王都",唐王朝的京城长安也就在那里,而"入蜀"之路,却那么"崎岖不易行"。 那么,那位"友人"不在长安求官或做官,偏偏要"入蜀",究竟为什么? 难道长安的"十二街"比"蜀道"还难行吗? 看来那位"友人"的离秦"入蜀",必有原因。 这原因,作者是知道的,但在前面,却一点也没说,只在结尾作了些暗示:"升沉应已定,不必问君平。"

据《汉书》卷七十二记载:蜀有严君平,卜筮于成都市,有问卜者,则依蓍龟为言利害。 但他是汉朝人,到了李白的时代,其人与骨皆已朽矣,怎能向他"问"什么"升沉"? 作者用这个故事结尾,一方面当然意在"点题"。 君平在成都卖卜,说"问君平",就等于说"友人"到了"蜀城"。 更重要的一方面,则是既透露"友人入蜀"的原因,又抒发"送友人入蜀"时的情感。 "升""沉"未定,还有"升"的希望,才去问卜;"升""沉"已定,只能接受既定的现实,还问它做甚! 作者告诉友人:"关于政治上的'升沉'嘛,看来就是这么个样子了! 你到了'蜀城',就不必寻找像严君平那样的人去占卜算卦了吧!"

那么,究竟是谁的"升沉应已定"呢? 从"友人"不得不"入蜀"看,当然是"友人"的,但也未尝不可以兼包作者自己的。 "不必问君平",自然也可以兼包"不必替我问君平"这一层意思。

那么,究竟是"定"在"升"上呢,还是"定"在"沉"上?细味全诗,看来那是"定"在"沉"上的,"升沉"实际上是复词偏义。看样子,作者所"送"的是个失意的"友人",作者自己呢,也未见得多么得意,因而在为"友人"送行的时候不无牢骚,在诗里面也发了些牢骚。分明是说友人自秦入蜀的道路不管多么崎岖难行,却迎人面而起山,傍马头而生云,笼秦栈以芳树,绕蜀城以春流,不但使人不觉得险恶,反而使人陶醉于诗情画意,以致被某些读者误认为那是"歌颂祖国的大好河山"。到了结尾,既不确指谁的升沉已定,又不点明是"升"是"沉",使"牢骚语抑遏不露"。正因为"不露",才更耐人寻味。

把写蜀道的部分和《蜀道难》合读,把发牢骚的部分和《梦游天姥吟留别》的结尾"安能摧眉折腰事权贵"等句对照,就不难看出李白诗歌风格的统一性和多样性。

李白生平第一首快诗
——说李白《早发白帝城》

> 朝辞白帝彩云间,千里江陵一日还。
> 两岸猿声啼不住,轻舟已过万重山。

乾元二年(759),李白因永王璘事被流放夜郎,至白帝遇赦,归途作此诗。诗题一作《下江陵》。

盛弘之《荆州记》云:"惟三峡七百里中,两岸连山,略无缺处,重岩叠嶂,隐天蔽日,自非亭午夜分,不见曦月。至于夏水襄陵,沿溯阻绝,或王命急宣,有时朝发白帝,暮到江陵,其间千二百里,虽乘奔御风,不以急也。每至晴初霜旦,林寒涧肃,常有高猿长啸,属引凄异,空谷传响,哀转久绝。故渔者歌曰:'巴东三峡巫峡长,猿鸣三声泪沾裳。'"明人杨慎《升庵诗话》卷四引此文,评论道:"太白述之为韵语,惊风雨而泣鬼神矣。"其实,李白此诗,并非述盛弘之文为韵语,而是即景抒情,戛戛独造。其艺术效果,也不是"惊风雨而泣鬼神",而是轻快喜悦。

作者在流放途中所作的《上三峡》诗里说:"三朝上黄牛,三暮行太迟。三朝又三暮,不觉鬓成丝。"如今忽然遇赦,乘船顺流而"还",其重获自由的喜悦感、轻快感与江流之快,归舟之"轻",水乳交融,便创造出这首千古名作,被王士禛推为"三唐压卷"。

前两句,似与《荆州记》"朝发白帝,暮到江陵"无异,实则后者只客观地写江行之"急",前者则用一个"辞"字、一个"还"字托出抒情主人公的神采与心态。他不是经白帝西去夜郎,而是"辞"白帝东"还"江陵,已露喜悦之情。辞白帝于朝日照射的彩云之间,色彩绚丽,形象优美,又强化了喜悦之情。白帝既在"彩云间",则高屋建瓴,江水奔泻,江陵一日可还之意已暗寓其中。"千里"极遥,"一日"极短,"千"与"一"对照,突出地表现了东"还"之快出乎意料,惊喜之情,见于言外。前两句已写完由"辞"到"还",概括性极强而形象性不足,于是掉转笔锋,补写"一日"之间的见闻。就闻的方面说,"猿鸣三声泪沾裳",这是行经三峡者的典型感受,诗人却以"两岸猿声"作铺垫,突现"轻舟"如飞的轻快感。就见的方面说,"千里"之间,景物繁富,一句诗如何写?诗人只用"已过"二字,而重山叠嶂、城郭村落等等扑面而来,掠舟飞退的奇景,已如在目前。

浦起龙《读杜心解》称《闻官军收河南河北》为杜甫"生平第一首快诗"。这首《早发白帝城》,也可以说是李白生平第一首快诗。

境界开阔　精神超脱
——说畅诸《登鹳雀楼》

> 迥临飞鸟上，高出世尘间。
> 天势围平野，河流入断山。

鹳雀楼，故址在今山西永济县西黄河中的小岛上。在唐代，楼高三层，前瞻中条，下瞰黄河，为登览胜地，诗人多有题咏，而以王之涣诗和此诗最有名。

此诗作者，通行选本多作畅当，实误。李翰《河中鹳雀楼集序》云："前辈畅诸题诗上层，名播前后，山川景象，备于一言。"李翰生活于天宝后，称畅诸为前辈，又据《登科记》卷七载畅诸登开元九年拔萃科，则畅诸和王之涣同时。而畅当，却是大历、贞元间人，与王之涣时代不相及，李翰安得称之为"前辈"？又据近出敦煌残卷，此诗作者亦作畅诸。

前两句写诗人登上鹳雀楼最高层，凭栏俯瞰，在高空盘旋的飞鸟都在下方，环境十分阒寂，空气异常清新，人世间的紫陌红尘，都和这里隔绝。此时诗人高蹈的襟怀与高敞的景物相契合，大有飘然出世之感。

如果说前两句用短镜头摄近景，则后两句便是用长镜头摄远像：透过明净的空间，看到四围的远空，有如下垂的天幕，包围着平坦的大地；从天际奔泻而来的黄河，穿过中条山断裂处，有如脱缰的野马，呼叫飞驰而去。

这首诗，通过诗人的审美选择，从多角度对天地山川飞鸟以及自然环境作了具象的描绘，构成一幅境界开阔、精神超脱的生活画面。 四句话，前两句和后两句各成对偶，却自然流畅，生动而不板滞，是作者善于用准确、明快、形象的语言进行创作的缘故。 因之这首诗和王之涣的同名诗得以流传后世，雄视百代，成为脍炙人口的佳什。

盛唐边塞诗的杰作
——说高适《燕歌行》(并序)

开元二十六年,客有从御史大夫张公出塞而还者,作《燕歌行》以示适,感征戍之事,因而和焉。

汉家烟尘在东北,汉将辞家破残贼。
男儿本自重横行,天子非常赐颜色。
摐金伐鼓下榆关,旌旆逶迤碣石间。
校尉羽书飞瀚海,单于猎火照狼山。
山川萧条极边土,胡骑凭凌杂风雨。
战士军前半死生,美人帐下犹歌舞。
大漠穷秋塞草腓,孤城落日斗兵稀。
身当恩遇恒轻敌,力尽关山未解围。
铁衣远戍辛勤久,玉箸应啼别离后。
少妇城南欲断肠,征人蓟北空回首。
边庭飘摇那可度,绝域苍茫更何有?
杀气三时作阵云,寒声一夜传刁斗。
相看白刃血纷纷,死节从来岂顾勋?
君不见沙场征战苦,至今犹忆李将军!

高适于开元十五年(727)、二十年(732)两次北上幽燕,对边塞实况、军中内幕多有了解,创作了《塞上》《蓟门五首》等诗。据此篇小序,开元二十六年(738),有从张公出塞而还者作《燕歌行》给他看，他"感征戍之事"而作此诗。张公指张守珪，他于开元二十四年（736）、二十六年率部讨奚、契丹，两次战败。高适从那位随张守珪出塞而还者的作品和口中得悉两次战败情况，结合他以前的生活经验进行艺术概括，创作了这篇盛唐边塞诗名篇。

全诗生动地反映了一次战役的全过程。首句点战地，"烟尘在东北"，指奚、契丹侵扰。二、三、四句，写"汉将"声威；而"破残贼""重横行"，屡露轻敌之意，天子又"非常赐颜色"，助其骄气。五、六句写行军场面，用浩大声势烘托主将骄气。七句写羽书飞传，军情紧急。八句写敌军猎火照红狼山，见得并非"残贼"。以上八句是第一段，从主客观的对比中已预示骄兵必败，而从辞家到榆关、到碣石、到瀚海、到狼山，长途跋涉，猝遇强敌，其战争胜负如何，更不难预料。

"山川""胡骑"两句，写地形开阔，无险可守，而敌军铁骑，如狂风暴雨袭来。接着以"战士军前半死生"概括士卒拼杀之英勇，牺牲之壮烈，而以"美人帐下犹歌舞"作强烈对照，揭露轻敌恃宠的"汉将"并未亲冒矢石指挥战斗，而是躲在远离前线的帐中听歌看舞，寻欢作乐。下面四句，以"大漠穷秋"、"塞草"枯萎、"孤城落日"的阴惨氛围烘托"斗兵稀"的惨烈景象，又以主将"身当恩遇恒轻敌"与战士"力尽关山未解围"作强烈对照，其战败的罪责应由谁负，已不言而喻。

以下八句是第三段，通过描写幸存士卒的处境和心境，进一步谴责主将。"铁衣远戍辛勤久"，一个"久"字，一个"远"字，已流露无限思家之情。接下去，不直写征人如何思家，却透过一层，写征人料想妻子从别离以后一直思念自己，双泪不干，其同情、怜爱妻子之情溢于言表，加倍感人。然而主将却没有这种伟大的同情心，因而"少妇"尽管"欲断肠"，"征人"依然"空回首"。而"边庭飘摇"，"绝域苍茫"，杀气作阵云，寒声传刁斗，其处境之艰危与心境之悲凉融合为一，将士卒之苦写到极致，也将主将之罪写到极致，为结尾作好了铺垫。

　　末段四句，前两句歌颂战士血染白刃，战死沙场，并未想到个人功勋。言外之意是，主将却是要拿士卒的鲜血、生命换取个人功勋的。后两句用"沙场征战苦"引出"至今犹忆李将军"作结，全篇的思想意义顿时豁然开朗。怀念李广，说明今无李广。轻敌冒进，丧师辱国，以及征人少妇，备受痛苦等等，皆将非其人所致。

　　全诗的主题是慨叹将非其人，因而不像一般的边塞诗那样着重写民族矛盾，而是另辟蹊径，着重写军中矛盾。与此相适应，大量运用对比手法，加强了艺术表现力。最后以怀念李广作结，也是用爱惜士卒、英勇善战的名将作标尺，对比诗中所写的将领，给予无情的鞭挞。

　　全诗多用律句，又有不少对偶句，吸收了近体诗的优点。每四句换韵，平仄相间，蝉联而下，抑扬起伏，气势流走，又发挥了初唐歌行的特长。从反映现实的深度、广度和艺术表现的完美方面看，既是盛唐边塞诗杰作，也是盛唐歌行体名篇。

"奇气益出"的边塞名篇
——说岑参《白雪歌送武判官归京》

北风卷地白草折,胡天八月即飞雪。
忽如一夜春风来,千树万树梨花开。
散入珠帘湿罗幕,狐裘不暖锦衾薄。
将军角弓不得控,都护铁衣冷难着。
瀚海阑干百丈冰,愁云惨淡万里凝。
中军置酒饮归客,胡琴琵琶与羌笛。
纷纷暮雪下辕门,风掣红旗冻不翻。
轮台东门送君去,去时雪满天山路。
山回路转不见君,雪上空留马行处。

此诗是岑参任安西、北庭节度判官时送人回京之作。紧扣诗题,以奇丽雪景烘托惜别之情。一、二两句"折""雪"押入声韵,声调急促,强化了风急雪骤的视觉形象与听觉形象。"白草折",不仅状"北风卷地"的威力,为次句写"飞雪"作铺垫,而且暗示风中已经带雪。古今注家释"白草",都认为草枯色白,"白"乃草色,其实作者正是以"白"点"雪"。未睹雪势,先闻风声,忽惊草"白",继见雪飞。写得何等有层次、有声势!如果时当隆冬,这景象便无足惊异。可现在才是"八月",初来西北边塞的人怎能不乍感惊奇!于是忽发奇想,以"忽如"领起,于浩荡"春风"中展开了"千树万树梨花开"的瑰丽世界。而"来""开"换平声韵,声韵开张舒徐,恰切地传达了陶醉于无边"春色"中的欢畅心声。此二句千古传诵,良非偶然。 然而这毕竟是"忽如",而不是"已是",于是又回到白雪,写它"散入珠帘"之后带来的酷寒,巧妙地引出人物,向送别过渡。 狐裘不暖,锦衾嫌薄,"将军角弓不得控,都护铁衣冷难着",这是通过人物的触觉表现雪中酷寒,"瀚海阑干百丈冰,愁云惨淡万里凝",这是通过人物的视觉表现雪中酷寒。 万里乌云因奇寒而"凝"固不散,既与下文"暮雪纷纷"呼应,又把人物的视线引向武判官遥遥万里的归程,从而唤起了"愁"与"惨淡"的心理反应。 经过一系列烘托,这才推出了送别的场景:中军帐内,包括"将军""都护"在内的戍边将士为武判官饯行,轮番进酒。 "胡琴琵琶与羌笛",只举三种西域乐器,却使人联想到急管繁弦,乐声大作,随着急速的旋律,不少人翩翩起舞。 既是饯行,又在边地,不能没有离愁别绪,然而总的气氛还是热烈的。 即使有悲,也是悲壮而非悲凉。 行人即将出发,而向帐外望去,"纷纷暮雪下辕门",大雪还没有停止的迹象,而辕门上的军旗,已冻成硬片,不能"翻"动。 这,当然使行人发愁,使送行者担忧。 然而诗人并未说"愁"说"忧",而用特写镜头,以冰天雪地,弥望银白,反衬军旗的无比鲜"红",正像前面视"北风"如"春风",视雪景如春景一样,表现了诗人对边塞风光和军旅生活的热爱。 "风掣红旗冻不翻"的奇丽形象,当然表现了边地严寒,但更主要的是体现了戍边将士不畏艰苦、昂扬勇毅的精神风貌。

　　结尾四句,仍以咏雪烘托送行。 "雪满天山路",其难行可知,然而行人依然按期启程。 送行者目送行人远去,直到"山回路转",人已无法望见,却还凝望留在雪上的马蹄印迹,言已尽而意无穷。

　　翁方纲《石洲诗话》称岑参诗风"奇峭",而其"边塞之作,奇气益出",方苞评此诗,谓"'忽如'六句,奇才、奇气、奇情逸发,令人心神一快"(高步瀛《唐宋诗举要》卷二引),都深中肯綮。

此诗发挥了歌行体特长，两句、四句换韵，平仄相间，跌宕生姿，随着迅速地换韵迅速地转换画面，令人眼花缭乱。句尾多用仄仄仄、平平平、仄平仄，有意避开律句，也不用对偶句，增强了音调的奇峭感，与景色的奇丽、气候的奇寒、人物的奇情水乳交融，相得益彰。

五言古诗中的划时代杰作
——说杜甫《自京赴奉先县咏怀五百字》

杜陵有布衣，老大意转拙。
许身一何愚！窃比稷与契。
居然成濩落，白首甘契阔。
盖棺事则已，此志常觊豁。
穷年忧黎元，叹息肠内热。
取笑同学翁，浩歌弥激烈。
非无江海志，潇洒送日月。
生逢尧舜君，不忍便永诀。
当今廊庙具，构厦岂云缺？
葵藿倾太阳，物性固莫夺。
顾惟蝼蚁辈，但自求其穴。
胡为慕大鲸，辄拟偃溟渤？
以兹误生理，独耻事干谒。
兀兀遂至今，忍为尘埃没？
终愧巢与由，未能易其节。
沉饮聊自遣，放歌破愁绝。
岁暮百草零，疾风高冈裂。
天衢阴峥嵘，客子中夜发。
霜严衣带断，指直不得结。

凌晨过骊山,御榻在嵽嵲。
蚩尤塞寒空,蹴踏崖谷滑。
瑶池气郁律,羽林相摩戛。
君臣留欢娱,乐动殷胶葛。
赐浴皆长缨,与宴非短褐。
彤庭所分帛,本自寒女出。
鞭挞其夫家,聚敛贡城阙!
圣人筐篚恩,实欲邦国活。
臣如忽至理,君岂弃此物?
多士盈朝廷,仁者宜战慄!
况闻内金盘,尽在卫霍室。
中堂舞神仙,烟雾蒙玉质。
煖客貂鼠裘,悲管逐清瑟。
劝客驼蹄羹,霜橙压香橘。
朱门酒肉臭,路有冻死骨。
荣枯咫尺异,惆怅难再述!
北辕就泾渭,官渡又改辙。
群冰从西下,极目高崒兀。
疑是崆峒来,恐触天柱折。
河梁幸未坼,枝撑声窸窣。
行旅相攀援,川广不可越。
老妻寄异县,十口隔风雪。

谁能久不顾？庶往共饥渴。
入门闻号眺，幼子饿已卒！
吾宁舍一哀，里巷亦呜咽。
所愧为人父，无食致夭折。
岂知秋禾登，贫窭有仓卒。
生常免租税，名不隶征伐。
抚迹犹酸辛，平人固骚屑。
默思失业徒，因念远戍卒。
忧端齐终南，颇洞不可掇。

杜甫字子美，生于唐睿宗先天元年（712），死于唐代宗大历五年（770），一生经历了大唐帝国由盛转衰的玄宗、肃宗、代宗三朝，是我国古代文学史上与李白并称、享有世界声誉的伟大诗人。

杜甫的诗歌创作，以安史之乱爆发（天宝十四年，公元755年）为界线，可分为前期和后期。《自京赴奉先县咏怀五百字》这篇长诗的出现，就是由前期转向后期的显明标志，在一定的深度和广度上反映了当时的黑暗现实，也比较集中地表现了作者的主导思想。

杜甫的远祖杜预，是西晋王朝的名将，精通儒家经典，自谓"有《左传》癖"，著有《春秋长历》《春秋左氏经传集解》。祖父杜审言，在武帝时做过膳部员外郎，是当时颇负盛名的诗人。父亲杜闲，做过兖州司马、奉天（今陕西省乾县）县令。杜甫自己说："自先君恕、预以降，奉儒守官，未坠素业。"又说："诗是吾家事"，"吾祖诗冠古"。可以看出，他出身于一个有着儒学传统和文学传统的官僚地主家庭，他也是以此为豪的。

杜甫青壮年时期，读书游历，过着"裘马清狂"的"快意"生活。

正因为比较"快意",所以尽管南游吴越,北游齐赵梁宋,跑了许多地方,却浮在社会的上层,没有深入人民生活,因而未能写出比较深刻地反映现实的作品。

累代"奉儒守官",深受儒家思想熏陶的杜甫,自然要走"学而优则仕",以实现儒家政治理想的道路。所以他"快意八九年,西归到咸阳"。天宝五年,来到唐王朝的京城长安,想通过考试进入仕途。他毫不掩饰地说:"自谓颇挺出,立登要路津。致君尧舜上,再使风俗淳。"但事与愿违,"要路"难登。天宝六年(747),唐玄宗"诏天下",有一技之长的人都可以到长安应试。杜甫抱着极大的希望参加了这次考试,满以为凭着他"读书破万卷,下笔如有神。赋料扬雄敌,诗看子建亲"的才学,从此可以脱颖而出,青云直上。不料主持这次考试的李林甫堵塞贤路,搞了个大骗局,连一个人也没有录取,却给唐玄宗上表贺喜,说什么"野无遗贤"。意思是,像我李林甫这样的宝贝早被求贤若渴的皇帝陛下一个不漏地弄到朝廷里来了,剩下的都是些大草包,不堪入选。这件事,使杜甫认识到被权奸李林甫之流把持着的朝政是多么黑暗!他在《奉赠鲜于京兆》一诗里愤慨地说:"破胆遭前政,阴谋独秉钧。微生沾忌刻,万事益酸辛。"这时候,杜甫的家庭早已没落,他困处长安,不但不能"立登要路",而且"朝叩富儿门,暮随肥马尘。残杯与冷炙,到处潜悲辛",连生活也难于维持。到了后来,"长安苦寒谁最悲?杜陵野老骨欲折","饥卧动即向一旬,敝衣何啻联百结",简直贫困到挨饿受冻的地步了!加上疾病的折磨,把当年"放荡齐赵间,裘马颇清狂"的杜甫,弄得"头白眼暗坐有胝,肉黄皮皱命如线"。就这样,他从社会的上层跌落下来,逐渐接触了人民的苦难,看到了"朱门务倾夺,赤族迭罹殃"的社会矛盾,思想感情也跟着发生了明显的变化。

杜甫在长安困处十年,直到天宝十四年(755)他四十四岁的时候,才得到"右卫率府兵曹"的官儿,其职务是"掌武官簿书",这对他的"致君尧舜"的宏伟抱负简直是莫大的讽刺!而且,上任不久,就感到这个小小官儿还不好做,必须趋炎附势,才能混下去。而这又不是他的特长,于是决意不干了,写了一篇《去矣行》:"君不见鞲上鹰,一饱即飞掣。焉能作梁上燕,衔泥附炎热?野人旷荡无靦颜,岂可久在王侯间?未试囊中餐玉法,明朝且入蓝田山。"蓝田山有的是玉,但那东西究竟不能吃。所以他并没有到蓝田去,而是在这年十一月,跑到奉先县(今陕西省蒲城县)去看望寄居在那里的妻子,并写出著名的长篇五言古诗《自京赴奉先县咏怀五百字》。

这篇长诗可分三大段。从开头到"放歌破愁绝"是第一段,紧扣题中的"京"字,咏的是赴奉先县之前,多年来"许身稷契""致君尧舜"的壮怀。从"岁暮百草零"到"惆怅难再述"是第二段,叙"赴奉先县"的经历,咏的是旅途中的感怀。从"北辕就泾渭"至结尾是第三段,写到家以后的感受,咏的是对国家前途、人民命运的忧怀。

先看第一段。

"杜陵有布衣,老大意转拙"两句冒下,接着写"拙"的内容。当杜甫浮在社会上层之时,已有"所历厌机巧"的感慨。而"拙"正是与"机巧"对立的。所以这里的"拙",原是愤激之词,是对于"机巧"的批判。"许身一何愚,窃比稷与契!居然成濩落,白首甘契阔。盖棺事则已,此志常觊豁。穷年忧黎元,叹息肠内热。"这正是"拙"的具体表现,因而自然引起了"同学翁"的耻笑。而他自己呢,尽管"取笑同学翁",却"浩歌弥激烈"。你越耻笑,我越不肯放弃"自比稷契"的政治抱负,虽然"白首契阔",穷愁潦倒,也是心甘情愿的。"同学"后加一"翁"字,外示尊敬,实含讽刺。作者在另一首诗里写过:"同学少年多不贱,五陵衣马自轻肥。"人家正因为不"拙"不"愚",善弄"机巧",所以都早已官高爵显,衣轻乘肥,安得不尊之为"翁"!

"非无江海志，潇洒送日月。生逢尧舜君，不忍便永诀。"两联一纵一收，与前面的"盖棺事则已……"呼应。朝廷既不用我，我满可以放浪江湖，悠闲自在地消磨岁月，然而好容易碰上了唐玄宗这么个在开元时期曾经一度"励精图治"的"尧舜之君"，可以辅佐他实现我的拯救"黎元"的"稷契之志"，怎忍丢下他不管呢！"当今廊庙具，构厦岂云缺？葵藿倾太阳，物性固莫夺。"又一开一合，朝廷里充满了栋梁之材，难道还缺少我这块料？只是我对皇帝的忠诚出于天性，怎能使葵和藿的叶子不倾向太阳呢！"顾惟蝼蚁辈，但自求其穴"以下，又是几番转折，几番吞吐，批判了只顾私利的蝼蚁之辈，感慨于自己由于"独耻干谒"而"误"了"生理"，归结到"终愧巢与由，未能易其节"，又回到对于"稷契之志"的坚持上。"此志"既不能实现，又不肯放弃，就只好"沉饮聊自遣，放歌破愁绝"，借作诗饮酒，排除内心的忧思愤懑了。

关于"葵藿倾太阳"，《杜诗散绎》译为"向日葵生来就是随着太阳转的"，有的注本也把"葵"解为向日葵，不恰当。向日葵一名西番葵，一年生草本，原产美洲，十七世纪，我国才从南洋引进，杜甫怎会见到？杜甫所说的"葵"系锦葵科宿根草本，《花镜》说它"一名卫足葵，言其倾叶向阳，不令照其根也"。"藿"，指豆叶，也向阳。曹植《求通亲亲表》："若葵藿之倾叶，太阳虽不为之回光，然终向之者，诚也。臣窃自比葵藿，若降天地之施，垂三光之明者，实在陛下。"杜甫的这句诗，实取义于此，既表现自己"倾太阳"的忠诚，也包含"太阳不为之回光"却仍然希望其"回光"的复杂内容，与上文"生逢尧舜君，不忍便永诀"和下文"终愧巢与由，未能易其节"有内在的联系。而希望太阳回光，又是为了实现稷契之志。

这一段，抑扬顿挫，千回百折，表现了作者因"稷契之志"无法实现而引起的内心矛盾，"拙""愚""取笑""独耻""忍为"等词，充满了愤激之情。对当时的统治者虽没有正面揭露，但意在言外。说自己因"愚""拙"而"居然成濩落""取笑同学翁",则"同学翁"因"机巧"而爬上去,自不待言。说自己"独耻事干谒",则不以"干谒"为耻的,自然大有人在,也不待言。至于称唐玄宗为"尧舜君",称李林甫、杨国忠之流为"廊庙具",也不是真心赞扬。那"尧舜君""廊庙具"究竟是什么货色,作者在第二段里作了相当生动的描写。

且看第二段。

前六句写从长安出发的情景。天寒岁暮,百草凋零,天衢阴森,疾风怒吼,作者就在这阴森冷酷的黑夜里从唐王朝的京城出发了。"霜严衣带断,指直不得结",一路上,真把这位"敝衣百结"的"寒儒"冻得够呛!这六句,并非单纯写景,而含有明显的象征意味。在结构上,既反衬下面的"瑶池气郁律……",又正映下面的"路有冻死骨"。以下"凌晨过骊山"至"霜橙压香橘"二十八句,写路经骊山时的所见所闻。按《唐书》记载:唐玄宗每年十月率领贵妃宠臣到骊山华清宫"避寒"。杜甫路过骊山之时,他们正在那里寻欢作乐,温泉之上,热气蒸腾,乐声大作,响彻天际。在羽林军的森严护卫下,有的在温泉里洗浴,有的在筵席上大嚼。那位"尧舜君"看见他的臣妾洗得漂亮,吃得肥胖,不禁龙颜大悦,赐以大量金帛。"窃比稷与契""穷年忧黎元"的杜甫触目惊心,感慨万端。"彤庭所分帛,本自寒女出。鞭挞其夫家,聚敛贡城阙!圣人筐篚恩,实欲邦国活。臣如忽至理,君岂弃此物?多士盈朝廷,仁者宜战慄!""彤庭""寒女",对比鲜明;"鞭挞""聚敛",揭露无余。这里的"多士",也就是第一段里的"廊庙具"。这里的"圣人",也正是第一段里的"尧舜君"。作者在措辞上,着重指斥"多士",而为"圣人"开脱,然而事实明摆在那里,"君臣留欢娱","赐浴皆长缨",究竟是谁在"留",谁在"赐"呢?不正是那位"圣人"自己吗!谁在默许"鞭挞",谁在纵容"聚敛",也就昭然若揭了!浦起龙在《读杜心解》里说："'圣人'四句，言厚赐诸臣，望其活国，如共佚豫，便同弃掷矣。此以责臣者，讽君也。"这看法相当中肯。以下八句，又从所见联想到所闻，矛头直指唐玄宗的舅子杨国忠和姨子韩国夫人、秦国夫人、虢国夫人："况闻内金盘，尽在卫霍室。中堂舞神仙，烟雾蒙玉质。煖客貂鼠裘，悲管逐清瑟。劝客驼蹄羹，霜橙压香橘。"皇宫里的金盘都跑到外戚家里去了，大概也是"望其活国"吧！然而外戚的表现又如何呢？"中堂舞神仙"，对他们的骄奢淫逸作了无情的揭露，然后概括所见所闻的大量事实，写出了千古名句："朱门酒肉臭，路有冻死骨！"这两句，交互见义。上句以吃概穿，下句以穿概吃。"酒肉臭"，绫罗绸缎也必然堆积如山；穷得没衣穿以至"冻死"，饭也必然吃不饱。《岁宴行》里的"高马达官厌酒肉，此辈杼柚茅茨空"，也是这种写法。"朱门"，包括普天下的朱门，"路"，也包括普天下的路，具有普遍性。但这又是通过个别表现一般的。在这里，"朱门"首先是前面所写的朱门，"路"也首先是作者这时所走的路。那"冻死骨"，正躺在作者前面。宫墙内外，咫尺之隔，却是截然不同的两个世界！于是诗人以"荣枯咫尺异，惆怅难再述"束上启下，继续走他的"路"，十分自然地过渡到第三段。

再看第三段。

从"北辕就泾渭"到"川广不可越"十句，写从骊山向北渡河奔赴奉先的艰苦旅程。"群冰从西下，极目高崒兀。疑是崆峒来，恐触天柱折。河梁幸未坼，枝撑声窸窣"等句，是写眼前景，也象征时局的不安，险象环生。王嗣奭说："'天柱折'乃隐语，忧国家将覆也。"这说法颇有见地。接着的四句点明此行的目的："老妻寄异县，十口隔风雪。谁能久不顾？庶往共饥渴。"二十字凄怆动人。老妻弱子，寄居异县，自己流寓长安，残杯冷炙，哪有余钱接济他们！这次探家，也没有携金带银（囊中只有"餐玉法"），只想和他们同饥共寒，作精神上的安慰罢了。然而可悲的是，"入门闻号眺，幼子饿已卒！"想和这个可怜的孩子一同挨饿受冻，也已经不可能了！"吾宁舍一哀，里巷亦呜咽"，和《羌村三首》中的"邻人满墙头，感叹亦歔欷"写法相似。"里巷"之所以"呜咽"，大概也由于他们有饿死孩子的遭遇吧！"岂知秋禾登，贫窭有仓卒"中的"贫窭"是指自己，也包括那些"呜咽"的邻人，包括普天下所有的穷人。秋禾丰收，穷人仍不免饿死，那么粮食到哪儿去了呢？回顾第二段所写的"聚敛贡城阙"等等，这问题就用不着再作回答了。结尾八句，推己及人，由近及远，"生常免租税，名不隶征伐，抚迹犹酸辛，平人固骚屑"。出身官僚家庭的杜甫享有免交租税、免服兵役的特权，总比平民百姓的日子好过些，然而还不免有饿死孩子的"酸辛"，那么负担租税、兵役的老百姓们的处境如何，也就可想而知。在结构上，又与第二段"彤庭所分帛，本自寒女出。鞭挞其夫家，聚敛贡城阙"呼应。"默思失业徒，因念远戍卒。忧端齐终南，澒洞不可掇！"由"平人固骚屑"扩展开来，默思那些"失业徒"和"远戍卒"怎样活下去。"失业徒"，是被繁重的租税逼得倾家荡产的平民，统治者的"鞭挞""聚敛"不断进行，"失业徒"的队伍也就不断扩大。而"远戍卒"的灾难尤其深重："明皇时则尤苦戍边"，"其戍边者，又多为边将苦使，利其死而没其财"。广大人民有的已冻饿而死，活着的也挣扎在死亡线上，而那位"尧舜君"和他的"廊庙具"，却正在华清宫避寒，过着花天酒地、纸醉金迷的腐朽生活，毫不吝惜地挥霍着人民的血汗。诗人回顾出京以来所见所闻所遭所想，真感到了唐王朝的岌岌可危，而又徒唤奈何，于是以"忧端齐终南，澒洞不可掇"结束全篇。

"窃比稷与契""穷年忧黎元"，这是贯串全诗的主线，也是杜甫的主导思想。杜甫夸耀他的"奉儒守官"的家世，以"儒者"自居，他的理想正是儒家的仁政主义。儒家的仁政主义，是以"仁民爱物""民胞物与"的"人性论"为其哲学基础的。孟子曾说：人们看到一个小孩将要掉进井里去，必然会产生"恻隐之心"，赶上去抢救他。这种"恻隐之心"，"人皆有之"，正是"仁之端也"。所以，不管什么阶级的人，都可以成为"仁者"，都可以爱一切人。他提出传说中治水的大禹和"教民稼穑"的后稷，称赞道"禹思天下有溺者，由己溺之也；稷思天下有饥者，由己饥之也"。杜甫完全接受了孟子的这些思想。"窃比稷与契"，实际是"窃比禹与稷"，不说禹而说契，是为了押韵的缘故。"许身"禹稷，就是要立志拯救天下的饥溺，使天下大治，而放眼一看，普天下的老百姓正处于饥溺之中，所以自然要为李唐王朝的长治久安担忧，要"穷年忧黎元，叹息肠内热"了。

儒家的仁政主义，是要通过"君"来实现的，所以杜甫不得不把希望寄托在"君"上。"生逢尧舜君，不忍便永诀"，"葵藿倾太阳，物性固莫夺"，当然表现了他的忠君思想。但当时的"君"，却越来越使他失望。杜甫在写于这篇《咏怀》之前的《奉赠韦左丞丈》中说："致君尧舜上，再使风俗淳。"这就是说：由于唐玄宗并不是"尧舜之君"，因而天下风俗不淳，他之所以要"立登要路"，正是为了把唐玄宗辅佐成"尧舜之君"，实行仁政，从而使天下风俗淳厚起来。在这篇《咏怀》中，尽管称唐玄宗为"尧舜君"，并且用"圣人筐篚恩，实欲邦国活"替他辩解，但在具体问题上，却毫不含糊。"御榻在嵽嵲"，这是说他率领臣子在骊山游幸，以下所写的骄奢淫逸生活，都是他带的头。杜甫在另一首诗里说过："天王行俭德，俊乂始盈庭。"正是说有什么君，就有什么臣，因而"责臣"，也正是"讽君"。

儒家是主张实行仁政的。自汉武帝罢黜百家，独尊儒术以来，历朝累代的封建统治者大都唱着"仁民爱物""爱民如子"之类的高调，但在实际上则往往是挂羊头卖狗肉。杜甫却真心相信那一套，一心想"致君尧舜"，实行"仁政"，"仁民爱物"，因而困居长安，累碰钉子。他看得很清楚，杨国忠、李林甫之流的大小官僚，都不是在"致君尧舜"，而是在致君桀纣，没有一个是"忧黎元"的。唐玄宗本人也并不想行"仁政"。这样，杜甫的理想和当时的现实就发生了尖锐的矛盾，激起了内心的苦闷。在《咏怀》之前，已有"有儒愁饿死""儒冠多误身"，"儒术于我何有哉"的感慨。到了后来，则自我解嘲，说他是"乾坤一腐儒"。在这篇《咏怀》的第一段里，又说自己"老大意转拙"，"许身一何愚"，"取笑同学翁"。这一切，都反映了他的仁政思想和现实不相容而产生的矛盾心情。

与杜甫同时的诗人元结写过这么一首诗："往年在瀼滨，瀼人皆忘情。今来游瀼乡，瀼人见我惊。我心与瀼人，岂有辱与荣？瀼人异其心，应为我冠缨？昔贤恶如此，所以辞公卿。"这诗很能说明问题。元结未做官时到瀼溪去，那里的人民对他很亲切。后来做了官，再到瀼溪去，人民望见他佩带"冠缨"，官气十足，都吓跑了。杜甫从小受儒家教育，早已接受了"仁民爱物"的仁政思想，但当他三次"壮游"，浮在社会上层，过着"放荡""清狂"生活的时候，并没有从仁爱的观念出发，写出揭露社会矛盾、同情人民疾苦的鸿篇巨制。直到十年困居长安，仕途失意，生计维艰，饥寒交迫，从而思考了许多问题，才逐渐认识到朝政的黑暗，逐渐看到人民的苦难，逐渐把他的笔触伸入广阔的现实。这篇《咏怀五百字》，乃是他十年困居长安的生活体验和艺术思考的总结，不论就杜甫自己的创作生涯说，还是就我国五言古诗的发展历史说，都是具有划时代意义的杰作。

题中标出"自京赴奉先县"，说明这篇诗具有"纪行"性质，不能不运用叙事和写景手法；题中标出"咏怀"，说明这篇诗的重点是倾吐怀抱，不能不运用抒情和议论手法。而"自京赴奉先县咏怀"这个别开生面的题目，又要求在写法上别开生面，熔叙事、写景、抒情、议论于一炉。读完全诗，就知道作者正是这样做的，而且做得很出色。

当然，更重要的还在于"纪"什么"行"，"咏"什么"怀"。如果咏的是与祖国、与人民无关的个人哀乐，纪的是毫无社会意义的身边琐事，即使调动了各种艺术手法，也不能保证所写的就是划时代的杰作。

作者先从"咏怀"入手，抒发了许身稷契、致君泽民的崇高理想竟然"取笑"于时、无法实现的愤懑和"穷年忧黎元，叹息肠内热"的火一样的激情，其爱祖国、爱人民的胸怀跃然纸上。而正因为"穷年忧黎元"，所以尽管"取笑"于时，而稷契之志仍不肯放弃，这自然就把个人的不幸、人民的苦难和统治者的腐朽、唐王朝的危机联系起来了。而这种"咏怀"的特定内容，自然决定了"纪行"的特定内容，"纪行"的内容，又扩大和深化了"咏怀"的内容。

"纪行"有两个重点，一是写唐明皇及其权臣、宠妃在华清宫内的骄奢荒淫生活，二是写到家后孩子已被饿死的惨象，都具有高度典型性，而写法又各有特点。

华清宫内的一切，宫外的行路人无法看见，因而其叙述、描写，全借助于艺术想象和典型概括。这种出于艺术想象和典型概括的大段文字如果处理失当，就难免与"纪行"游离，成为全篇的赘疣。杜甫的高明之处，正在于他既通过艺术想象和典型概括深刻地反映了社会矛盾，又与前段的"咏怀"一脉相承，构成了"纪行"的主要内容。在前段，他已经提到了"当今"的"尧舜君"和"廊庙具"。而"黎元"的处境之所以使他"忧"、使他"叹息"，就和这"尧舜君""廊庙具"有关，他拯救"黎元"的稷契之志之所以无法实现，也和这"尧舜君""廊庙具"有关，他渴望实现稷契之志，百折不挠，又决定了他对"尧舜君"和"廊庙具"始终抱有幻想。所以当他"凌晨过骊山"之时，望见"羽林相摩戛"，听见"乐动殷胶葛"，那"尧舜君"与"廊庙具"在华清宫寻欢作乐的许多传闻就立刻在"比稷契"的思想火花和"忧黎元"的感情热流里同自己对于民间疾苦的体验联结起来，化为形形色色的画面，浮现于脑海，倾注于笔端，形成这一段不朽的文字。既具有高度的概括性，又未离开"纪行"的主线。

如果说写华清宫的一段，其特点是由所见联想到所闻所感，从而驰骋艺术想象，进行典型概括，那么写奉先家中的一段，其特点则是实写眼前情景，而这些眼前情景本身就具有很高的典型性。

这两段写法上各有特点，又有共同性。共同性在于就亲眼所见叙事、写景的文字都不多，更多的是抒情和议论。这是和"自京赴奉先县咏怀"这个独创性的题目相适应的。仇注引胡夏客曰："诗凡五百字，而篇中叙发京师、过骊山、就泾渭、抵奉先，不过数十字耳，余皆议论，感慨成文。"又曰："《赴奉先咏怀》，全篇议论，杂以叙事。《北征》则全篇叙事，杂以议论。盖曰'咏怀'，自应以议论为主，曰'北征'，自应以叙事为主也。"这看法相当中肯。然而以"五百字"的宏大篇幅竟然"全篇议论"，用于叙事、写景者"不过数十字"，这是找不到先例的。这种独创性，胡夏客却没有指出。

关于可不可以、需不需要"以议论为诗"的问题，长期以来颇有争论。早在南宋末年，严羽就在《沧浪诗话》中对宋代诗人"以议论为诗"进行了激烈的批评。明代的屠隆在《文论》里也说："宋人多好以诗议论，夫以诗议论，即奚不为文而为诗哉？"把"以诗议论"独归宋人，并以此否定宋诗，这意见很有普遍性，但并不恰当。清初的杰出诗论家叶燮在其论诗专著《原诗》中指出了这一点：

> 从来论诗者大约申唐而绌宋。有谓："唐人以诗为诗，主性情，于《三百篇》为近，宋人以文为诗，主议论，于《三百篇》为远。"何言之谬也！唐人诗有议论者，杜甫是也。杜五言古议论尤多，长篇如《赴奉先县咏怀》、《北征》及《八哀》等作，何首无议论？而独以议论归宋人，何欤？彼先不知何者是议论，何者为非议论，而妄分时代耶？且《三百篇》中《二雅》为议论者正自不少，彼

先不知《三百篇》，安能知后人之诗也？

叶氏指出《三百篇》中就有议论，杜甫《赴奉先县咏怀》等篇"议论尤多"，这是符合实际的。需要补充说明的是，抽象的、干巴巴的议论并不能构成动人的诗章。以抽象的、干巴巴的议论为诗，那是必须反对的。杜甫的《咏怀五百字》议论尤多，但并不是冷冰冰地、空空洞洞地发议论，而是带着"比稷契"的崇高理想和"忧黎元"的火热激情，对身历目睹、触目惊心的生活现象进行艺术思维和审美评价。所以，那议论饱含着生活的血肉，洋溢着对不合理的社会现实的慨叹、谴责与控诉。是议论，也是抒情。

或者说，是抒情性的议论。而这饱含着生活血肉的抒情性的议论，又和叙事、写景密不可分，因而具有鲜明的形象性。而这具有形象性、抒情性的议论，出自"咏怀"者之口，就构成了抒情主人公的形象。读这篇诗，一位忧国忧民的伟大诗人形象就浮现于我们面前，抒发理想不能实现的愤懑，谴责朝政的昏暗和统治者的荒淫，倾吐对人民苦难、国家危机的焦虑，肝肠如火，涕泪横流。其强大的艺术力量，百世之后，犹足以震撼读者的心灵。

这篇诗前人多有评论。浦起龙在《读杜心解》里说："是为集中开头大文章，老杜平生大本领，须用一片大魄力读去。……通篇只是三大段，首明赍志去国之情，中慨君臣耽乐之失，末述到家哀苦之感。而起手用'许身''比稷契'二句总领，如金之声也。结尾用'忧端齐终南'二句总收，如玉之振也。其'稷契'之心，'忧端'之切，在于国奢民困。而民惟邦本，尤其所深危而极虑者。故首言去国也，则曰'穷年忧黎元'，中慨耽乐也，则曰'本自寒女出'，末述到家也，则曰'默思失业徒'，一篇之中，三致意焉。然则，其所谓'比稷契'者，果非虚语，而结'忧端'者，终无已时矣！"对全篇命意、布局的分析，都颇能抓住要领，值得参考。

这篇杰作是用传统的五言古诗的体裁写成的。五言古诗,是汉、魏、六朝以来盛行的早已成熟的诗体,在杜甫之前,已经产生了无数不朽的诗章,仅就"咏怀"之作而言,如阮籍的《咏怀》、左思的《咏史》、庾信的《咏怀》、陈子昂的《感遇》之类的组诗都各有特色,脍炙人口。"转益多师"的杜甫当然从汉、魏、六朝以来五言古诗的创作经验中吸取了营养。但把《咏怀五百字》和所有前人的五言古诗相比较,就立刻发现在体制的宏伟、章法的奇变、反映现实的广阔深刻和艺术力量的惊心动魄等许多方面,《咏怀五百字》都开辟了新的天地,把五言古诗的创作提高到新的水平。正如杨伦在《杜诗镜铨》里所说:"五古前人多以质厚清远胜,少陵出而沉郁顿挫,每多大篇,遂为诗道中另辟一门径。无一语蹈袭汉魏,正深得其神理。此及《北征》,尤为集内大文章,见老杜平生大本领,所谓'巨刃摩天','乾坤雷硠'者,惟此种足以当之。"

对面着笔　别开生面
——说杜甫《月夜》

> 今夜鄜州月，闺中只独看。
> 遥怜小儿女，未解忆长安。
> 香雾云鬟湿，清辉玉臂寒。
> 何时倚虚幌，双照泪痕干。

"建安七子"中的徐幹在著名的《室思》诗里说："寄身虽在远，岂忘君须臾。既厚不为薄，想君时见思。"对于分隔两地而互相关怀的亲人或友人来说，当自己思念对方的时候，就想到对方也在思念自己，即韩愈《与孟东野书》所说的"以吾心之思足下，知足下悬悬于吾也"。徐幹的这四句诗，就讲的是这种情况。但只说"想君时见思"而已，如何见思，却一字未提。杜甫的《月夜》，则纯从对方着想，写妻子如何独自望月，思念自己。笔情敏妙，别开生面。

先看写作背景，天宝十五载（即至德元年，公元756年）六月，安史叛军攻进潼关，杜甫带着妻小逃到鄜州（今陕西富县），寄居羌村。七月，肃宗即位灵武（今属宁夏回族自治区），杜甫于八月间离家北上延州（今延安），企图赶到灵武，为平叛效力，但当时叛军势力已膨胀到鄜州以北，杜甫出发不久，就被叛军捉住，送到沦陷后的长安。望月思家，杜甫于此际写下了《月夜》这首千古传诵的名作。

题为《月夜》，作者看到的是长安月。如果从自己方面落墨，一入手应该写"今夜长安月，客中只独看"。但他更加焦心的不是自己失掉自由、生死未卜的处境，而是妻子对自己的处境如何焦心。所以悄焉动容，神驰千里，直写"今夜鄜州月，闺中只独看"。这已经透过一层。自己只身在外，当然是独自看月。妻子尚有儿女在旁，为什么也独自看月呢？"遥怜小儿女，未解忆长安"一联作了回答。妻子看月并不是"赏月"，而是"忆长安"，而小儿女未谙世事，还不懂得"忆长安"啊！"解忆"固可悲，"不解忆"更可悲，又进一层。用小儿女的"不解忆"反衬妻子的"忆"，加重妻子的"忆"，突出那个"独"字，层层逼近，愈近愈深。

在这四句中，"怜"字，"忆"字，都不宜轻易滑过。而这又必须和"今夜""独看"联系起来去体会。明月当空，是月月都会看到的。特指"今夜"的"独看"，则心目中自然有往日的"同看"和未来的"同看"。未来的"同看"，留待结句点明。往日的"同看"，则暗含于前四句之中。"今夜鄜州月，闺中只独看。遥怜小儿女，未解忆长安。"——这不是分明透露出他和妻子有过"同看"鄜州月而共"忆长安"的往事吗？我们知道，安史之乱以前，作者困处长安达十年之久，有一段时间，是与妻子一起度过的。和妻子一同忍饥受寒，也一同观赏长安的明月，这自然就留下了深刻的记忆。当长安沦陷，一家人逃难到了羌村的时候，又增添了与妻子"同看"鄜州月而共"忆长安"的记忆。如今自己身陷叛军之中，妻子"独看"鄜州之月而"忆长安"，那"忆"就不仅充满了辛酸，而且交织着忧虑与惊恐。这个"忆"字，是含义深广，耐人寻思的。与妻子"同看"鄜州之月而"忆长安"，虽然百感交集，但尚有自己为妻子分忧。如今呢？妻子独看鄜州之月而"忆长安"，"遥怜"小儿女们天真幼稚，只能增加她的负担，哪能为她分忧啊！这个"怜"字，也是饱含激情，感人肺腑的。

第三联通过妻子独自看月的形象描写，进一步表现了"忆长安"。"香雾云鬟湿，清辉玉臂寒"，妻子望月的形象宛然在目；而望月之久，忆念之深，已从"湿"和"寒"的感受中曲曲传出，真所谓"语丽而情悲"。望月愈久而忆念愈深，甚至会担心她的丈夫是否还活着，怎能不热泪盈眶？而这又完全是作者想象中的情景。当想到妻子忧心忡忡，独自望月思夫，以至雾湿云鬟，月寒玉臂，犹不肯就寝的时候，自己也不免伤心落泪。两地看月而各有泪痕，这就不能不激起结束这种痛苦生活的希望，于是以表现希望的诗句作结："何时倚虚幌，双照泪痕干。""双照"而泪痕始干，则"独看"而泪痕不干，也就意在言外了。

　　这首诗借看月而抒离情，但所抒发的不是一般情况下的夫妇离别之情。作者在半年以后所写的《述怀》诗中说："去年潼关破，妻子隔绝久"；"寄书问三川（鄜州的属县，羌村所在），不知家在否"；"几人全性命？尽室岂相偶"！两诗参照，就不难看出"独看"的泪痕里浸透着天下乱离的悲哀，"双照"的清辉中闪耀着四海升平的理想。字里行间，时代的脉搏是清晰可辨的。

　　题为《月夜》，字字都从月色中照出，而以"独看""双照"为一诗之眼。"独看"是现实，却从对面着想，只写妻子"独看"鄜州之月而"忆长安"，自己的"独看"长安之月而忆鄜州，已包含其中。"双照"兼包回忆与希望：感伤"今夜"的"独看"，回忆往日的"同看"，而把并倚"虚幌"（薄帷）、对月舒愁的希望寄托于不知"何时"的未来，词旨婉切，章法紧密。如黄生所说："五律至此，无忝诗圣矣！"

反映时代面貌的宏伟诗史
——"以文为诗"话《北征》

皇帝二载秋，闰八月初吉。
杜子将北征，苍茫问家室。
维时遭艰虞，朝野少暇日。
顾惭恩私被，诏许归蓬荜。
拜辞诣阙下，怵惕久未出。
虽乏谏诤姿，恐君有遗失。
君诚中兴主，经纬固密勿。
东胡反未已，臣甫愤所切。
挥涕恋行在，道途犹恍惚。
乾坤含疮痍，忧虞何时毕！
靡靡逾阡陌，人烟眇萧瑟。
所遇多被伤，呻吟更流血。
回首凤翔县，旌旗晚明灭。
前登寒山重，屡得饮马窟。
邠郊入地底，泾水中荡潏。
猛虎立我前，苍崖吼时裂。
菊垂今秋花，石戴古车辙。
青云动高兴，幽地亦可悦。
山果多琐细，罗生杂橡栗。

或红如丹砂，或黑如点漆。
雨露之所濡，甘苦齐结实。
缅思桃源内，益叹身世拙！
坡陀望鄜畤，岩谷互出没。
我行已水滨，我仆犹木末。
鸱鸟鸣黄桑，野鼠拱乱穴。
夜深经战场，寒月照白骨。
潼关百万师，往者散何卒？
遂令半秦民，残害为异物。
况我堕胡尘，及归尽华发。
经年至茅屋，妻子衣百结。
恸哭松声回，悲泉共幽咽。
平生所娇儿，颜色白胜雪。
见耶背面啼，垢腻脚不袜。
床前两小女，补绽才过膝。
海图坼波涛，旧绣移曲折。
天吴及紫凤，颠倒在裋褐。
老夫情怀恶，呕泄卧数日。
那无囊中帛，救汝寒凛栗？
粉黛亦解包，衾裯稍罗列。
瘦妻面复光，痴女头自栉；
学母无不为，晓妆随手抹；

移时施朱铅，狼藉画眉阔。
生还对童稚，似欲忘饥渴。
问事竞挽须，谁能即嗔喝？
翻思在贼愁，甘受杂乱聒。
新归且慰意，生理焉得说？
至尊尚蒙尘，几日休练卒？
仰观天色改，坐觉妖氛豁。
阴风西北来，惨淡随回纥。
其王愿助顺，其俗善驰突。
送兵五千人，驱马一万匹。
此辈少为贵，四方服勇决。
所用皆鹰腾，破敌过箭疾。
圣心颇虚伫，时议气欲夺。
伊洛指掌收，西京不足拔。
官军请深入，蓄锐可俱发。
此举开青徐，旋瞻略恒碣。
昊天积霜露，正气有肃杀。
祸转亡胡岁，势成擒胡月。
胡命其能久？皇纲未宜绝。
忆昨狼狈初，事与古先别；
奸臣竟菹醢，同恶随荡析；
不闻夏殷衰，中自诛褒妲。

周汉获再兴，宣光果明哲。
桓桓陈将军，仗钺奋忠烈。
微尔人尽非，于今国犹活。
凄凉大同殿，寂寞白兽闼。
都人望翠华，佳气向金阙。
园陵固有神，洒扫数不缺。
煌煌太宗业，树立甚宏达。

《新唐书》卷二〇一《杜甫传》称赞杜甫："善陈时事，律切精深，至千言不少衰，世号'诗史'。"而《北征》，正是"善陈时事"，无愧"诗史"的鸿篇巨制。

我国古代没有流传下来像《伊里亚特》和《奥德赛》那样规模宏大的史诗作品。从先秦以来，除了《诗经》中记述周民族历史的《绵》《公刘》《生民》等篇而外，堪称"史"的著作，都用的是散文形式；而文人们的诗歌创作，一般都篇幅较小，偏于写景抒情。因此，要以"诗"为"史"，在空前的广度和深度上反映时代面貌，仅仅靠吸取诗歌传统中的创作经验是不够的，还必须向史传文学学习，这样才能极大地提高其艺术表现力。而这样做，就必然给诗歌创作带来新的特点，那就是"以文为诗"。诗歌包含某些文的因素，那是古已有之的，但真正称得上"以文为诗"，则是从杜甫开始的。

对于"以文为诗"，从北宋以来，多数人持全面否定的态度，少数人持全面肯定的态度,相持不下。①

因为韩愈及受其影响的许多宋代诗人在"以文为诗"方面表现得比较突出,所以争论的双方,往往涉及对韩诗及宋诗的评价问题,而忽略了或者回避了杜甫。其实,杜甫的"诗史"之作都具有"以文为诗"的特点,而《北征》这篇不朽之作,在"以文为诗"方面更有代表性。

同样"以文为诗""以议论为诗",既可以写出优秀诗篇,也可以写出毫无诗情画意的"语录讲义""押韵之文"。这两种情况,在韩愈的诗歌特别是宋代的诗歌中,不同程度上是并存的。而在杜甫的诗歌中,则只有前者,而无后者。从来否定"以文为诗""以议论为诗"的人否定韩诗和宋诗,而回避了杜诗,大概是由于他们只着眼于韩诗和宋诗的消极方面,以偏概全的缘故吧!

现在让我们讨论杜甫的《北征》。

当杜甫于天宝十四载(755)十一月自长安赴奉先探家,写出"朱门酒肉臭,路有冻死骨"的诗句的时候,安史之乱已经爆发了。第二年(至德元年,公元756年)五月,杜甫把家小由奉先迁往白水,"依舅氏崔少府",写出了"兵气涨林峦,川光杂锋镝","三叹酒食旁,何由似平昔"等诗句,已感受到这次战乱的严重性。不久,安禄山攻破潼关,长安失陷,唐玄宗逃往四川。杜甫又携带妻子,从白水逃到鄜州城北羌村。八月,他听说唐肃宗即位灵武,便单身前往,半途中被安禄山的乱军捉住,送往长安。杜甫在长安流浪了几个月,至德二年

---

① 如陈师道《后山诗话》云:"退之(韩愈)以文为诗,子瞻(苏轼)以诗为词,如教坊雷大使之舞,虽极天下之工,要非本色。"又引黄庭坚云:"诗文各有体。韩以文为诗……故不工尔。"魏庆之《诗人玉屑》引魏泰《临汉隐居诗话》云:"沈括(存中)、吕惠卿(吉甫)、王存(正仲)、李常(公择),治平中同在馆下谈诗。存中曰:'韩退之诗,乃押韵之语文耳。虽健美富赡,而格不近诗。'吉甫曰:'诗正当如是。我谓诗人以来,未有如退之者。'正仲是(赞成)存中,公择是吉甫,四人交相诘难,久而不决。"这是北宋人争论的情况。

（757）四月，终于伺机逃到凤翔，唐肃宗让他做左拾遗。五月，因上疏营救房琯，触怒了肃宗，险遭不测。从此，肃宗很讨厌他，闰八月，便命他离开凤翔，回鄜州羌村去探望家小。《北征》这篇五言长诗，便是通过备述这次回家经过及到家景况，深刻地反映了安史之乱时期的广阔的社会生活的作品。

《北征》是以纪行、叙事为主的鸿篇巨制。而要写好以纪行、叙事为主的长诗，仅用比、兴两法而不用赋，那是不可能的。与此相联系，以赋为主的长诗要避免平铺直叙的缺点，写得"阳开阴合，波澜顿挫"，海涵地负，雄健有力，不吸收长篇散文在句法特别是章法等方面的优点，也是不可能的。宋朝人叶梦得就曾经指出：

> 长篇最难，晋、魏以前，诗无过十韵者。盖常使人以意逆志，初不以序事倾尽为工。至老杜《述怀》、《北征》诸篇，穷极笔力，如太史公纪传，此固古今绝唱。①

"如太史公纪传"，这不意味着《北征》等篇吸取了司马迁传记文学在句法特别是章法等方面的优点吗？

从章法上看，《北征》浑灏流转，波澜起伏，"有极尊严处，有极琐细处，繁处有千门万户之象，简处有急弦促柱之悲"。大致分析起来，全诗可分五个大段落。

从"皇帝二载秋"到"忧虞何时毕"二十句，是第一大段，写"诏许"探亲，临行时忧愤国事，不忍遽去的复杂心情。

全诗以准确地标明皇帝纪年的句子开头，显然吸取了史传文学的写法，特别是《春秋》笔法。宋朝人黄彻曾说："子美世号诗史。观《北征》诗云，'皇帝二载秋，闰八月初吉'……史笔森严，未易及

---

① 《石林诗话》卷上。

也。"①为什么这样开头就算"史笔森严"呢？黄彻没有解释。在我们看来，一开头就抬出皇帝，写明年月日，首先给人以严肃慎重的感觉，见得他这次"北征"，不单纯是个人的事情，而与皇帝有关，与时局有关，与国家大事有关，而尊王平叛之意，已包孕其中。这就为后面的叙事、描写、抒情、议论打开了广阔的天地。就章法上说，这个"以文为诗"的开头，既有效地服务于内容的需要，又决定了句法上的"以文为诗"，即在一定程度上"散文化"。

"杜子将北征，苍茫问家室"紧承上文。于"问家室"前加"苍茫"一词作状语，见得诗人在这个不平常的时候去探亲，思想是矛盾的，情绪是复杂的。以下各句，即婉转曲折地表现了这种思想情绪。"维时遭艰虞，朝野少暇日"，作为朝廷的官吏，在这样紧迫的情况下谁还顾得上去探亲？然而"顾惭恩私被，诏许归蓬荜"，分明是皇帝讨厌他，才打发他走开，他却把这说成对自己的"恩典"，自然带有讽刺意味。他只好走开，但作为一个"谏官"，他还想忠于职守，向皇帝提点意见。所以又"拜辞诣阙下，怵惕久未出"，终于又向皇帝开口了："虽乏谏诤姿，恐君有遗失。君诚中兴主，经纬固密勿。东胡反未已，臣甫愤所切。"话似乎吞吞吐吐，没有说完，大概是皇帝不想听下去吧！"挥涕恋行在，道途犹恍惚"，表明挥涕而出，心犹依恋皇帝，觉得要说的话还没有说完，因而虽已上路，心神还是恍惚不定。"乾坤含疮痍，忧虞何时毕！"这是他所关心的国家大事，也是他"挥涕恋行在"的主要原因。由于历史的局限，杜甫始终把希望寄托在皇帝身上，幻想着自己能在"致君尧舜上，再使风俗淳"方面发挥作用。在他看来，"东胡反未已"，其根源在于皇帝"有遗失"，而当前能否医治好乾坤的"疮痍"，消除掉朝野的"忧虞"，其关键仍在于皇帝能否做一个真正的"中兴主"。然而肃宗竟然拒谏饰

---

① 《䂬溪诗话》卷一。

非，不承认有任何"遗失"，诗人作为一个"谏官"，刚提了一点意见，就得到了打发他回家的惩罚。那么，"乾坤含疮痍，忧虞何时毕"呢？读诗至此，如闻诗人叹息之声。

这一大段，以记时开头，把个人"诏许归蓬荜"的遭遇和朝政得失、社会苦难结合起来，作尽情地抒写。没有"以彼物比此物"，也没有"先言他物以引起所咏之词"，完全用的是赋的方法，直叙其事，直抒其情。这与比、兴相对而言，是"直说"，然而它并不"平直"，而是千回百折；并不"粗浅"，而是沉郁顿挫；不是味同嚼蜡，而是情真意切，感人肺腑。从句法特别是章法上看，显然是吸收了文艺性散文的长处，但不能说这是文，不是诗。

从"靡靡逾阡陌"到"残害为异物"三十六句，是第二大段，写旅途中的经历和感受。

"靡靡逾阡陌，人烟眇萧瑟。所遇多被伤，呻吟更流血"四句，承前段"乾坤含疮痍"，作进一步的具体描述。看到这些惨象，于是又想到他寄托希望的那位"中兴主"，用"回首凤翔县，旌旗晚明灭"两句，形象地抒写了"挥涕恋行在"的深挚感情。这两句写得很精彩：回望皇帝所在的凤翔，日光返照，旌旗在晚风里翻动，忽明忽灭。熔写景、抒情于一炉，又含有象征意味。

自"前登寒山重"至"益叹身世拙"，写路经邠郊所见的自然景物，于"敷陈其事而直言之"中兼用比、兴。"屡得饮马窟"，渲染出战争气氛，与前面的"所遇多被伤"，后面的"寒月照白骨"呼应。这一带在安禄山叛军攻入长安后曾一度失陷，后来又被唐军收复，一个个"饮马窟"，正是战争的见证。"猛虎立我前，苍崖吼时裂"两句，是纪实，也兼有比、兴。用夸张的手法写虎吼崖裂，极言环境的险恶可怖。"菊垂今秋花，石戴古车辙。……山果多琐细，罗生杂橡栗。或红如丹砂，或黑如点漆。雨露之所濡，甘苦齐结实"等句，赋、比、兴并用，于哀痛、恻怛、惊怖之时忽然见些幽景，心情稍觉舒畅。而山果能够结实，与"雨露之所濡"有关。显然，这里是有寄托的。诗人自己不是一直没有结出他所期望的果实吗？"坡陀望鄜畤"以下至"残害为异物"是写所见所感。因为所感是由所见激发出来的，又与所见紧密结合，所以所发议论，饱和着生活血肉，又充满着生活激情。诗人从眼前的惨象联想到其他许多类似的惨象，追根溯源，对于潼关之败，异常愤慨，发出了"潼关百万师，往者散何卒"的责问。潼关一败，安禄山叛军长驱入关，"遂令半秦民，残害为异物"，在这里，诗人已把批判的矛头指向最高统治者。

这一大段，从人烟萧瑟，所遇被伤，呻吟流血，山寒虎吼，鸱鸣鼠拱，直写到月照白骨，勾出了一幅乾坤疮痍、生灵涂炭的图画。这幅图画，是很有感染力的。如果诗人只以勾画这幅图画为满足，而没有后面的那四句议论，其艺术效果必将大大减弱。反过来说，如果不勾画出那幅具体的图画，只发议论，那就更谈不上什么艺术效果了。所谓形象思维，既不是只有思维，离开生活形象进行逻辑推理，也不是只有形象，排除对生活的感受、认识，只作现象罗列，而是要凭借生活形象进行思维，从感性认识上升到理性认识。既然如此，为什么不准诗人在形象地反映生活的时候抒发他对于生活的感受和认识，发一些议论呢？

从章法上看，第二大段与第一大段所写，各有重点，但又有内在的联系。第一大段以"乾坤含疮痍，忧虞何时毕"结束，第二大段即具体地展示了一幅"乾坤含疮痍"的图画。诗人对这一幅生活图画，感到"忧虞"，感到愤慨，从而联想到潼关之败及其政治原因，鞭挞了"遂令半秦民，残害为异物"的罪魁祸首，这又和第一大段里的"拜辞诣阙下，怵惕久未出。虽乏谏诤姿，恐君有遗失"等句前后呼应。

从"况我堕胡尘"到"生理焉得说"三十六句，是第三段，写到家以后悲喜交集的情景。

"况我堕胡尘，及归尽华发"，紧承上段，把笔触从国事转向个人。诗人这时并不老，只由于饱经忧患屡遭艰险，所以头发尽白。

"经年至茅屋,妻子衣百结",写离家以来妻子也历尽千辛万苦的状况。 在这里写一进家门,一个是满头白发,一个是鹑衣百结,百感交集,从何说起? 作者以"恸哭松声回,悲泉共幽咽",恰当地表现了初见面时的情景。 "平生所娇儿"以下,通过对家庭生活的描写,反映了时代的苦难,体现了深刻的思想内容。 "平生所娇儿"如今却"垢腻脚不袜",完全变了模样,"床前两小女"的穿戴呢? 也是"海图坼波涛,旧绣移曲折。 天吴及紫凤,颠倒在裋褐",补丁压补丁的衣服只能护住膝盖,膝盖以下,就赤条条的。 时已深秋,该设法为孩子们御寒,可是"那无囊中帛,救汝寒凛慄",只能干着急。 "老夫情怀恶"的原因很多,但这却是更直接的原因。 然而诗人毕竟做了几天小小的官儿,回家时多少带了点东西,如衾裯(被头、帐子)之类,还有给老婆的"粉黛"——化妆品呢! 这点东西一拿出来,就改变了家中的气氛:"瘦妻面复光,痴女头自栉。 学母无不为,晓妆随手抹。 移时施朱铅,狼藉画眉阔。"而且小家伙们还争着"问事竞挽须"。 这些惟妙惟肖、细致入微的描写,仅用"比、兴两法",大概是无法办到的吧!

清人张裕钊曾说"叙到家以后情事"的这一段,"酣嬉淋漓,意境非诸家所有"①。 就是说,这是有独创性的。 这独创性表现在,诗人既发展了《诗经》以来诗歌创作(包括左思的《娇女诗》)中的赋的手法,又从《史记》等史传文学中吸取了丰富的创作经验,用来描写生活细节,刻画人物形象,展示人物复杂的内心世界。 换句话说,就是"以文为诗"。

张氏所说的"酣嬉",只着眼于表面现象。 "乾坤含疮痍,忧虞何时毕?"这是诗人写这篇诗时的基本思想。 还家以后,始而"恸哭松声回",继而"老夫情怀恶",直到面对孩子们的天真活泼,也未

---

① 转引自《唐宋诗举要》卷一。

能"破涕为笑"。"生还对童稚,似欲忘饥渴。问事竞挽须,谁能即嗔喝?翻思在贼愁,甘受杂乱聒。"有类似生活经验的人读到这里,谁能不为之掉泪?"似欲忘饥渴",实际上是忘不了饥渴。"谁能即嗔喝","甘受杂乱聒",实际上是忧国忧民忧家,心烦意乱,受不了"杂乱聒",因而很想"嗔喝"。然而对于和他们的母亲一起备受苦难,在自己回家之后才有了欢笑的无知的孩子们,"谁能即嗔喝"呢?这是以孩子们的"乐"写自己的愁,使人更感到愁。"翻思在贼愁",因而就"甘受杂乱聒",这是以"在贼"之愁衬今日之愁,以见今日虽愁,总比"在贼"时好一些。很显然,这不过是聊以自慰罢了!于是以"新归且慰意,生理焉得说"结束了关于家庭生活的描写,又回到国家大事上去。"乾坤含疮痍",又哪能考虑个人的"生计"呢?

从"至尊尚蒙尘"到"皇纲未宜绝"二十八句,是第四段,结合时事,发表对实现"中兴"理想的意见。

诗人在"拜辞诣阙下"之时,本想针对皇帝的"遗失"进行"谏诤",但皇帝不想听,没法开口。回家途中目睹的悲惨现实和回家以来的困苦生活激起了汹涌澎湃的感情波涛。"阴风西北来,惨淡随回纥"至"圣心颇虚伫,时议气欲夺",对借兵回纥表示不满,认为借兵越多,后患越大,但皇帝一意孤行地依赖外援,谁又敢于坚持己见?"官军请深入"等句,是说"官军"深入敌境,自可破贼,何必借用回纥之兵。"此举开青徐,旋瞻略恒碣",对如何扫平安史之乱提出正面意见。青、徐二州,即山东、苏北,恒山、碣石,指河北一带。作者之意:"官军"收复两京,便当乘胜直取安史老巢。"祸转亡胡岁"等语,照应首段"东胡反未已,臣甫愤所切",从唐王朝的立场出发,指出天时人事都有转机,希望唐肃宗积极备战。

从"忆昨狼狈初"至结尾二十句,是第五段,承上段"皇纲未宜绝",申述"未宜绝"的理由,抒写对重建"太宗业"的渴望。

"忆昨狼狈初"以下,举出以往的事实说明"皇纲未宜绝"。据史书记载，安史叛军长驱入关，唐明皇逃出长安，至马嵬驿被迫缢死杨贵妃，杀杨国忠等权奸，以平民愤。杜甫举出这些事实，说明唐明皇在"狼狈"之时，还能幡然改悔，是与古代的亡国之君如夏桀王、殷纣王等等不同的，从而证明"皇纲未宜绝"。"周汉获再兴，宣光果明哲"两句，又以周宣王、汉光武比唐肃宗，照应首段的"君诚中兴主"，说明有这样的皇帝，唐朝应该"中兴"。"桓桓陈将军"，以下四句，热情地赞扬倡义兵变的陈元礼。把"于今国犹活"归因于陈元礼杀杨国忠兄妹及其"同恶"而给予崇高的评价，是相当大胆的，但出发点仍然是忠君。"都人望翠华，佳气向金阙"两句，更从人心、气运方面说明"皇纲未宜绝"。最后从"园陵固有神"讲到唐太宗的"煌煌"大业，用以激励唐肃宗，希望他做一个像李世民那样"树立甚宏达"的好皇帝，早日医治好"乾坤"的"疮痍"，使唐王朝得到"中兴"。

这两大段，直抒胸臆，大发议论，更表现了"以文为诗"的特点。

各种文艺样式，是既有特性，又有共性的，不是各自孤立，而是互相影响、互相渗透的。把诗歌的特点绝对化，把诗歌和其他文艺样式完全对立起来，是不符合文艺创作的实践的。吸收诗歌的优点，把散文写得富有诗意，不是很好吗？吸收文艺性散文在章法、句法以及描写生活细节、刻画人物性格、展现人物内心世界等方面的长处，用以提高诗歌抒情达意，在更高的深度和广度上反映生活的能力，又有什么不好呢？

当然，"以文为诗"（包括以议论为诗），是可能写出味同嚼蜡的东西的，但这不是"以文为诗"的过错，难道"以诗为诗"，就保证能够写出好诗来吗？

有些人还把"以议论为诗"和"以文为诗"看成一码事而加以否定。明代的屠隆就说过："宋人多好以诗议论。夫以诗议论，即奚不为文而为诗哉?"①

他的意思是：只有在散文里才能发议论，在诗里是不能发议论的。当然，如果不是抒发对于现实生活的真情实感和深刻理解，而是发表抽象的议论，那是写不出好诗的，但不能因此就说在诗歌里不能发议论。从《诗经》以来，有无数好诗都是发议论的。

优秀诗篇中的议论与哲学论文、政治论文中的议论不同。它来自形象思维，来自对生活的强烈感受和深刻理解，常常与叙事、抒情紧密结合，不可分割。《北征》里的议论正是这样的。这不单纯是表现方式问题，而主要是深入生活问题和思想感情问题。杜甫的《北征》无愧"诗史"，正是和他深入生活，在思想感情上接近人民分不开的。他在十年困居长安的后期，已经接触到下层社会的生活，从长安到蒲城探望家小，旅途所见和到家后已经饿死了孩子的悲惨遭遇，扩大了他诗歌创作的视野。安史之乱爆发，在颠沛流离的生活过程中，他目睹了"遂令半秦民，残害为异物"的惨象，因而能够发出"乾坤含疮痍，忧虞何时毕"的感慨，把注意力集中到当时的政治、军事等国家大事上，考虑如何医治"乾坤"的"疮痍"。《北征》从题目上看，应该是一篇纪行叙事的诗歌，但由于诗人处处考虑着国家大事，所以表现在创作上，就不是单纯纪行、叙事，而是有抒情，有议论，时而揭露社会矛盾，时而发表政治主张，时而"忧虞"当前时局，时而展望未来好景。而这一切，都是被一条主线贯串起来的，那就是"乾坤含疮痍，忧虞何时毕"。

杜甫深入社会的生活实践和由此产生的忧国忧民的思想感情，是能够写出像《北征》这样的"诗史"的根本原因，但要写出这样的"诗史"，而不用赋的手法，不吸收文艺性散文的优点，也是不可能的。

---

①《由拳集》卷二三。

《北征》作为"诗史",对我们仍有认识意义。诗人为了创作"诗史"而从其他文艺样式的创作经验中吸取有用的东西,也对我们有借鉴意义。把诗歌的特点绝对化,只强调比、兴,不加分析地反对"以文为诗",并不是有利的。

情见于诗　一片血泪

——说杜甫《送郑十八虔贬台州司户，伤其临老陷贼之故，阙为面别，情见于诗》

> 郑公樗散鬓成丝，酒后常称老画师。
> 万里伤心严谴日，百年垂死中兴时。
> 苍惶已就长途往，邂逅无端出饯迟。
> 便与先生应永诀，九重泉路尽交期。

郑虔这个人，不仅以诗、书、画"三绝"著称，更精通天文、地理、军事、医药和音律，够得上个"全才"。道德呢？看来也无可非议。杜甫不是在称赞他"才过屈宋"的同时，特别强调他"道出羲皇"，"德尊一代"吗？然而他的遭遇却很"坎坷"。安史乱前始终未被重用，连饭都吃不饱。安史乱中，又和王维等一大批官员一起，被叛军劫到洛阳。安禄山给他一个"水部郎中"的官儿，他假装病重，一直没有就任，还暗中给唐政府通消息。可是当洛阳收复，唐肃宗在处理陷贼官员问题时，却给他定了"罪"，将其贬为台州司户参军。杜甫为此，写下了这首"情见于诗"的七律。

前人评这首诗，有的说："从肺腑流出"，"万转千回，纯是泪点，都无墨痕"。有的说："一片血泪，更不辨是诗是情"。这都可以说抓住了最本质的东西。至于说它"屈曲赴题，清空一气，与《闻官军收河南河北》同是一格"，则是就艺术特点而言的；说它"直可使暑日霜飞，午时鬼泣"，则是就艺术感染力而言的。

评论家多曾指出，首联刻画了郑虔的音容笑貌，但表现了作者的什么呢？却都没有说。浦起龙认为这是"题前"的话，不知他是怎样理解的。我们知道，杜甫和郑虔是"忘形到尔汝"的好朋友。郑虔的为人，杜甫最了解，他陷贼的表现，杜甫也清楚。因此，他对郑虔的受处分，就不能不有些看法。第三句中的"严谴"，不就是他的看法吗？而一、二两句，则是这种看法的依据。说"郑公樗散"，这是依据之一；说他"鬓成丝"，这是依据之二；说他"酒后常称老画师"，这是依据之三。

"樗"和"散"，见于《庄子》。惠子对庄子说："我有一棵大树，人家管它叫'樗'。大是够大的，却不中绳墨。匠人嫌它没用处，连看都不屑看一眼。"庄子告诉他："没有用处，就不会遭到砍伐，又发什么愁呢？"这是讲"樗"的。有个姓石的木匠往齐国去，碰上一株异常高大的栎树，很多人围着它看稀奇，而石木匠却说："那是'散木'啊！一点用处都没有。如果有啥用处的话，怎么会让它长那么大呢？"这是讲"散"的。至于把二者联合在一起构成"樗散"这么个词，则是杜甫的创造。创造这么个词用以自比，就可能是自谦或者发牢骚。如今却用来比拟自己的朋友，说郑公"樗散"，这究竟是什么意思呢？如果紧扣题目来理解的话，就不难看出这样的含意：郑虔不过是"樗散"那样的"无用之材"罢了，既无非分之想，又无犯"罪"行为，不可能是什么危险人物，又何况他已经"鬓成丝"了呢！第二句，即用郑虔自己的话作证。人们常说："酒后见真言。"郑虔酒后，有什么越理犯分的言论没有呢？没有。他不过常常以"老画师"自居而已，足见他并没有什么政治野心。既然如此，就让这个"鬓成丝"的"垂死"的老头子画他的画儿去，不就行了吗？

可以看出，一、二两句，不是"题前"的话，也不单纯是刻画郑虔的声容笑貌，而是通过写郑虔的人，为郑虔鸣冤。要不然，在第三句中，凭什么突然冒出个"严谴"呢？

次联紧承首联，层层深入，抒发了对郑虔的同情，表现了对"严谴"的愤慨，的确是一字一泪，一字一血。对于郑虔这样一个无罪、无害的人，本来就不该"谴"，如今却不但"谴"了，还"谴"得那样"严"，竟然把他贬到"万里"之外的台州去，真使人伤心啊！这是第一层。郑虔如果还年轻力壮，是可以经受那样的"严谴"的，可是他已经"鬓成丝"了，眼看是个"垂死"的人了，却被贬到那么遥远，那么荒凉的地方去，不是明明要让他死吗？真使人伤心啊！这是第二层。如果不明不白地死在乱世，也就没啥好说，可是两京都已经收复了，大唐总算"中兴"了，该过太平日子了，而郑虔偏偏在这"中兴"之时受到了"严谴"，真使人伤心啊！这是第三层。

由"严谴"和"垂死"激起的情感波涛奔腾前进，化成后四句，真"不辨是诗是情"。

"苍惶"一联，紧承"严谴"而来，正因为"谴"得那么"严"，所以百般凌逼，不准延缓，作者没来得及送行，郑虔已经"苍惶"地踏上了漫长的道路。"永诀"一联，紧承"垂死"而来，郑虔已是"垂死"之年，而"严谴"又必然会加速他的死亡，不可能活着回来了，因而发出了"便与先生应永诀"的感叹。然而即使活着不能见面，仍然要"九重泉路尽交期"啊！情真意切，沉痛不忍卒读。诗的结尾，是需要含蓄的，但也不能一概而论。卢得水评这首诗，就说得很不错："末竟作'永诀'之词，诗到真处，不嫌其迫，不妨于尽也。"

杜甫当然是忠于唐王朝的，但他并没有违心地为唐王朝冤屈好人的做法唱赞歌，而是实事求是地斥之为"严谴"，毫不掩饰地为受害者鸣不平、表同情，以至于坚决表示要和他在泉下交朋友，这不是表现了一个真正的诗人应有的人格吗？有这样的人格，才会有"从肺腑流出""真意弥满""情见于诗"的艺术风格。

句有余味　篇有余意
——说杜甫《曲江二首》

一片花飞减却春，风飘万点正愁人。
且看欲尽花经眼，莫厌伤多酒入唇。
江上小堂巢翡翠，苑边高冢卧麒麟。
细推物理须行乐，何用浮荣绊此身？

朝回日日典春衣，每日江头尽醉归。
酒债寻常行处有，人生七十古来稀。
穿花蛱蝶深深见，点水蜻蜓款款飞。
传语风光共流转，暂时相赏莫相违。

  曲江池遗址，在今西安市东南郊。汉武帝曾在这里建宜春苑，唐玄宗开元时期，整修扩建，面貌一新，池水澄明，花卉环列。其南有紫云楼、芙蓉苑，其西有慈恩寺、杏园，风光秀丽，景物宜人，是著名的游览胜地。杜甫有关曲江的诗很多，如《丽人行》《曲江三章章五句》《哀江头》《曲江陪郑八丈南史饮》以及《曲江二首》，都是万口传诵的名篇。

  《丽人行》是通过对杨国忠兄妹游曲江的生动描写揭露其荒淫骄奢的，《曲江三章章五句》以独创的艺术形式抒发了怀才不遇的愤懑，《哀江头》则写于陷贼时期，以"少陵野老吞声哭，春日潜行曲江曲。江头宫殿锁千门，细柳新蒲为谁绿"开头，转入"忆昔"，倾诉了兴亡盛衰之感。这些作品由于表现了重大主题，受到了今人的重视。但对于《曲江二首》，有些专家却持有不同看法。例如说："杜甫……作皇帝的供奉官左拾遗……从北城下朝回来，就是在春风荡漾的曲江头典衣买酒。他这时也写了一些关于曲江的诗，但这些诗与从前的曲江诗相比，既没有天宝末年《曲江三章》那样的凄苦，也没有《哀江头》那样的沉痛，他在一片花飞的暮春天气，只感到一个庸俗的道理：'细推物理须行乐，何用浮荣绊此身？'像'穿花蛱蝶深深见，点水蜻蜓款款飞'，'桃花细逐梨花落，黄鸟时兼白鸟飞'这些信手拈来、歌咏自然的诗句，若是在一般唐人的诗集里也许是很好的名句，可是在杜甫许多瑰丽而沉郁的诗篇中，只显得轻飘而悠扬，没有重量。"这种看法，看来很有代表性，但新出的各种唐诗选本和杜诗选本都不入选，就是明证。

这不禁使人想起某些道学家的议论来。《二程遗书》（卷十八）里载有程颐的一段话。

某素不作诗，亦非是禁止不作，但不欲为此闲言语。且如今言能诗无如杜甫，如云"穿花蛱蝶深深见，点水蜻蜓款款飞"，如此闲言语，道出做甚？某所以不常作诗。

文学艺术的社会功能是多方面的，人民群众的精神生活也应该是丰富多彩的。"歌咏自然的诗句"，如果的确写得好，就能给人以美的享受，从而丰富、提高其精神境界，怎能说"闲言语"！何况只要把杜甫的这两首七律作为有机的整体彻底弄懂，就会看出其中"歌咏自然的诗句"并不是单纯地"歌咏自然"。一切名家、大家的好诗，都是讲究字法、句法特别是章法的，不是杂乱无章的。诗歌欣赏，也必须建立于弄懂字法、句法、章法，从而了解全篇的基础之上。某些人竟提倡写诗歌欣赏的文章要"避免从作品的篇首至篇终按顺序对词意及艺术进行串讲或解释"，其结果只能脱离全篇的有机结构，孤立地抓住一点（美其名曰"重点"），大加称扬或随意贬斥。看来鲁迅

"倘要论文，最好是顾及全篇"的忠告，至今仍没有过时。

现在还是让我们来看《曲江二首》的"全篇"。

第一首写在曲江看花吃酒，似乎平淡无奇，但布局何等出神入化！抒情何等感慨淋漓！

在曲江看花吃酒，正遇上"良辰、美景"，总该算"赏心、乐事"了吧！但作者却"别有怀抱"，一上来就表现出"无可奈何"的"惜春"情绪，读之令人惊心动魄。写"惜春"怎么会产生令人惊心动魄的艺术效果呢？这固然由于作者确有令人惊心动魄的真情实感，但也由于作者善于运用独创性的艺术手法把这种真情实感表现得活灵活现。作者一没有写他已经来到曲江，二没有写他来到曲江之时是什么节令，三没有写曲江周围"花卉环列"，只用"风飘万点"四字，就概括了这一切。而"风飘万点"，又不是客观地写景，缀上"正愁人"三字，其重点就落在见景生情、托物言志上。

"风飘万点"，对于一个春风得意的人来说，也煞是好看，为什么一定是"正愁人"呢？作者面对的是"风飘万点"，但那"愁"却早已萌生于此前的"一片花飞"。因而用跌笔开头："一片花飞减却春。"历尽漫长的严冬，好容易盼到春天来了，花儿开了！这春天，这花儿，不是很值得人们珍惜的吗？然而"一片花飞"，又透漏了春天消逝的消息，敏感的特别珍惜春天的诗人，又怎能不"愁"！"一片"，并不是遮天盖地的一大片，而只是一朵花儿的"一瓣"。因一瓣花儿被"风"吹落，就感到春色已减，就暗暗地发愁，可是如今呢，面对着的分明是"风飘万点"的严酷的现实啊！行文至此，用上"正愁人"三字，非但没有概念化的毛病，简直是力透纸背，扣人心弦。辛弃疾《摸鱼儿》中的名句"惜春长怕花开早，何况落红无数"，在艺术构思上也许是从这里受到启发的。

"风飘万点"已成为无法改变的现实，剩下的尚未被"风"飘走的花儿就更值得爱惜。然而那"风"还在吹，剩下的，又"一片""一片"地被"风"飘走，眼看即将飘"尽"了！诗人用第三句表现了这番情景："且看欲尽花经眼。""经眼"之花"欲尽",只能"且看"。"且"者,暂且也、姑且也。 而当眼睁睁地看着枝头残花"一片""一片"地被风飘走,加入那"万点"的行列,心中又是什么滋味呢?于是来了第四句:"莫厌伤多酒入唇。"吃"酒"为了浇"愁"。"一片花飞"已愁,"风飘万点"更愁,枝上残花继续飘落又继续添"愁"。 因而"酒"已"伤多",还得继续"入唇"啊!

蒋弱六云:"只一落花,连写三句,极反复层折之妙。 接入第四句,魂消欲绝。"这是颇有见地的。 然而对于作者何以要如此"反复层折"地写"落花",以至"魂消欲绝",却没有一探其中的奥秘。

杜甫漂泊到成都的时候写过一首诗:"手种桃李非无主,野老墙低还是家。 恰似春风相欺得,夜来吹折数枝花。"北宋诗人王禹偁被贬到商州的时候写过一首诗:"两株桃杏映篱斜,装点商山副使家。何事春风容不得,和莺吹折数枝花。"写风吹花折,分明是体兼比兴。 那么,这首《曲江》诗如此"反复层折"地写"风"吹"花"落,究竟是仅仅感叹春光易逝,还是体兼比兴,致慨于难以直陈的人事问题呢?

第三联"江上小堂巢翡翠,苑边高冢卧麒麟",就写到了人事。或谓此联"更发奇想惊人",乍看确乎"奇"得出人意料,细想却恰恰在人意中。 诗人"且看欲尽花经眼",目光随着那"风飘万点"移动:落到"江上",就看见原来住人的"小堂"如今却"巢"着"翡翠",何等荒凉;落到"苑边",就看见原来雄踞"高冢"之前的"麒麟"倒卧在地,不胜寂寞。 经过安史叛乱的破坏,曲江往日的盛况还远远没有恢复,可是,好容易盼来的春天,眼看和"万点"落花一起,就要被风葬送了! 这并不是什么"惊人"的"奇想",而是触景伤情。 那么有什么办法呢?办法仍不外是"莫厌伤多酒入唇",只不过是换了一种说法,"行乐":

细推物理须行乐，何用浮荣绊此身？

难道"物理"就是这样的吗？如果只能如此，无法改变，那就只"须行乐"，何必让"浮荣"绊住此身，失掉任何自由呢？

联系全篇来看，所谓"行乐"，不过是他自己所说的"沉饮聊自遣"，或李白所说的"举杯消愁愁更愁"而已，"乐"云乎哉！

"绊此身"的"浮荣"，何所指？指的就是"左拾遗"那个"从八品上"的"谏官"。天宝十五载（756）六月，安史叛军攻进潼关，唐玄宗逃往四川，长安沦陷。七月，太子李亨（肃宗）即位于灵武，改元至德。杜甫把复兴的希望寄托在李亨身上，从羌村只身北上延州，投奔灵武，不幸在半路上被叛军捉住，送到长安。次年春天，他潜行曲江，在"胡骑尘满城"的"黄昏"吟成了凄怨动人的《哀江头》。四月，他冒着生命危险逃出长安，奔向凤翔，"麻鞋见天子"，被任命为左拾遗，接着就因疏救房琯触怒肃宗，被放回鄜州探视妻子。尽管如此，在《北征》里他仍然希望肃宗能够有所"树立"，结束"乾坤含疮痍"的局面。至德二载（757）九月，唐军收复长安，杜甫于十一月回京，仍任左拾遗。《曲江二首》，就是乾元元年（758）暮春任左拾遗时写的。杜甫"穷年忧黎元，叹息肠内热"，早就渴望"立登要路津"，以实现其"致君尧舜上，再使风俗淳"的政治理想。如今身为"谏官"，正好可以"致君""泽民"，却为什么把这看成"绊"身的"浮荣"，力求摆脱呢？从"明朝有封事"（《春宿左省》）、"避人焚谏草"（《晚出左掖》）之类的诗句看，他是给皇帝提了意见的。从"衮职曾无一字补，许身愧比双南金"（《题省中壁》），"每愁悔吝作，如觉天地窄"（《送李校书二十六韵》）之类的诗句看，他的意见不但没有被采纳，而且还蕴含着惹祸的危机。到了这年六月，果然受到处罚，被贬为华州司功参军。《曲江二首》是暮春写的，从暮春到六月，不过两个多月的时间。明乎此，就会对这首诗有比较明确的理解，不至于用"只感到一个庸俗的道理"之类的词句把它轻易地否定了。

第二首紧承"何用浮荣绊此身"而来。"荣"而曰"浮",极言毫无实际意义。此后一年多,杜甫即主动弃官,到了秦州,发出了"唐尧真自圣,野老复何知"的感慨。肃宗既然"自"封为"圣人",就只许臣民们捧他为"圣人"。力图"致君尧舜"的杜甫尽管"恐君有遗失",却动辄得咎,忧谗畏讥,有"遗"不敢"拾",自然就觉得"左拾遗"这个"谏官"有名无实,不过是"绊"身的"浮荣",急想摆脱。他在同时期写的《曲江对酒》里就老老实实地说:"懒朝真与世相违。""懒"得上"朝",还得上朝,因而一上朝就只等"朝回",跑到曲江吃酒遣闷。"朝回日日典春衣,每日江头尽醉归……"就表现了这种情感。

前四句一气旋转,而又细针密线。仇注:"酒债多有,故至典衣;七十者稀,故须尽醉。二句分应。"就章法而言,大致是不错的。但把"尽醉"归因于"七十者稀",对诗意的理解就流于表面化。时当暮春,长安天气,"春衣"才派上用场,即使穷到要典当衣服的程度,也应该先典冬衣。如今竟然"典"起"春衣"来,见得冬衣已经"典"光。这是透过一层的写法。不是偶然"典",而是"日日典",大约连老婆的"春衣"都拿出来了。这是更透过一层的写法。"日日典春衣",读者准以为不是等米下锅,就是另有燃眉之急,然而读到第二句,才知道那不过是为了"每日江头尽醉归",真有点出人意料。出人意料,就不能不引人深思:为什么要"尽醉"呢?

诗人还不肯回答读者的疑问,又逼近一层:"酒债寻常行处有。""寻常行处"包括了曲江,又不限于曲江。行到曲江,就在曲江"尽醉",行到别的地方,就在别的地方"尽醉"。因而只靠"典春衣"买酒,无异于杯水车薪,于是乎由买到赊,以至"寻常行处",都有"酒债"。付出这样高的代价,只换得个醉醺醺,究竟为什么?

诗人终于作了回答:"人生七十古来稀。"对于这一句,有的专家在《杜甫嗜酒终身》的专文里解释说:"酒喝太多了,不伤身体吗?

顾不了那么多,反正人活到七十岁是很少有的。"为了证明"杜老实在是拼命在喝酒"不过是一种"嗜好",又引了"纵饮久拼人共弃,懒朝真与世相违"两句,解释说:"为了'纵饮',便不惜抛开职务——'懒朝'。虚应故事,上朝应卯。"这实在是倒果为因了!诗人分明是有感于上朝无补实际,徒惹烦恼,才"懒朝",才"纵饮"的。"人生七十古来稀"者,意为人生能活多久,既然不得行其志,就"莫思身外无穷事,且尽生前有限杯"吧!这其实是愤激之言,联系诗的"全篇"和杜甫的"全人",是不难了解言外之意的。

"穿花"一联写"江头"景物,在杜甫诗集里也是别具一格的名句,讥为"闲言语""没重量",是不公允的。叶梦得就曾指出:"诗语固忌用巧太过,然缘情体物,自有天然工妙,虽巧而不见刻削之痕。老杜……'穿花蛱蝶深深见,点水蜻蜓款款飞','深深'字若无'穿'字,'款款'字若无'点'字,皆无以见其精微如此。然读之浑然,全似未尝用力,此所以不碍其气格超胜。使晚唐诸子为之,便当如'鱼跃练江抛玉尺,莺穿丝柳织金梭'体矣。"[1]这一联"体物"有天然之妙,是有目共睹的。但不仅妙在"体物",还妙在"缘情"。"七十古来稀",人生如此短暂!而"一片花飞减却春,风飘万点正愁人",大好春光,又即将消逝,难道不值得珍惜吗?诗人正是满怀"惜春"之情观赏"江头"景物的。"穿花蛱蝶深深见,点水蜻蜓款款飞",这是多么恬静、多么自由、多么美好的境界啊!可是这样恬静、这样自由、这样美好的境界,还能存在多久呢?于是诗人"且尽芳樽恋物华",写出了这样的结句:

传语风光共流转,暂时相赏莫相违。

---

[1]《石林诗话》卷下。

这两句,解者纷纭,有的没有说准,有的没有说透,原因在于没有和上文紧密地联系起来仔细玩味。例如,王洙谓是"传语同舍郎,言风光难得而易失,欲其暂时相赏也",简言之,即传语同舍郎共同暂赏风光。这显然丢掉了眼前的水蜓花蝶,不符合全篇的艺术构思。"传语"犹言"寄语",其对象就是"风光",而不是什么"同舍郎"。"共"是个介词,其宾语承上省略了。这里的"风光"就是明媚的春光。"穿花"一联"体物"之妙,不仅在于写小景如画,而且在于以小景见大景。你读这一联,难道唤不起春光明媚的美感吗?蛱蝶、蜻蜓,正是在明媚的春光里自由自在地穿花、点水,深深见(现)、款款飞的。失掉明媚的春光,这样恬静、这样自由、这样美好的境界也就不复存在了。诗人以情观物,物皆有情,因而"传语风光"说:"可爱的风光呀,你就同穿花的蛱蝶、点水的蜻蜓一起流转,让我欣赏吧,哪怕是暂时的;可别连这一点心愿也违背了!""相"这个副词在这里不表相互,而是偏指一方,有指代意味。"相赏",即赏玩"穿花蛱蝶深深见,点水蜻蜓款款飞","赏"的对象和"共"的宾语是相同的。

仇注引张綖云:"二诗以仕不得志,有感于暮春而作。"言简意赅,深得诗人用心。因"有感于暮春而作",故以"一片花飞减却春"发端,以"暂时相赏莫相违"收尾,惜春、留春之情,洋溢于字里行间。因"仕不得志"而有感,故惜春、留春之情饱含深广的社会内容,耐人寻味。

前人论此诗,多指出"奇"和"巧"的特点。如说"一片花飞减却春","语奇而意深"。"且看"一联,"句法亦新奇"。"江上"一联,"更发奇想惊人"等等,皆就"奇"而言。如说"酒债"一联,"八尺曰'寻',倍'寻'曰'常'",用"寻常"对"七十"(所谓"借对"),"对法变化"。"穿花"一联,"虽巧而不见刻削之痕"等等,皆就"巧"而言。说"奇"、说"巧",都是不错的,但都不是这两首诗的总的特点。这两首诗的总的特点,用我国传统的美学术语说,就是"含蓄",就是有"神韵"。范温指出:"韵""生于有馀"，作品有"馀意""馀味"，"测之而益深""究之而益来"，这就是有"韵"（《永乐大典》卷八〇七《诗》字下引《潜溪诗眼》）。姜夔《诗说》云："语贵含蓄。东坡云：'言有尽而意无穷者，天下之至言也。'……若句中无馀字，篇中无长语，非善之善者也；句中有馀味，篇中有馀意，善之善者也。"简言之，所谓"含蓄"，所谓"神韵"，就是留有馀地。抒情、写景，力避倾囷倒廪，而要抒写最典型、最有特征性的东西，从而使读者通过已抒之情和已写之景，去玩味未抒之情，想象未写之景。"一片花飞""风飘万点"，写景并不工细。然而"一片花飞"，最足以表现春色减退，"风飘万点"，也最足以表现春暮景象。一切与此有关的景色都可以从"一片花飞""风飘万点"中去冥观默想。比如说，从花落可以想到鸟飞，从红瘦可以想到绿肥……"穿花"一联，写景可谓工细；但工而不见刻削之痕，细也并非详尽无遗。例如只说"穿花"，不复具体地描写"花"，只说"点水"，不复具体地描写"水"，而花容、水态以及与此相关的一切景物，都宛然可想。

就抒情方面说，"何用浮荣绊此身"，"朝回日日典春衣……"，其"仕不得志"是依稀可见的，但如何不得志、为何不得志，却秘而不宣，只是通过描写暮春之景抒发惜春、留春之情；而惜春、留春的表现方式，也只是吃酒，只是赏花玩景，只是及时"行乐"。诗中抒情主人公"日日江头尽醉"，从"一片花飞"到"风飘万点"，已经目睹了、感受了春光消逝的全过程，还"传语风光共流转，暂时相赏莫相违"，真可谓"乐"此不疲了。然而仔细吟味，就发现言外有意，弦外有音，景外有景，情外有情，"测之而益深，究之而益来"。王嗣奭曾说他"初不满此诗。国方多事，身为谏官，岂人臣行乐之时？然读其'沉醉聊自遣'一语，恍然悟此二诗，盖忧愤而托之行乐者"。"初不满此诗"，是由于他还没有抓住此诗"神馀象外"的艺术特点，后来悟出此诗"盖忧愤而托之行乐者"，就懂得一点"馀意"，尝到一点"馀味"，听到一点"馀音"了。

聊为义鹘行　永激壮士肝
——说杜甫《义鹘行》

阴崖有苍鹰，养子黑柏巅。
白蛇登其巢，吞噬恣朝餐。
雄飞远求食，雌者鸣辛酸。
力强不可制，黄口无半存。
其父从西归，翻身入长烟。
斯须领健鹘，痛愤寄所宣。
斗上捩孤影，噭哮来九天。
修鳞脱远枝，巨颡坼老拳。
高空得蹭蹬，短草辞蜿蜒。
折尾能一掉，饱肠皆已穿。
生虽灭众雏，死亦垂千年。
物情有报复，快意贵目前。
兹实鸷鸟最，急难心炯然。
功成失所往，用舍何其贤！
近经滞水湄，此事樵夫传。
飘萧觉素发，凛欲冲儒冠。
人生许与分，只在顾盼间。
聊为义鹘行，用激壮士肝。

唐肃宗乾元元年（758），杜甫在长安留居的最后阶段，写了一篇出色的寓言诗《义鹘行》。浦起龙说："读此而无动于衷者，全无心肝人也。"

这篇诗之所以能使一切有心肝的人都受感动，主要在于它异常生动地描写了一场"除暴安良"的英勇战斗，活画出雄姿飒爽的义鹘形象，并以满腔热情，歌颂了它的正义行为。

首段十二句，写苍鹰遇难。两只苍鹰在柏树之巅哺养鹰雏。残酷的白蛇为了满足它的贪欲，竟然趁雄鹰远出觅食的时机侵入鹰巢，恣意吞噬鹰雏，这真是罪不容诛！可是，这家伙十分凶恶，雌鹰眼睁睁看着"黄口无半存"而无力解救，除了辛酸的鸣叫，别无办法。还好，雄鹰回来了，它没有在敌我力量悬殊的情况下贸然投入战斗，却立刻翻身飞入烟云弥漫的长空，领来了健鹘，向它倾诉了冤愤。

这一段叙事明净，清楚地写出了事件发生发展的过程，勾勒出事件参与者的神态：白蛇的贪毒，雌鹰的辛酸，雄鹰的冤愤，其情其状，历历如绘。而诗人对毒蛇的憎恨，对苍鹰的同情，像火一样地从字里行间喷薄而出，燃烧着读者的心灵！

中段十六句，前八句描写，后八句评论。不论描写或评论，都带有浓烈的感情色彩。

健鹘听了雄鹰的倾诉，见义勇为，毫不犹豫，陡然直冲九天，展翅回旋，瞄准白蛇，厉声激鸣，迅速地从高空猛扑下来，以"老拳"（指鹘的利爪）击破白蛇的额头。白蛇被击，从树梢蹭蹬下坠，脑裂、肠穿、尾折，一命呜呼了。这八句，真是"笔笔叫绝"！摹神写照，千载犹生，读之如有杀气阴风闪动纸上。而写健鹘的猛和狠，正是具体地表现了"义"，惩罚像白蛇那样不义的东西，是必须有这般猛劲和狠劲的。

接着的八句对毒蛇给以严厉的鞭打："生虽灭众雏"，暂时满足了贪欲，但其不义的行为和可耻的下场将遗臭"千年"。对健鹘则给以热情的赞扬：为报鹰仇，毅然而来，不避艰险；击毙毒蛇，飘然而去,不求报酬。 多么英勇! 多么光明磊落!

末段八句,写作诗的动机。 诗人从长安城南的滈水边经过,听樵夫讲述这个事件,立刻心灵激荡,热血沸腾,觉得他那飘萧的白发,一根根直立起来,上冲儒冠。 "人生许与分,只在顾盼间。"鸟类中尚且有义鹘,人类中不更应该有像义鹘那样见义勇为的义士吗? 于是写了这篇《义鹘行》,用以激发壮士的肝胆。

以前的评论家,有的认为诗人"假事为比,用意在末",有的则说诗人"自是闻此事而作……即物写照"。 争论的双方各有一定的道理,但都不够全面。 "此事樵夫传",这故事很可能是劳动人民口头创作的寓言。 仇兆鳌说:"鹰能诉冤于鹘,其事甚奇","鹘能为鹰报仇,其事更奇","鹘能报复辄去,益见其奇"。 其实,类似这样的"奇事",寄寓了劳动人民的意愿,在民间寓言故事中,并不罕见。 这篇诗之所以构思奇特,寓意深远,显然是和它的作者接近劳动人民,向人民创作学习分不开的。

当然,我们绝对不应该因为这篇诗写的是樵夫所传的故事而低估它的创造性。 第一,同样听了这个故事,有些人也会漠然无动于衷,而杜甫则"飘萧觉素发,凛欲冲儒冠",以致压抑不住汹涌澎湃的创作激情。 可见,这首诗先和他除暴安良的思想情感有关。 第二,仅仅听了这个故事,还不可能塑造出悲壮飞动的形象。 而杜甫只用寥寥几笔,能把苍鹰特别是健鹘的情状活画出来,这同时决定于他对生活的精细观察和深厚的艺术修养。 而对鹰鹘之类的飞禽作精细的观察,又是和杜甫的品格性情分不开的。 在杜甫的诗集中,专写鹰、鹘的诗接近十篇,这绝非偶然。 他在《画鹰》中写道:"何当击凡鸟,毛血洒平芜!"在《杨监又出画鹰十二扇》中写道:"为君除狡兔,会是翻鞲上。"在《王兵马使二角鹰》中写道:"恶鸟飞飞啄金屋,安得尔辈开其群,驱出六合枭鸾分!"……不难看出,作者写这些诗,正和写《义鹘行》一样,其目的也是"用激壮士肝"的。

王嗣奭认为这篇诗"借端发议,时露作者品格性情",的确有见地。吴山民进一步指出："子美平生，要借奇事以警世，故每每说得精透如此。诗说老鹘仁慈义勇，所以感动人情，而其慷慨激昂，正欲使毒心人敛威夺魄。"就探索作者的创作意图而言，这意见也值得参考。至于浦起龙所说的"奇情恣肆，与子长游侠、刺客列传争雄千古"，则是兼就思想倾向与形象塑造两方面而言的。从形象塑造的生动性方面说，这篇诗的确可与司马迁的《游侠列传》《刺客列传》比美。但后者写的是历史人物，属于传记文学，前者写的是几种动物，属于寓言诗。我国的寓言散文，早在先秦时代就取得了很高的成就，而寓言诗呢，直到盛唐时代还不多见，也不很成熟。杜甫的这篇《义鹘行》，把寓言诗的创作提高到新的水平，对中唐时代白居易等人大量创作寓言诗，是发生过积极影响的。

其事何长　其言何简
　　——说杜甫《石壕吏》

> 暮投石壕村，有吏夜捉人。
> 老翁逾墙走，老妇出看门。
> 吏呼一何怒，妇啼一何苦！
> 听妇前致词，三男邺城戍。
> 一男附书至，二男新战死。
> 存者且偷生，死者长已矣！
> 室中更无人，惟有乳下孙。
> 有孙母未去，出入无完裙。
> 老妪力虽衰，请从吏夜归。
> 急应河阳役，犹得备晨炊。
> 夜久语声绝，如闻泣幽咽。
> 天明登前途，独与老翁别。

　　唐肃宗乾元元年(758)的秋天，杜甫因上疏营救房琯获罪，由左拾遗贬为华州(今陕西省华阴市)司功参军。到了冬末，他回到洛阳。这时，"安史之乱"的头子安禄山已被他的儿子安庆绪杀死，安庆绪由洛阳北走渡河，退保邺城(即相州，今河南省安阳县)，正被郭子仪、李光弼、李嗣业等九节度使率领的六十万大军包围。杜甫认为形势已有好转，在洛阳写下了《洗兵马》那篇名作，表达了"安得壮士挽天河，净洗甲兵长不用"的愿望。但是昏庸的唐肃宗害怕九节度使"难相统属"，因而"不置元帅"，只用宦官鱼朝恩充当"观军容宣慰处置使"。这样，围攻邺城的六十万大军便陷于"进退无所禀"的无政府状态，以至"城久不下，上下解体"。而"安史之乱"的另一个头子史思明又在这时自魏州（故城在今河北省大名县东）率兵来救邺城。乾元二年三月初，两军战于安阳河北，"大风忽起，吹沙拔木，天地昼晦，咫尺不相辨"。唐军溃败，郭子仪引军断河阳桥退保洛阳，"战马万匹，只存三千，甲仗十万，遗弃殆尽"。留守崔园、河南尹苏震等南奔襄、邓，"诸节度使各溃归本镇"。杜甫便在"东京市民惊骇，奔散山谷"的时候离开洛阳，折回华州任所。途中就其所经所见所闻进行了高度的艺术概括，写成了著名组诗《三吏》《三别》。《石壕吏》，就是《三吏》中的一篇。

"暮投石壕村，有吏夜捉人。老翁逾墙走，老妇出看门。"（最后一句"出看门"或作"出门看""出门首"等）这四句可看作第一段。全诗的主题是通过对"有吏夜捉人"的形象描绘揭露官吏的横暴，反映人民的苦难。因此，一开头即截断众流，排除与此无关或关系不大的一切，只用一句诗为事件的发生、发展提供了典型环境。"暮投石壕村"，含义丰富，值得仔细玩味，不宜轻易放过。这里的"石壕村"，历来的注释者都说它就是河南陕县城东七十里的"石壕镇"，有的研究者还因此说"诗人投宿在一家招商小客店里"。既然如此，那么诗人为什么不用"镇"字，却偏偏要用一个"村"字呢？如果说仅仅为了押韵，显然没有说服力。五言诗（不论是古体或近体）的首句，一般不押韵。即如《新婚别》《垂老别》《无家别》《新安吏》等等，就都是第二句起韵的。诗人用"村"字，应该是另有缘故。就通常情况说，分散、偏僻的农村是恶吏"捉人"的典型环境，而人烟密集的市镇却与此不同，此其一。市镇财物集中，又连接大路，比分散、偏僻、贫困的农村更容易受到乱军的抢掠，此其二。看起来，诗人是把离"石壕镇"不远的一个小村庄叫作"石壕村"的。谁都知道，镇上有"招商小客店"供旅客投宿，而离开大路的小村庄，却不是投宿的处所。同时，封建社会里，由于社会秩序不佳和旅途荒凉等原因，旅客们都"未晚先投宿"（"落日恐行人"这句诗从反面说明了这一点），更何况在兵连祸结的时代！而杜甫却于暮色苍茫之时才匆匆忙忙地投奔到一个小村庄里借宿，这种异乎寻常的情景就富于暗示性。可以设想，他或者压根儿不敢走大路，绕开了"石壕镇"；或者当赶到"石壕镇"的时候，镇子已荡然一空，无处歇脚，或者……总之，寥寥五字，不仅点明了投宿的时间和地点，而且和盘托出了兵荒马乱，鸡犬不宁，一切脱出常轨的时代气氛。包围在这种时代气氛里的一个小村庄已经被蒙蒙暮霭所吞噬，那么当黑沉沉的夜幕降落之后，将会发生什么呢？浦起龙指出这首诗"起有猛虎攫人之势"，这不仅是就"有吏夜捉人"说的，而且是就头一句的环境烘托说的。

"有吏夜捉人"一句，"吏""人"并举，而用一个"捉"字联系起来，点出了矛盾双方和矛盾的性质，从而也预示了情节发展的方向及其悲剧性的结局。不说"征兵""点兵""招兵"而说"捉人"，已于如实描绘之中寓揭露、批判之意。再用一个"夜"字作"捉"的时间状语，含意就更丰富。第一，表明官吏"捉人"之事时常发生，人民白天躲藏或者反抗，无法"捉"到。第二，表明县吏"捉人"的手段狠毒，于人民已经入睡的黑夜，来了个突然袭击。同时，诗人是"暮"投石壕村的，从"暮"到"夜"，已过了一段时间，这时当然已经睡下了，下面的事件发展，他是隔门听出来的。此后的"听妇前致词""如闻泣幽咽"，也已经在这里埋下了伏线。

"老翁逾墙走，老妇出看门"两句，表明人民长期以来深受抓丁之苦，昼夜不安，即使到了深夜，仍然寝不安席，一听到门外有了响动，就知道县吏又来"捉人"，老翁立刻"逾墙"逃走，由老妇开门周旋。因为在当时，由于有"妇人在军中，兵气恐不扬"（《新婚别》）之类的迷信，抓兵一般是不抓妇女的——当然也有例外。

"吏呼一何怒，妇啼一何苦！听妇前致词，三男邺城戍。一男附书至，二男新战死。存者且偷生，死者长已矣！室中更无人，惟有乳下孙。 有孙母未去，出入无完裙。 老妪力虽衰，请从吏夜归。 急应河阳役，犹得备晨炊。"这十六句，可看作第二段。

"吏呼一何怒，妇啼一何苦！"两句，极其概括、极其形象地写出了"吏"与"妇"的尖锐矛盾。 一"呼"、一"啼"，一"怒"、一"苦"，形成了强烈的对照；两个状语"一何"，加重了感情色彩，有力地渲染出县吏如狼似虎，叫嚣隳突的横蛮气势，并为老妇以下的诉说酝酿出悲痛的气氛。 矛盾的两方面，具有主与从、因与果的密切关系。 "妇啼一何苦"是"吏呼一何怒"逼出来的。 "出看门"的老妇遇上的如果不是凶暴的县吏，而是像杜甫那样"穷年忧黎元"的客人就不会无端苦"啼"。 很明显，"吏呼"是因，"妇啼"是果。 在现实生活中，无风不起浪，但在高明的画家笔下，并不写风，只写波翻浪涌，其风自见。 杜甫在这里正用了这种手法，他在用两句诗写出了矛盾的两个方面及其因果关系之后，不再写"吏呼"，全力写"妇啼"，而"吏呼"的情状也不难想见。 "听妇前致词"一句承上启下。 那"听"是诗人在"听"，那"致词"是老妇"苦啼"着回答县吏的"怒呼"。 面对如此凶暴的县吏，老妇不可能主动地同他们谈家常。 老妇的每一句回答，自然都针对着县吏的逼问，因而逼问的内容，都从回答中暗示出来。 写"致词"内容的十三句诗，多次换韵，明显地表现出多次转折，暗示了县吏的多次"怒呼"、逼问。 读这十三句诗的时候，千万别以为这是"老妇"一口气说下去的，还显得很健谈，而县吏则还懂得让人把话说完的道理，在那里洗耳恭听。 完全不是这回事。 实际上，"吏呼一何怒，妇啼一何苦！"不仅发生在事件的开头，而且持续到事件的结尾。 从"三男邺城戍"到"死者长已矣"，是第一次转折。 可以想见，这是针对县吏的第一次逼问啼诉的。 在这以前，诗人已用"有吏夜捉人"一句写出县吏的猛虎攫人之势。 等到"老妇出看门"，便扑了进来，贼眼四处搜索，却找不到一个男人，扑了个空。 于是怒吼道："你家的男人都到哪儿去了？ 快交出来！"老妇泣诉说："三个儿子都当兵守邺城去了。 一个儿子刚刚捎来一封信，信中说，另外两个儿子已经牺牲了……"泣诉的时候，也许县吏不相信，还拿出信来交县吏看。 总之，"存者且偷生，死者长已矣！"处境是够使人同情的。 她很希望以此博得县吏的同情，高抬贵手。 不料县吏又大发雷霆："难道你家里再没有别人了？快交出来！"她只得针对这一点诉苦："室中更无人，惟有乳下孙。"这两句，也许不是一口气说下去的，因为"更无人"与下面的回答发生了明显的矛盾。 合理的解释是：老妇先说了一句："家里再没人了！"而在这当儿，被儿媳妇抱在怀里躲到什么地方的小孙儿，受了怒吼声的惊吓，哭了起来，掩口也不顶用。 于是县吏抓住了把柄，威逼道："你竟敢撒谎！不是有个孩子哭吗？"老妇不得已，这才说了一句"惟有乳下孙"。 在老翁逾墙逃走之后，"室中"实际上有三个人。 老妇说"室中更无人"，意在藏过媳妇和孙子。 如今孙子已被发现，则最关键的问题是如何藏过媳妇。 所以在供认有个孙子时，特意用了"惟"字。 "惟有"者，"只有"也，"更无"也。 用"惟有"二字，其生怕儿媳妇被发现的心理活动已跃然纸上。 与此同时，她又要强调孙子很小，所以用了"乳下"二字。 满以为这样一说，媳妇和孙子就都可以保全，万没想到既凶又奸的县吏又从这一回答中抓住了把柄，追问道："'乳下孙'吃谁的'乳'？还不把她交出来？"老妇担心的事情终于发生了！她只得硬着头皮解释："孙儿是有个母亲，她的丈夫在邺城战死了，因为要奶孩子，没有改嫁。 可怜她衣服破破烂烂，怎么见人呀！还是行行好吧！"（"有孙母未去，出入无完裙"两句，有的本子作"孙母未便出，见吏无完裙"。 可见县吏是要她出来的。）但县吏仍不肯罢手。 老妇生怕守寡的儿媳被抓，饿死孙子，只好挺身而出："老妪力虽衰，请从吏夜归。 急应河阳役，犹得备晨炊。"老妇的"致词"，到此结束，表明县吏勉强同意，不再"怒呼"了。

"诗要字字作，也要字字读。"对于字字作出的好诗，必须字字玩味，囫囵吞枣，是谈不到艺术欣赏的。 作诗要用形象思维的方法，读诗亦然。诗歌虽有形象性，但并不像电影之类的视觉艺术那样具有形象的可见性，因而在读诗的时候，必须根据自己的生活经验和历史知识，想象出作者所描写的那幅生活图画。诗的形象，有它的确定性，按照诗的形象所确定的范围去展开想象的翅膀，一般地说，是会加深对原诗的理解的。

"夜久语声绝，如闻泣幽咽。天明登前途，独与老翁别。"——最后一段只有四句，却照应开头，涉及所有人物，写出了事件的结局和作者的感受。"夜久语声绝，如闻泣幽咽。"表明老妇已被抓走，儿媳妇低声哭泣。"夜久"二字，承"有吏夜捉人"的"夜"字而来。入"夜"之时，吏来"捉人"，直到"夜久"，"语声"才"绝"。一个"久"字，反映了老妇一再哭诉，县吏百般威逼的漫长过程。"如闻"二字，一方面表现了儿媳妇因丈夫战死、婆婆被"捉"而泣不成声，另一方面也显示出诗人以关切的心倾耳细听，通夜未能入睡。"天明登前途，独与老翁别"两句，收尽全篇，于叙事中含无限深情。试想昨日傍晚投宿之时，老翁、老妇双双迎接，而时隔一夜，老妇被捉走，儿媳妇泣不成声，只能与逃走归来的老翁作别了。老翁是何心情，诗人有何感想，给读者留下了想象的余地。而诗人"独"与老翁告"别"之后，在"前途"上又会遇见什么呢？翻一下杜甫的诗集，就知道他紧接着遇到的是"新婚别""垂老别"和"无家别"等一系列男男女女生离死别的人寰惨景。

这首诗只有二十四句，一百二十个字，却在如此惊人的深度与广度上反映了现实，这是和诗人同情人民，熟悉生活，善于运用典型化的手法分不开的。诗人写的是他耳闻目睹的事件，但有选择，有舍弃，有明写，有暗写，有提炼，有概括。一句话，他在塑造典型，而不是记流水账。有位研究者认为这首诗"完全是素描"，这是不确切的。和这样的认识相一致，那位研究者对作者提出的许多责难，也很难令人信服。例如他说："杜甫是站在'吏'的立场上的。《三吏》中所写的'吏'都不那么令人憎恨。'石壕吏'虽然比较凶，但只是声音凶而已。"很显然，这只抓住了"吏呼一何怒"一句，认为"吏"不过是进门之时吼了几声罢了。对于通过老妇的"前致词"对吏的一再威逼的暗写，是没有注意到的；对于通过"有吏夜捉人"的具体描述所表现的思想倾向性，是视而不见的；对于"妇"和"吏"的尖锐矛盾所具有的典型意义，更是不屑一顾的。又如说："诗人完全作为一个无言的旁观者，是值得惊异的。呼号很猛的差官没有惊动诗人，可以理解，因为只消表明身份是华州司功，就够了。"如在前面所分析，诗人并不在现场，所发生的一切，都是隔门"听"出来的，压根儿没有"旁观"。此其一。更重要的是：叙事诗中的"叙述人"，乃是一个艺术范畴。《无家别》的叙述人是"因阵败"而"归来寻旧蹊"的"我"。这个"我"显然不是作者，而是诗中的主人公。《石壕吏》的叙述人与此不同，他不是诗中的主人公"老妇"，而是"暮投石壕村"，"听"老妇"前致词"的"我"。这个"我"，可以被看成作者，但作为一个艺术范畴，为了叙述的方便，并不排除虚构和想象，不能把他和现实生活中的作者完全等同起来。比如，杜甫在《石龛》诗中写道："熊罴咆我东，虎豹号我西，我后鬼长啸，我前狖又啼。天寒昏无日，山远道路迷。"其中的"我"当然是作者，但显然与实际生活中的作者有区别。要不然，有十个杜甫，也被野兽吃掉了。既然如此，为什么要把《石壕吏》的"叙述人"和做着华州司功官儿的杜甫完全等同起来呢？按照那些研究者的意见，作者必须在诗里写出他以华州司功的官势赶走那"捉人"的悍吏，才算没有"站在'吏'的立场"。但用这样的要求搞文艺创作和文艺批评，恐怕是行不通的。须知杜甫是在写诗，而我们是在读诗啊！

　　有些研究者从"安史之乱是非正义性的"这个概念出发，说《石壕吏》塑造了一个自愿报名参军的老妇形象，表现了人民群众的爱国主义精神。显然，这是不合诗的原意的。细读全诗，那老妇何尝是自愿"急应河阳役"呢？她"应河阳役"，分明是迫不得已，她那么"急"，更分明是迫不得已。不"急"，就要发生更严重的后果啊！

这些好心的研究者不顾特定环境中人物的心理活动，根据"请从吏夜归……"的"致词"肯定了"老妇"的爱国主义精神，总算没有"歪曲劳动人民的形象"，但这样一来，将置"逾墙走"的"老翁"于何地呢？由于安史叛军的杀戮、抢掠，人民希望平叛；由于希望恢复"开元盛世"，杜甫也要求平叛。但当时的统治者对待叛军，却那样腐朽无能；而对待希望平叛、甚至已经贡献出三个儿子的劳动人民，却如此残暴无情。诗人杜甫面对这一切，没有美化现实，向"圣明天子"献颂歌，却如实地揭露了政治黑暗，发出了"有吏夜捉人"的呼喊！这是难能可贵，值得高度评价的。抗日战争时期，国民党反动派一面鹰犬四出，乱"抓壮丁"，一面下令从中学《国文》课本中删去《石壕吏》，正说明这篇诗具有多么大的批判力量。

仇兆鳌在《杜少陵集详注》里说："古者有兄弟，始遣一人从军。今驱尽壮丁，及于老弱。诗云：三男戍，二男死，孙方乳，媳无裙，翁逾墙，妇夜往。一家之中，父子、兄弟、祖孙、姑媳，惨酷至此，民不聊生极矣！当时唐祚，亦岌岌乎危哉！"就是说，"民为邦本"，把人民整成这个样了，统治者的宝座也就岌岌可危了！这位"封建文人"的意见，对于我们领会杜甫写《石壕吏》的意图，还是不无帮助的。

在艺术表现上，这篇诗有许多特点值得注意，但最突出的一点则是精练。陆时雍称赞这篇诗"其事何长，其言何简！"，就是指这一点说的。仅用一百二十个字，就写出了典型性很强的环境、人物和情节，在惊人的广度与深度上反映了生活中的矛盾与冲突，从而体现了同情人民的思想倾向，这的确是难能可贵的。

作者之所以能够达到这样高的艺术境界，当然和他"穷年忧黎元，叹息肠内热"的精神境界密不可分。但他的深厚的艺术修养和精湛的艺术技巧，无疑也起着重要作用。

一、寓褒贬于叙事。这篇诗句句叙事，无抒情语，亦无议论语，但实际上，却通过叙事抒了情，发了议论，爱憎十分分明，倾向性十分强烈。这强烈的倾向性,不是由作者说出来的,而是从情节和场面中自然流露出来的。这样,就既节省了许多笔墨,又避免了概念化的缺点。

二、高度概括与具体描写相结合。"有吏夜捉人",这是对整个事件的高度概括。"吏呼一何怒,妇啼一何苦!"又对"捉人"的一方与被"捉"的一方的不同表现作了高度的概括。"吏呼一何怒",这是不顾人民的死活,硬要"捉";"妇啼一何苦",这是对"吏"存有不切实际的幻想,力求免于被"捉"。经过这样的高度概括,矛盾冲突的性质已揭示得一清二楚,而矛盾冲突将如何发展,则紧扣人们的心弦,引起了读者的无限悬念。接下去,即对矛盾冲突的发展和结局展开了极富感染力的具体描写。

三、藏问于答。作者在用"吏呼一何怒,妇啼一何苦!"概括了矛盾双方之后,便集中写"妇",不复写"吏",而"吏"的蛮悍凶暴,却于老妇"致词"的内容、情节发展和结局中暗示出来。这里运用的表现手法是藏问于答。

在我国的古典诗歌中,藏问于答、从答见问的例子并不罕见。例如贾岛的《寻隐者不遇》:

> 松下问童子,言师采药去。
> 只在此山中,云深不知处。

只说"问童子",没有说问了些什么,而问的内容,却从童子的回答中暗示出来。童子回答说他的老师采药去了,可见那省去的问话是:"你的老师干什么去了?"诗的三、四两句,还暗示出诗人又省去了一句问话:"上哪儿采药去了?"如果没有这一问,为什么会有"只在此山中,云深不知处"的回答呢?

《石壕吏》中间一段的写法正与此相类似。"吏呼一何怒,妇啼一何苦!"既然紧接"有吏夜捉人"而来,那么"吏呼"的内容,自然离不开"捉人",而"老妇"的"致词",自然是对"吏呼"的回答。杜甫的高明之处,在于他只用"一何怒"描绘了"吏呼"的情状,而让"吏呼"的具体内容从"老妇"的"致词"中暗示出来。如果把所有的暗写都变成明写,像前面的分析那样,一问一答交互进行,中间再穿插上表情、动作和心理活动的描写,那么其结果必然是"其事甚长,其言甚繁",读起来就没有余味了。

四、善于剪裁,言外见意。一开头,只用一句写投宿,立刻转入"有吏夜捉人"的主题。而写投宿的那一句,文字又十分洗练。只说"暮投石壕村",并没有说投宿在哪一家,更没有写投宿时的情景,而细读全诗,读到"独与老翁别"的时候,就知道他正是投宿在那个"老翁"家里的,而投宿之时,"老翁"是和"老妇"一同接待他的。又如只写"老翁逾墙走",未写他何时归来;只写"如闻泣幽咽",未写泣者是谁;只写老妇"请从吏夜归",未写她是否被带走,却用照应开头、结束全篇,既叙事、又抒情的"独与老翁别"一句暗示读者,当"夜久语声绝"之后,老妇即被"捉"去,儿媳妇吞声饮泣,而老翁则于"天明"之前,回到家里。至于这一家的生计如何,尽管没有作正面描写,然而,既然三男当兵,二男战死,家中失去了主要劳力,连年轻的儿媳妇都"出入无完裙",则"存者且偷生"的苦况也就可想而知了。

在我们的文艺界,颇有短篇小说嫌长的议论。当然,文艺作品的高下,主要决定于内容的是否健康、深厚、丰满,长而空不好,短而空也不好。对于篇幅虽长,但内容健康、深厚、丰满的作品,读者是欢迎的。然而内容同样健康、深厚、丰满,篇幅却相对的短一些,岂不更好吗?从这一意义上说,杜甫的这篇《石壕吏》,还是值得从事文艺创作的人认真借鉴的。

人生无家别　何以为蒸黎
——说杜甫《无家别》

寂寞天宝后，园庐但蒿藜。
我里百余家，世乱各东西。
存者无消息，死者为尘泥。
贱子因阵败，归来寻旧蹊。
久行见空巷，日瘦气惨凄。
但对狐与狸，竖毛怒我啼。
四邻何所有？一二老寡妻。
宿鸟恋本枝，安辞且穷栖。
方春独荷锄，日暮还灌畦。
县吏知我至，召令习鼓鞞。
虽从本州役，内顾无所携。
近行止一身，远去终转迷。
家乡既荡尽，远近理亦齐。
永痛长病母，五年委沟溪。
生我不得力，终身两酸嘶。
人生无家别，何以为蒸黎？

《无家别》是《三吏》《三别》的最后一篇。

叙事诗需要有事件的"叙述人"。《三吏》的"叙述人"是事件的目击者"我"。这个"我"，可以说是作者自己，但它是一个艺术范畴，不应该完全和作者等同起来，作机械的理解。这一点，在谈《石壕吏》时已经讲过了。《三别》在叙述的方式上又与《三吏》不同，其"叙述人"压根儿不是作者，而是诗中的主人公。浦起龙就曾指出这一点，他说："《三吏》夹带问答叙事，《三别》纯托送者行者之词。"又说："《新婚》，妇语夫；《垂老》，夫语妇；《无家》，似自语，亦似语客。"说得更清楚些，那就是：《新婚别》写新郎当兵，新娘子送别；《垂老别》写老汉当兵，向老妻告别；《无家别》的主人公则是又一次被征去当兵的独身汉，既无人为他送别，又无人可以告别，然而在踏上征途之际，依然情不自禁地自言自语，仿佛是对老天爷倾吐他无家可别的悲哀。

从第一句"寂寞天宝后"到"一二老寡妻"共十四句，总写乱后回乡所见。以"贱子因阵败，归来寻旧蹊"两句插在中间，将这一大段隔成两层。前一层，以追叙开头，写那个自称"贱子"的军人回乡之后，看见自己的乡里面目全非，一片荒凉，于是抚今追昔，概括地诉说了家乡的今昔变化。开头两句"寂寞天宝后，园庐但蒿藜"，正面写今，但背面已藏着昔。天宝以前是"开元盛世"，那时候我里百余家，"园庐"相望，鸡犬相闻，当然并不"寂寞"。"天宝后"则遭逢乱世，居人各自东西，"园庐"荒废，"蒿藜"丛生，自然就分外寂寞了。一开头用"寂寞"二字，渲染出满目萧条的景象，也表现出主人公触目伤怀的心情。"园庐但蒿藜"中的"但"字作"只"讲，"园庐"本来不是长"蒿藜"的地方，而现在，那里却只有"蒿藜"，其他什么都没有了！"世乱"二字与"天宝后"呼应，写出了今昔变化的原因，也点明了"无家"可"别"的根源。"存者无消息，死者为尘泥"两句，紧承"世乱各东西"而来，如闻"我"的叹息之声，而在写法上，与《石壕吏》中"存者且偷生，死者长已矣"很相似，强烈地表现了主人公的悲伤情绪。

这两层虽然都是写回乡后所见，但写法却有变化。前一层概括全貌，后一层则描写细节，而以"贱子因阵败，归来寻旧蹊"承前启后，作为过渡。"寻"字刻画入微,"旧"字含义深广。家乡的"旧蹊"走过千百趟,闭着眼都不会迷路,如今却要"寻",见得已非"旧"时面貌,早被"蒿藜"淹没了。"旧"字追昔,应"我里百余家";"寻"字抚今,应"园庐但蒿藜"。"久行见空巷,日瘦气惨凄。但对狐与狸,竖毛怒我啼。四邻何所有?一二老寡妻。"写"贱子"由接近村庄到进入村巷,访问四邻。前面写"园庐但蒿藜",当然是接近村庄时所见,就距离说,用不着"久行"就可以进入村巷。"久行"承"寻旧蹊"而来,传"寻"字之神。距离不远而需"久行",见得"旧蹊"极难辨认,"寻"来"寻"去,绕了许多弯路。"空巷"言其无人,应"世乱各东西"。"日瘦气惨凄"一句,用拟人化手法,触景生情,烘托出主人公"见空巷"时的凄惨心境。"但对狐与狸"的"但"字与前面的"空"字照应,也作"只"讲。当年"百余家"聚居,村巷中人来人往,笑语喧阗,狐狸哪敢闯入,如今却只与狐狸相对了。而那些"狐与狸"竟反客为主,一见"我"就脊毛直竖,冲着"我""怒"叫,好像在责怪"我"不该闯入它们的"园庐"。巷子里既没人影,便进入邻家去看,然而遍访四邻,也只有"一二老寡妻"还活着!与"老寡妻"相见,自然要互相问问别后情况特别是自己的家庭情况。遇到不善于剪裁的作者,很可能要写一长串。但杜甫却把这些全省略了,给读者留下了驰骋想象的空间。而当读到后面的"永痛长病母,五年委沟溪"时,就不难想见与"老寡妻"问答的内容和彼此激动的表情。

"宿鸟恋本枝,安辞且穷栖。方春独荷锄,日暮还灌畦。"——这在结构上自成一段,写主人公回乡后的生活。前两句以"宿鸟"为喻,表现了留恋乡土的感情。后两句写主人公怀着悲哀的感情又开始了披星戴月的辛勤劳动,希望能在家乡活下去,不管多么贫困和孤独!

从"县吏知我至"一直到末句"何以为蒸黎",共十四句,为最后一段。这一大段写"无家"而又"别"离。"县令知我至,召令习鼓鼙",波澜忽起,出人意料。"县吏"老爷一声"令"下,"我"

的一点可怜愿望立刻破灭了,他不会没有愤激之情吧!但迫于形势,只能顺从,不能反抗。 以下六句,层层转折。 "虽从本州役,内顾无所携。"这是第一层转折:上句自幸,下句自伤。 这次召"我",据说只在本县操练,这当然比上一次远去前线好一些;然而上次出征,自己毕竟还有个家,这次虽然在本县服役,但内顾一无所有,既无人为"我"送行,又无人可以告别,怎能不令"我"伤心!"近行止一身,远去终转迷",这是第二层转折。 "近行"孑然一身,已令人伤感,但既然当兵,就得打仗,哪能老在本县操练!不难预料,将来终归要远去前线的。 真是前途迷茫,未知葬身何处!"家乡既荡尽,远近理亦齐",这是第三层转折。 回头一想,家乡已经荡然一空,自己横竖无依无靠,走到哪里还不都是一样,"近行""远去",又有什么关系!六句诗层层转折,愈转愈深,细致入微地描写了主人公听到"召令"之后的心理变化。 如刘须溪所说:"写至此,可以泣鬼神矣!"沈德潜在讲到杜甫"独开生面"的表现手法时指出:

……又有透过一层法。 如《无家别》篇中云:"县吏知我至,召令习鼓鞞。"无家客而遣之从征,极不堪事也,然明说不堪,其味便浅。 此云"家乡既荡尽,远近理亦齐",转作旷达,弥见沉痛矣。

"永痛长病母"以下四句,追述母亡,极写无家之惨。 安史之乱起于天宝十四年(755),到作者写这篇诗的乾元二年(759),恰好"五年"。 作者的构思是:安史乱起,"我"被征去当兵,家里留下了"长病"的母亲。 "五年"后"我"战败回家,母亲早已不在人世了!说"委沟溪",其意正在强调因"我"出征之故,"长病母"生前无人奉养,以致死去,死后又无人埋葬,以致丢弃山沟。 所以紧接着就说:"生我不得力,终身两酸嘶。"这四句诗,是血脉贯通的。 "我""永痛"的事,就是"长病母""委沟溪","我""酸嘶"的事,就是生未能养,死未能葬。 "终身"者,有生之年,未死之日也，与"永痛"相呼应，形成了感人至深的艺术力量。

前四句追述母亡，之所以写"无家"，极言母亡之痛，无家之惨。遭遇如此惨痛，可还要"召令习鼓鼙"！于是以反诘语作结：

人生无家别，何以为蒸黎？

"蒸黎"，百姓也；"何以"，怎样也。这两句诗的意思是："已整得人母亡家破，还要抓走，叫人怎样做老百姓呢？"就是说，这个老百姓没法做，做不下去了！

《三吏》《三别》是杜甫"即事名篇"的时事乐府，既吸取了乐府民歌的精华，又融古于今，尽脱窠臼，具有高度的艺术创造性。这首《无家别》，又是其中比较突出的篇章，在艺术表现方面颇有可供借鉴之处。

一、层次清晰，结构谨严。第一大段写乱后回乡所见，以主人公行近村庄、进入村巷划分层次，由远及近，有条不紊。远景只概括全貌，近景则描写细节。第三大段写主人公心理活动，又分几层转折，愈转愈深，刻画入微。题目是《无家别》，故第一大段写出"无家"及其原因，第三大段写出"无家"之"别"及其原因，而以中间四句作为过渡。

二、用简练、形象的语言，写富有特征性的事物。诗中"园庐但蒿藜"，"但对狐与狸"，概括性很强。"蒿藜""狐狸"，在这里是富有特征性的事物。谁能容忍在自己的房院田园中长满蒿藜？在人烟稠密的村庄里，"狐狸"又怎敢横行无忌？"园庐但蒿藜""但对狐与狸"，仅仅十个字，就把田园荒废、人烟灭绝的惨象活画了出来。其他如"四邻何所有？一二老寡妻"，也是富有特征性的。正因为是年老的"寡妻"，所以还能在那里苟延残喘。稍能派上用场的，如果不是事前逃走，就必然被统治者抓走。诗中的主人公不是刚一回村，就又被抓走了吗？

三、情景交融，将环境描写与人物塑造紧密地结合起来。诗中用第一人称，让主人公直接出面，对读者诉说他的所见、所遇、所感，因而不仅通过人物的主观抒情表现了人物的心理状态，而且通过环境描写也反映了人物的思想感情。几年前被统治者抓去当兵的"我"死里逃生，好容易回到故乡，满以为可以和骨肉邻里相聚了，然而事与愿违。"我"看见的是一片"蒿藜"，走进的是一条"空巷"，遇到的是竖毛怒叫的"狐狸"……真是满目凄凉，百感交集！于是连日头看上去也消瘦了，"日"无所谓肥瘦，由于心情悲凉，因而看见日光黯淡，景象凄惨。正因为情景交融，人物塑造与环境描写结合，所以能在短短的篇幅里塑造出一个有血有肉的人物形象，通过这个战败归来、家乡荡尽仍不免于被捉去当兵的无家者的苦况，反映出当年战时人民的共同遭遇，对统治者的残暴，进行了有力的鞭挞。

四、作为《三吏》《三别》的有机组成部分，以反诘语收束，提高了整个组诗的思想意义。

《无家别》是《三吏》《三别》的最后一篇，从另一个极有典型性的侧面反映了唐王朝的危机。卢元昌指出："先王以六族安万民，使民有室家之乐。今'新安'无丁，'石壕'遭妪，'新婚'有怨旷之夫妇，'垂老'痛阵亡之子孙，至战败逃归者又复不免。河北生灵，靡有孑遗矣！"《无家别》写了"战败逃归者又复不免"的悲惨景象，从而补足了整个组诗所展现的时代画卷，并以结尾的反诘语收束整个组诗。浦起龙说得好：

"何以为蒸藜？"可作六篇总结。反其言以相质，直可云："何以为民上？"

这话的意思是：把百姓逼到没法做百姓的境地，又怎样做百姓的主上呢？问而不答，引人深思。整个组诗对人民苦难的深刻反映由于有这最后的一问，其思想意义被提到了新的高度。

好雨的人格化
——说杜甫《春夜喜雨》

> 好雨知时节,当春乃发生。
> 随风潜入夜,润物细无声。
> 野径云俱黑,江船火独明。
> 晓看红湿处,花重锦官城。

这首脍炙人口的五律,是写雨的名作。"喜雨"的"喜"在这里作定语,相当于"可喜的","令人喜爱的"。这首诗的突出特点,就是把"雨"人格化,赞美它如何可喜可爱。

雨可喜可爱,由于它"好"。所以一开头就用一个"好"字赞美"雨",说它"知时节",懂得满足客观需要。不是吗?春天是万物萌芽生长的季节,正需要下雨,雨就下起来了。你看它多"好"!

第二联,进一步表现雨的"好"。

雨之所以"好",就好在适时,好在"润物"。而要起到"润物"的作用,就既要雨细,又要风和。春天的雨,一般是伴随着和风细细地滋润万物的。然而也有例外。有时候,它会伴随着狂风,下得很凶猛。这样的雨尽管下在春天,但不是典型的春雨,只会损物而不会"润物"。所以光有首联的"知时节",还不足以完全表现雨的"好"。等到第二联写出了典型的春雨——伴随着和风的细雨,那个"好"字才落实了。

"随风潜入夜,润物细无声。"这仍然用的是拟人化手法。"潜入夜"和"细无声"相配合,不仅表明那雨是伴随和风而来的细雨,而且表明那雨有意"润物",无意讨"好"。如果有意讨"好",它就会在白天来，就会造一点声势，让人们看得见，听得清。唯其有意"润物"，无意讨"好"，它才选择了一个不妨碍人们工作和劳动的时间悄悄地来，在人们酣睡的夜晚无声地细细地下。

雨这样"好"，就希望它下多下够，下个通宵。倘若只下一会儿，就云散天晴，那"润物"就很不彻底。诗人抓住这一点，写了第三联。

在不太阴沉的夜间，小路比田野容易看得见，江面也比岸上容易辨得清。如今呢？放眼四望，"野径云俱黑，江船火独明"，只有船上的灯火是明的。此外，连江面也看不见、小路也辨不清，天空里全是黑沉沉的云，地上也像云一样黑。好呀，看起来，准会下到天亮。

尾联写的是想象中的情景。如此"好雨"下上一夜，万物就都得到润泽，发荣滋长起来了。最能代表春色的花，也就带雨开放，红艳欲滴。等到天明一看，整个锦官城（成都）杂花生树，一片"红湿"，一朵朵红艳艳，沉甸甸，汇成花的海洋。那么，田里的禾苗呢？山上的树林呢？一切的一切呢？

浦起龙说："写雨切夜易，切春难。"这首《春夜喜雨》诗，不仅切夜、切春，而且写出了典型春雨也就是"好雨"的高尚品格，表现了诗人的也是一切"好人"的高尚人格。

诗人盼望这样的"好雨"，喜爱这样的"好雨"。所以题目中的那个"喜"字，在诗里虽然没有露面，但"喜意都从罅缝里迸透"。诗人正在盼望春雨"润物"的时候，雨下起来了，于是一上来就满心欢喜地叫"好"。第二联所写，显然是听出来的。诗人倾耳细听，听出那雨在春夜里绵绵密密地下，只为"润物"，不求人知，自然"喜"得睡不着觉。由于那雨"润物细无声"，听不真切，生怕它停止了，所以出门去看。第三联所写，分明是看见的。看见雨意正浓，就情不自禁地想象天明以后春色满城的美景。其无限喜悦的心情,又表现得多么生动。

中唐诗人李约有一首《观祈雨》:"桑条无叶土生烟,箫管迎龙水庙前。朱门几处看歌舞,犹恐春阴咽管弦。"和那些"朱门"里"看歌舞"的人相比,杜甫对春雨"润物"的喜悦之情难道不是一种很崇高的感情吗?

数间茅屋苦饶舌　说杀少陵忧国心
——说杜甫《茅屋为秋风所破歌》

八月秋高风怒号,卷我屋上三重茅。
茅飞渡江洒江郊:高者挂罥长林梢,
下者飘转沉塘坳。
南村群童欺我老无力,忍能对面为盗贼!
公然抱茅入竹去,唇焦口燥呼不得!
归来倚杖自叹息。
俄顷风定云墨色,秋天漠漠向昏黑。
布衾多年冷似铁,娇儿恶卧踏里裂。
床头屋漏无干处,雨脚如麻未断绝。
自经丧乱少睡眠,长夜沾湿何由彻。
安得广厦千万间,大庇天下寒士俱欢颜,
风雨不动安如山。
呜呼!何时眼前突兀见此屋,
吾庐独破受冻死亦足。

唐肃宗乾元二年(759)杜甫在从洛阳回华州途中写出了著名的组诗《三吏》《三别》。回到华州以后,深感肃宗昏庸专断,"致君尧舜上,再使风俗淳"的政治理想濒于破灭,因而不愿做那个一筹莫展的华州司功参军的官儿了。他在《郑驸侍御》诗里说:"恨无匡复姿,聊欲从此逝。"到了这年七月,便弃官西行,带着家小离开了饥民遍野的关中，往秦州（今甘肃天水）逃荒。"唐尧真自圣！野老复何知？"《秦州杂诗》里的这两句，充分表现了具有浓厚忠君思想的诗人对他要忠的那个君感到了极大的失望，从而不仅在生活上，而且在思想感情上进一步接近了苦难深重的人民群众。

由于衣食无着，诗人又由秦州而投奔同谷，由同谷而投奔成都。上元元年的春天，经过求亲告友，在成都浣花溪边盖起了一座茅屋，总算有了一个栖身之所。不料到了第二年七月，大风破屋，大雨又接踵而至。诗人长夜难眠，感慨万千，写下了感人至深的《茅屋为秋风所破歌》。

饱经战乱之苦的南宋爱国诗人郑思肖曾经画了一幅《杜子美〈茅屋为秋风所破歌〉图》并且题了一首诗：

> 雨卷风掀地欲沉，浣花溪路似难寻。
> 数间茅屋苦饶舌，说杀少陵忧国心。

写的是自己的数间茅屋，表现的是忧国忧民的情感。郑思肖对《茅屋为秋风所破歌》的理解是相当深刻的。

这首诗可划分为四节。

"八月秋高风怒号，卷我屋上三重茅。茅飞渡江洒江郊：高者挂罥长林梢，下者飘转沉塘坳。"——第一节五句，句句押韵，"号""茅""郊""梢""坳"，五个开口呼的平声韵脚传来一阵阵风声。一二句起势迅猛。"风怒号"三字，音响宏大，读之如闻秋风咆哮。一个"怒"字，把秋风拟人化，从而使下一句不仅富有动作性，而且富有浓烈的感情色彩。诗人"一岁四行役"，颠沛流离，间关万里，好容易盖了这座茅屋，刚刚定居下来，秋风这个怪物却故意与诗人作对，怒吼而来，"卷"起一层茅草，又"卷"起一层茅草，看来不"卷"光不肯住手，怎能不使诗人万分焦急？这两句，"敷陈其事而直言之"，是"赋"体，然而也可以说是"言在此而意在彼"或"以此物比彼物",兼有"比""兴"的意味。"茅飞渡江洒江郊",这是个单句,应该用冒号,冒下两句。"飞"字紧承上句的"卷"字,"卷"起的茅草没有落在屋旁,却随风"飞"过江去,这才分散地、雨点似地"洒"在"江郊":"高者挂罥长林梢"——很难弄下来;"下者飘转沉塘坳"——也很难收回来。"卷""飞""渡""洒""挂罥""飘转",一个接一个的动态不仅组成一幅幅鲜明的图画,而且紧紧地牵动诗人的视线、拨动诗人的心弦。诗人的高明之处在于他并没有抽象地抒情达意,而是寓抒情达意于客观描写之中。我们读这几句诗,分明看见一个衣衫单薄、破旧的干瘦老头儿拄着拐杖,立在屋外,眼巴巴地望着怒吼的秋风把他屋上的茅草一层一层又一层地"卷"了起来,吹过江去,稀里哗啦地洒在江郊的各处;而他对大风破屋的焦灼和怨愤之情,也不能不激起我们心灵上的共鸣。

　　第二节五句。"南村群童欺我老无力,忍能对面为盗贼,公然抱茅入竹去,唇焦口燥呼不得"。这是前一节的发展,也是对前一节的补充。前节写"洒江郊"的茅草有的"挂罥长林梢",有的"飘转沉塘坳",眼看无法收回。是不是还有落在平地上可以收回的呢?有的,然而却被"南村群童"抱跑了!"欺我老无力"五字宜着眼。如果诗人不是"老无力",而是有权有势有力量,自然不会受这样的欺侮。"忍能对面为盗贼"中的"能"字跟"恁"字相同,作"这样"讲。这一句翻译成现代汉语,就是:竟然忍心在我眼前如此这般地做贼!不过表现了诗人因"老无力"而受欺侮的愤懑心情而已,绝不是真的给"群童"加上"盗贼"的罪名,要告到官府里去办他们的罪。所以,"唇焦口燥呼不得",也就无可奈何了。用诗人《又呈吴郎》一诗中的话说,这正是"不因困穷宁有此"!诗人如果不是十分困穷,就不会对大风刮走茅草那么心急如焚;"群童"如果不是十分困穷,也不会冒着狂风抱那些并不值钱的茅草。这一切,都是结尾的伏线。"安得广厦千万间,大庇天下寒士俱欢颜"的崇高愿望,正是从"四海困穷"的现实基础上产生出来的。

"归来倚杖自叹息"这个单句，总收一、二两节。诗人用字的准确、生动、经济，不仅表现在个别字句的锤炼上，而且表现在前后文的补充、照应上。在第一节里只写秋风横暴，卷茅渡江，并没有写风向，而在第二节"南村"一句中只用一个"南"字，就把风向（由北而南）以及茅屋的位置（坐落在江北）点得一清二楚。同样，在第一节里，只用了一个"我"字，连"我"在屋内还是在屋外都没有涉及，而第二节末尾的"归来倚杖"句则"一身而二任"，告诉我们在"归来"（回到屋里）之前，诗人是拄着拐杖立在屋外的；大约是一听到北风狂叫，就担心盖得不够结实的茅屋发生危险，因而就拄杖出门，直到风吹屋破，茅草也无法收回，这才无可奈何地走回家中。"倚杖"，当然又与"老无力"照应。"自叹息"中的"自"字，下得很沉痛！诗人如此不幸的遭遇只有自己叹息，未引起别人的同情和帮助，则世风的浇薄，就意在言外了。按照诗人的逻辑，世风的浇薄其根源在于没有像"尧舜"那样的"明君"，所以他平生的理想是"致君尧舜上，再使风俗淳"。这一理想，早已在冷酷的现实面前一再碰壁，接近破灭了。而风俗浇薄的事实，则从"朝叩富儿门"以来见了不少："朱门酒肉臭，路有冻死骨"；"彤庭所分帛，本自寒女出，鞭挞其夫家，聚敛贡城阙"；"富家酒肉臭，战地骸骨白"；"高马达官厌酒肉，此辈杼柚茅茨空"……诗人由于受历史条件的限制，不可能用阶级观点来分析这些社会现象，但他的感受却是具体的、深刻的，因而他"叹息"的内容，也就十分深广！当他自己风吹屋破，无处安身，得不到别人的同情和帮助的时候，分明联想到类似处境的无数穷人。（他在此后写的《遭遇》诗里说："丈夫死百役，暮返空村号。闻见事略同，刻剥及锥刀。贵人岂不仁？视汝如莠蒿！索钱多门户，丧乱纷嗷嗷。"也可与此相印证。）所以，如果认为诗人"叹息"的仅仅是自己的不幸，那就既不符合诗人的生活实践和思想实际，更无法准确地把握这首诗的完整形象和有机结构。有人认为这首诗的结尾五句是概念化的勉强安上去的"光明的尾巴"，就是由于没有找到前后文的有机联系的缘故。

第三节八句,写屋破又遭连夜雨的苦况。"俄顷风定云墨色,秋天漠漠向昏黑"两句,用饱蘸浓墨的大笔渲染出暗淡愁惨的氛围,从而烘托出诗人暗淡愁惨的心境,而密集的雨点即将从漠漠的秋空洒向地面,已在预料之中。"布衾多年冷似铁,娇儿恶卧踏里裂"两句,没有穷困生活体验的作者是写不出来的。值得注意的是这不仅是写布被又旧又破,而是为下文写屋破漏雨蓄势。成都的八月,天气并不"冷",正由于"床头屋漏无干处,雨脚如麻未断绝",所以才感到冷。"自经丧乱少睡眠,长夜沾湿何由彻"两句,一纵一收。一纵,从眼前的处境扩展到安史之乱以来的种种痛苦经历,从风雨飘摇中的茅屋扩展到战乱频仍、残破不堪的国家;一收,又回到"长夜沾湿"的现实。华州弃官之后,诗人曾写过"不眠忧战伐,无力正乾坤"的诗句。"自经丧乱"以来,就忧国忧民,经常失眠,加上"长夜沾湿",又怎能入睡呢?"何由彻"和前面的"未断绝"照应,表现了诗人既盼雨停,又盼天亮的迫切心情。而这种心情,又是屋破漏雨、布衾似铁的艰苦处境激发出来的。于是由个人的艰苦处境联想到其他人的类似处境,水到渠成,自然而然地过渡到全诗的结尾。

杜甫是一位把自己的命运和国家民族的命运联系起来的迫切要求改造现实的伟大诗人。和这一点相关联,他在许多批判现实的诗篇的结尾,往往用"安得"二字引出他的理想和希望。例如,《洗兵马》的结尾:"安得壮士挽天河,净洗甲兵长不用!"《石笋行》的结尾:"安得壮士掷天外,使人不疑见本根!"《石犀行》的结尾:"安得壮士提天纲,再平水土犀奔忙!"《王兵马使二角鹰》的结尾:"安得尔辈开其群,驱出六合枭鸾分!"《遣兴》的结尾:"安得廉颇将,三军同宴眠!"《光禄坂行》的结尾:"安得更似开元中,道路只今多拥隔!"《昼梦》的结尾:"安得务农息战斗,普天无吏横索钱!"这首《茅屋为秋风所破歌》的结尾,则以"安得"二字直贯下面的三句。"安得广厦千万间,大庇天下寒士俱欢颜,风雨不动安如山",前后用七字句，中间用九字句，句句蝉联而下，而表现阔大境界和愉快情感的词儿如"广厦""千万间""大庇""天下""欢颜""安如山"等等，又声音洪亮，从而构成了铿锵有力的节奏和奔腾前进的气势，恰切地表现了诗人从"床头屋漏无干处"，"长夜沾湿何由彻"的痛苦生活体验中迸发出来的奔放的激情和火热的希望。这种奔放的激情和火热的希望，咏歌之不足，故嗟叹之："呜呼！何时眼前突兀见此屋，吾庐独破受冻死亦足！"诗人的博大胸襟和崇高理想，至此表现得淋漓尽致。

别林斯基说："任何一个诗人也不能由于他自己和靠描写他自己而显得伟大，不论是描写他本身的痛苦，或者描写他本身的幸福。任何伟大诗人之所以伟大，是因为他们的痛苦和幸福的根子深深地伸进了社会和历史的土壤里，因为他是社会、时代、人类的器官和代表。"杜甫在这首《茅屋为秋风所破歌》里描写了他本身的痛苦，但当我们读完最后一节的时候，就知道他不是孤立地、单纯地描写他本身的痛苦，而是通过他本身的痛苦来表现"天下寒士"的痛苦，来表现社会的苦难、时代的苦难。如果说读到"归来倚杖自叹息"的时候，对他"叹息"的内容还理解不深的话，那么读到"呜呼！何时眼前突兀见此屋，吾庐独破受冻死亦足"，总该看出他并不是仅仅因为自身的不幸遭遇而哀叹，而失眠，而大声疾呼吧！在狂风猛雨无情袭击的秋夜，诗人脑海里翻腾的不仅是"吾庐独破"，而且是"天下寒士"的茅屋俱破！

优秀的文学艺术作品，总得具有典型性，总得写典型事物。如果"吾庐独破"，而普天下人都住在"广厦"之中，"风雨不动安如山"，那么，描写"吾庐独破"，仅仅为自己的痛苦而叹息，而怨愤，就没有多大的意义。从天宝后期，特别是从安史之乱以来，整个国家、整个社会都处于风雨飘摇之中，广大人民群众备受战乱、饥荒和暴政的侵凌，异常穷困，异常痛苦。只要读一下杜甫从《咏怀五百字》《北征》《羌村》《三吏》《三别》以来的编年诗，就知道他不仅反映了人民群众的痛苦，而且在探索痛苦的根源。《茅屋为秋风所破歌》里所写的个人的痛苦生活，也是有典型性的，他通过狂风破屋，布衾似铁，长夜沾湿等一系列生活现象的描写，反映了人民的痛苦，社会的痛苦，并且探索这种痛苦的根源，希望解除这种痛苦。"安得广厦千万间，大庇天下寒士俱欢颜，风雨不动安如山"呢？这问题是需要从政治上得到回答，得到解决的。诗人自己也不断提出解决的办法，诸如"众僚宜洁白，万役但平均"，"君臣节俭足，朝野欢呼同"等等。当然，由于受历史条件的限制，他开不出医治病根的药方，然而他忧国忧民的炽烈情感和迫切要求变革黑暗现实的崇高理想，千百年来却一直激动读者的心灵并发生过积极作用。

有人抓住"大庇天下寒士俱欢颜"一句中的"寒士"一词大做文章，硬说杜甫关心的只是"士"这一阶层，并没有关怀劳动人民。这未免太机械了。第一，杜甫此后在夔州所写的《寄柏学士林居》诗，以"几时高议排金门，各使苍生有环堵"收尾，与《茅屋为秋风所破歌》的结尾相似，但却用了"苍生"，说明杜甫关心的不限于"士"。这里所用的"寒士"与诗的音调有关。《茅屋为秋风所破歌》虽然是一篇古体诗，不像近体诗那样严格地讲平仄，但古体诗又有古体诗的特殊音调。在七律形成之后作七古，除了通篇押仄韵或分组换韵的作品可以用律句而外，一般要避免律句。杜甫、韩愈等为了避免律句，喜欢用一些特定句式，即"三字脚"（每句的末三字）处作"仄平仄""平仄平""仄仄仄""平平平"。如果用"平平平"，那么上一字一般要用仄声字。即如《茅屋为秋风所破歌》里的"卷我屋上三重茅""风雨不动安如山"和这句"大庇天下寒士俱欢颜"等，就都是这样的。寒，这是个平声字，它是从前面的一系列描写中概括出来的，不能更换；"俱欢颜"三字，又都是平声。所以，"寒"字下面如果不用仄声字"士"，而用平声字"人"，那就接连五字都是平声，全句的音节就不够响亮、和谐。白居易《新制布裘》诗的结尾："安得万里裘，盖裹周四垠？稳暖皆如我，天下无寒人。"这显然是受了

《茅屋为秋风所破歌》的影响写成的,但他并没有用"寒士",却用了可以包括劳动人民在内的"寒人"。很清楚,这和押韵有关,决不能据此说明杜、白的阶级立场有什么差异。王安石《子美画像》诗中赞扬杜甫的句子"宁令吾庐独破受冻死,不忍四海赤子寒飕飕",直接吸取了《茅屋为秋风所破歌》的内容,却没有用"寒士",而是用了与"百姓"一词内容近似的"赤子"。很清楚,这和诗句的结构有关,决不能据此说明杜、王的阶级倾向有什么不同。第二,文学艺术作品的特点之一是通过个别表现一般。正像通过"茅屋为秋风所破"的描写来反映安史之乱以来的社会苦难一样,"安得广厦千万间,大庇天下寒士俱欢颜",绝不是希望盖些高楼大厦,让"士"们住进去享福,而是希望天下大治,物阜民康。不然,对于"朱门务倾夺""征伐诛求寡妇哭"之类的诗句,又作何解释呢?

老杜生平第一快诗

——说杜甫《闻官军收河南河北》

> 剑外忽传收蓟北，初闻涕泪满衣裳。
> 却看妻子愁何在，漫卷诗书喜欲狂。
> 白首放歌须纵酒，青春作伴好还乡。
> 即从巴峡穿巫峡，便下襄阳向洛阳。

这首诗作于唐代宗广德元年（763）春天，作者五十二岁。

宝应元年（762）冬季，唐军在洛阳附近的横水打了一个大胜仗，收复了洛阳和郑（今郑州市）、汴（今开封市）等州，叛军头领薛嵩、张志忠等纷纷投降。第二年，即广德元年正月，史思明的儿子史朝义兵败自缢，其部将田承嗣、李怀仙相继投降。流寓梓州（今四川省三台县），正过着漂泊生活的杜甫听到这个消息，以饱含激情的笔墨，写下了这篇脍炙人口的名作。

自从天宝十四载（755）十一月，平卢、范阳、河东三镇节度使安禄山及其大将史思明发动叛乱以来，唐王朝与安、史及其余部进行了八年战争。安、史叛军野蛮残暴，到处烧杀抢掠，河北人民纷纷起来，结成一两万人的队伍，同安、史军对抗，但由于唐政府腐败，矛盾重重，指挥不一，长期无力消灭这一割据势力，给人民造成了深重的苦难。诗人杜甫也因此颠沛流离，旅食剑外，吃尽苦头，天天盼望唐军平定叛乱，实现统一。早在唐肃宗上元元年（760）作的《恨别》诗里说："洛城一别四千里，胡骑长驱五六年。草木变衰行剑外，兵戈阻绝老江边。思家步月清宵立，忆弟看云白日眠。闻道河阳新乘胜，司徒急为破幽燕。"这是他听到李光弼破史思明于河阳的捷报之后写的，希望李光弼乘胜前进，迅速攻克安史的根据地——幽燕，使他能够回到"一别四千里"的洛阳老家,与家人团聚。

把《恨别》与《闻官军收河南河北》联系起来看,可以更好地理解作者所表达的思想感情。

《闻官军收河南河北》以"便下襄阳向洛阳"结束全篇。作者在这句之下有一条自注:"余田园在东京。"《恨别》则以"洛城一别四千里"发端,中间抒写了"思家""忆弟"的感情。很明显,《恨别》的主题是抒写因"兵戈阻绝"而漂泊剑外,不能回到洛阳老家的苦闷。《闻官军收河南河北》的主题是抒写忽闻叛乱已平的捷报,急于奔回老家的喜悦。

"剑外忽传收蓟北",起势迅猛,恰切地表现了捷报的突然。"剑外"乃诗人所在之地,"蓟北"乃安史叛军的老巢,即《恨别》诗里希望收复的"幽燕"。诗人多年漂泊"剑外",艰苦备尝,想回故乡而不可能,就由于"蓟北"未收,安史之乱未平。如今于"剑外"漂泊之地"忽传收蓟北",真如春雷乍响,山洪突发,一下子冲开了郁积已久的情感闸门,惊喜的洪流,喷薄而出,涛翻浪涌,洋溢为以下各句。"初闻涕泪满衣裳",就是这惊喜的情感洪流涌起的第一个浪头。

"初闻"紧承"忽传"。"忽传"表现捷报来得太突然,"涕泪满衣裳"则以形传神,表现突然传来的捷报在"初闻"的一刹那所激起的感情波涛。诗人当年从叛军攻陷的长安逃出,九死一生,投奔到临时政府所在地凤翔,作诗有云:"喜心翻倒极,呜咽泪沾巾。"(《喜达行在所》)注家说这是"喜极而悲""悲喜交集"。如今竟然"涕泪满衣裳",更是百倍的"喜极而悲""悲喜交集"。"蓟北"已收,战乱将息,乾坤疮痍,黎元疾苦都将得到疗救,个人颠沛流离、感时恨别的苦日子总算熬过来了,怎能不喜!

然而痛定思痛,回想八年来的重重苦难是怎样熬过来的,又不禁悲从中来,无法压抑。可是,这一场浩劫,终于像噩梦一般过去了,自己可以返回故乡了,人们将开始新的生活了,于是又转悲为喜,喜不自胜。这"初闻"捷报之时的心理变化与复杂感情,如果用散文的写法,必将付出很多笔墨,而诗人只用"涕泪满衣裳"五个字作形象的描绘,就足以概括这一切,还不止这一切,那个"满"字的深广内涵,是可以作更多发掘的。

第二联以转作承,落脚于"喜欲狂",这是惊喜的情感洪流涌起的更高洪峰。"却看妻子","漫卷诗书",这是两个连续性的动作,带有一定的因果关系。当自己悲喜交集,"涕泪满衣"之时,自然想到多年来同受苦难的妻子,来了个"却看"。"却看"就是"回头看"。"回头看"这个动作的潜台词很丰富,它包含了想向妻子说些什么,但一部漫长的编年史,又不知从何说起等许多内容。而回头一看,立刻发现不需要说什么了,多年来笼罩全家的愁云不知跑到哪儿去了,妻儿们都不再是愁眉苦脸,而是笑逐颜开,喜气洋洋。妻子的喜反转来增加了自己的喜,再也无心伏案了,随手卷起诗书,与家人同享胜利的欢乐。

"白首放歌须纵酒,青春作伴好还乡"一联,就"喜欲狂"作进一步抒写。"白首",点出人已到了老年。老年人难得"放歌",也不宜"纵酒",如今既要"放歌",还须"纵酒",正是"喜欲狂"的具体表现。这句写"狂"态,下句则写"狂"想。"青春"指春季,春天已经来临,在鸟语花香中与"妻子""作伴",正好"还乡"。想到这里,又怎能不"喜欲狂"!这一联,上句中的"白首"一作"白日"。如果作"白日",就与下句中的"青春"显得重复,所以还是作"白首"较好。下句中的"青春作伴",有人认为作者把"青春"拟人化,要以"青春"作为"还乡"的伴侣,似与原意不合。从上下句的对偶关系上看,上句既然是人在"白首"之时"放歌",下句自然是人当"青春"之季"作伴"。从章法的前后呼应上看,前面既然写了"妻子",那么后面的"作伴"还乡,正是承"妻子"而来,表现了结构谨严的特点。

尾联写"青春作伴好还乡"的狂想鼓翼而飞,身在梓州,而弹指之间，心已回到故乡。惊喜的感情洪流于洪峰迭起之后卷起连天高潮，全诗也至此结束。这一联包涵四个地名。"巴峡"与"巫峡"，"襄阳"与"洛阳"，既各自对偶（句内对），又前后对偶，形成工整的地名对，而用"即从""便下"绾合，两句紧连，一气贯注，又是活泼流走的流水对。再加上"穿""向"的动态与两"峡"两"阳"的重复，文势、音调迅急有如闪电，确切地表现了想象的飞驰。《九家集注杜诗》赵注引《寰宇记》云："渝州有三峡之名，曰西峡、巴峡、巫峡。"渝州郡治在巴县（今重庆市），杜诗所说的"巴峡"，当指巴县的"巴峡"，杜诗所说的"巫峡"，则应指巫山县的"巫峡"，与渝州的"巫峡"无涉。或引《三巴记》谓杜诗所说的"巴峡"应在嘉陵江上游，始与杜甫由梓州出发相合。然杜甫此时并未出发，只是抒发回乡的迫切心情。梓州、巴县的巴峡、巫山县的巫峡，其间的跨度与襄阳、洛阳之间的跨度大致对应。人在梓州，心驰洛阳，在想象中一步跨到巴峡，接着即出现了"即从巴峡穿巫峡，便下襄阳向洛阳"的画面，"巴峡""巫峡""襄阳""洛阳"，一个接一个地从眼前一闪而过。《水经注·江水》云："有时朝发白帝，暮到江陵，其间行二百里，虽乘奔御风，不以疾也。"李白《早发白帝城》云："朝辞白帝彩云间，千里江陵一日还。两岸猿声啼不住，轻舟已过万重山。"写江流湍急，舟行迅速，都给人以轻快喜悦的艺术享受。但这都是写实而加以夸张，杜甫的这一联则直写想象的飞越、情感的奔流，与前者同工而异曲，各有独创性。这里需要指出的是，诗人既展示想象，又描绘实境。从"巴峡"到"巫峡"，舟行如梭，所以用"穿"；出"巫峡"到"襄阳"，顺流急驶，所以用"下"；从"襄阳"到"洛阳"，已换陆路，所以用"向"。其用字的高度准确，也值得学习。

这首诗，有人说它"通首叙事"，并不确切。实际上，只有第一句叙事点题，其余各句，都是抒发忽闻胜利消息之后的惊喜之情。作伴还乡的路线与行程，全是设想，而非经历。事实上，这首诗于广德元年写于梓州，第二年才自梓州往阆州，回到成都草堂。永泰元年

（765）五月离成都至云安，住了半年。此后又在夔州住了两年。大历三年（768）离夔州出峡之后，长时期漂泊于江陵、公安、岳州、潭州、衡州一带，直至大历五年卒于耒阳，始终未能回到洛阳。

　　这首诗的艺术特点，前人多有论述。顾宸说："杜诗之妙，有以命意胜者，有以篇法胜者，有以俚质胜者，有以仓卒造状胜者。此诗之'忽传'、'初闻'、'却看'、'漫卷'、'即从'、'便下'，于仓卒间写出欲歌欲哭之状，使人千载如见。"王嗣奭说："此诗句句有喜跃意，一气流注，而曲折尽情，绝无妆点，愈朴愈真，他人决不能道。"黄白山说："杜诗强半言愁，其言喜者，惟寄弟数首及此作而已。言愁者使人对之欲哭，言喜者使人对之欲笑。盖能以其性情达之纸墨，而后人之性情亦为之感动也。使舍此而徒讨论其格调，剽拟其字句，抑末矣。"浦起龙说："八句诗，其疾如飞，题事只一句，俱写情，得力全在次句。于神理妙在逼真，于文势妙在反振。三、四以转作承，第五仍能缓受，第六上下引脉，七、八紧申'还乡'，生平第一快诗也。"方东树说："此亦通篇一气，而沉着激壮，与他篇曲折细致者不同，题各有称也。起四句沉着顿挫，从肺腑流出，故与流利轻滑者不同。后四句又是一气，而不嫌直致者，用意真，措语重，章法断结曲折也。"这些意见，都值得参考。

善用逆笔　风神摇曳
——说戴叔伦《过三闾庙》

沅湘流不尽，屈子怨何深！
日暮秋风起，萧萧枫树林。

全诗写一"怨"字，比兴并用，风神摇曳。

因过屈原祠而凭吊屈原，便想到屈原之"怨"。《史记·屈原列传》云："屈平正道直行，竭忠尽智，以事其君，谗人间之，可谓穷矣！信而见疑，忠而见谤，能无怨乎？屈平之作《离骚》，盖自怨生也。""怨"，这是抽象的东西，如何写？诗咏屈原祠，诗兴自然由此祠触发。据《清一统志》，屈原祠在今汨罗县境，即屈原怀沙沉江之处。汨罗江是湘江支流，屈原在投江前作的《怀沙》里说："浩浩沅湘，分流汨兮。修路幽蔽，道远忽兮。"在《离骚》里也说："济沅湘以南征兮，就重华而陈词。"在这些提到"沅湘"的诗句中，抒发了爱国爱民的情感和理想无法实现的哀怨。诗人徘徊于屈原祠畔，目送沅湘之水滔滔流逝，屈原的遭遇，屈原的诗歌，便一一涌向心头，化为此诗的前两句："沅湘流不尽，屈子怨何深？"这两句综错成文，义兼比兴。屈子之"怨"有似沅湘之水，万古长流，无有尽期；屈子之"怨"异常深重，故沅湘之水日夜奔流，也流它不尽。

"不尽"二字，引出下联。有些鉴赏家认为此诗的妙处在于以景语结尾，如李锳《诗法易简录》云："三、四句但写眼前之景，不复加以品评，格力尤高。"这看法当然不错，但未和前两句联系起来，终隔一层。诗咏三闾庙，沅湘、枫林，皆眼前景。目望沅湘而感叹屈子的哀怨"沅湘流不尽"，那么"流不尽"的哀怨还体现于什么呢？于是诗人的目光从沅湘移向庙内及其附近的枫林，又想起了屈原的诗句："嫋嫋兮秋风,洞庭波兮木叶下。"(《九歌·湘夫人》)"湛湛江水兮上有枫,目极千里兮伤春心。魂兮归来哀江南。"而结尾景语,即从此化出:"日暮秋风起,萧萧枫树林。"深秋日暮,落日斜照下的枫林在嫋嫋秋风里萧萧低吟,仿佛为屈原传"怨"。

杨逢春《唐诗偶评》云:"此亦取逆势之格。上二逆偷下意,空中托笔。起二用逆笔提,三四方就庙中之景写'怨'字。首句所云'流不尽'者,此也。首作透后之笔,后却如题缩住,斯为善用逆笔。"其对章法的分析,可谓独具慧眼。

曲尽情理　真挚动人
——说司空曙《云阳馆与韩绅宿别》

故人江海别，几度隔山川。
乍见翻疑梦，相悲各问年。
孤灯寒照雨，深竹暗浮烟。
更有明朝恨，离杯惜共传。

安史乱后，杜甫诗中屡写乍逢倏别情景。如《赠卫八处士》"今夕复何夕，共此灯烛光。……明日隔山岳，世事两茫茫"，《羌村三首》"世乱遭飘荡，生还偶然遂。……夜阑更秉烛，相对如梦寐"，《送路六侍御入朝》"童稚相亲四十年，中间消息两茫然。更为后会知何地？忽漫相逢是别筵"，如此等等，都情真意切，蕴含深广，感人至深。大历诗人受此影响，其反映行旅聚散之诗，虽不如杜诗兼写社会乱离，然亦曲尽情理，真挚动人。司空曙的这首五律，便是其中的代表作。

首联写与故人在飘零江海的过程中"几度"重逢，才逢又别，为山川阻隔，不通音讯。在章法上，反跌次联的"乍见"，遥呼尾联的"更有"。在"几度隔山川"与"更有明朝恨"的夹缝中，偶然而又短暂的相逢，形成了似梦似幻的感觉。"乍见"之后的谈话只写了一句："相悲各问年。"老朋友的年龄，应该是彼此清楚的，明知故问，由"相悲"引起。彼此形容俱变，各显老态，与前度相逢时判若两人，故"相悲"而各问年龄，其阔别之长久，经历之辛酸，俱蕴含其中。这一联，与郎士元《长安逢故人》"马上相逢久，人中欲认难"，李端《喜见外弟又言别》"问姓惊初见，称名忆旧容"，同为大历名句。后两联写驿馆黯然相对，共传离杯的情景。"孤灯寒照雨",由室内写到窗外。 坐对孤灯,暗示彻夜未眠。 灯光通过窗口照见绵绵夜雨,暗示主人公的目光不时投向窗外,因为明朝都要赶路。 "深竹暗浮烟"是主人公隔窗所见的雨中景。 灯光微弱,约略可见摇曳于寒雨里的竹林浮起蒙蒙雾气,"孤"字、"寒"字、"深"字、"暗"字,写"灯"、写"雨"、写"竹"、写"烟",同时也烘托出主人公低沉凄婉的心绪。 坐对孤灯,当然要共话衷曲,这一点没有明说,但共传离杯,则由尾联补出。 尾联的"更有"遥应首联的"几度"。 由于明朝"更有"和已往"几度"一样的别离之恨,别后又将飘零江海,远隔山川,因而珍惜短暂的相聚,相互劝酒。 "离杯惜共传"的那个"惜"字,含无限深情。 "大历十才子"多擅长五律,其佳作的共同优点是脉理深细,声律精严。 司空曙的这一首亦然,不仅有"乍见"一联警句而已。

肺腑中流出的感恩诗
——说孟郊《游子吟》

> 慈母手中线，游子身上衣。
> 临行密密缝，意恐迟迟归。
> 谁言寸草心，报得三春晖。

题下作者自注云："迎母溧上作。"作时当为贞元十六年（800）。孟郊出身贫寒，其父孟庭玢早卒，母亲裴氏受尽千难万苦，抚养三个儿子成人。孟郊多次辞家，奔走衣食，直到五十岁才被授予溧阳（今属江苏）县尉的小官。当他迎养老母时，以往辞家别母的情景浮现眼前，情不自禁地写出这篇《游子吟》。

"慈母手中线，游子身上衣"，由于中间省掉"缝"字而留给第三句补出，便成为两个词组，从而使二者的关系更其紧密，恰切地表现了母子相依为命的骨肉之情。第三句"临行"上承"游子"；"缝"上承"线"与"衣"；"密密缝"三字，将慈母手眼相应、行针引线的神态及其对儿子的爱抚、担忧、祝愿和希冀，和盘托出，扣人心弦，催人泪下。这"密密缝"的情景是"游子""临行"之际亲眼看见，他从那细针密线中体会出慈母的心意：她切盼儿子早早归来，又生怕儿子迟迟不归，衣服破了，拿什么换？所以才"密密缝"。"意恐迟迟归"的那个"意"，既出于儿子的意想，也正是慈母的真意，慈母的爱心与儿子的孝心交融互感，给"迟迟归"倾注了无声的情感波涛：母亲怕儿子"迟迟归"，当然有复杂的心理活动；儿子体贴母亲，下决心要早早归，然而世路难行，谋生不易，万一"迟迟归"呢？

后两句突用比喻作结，出人意表。然而仔细玩味，实由"意"字引发。如果儿子毫无孝心，便不会把慈母缝衣放在眼里，甚至嫌弃那衣服土气。诗里写的这个儿子则不然：慈母为他缝衣，他在一旁静观默想，当他体会出老母心意之时，便被那博大、深厚、温馨的母爱所打动，心潮汹涌，终于化为"谁言寸草心，报得三春晖"的心声。"寸草心"，极微小，"三春晖"，博大而温暖。二者的关系是：没有"春晖"普照，"寸草"不能成长；而"寸草"之"心"，又无以报答"春晖"的恩情。这两句用通俗而形象的比喻，赞颂了春晖般普博温厚的母爱，寄托了区区小草般的儿女欲报母爱于万一的炽热深情，用反诘语气，更强化了感人的力量。因而成为万口传诵的名句，并被浓缩为"春晖寸草"的成语，感发普天下人子的孝心。

　　苏轼《读孟郊诗》云："诗从肺腑出，出辄愁肺腑。"这一首真是从肺腑中流出的。写的是最普通的慈母缝衣场景，选的是最常见的阳光照耀小草的比喻，用的是朴实无华、通俗如话的语言，歌颂的是人人都感受过的母爱，但由于这是从一个渴望报答母爱于万一的好儿子的肺腑中流出的，所以感人肺腑。

　　这首诗与孟郊的《游终南山》一类诗的风格截然不同。真诚地赞颂母爱，用不着硬语盘空，险语惊人。

造语新奇　苦调凄凉
——说孟郊《秋怀》（其二）

秋月颜色冰，老客志气单。
冷露滴梦破，峭风梳骨寒。
席上印病文，肠中转愁盘。
疑怀无所凭，虚听多无端。
梧桐枯峥嵘，声响如哀弹。

　　宋玉悲秋而作《九辩》，从谢惠连开始的《秋怀》诗皆以"摇落"自比，表现了今人所谓的"悲秋意识"。韩愈和孟郊各有《秋怀》组诗，都是五古，前者十一首，后者十五首，都很有名。方世举认为孟郊《秋怀》堪与韩愈《秋怀》"劲敌"，"且有过而无不及"（《昌黎诗集编年笺注》）。程学恂认为韩愈《秋怀》"当与东野所作同读，然亦难以轩轾，盖各有其至处"（《韩诗臆说》）。《唐宋诗醇》也说："《秋怀诗》抑塞磊落，所谓'寒士失职而志不平'者。昔人谓东野诗读之令人不欢，观昌黎此等作，真乃异曲同工，固宜有臭味之合也。"

　　孟郊的这一首，以"秋月"起兴引起"秋怀"。"颜色冰"的"冰"字读去声，变名词为形容词，既有色感，又有质感。写"秋月"而用"冰"字，使人不仅看见月色像冰一样惨白，而且感到它像冰一样寒冷。"冰"字的感觉者——这首诗的抒情主人公自称"老客"，一个"老"字便含无限感慨：出门作客多年，如今已经"老"了，但还在作客啊！少年之时，志在四方，不怕作客；如今呢，"老"成这个样子，作客的日子愈来愈不好过，当年的壮志也已消磨殆尽，望秋月之如冰,便感到"志气单"。一个"单"字,活现了孤零零、怯生生的情态。 这组《秋怀》诗,是孟郊老年客居洛阳时写的。 这时候,他在河南尹幕中充当下属僚吏,寄人篱下,贫病交加,孤立无援。 秋天一来,使他感到冰冷,感到孤单的不仅是"秋月",还有"冷露""峭风"与"枯桐"。 且看他接下去怎么写。

"秋月"现于夜空,诗以"秋月"起兴,接下去当然继续写夜景。从下文看,诗人是躺在病床上的。 本组诗的另一首诗里说:"秋至老更贫,破屋无门扉。 一片月落床,四壁风入衣。"可见他躺在屋子里照样可以望月。"冷露滴梦破,峭风梳骨寒"两句,为全诗划清了时间层次。"露"是后半夜才有的,深秋的后半夜当然比前半夜凉。"冷露"滴破了"老客"的梦,见得他躺在床上眼望"秋月颜色冰"而伤怀于"老客志气单",好容易才入睡了,做梦了。 梦见什么,没有说,只说那梦还没有做完,就被"冷露"滴破,已经够凄凉的,而梦破之后的现实又是什么呢? 不是别的,乃是"峭风梳骨寒"啊! 一个"梳"字,用得何等新奇,又何等传神!"梳"的本义是用梳子梳头发,如今说"峭风梳骨",极言那位"老客"不仅瘦得皮包骨,简直是只剩下几根骨头了,尖峭的秋风梳来梳去,就不是一般的"寒"而是"寒"入骨髓。 以下各句,进一步写"梦破"之后的环境氛围和精神状态。"席上印病文"一句写卧病之久。 竹席是有"文"的,长期病卧竹席之上,辗转反侧,那席子便在病躯上印出无数花纹。"肠中转愁盘"一句写愁思之深。 肠子是一盘一盘的,秋思满腹,好像在肠子里一盘一盘地旋转,没完没了。"疑怀无所凭,虚听多无端"两句中的"怀"和"听"都是名词,前面的"疑"和"虚"是形容词作定语。疑神疑鬼的情怀老像悬在空中,无所凭依,不时听见这样那样的声音,其实无端无绪,多属虚幻。 这两句写由于内心极度空虚怯弱而产生的重重疑虑和种种幻觉,极尽久病神理。 结尾"梧桐枯峥嵘,声响如哀弹"紧承"虚听"而兼写视觉。"峥嵘",状"梧桐"之突兀高耸。"枯"字妙在模糊,是说桐叶枯了呢,还是说整个桐树全枯了呢？都可以。总之，因为它"枯"了，所以"峭风"吹过就发出"哀弹"似的声响，在"老客"的幻觉之中，像是传来哀怨的琴声。

洛阳的秋夜当然颇有"寒"意，何况"老客"久病，形单影只，住的"破屋"又没有窗扉门板，四壁透风，独自瑟缩于光席之上，也自然会感到"寒"，然而不管怎么说，何至于"冷"成那个样子，那毕竟还是秋天嘛！其实，那"冰"月，那"冷"露，那"寒风"，在很大程度上是"老客"主观感受的外射。他已看够冷眼，受够冷遇，饱尝人情世态的冷酷，因而对一切都感到心寒意冷。由于移情作用而感到月"冰"、露"冷"、风"寒"，这里面已经有错觉。所以发展下去，便"疑怀"重重，"虚听"种种，陷入了由疑生幻、因幻愈疑的精神困境。如此写"秋怀"，真写出了特色，真比韩愈的同题组诗有过之而无不及。"冰"月、"冷"露、"寒"风既然在很大程度上是诗人主观体验的外射，那它们也就有了暗喻作用，暗喻诗人体验过千百次的人情世态的冷酷。至于结尾两句，寓意就更加明显了。那么"峥嵘"的"梧桐"，是制琴的好材料，如今它已经"枯"了，在寒风里不停发出声响，好像是弹奏琴曲，诉说哀怨。这里面，不也闪动着诗人的身影吗？元好问《论诗绝句》云："东野穷愁死不休，高天厚地一诗囚。江山万古潮阳笔，合在元龙百尺楼。"这是扬韩抑孟的。其实，孟、韩各有独到之处。孟郊本来有"穷愁"的遭遇，他的写穷愁之作，戛戛独造，又曲折地反映出封建社会对于人才的摧残，自有其价值在。明人高棅在《唐诗品汇》的《五言古诗叙目》中列韩愈、孟郊为"正变"，评孟郊云："东野之少怀耿介，龌龊困穷，晚擢巍科，竟沦一尉，其诗穷而有理，苦调凄凉，一发于胸中而无吝色。如古乐府等篇，讽咏久之，足有馀悲，此变中之正也。"这评价是相当中肯的。

险语盘空　奇出意表
——说孟郊《游终南》

> 南山塞天地，日月石上生。
> 高峰夜留景，深谷昼未明。
> 山中人自正，路险心亦平。
> 长风驱松柏，声拂万壑清。
> 即此悔读书，朝朝近浮名。

孟郊(751—814)，字东野，湖州武康(今浙江省武康县人)，在中唐诗坛，与贾岛同以苦吟著名，并称郊、岛；又极受韩愈的推崇，创作也属于同一流派，并称韩、孟。

韩愈在《荐士》诗里说孟郊的诗"横空盘硬语，妥帖力排奡"。这首五言古诗《游终南》，在体现这一特点上很有代表性。姚范在《援鹑堂笔记》里说它"奇出意表"，沈德潜在《唐诗别裁集》里说它"盘空出险语"，与《出峡》诗"上天下天水，出地入地舟""同一奇险"，也是就这一特点而言的。

"硬语"的"硬"指字句坚挺有力，其反面是疲软，这首诗里的一些句子，如"南山塞天地，日月石上生"，"长风驱松柏，声拂万壑清"，特别是其中的"塞"字、"生"字、"驱"字、"拂"字，都十分坚挺有力，给人以射石没羽的感觉。

"硬"容易流于"生"。"生硬""生涩"，乃是"妥帖"的反面。韩愈在肯定"横空盘硬语"的同时，又强调"妥帖力排奡"，就是为了避免"生"。孟郊的有些诗，是有"生硬""生涩"的缺点的，这首诗中的"硬语"，却还相当"妥帖"。

"硬"不一定"险",但就这首诗看,其中的一些"硬语"却同时也是"险语"。这些"硬语"之所以"险",在于夸张得险些儿"过理",但仔细想来,仍然"合理"。《文心雕龙·夸饰》云:"夸过其理,则名实两乖。"如果夸张得"过理"而不"合理",那就不是"奇险",而是"怪诞"了。

鉴赏这首诗,必须紧扣诗题中的那"游"字,要处处注意,诗人不是远望终南,而是正在终南山里"游"。

一开头的"南山塞天地,日月石上生",实质上是写终南山既高且大。洪亮吉《北江诗话》云:"游山诗能以一二句隐括一山者最寡,孟东野诗云:'南山塞天地,日月石上生。'善状终南山矣。"然而王维《终南山》的首联"太乙近天都,连山接海隅",也是写终南山既高且大,其写法又何以如此不同呢?这固然由于作者的创作个性各异,但更重要的一点是:孟郊已在终南山中,而王维还在远处遥望。从长安城郊遥望终南,即使高度夸张,也只能说它高"近天都",远"接海隅",而不能说它"塞"满"天地",因为环视四周,分明是"八百里秦川",也不能说"日月"从终南山的"石上生",因为日月分明从东方天际升起,终南却在南边。然而一旦深入终南山中,就会是另一番景象。

就实际情况说,终南尽管高大,但远远没有塞满天地。"南山塞天地",的确是"硬语盘空","险语惊人"。但这是作者写他"游"终南山的感受,所以与王维《终南山》首联写终南远景截然不同。身在深山,仰望,则山与天连;环顾,则视线为千岩万壑所遮,压根儿看不见山外还有什么空间。用"南山塞天地"概括这种独特的感受,虽"险"而不"怪",虽"夸"而非"诞",简直可以说是"妥帖"得不能再"妥帖"了!

"日月"当然不是"石上生"的,更不是同时从"石上生"的,"日月石上生"一语,的确"硬"得出奇,"险"得惊人。然而这也是作者写他"游"终南山的感受。"日""月"并提,不是说"日"

"月"并生,而是说作者来到终南,既见日升,又见月出,已经度过了几个昼夜。 终南之大,作者游兴之浓,也于此曲曲传出。 身在终南深处,朝望日,夕望月,都从南山高处初露半轮,然后冉冉升起,这不就像从"石上生"出来一样吗? 张九龄的"海上生明月",王湾的"海日生残夜",杜甫的"四更山吐月",都与此同一机杼。 孤立地看,"日月石上生"似乎"夸过其理",但和作者"游"终南山的具体情景、具体感受联系起来,就觉得它虽险而不怪,虽夸而非诞。当然,险硬的风格,使他不可能有"四更山吐月"那样的情韵。

"高峰夜留景,深谷昼未明"两句,大约从谢灵运《石门新居》中的"早闻夕飙急,晚见朝日暾"化出,其风格仍然是"奇险"。 在同一地方,"夜"与"景"(日光)互不相容,作者硬把它们统一起来,怎能不给人以"奇"的感觉? 但细玩诗意,"高峰夜留景",不过是说在其他地方已经被夜幕笼罩之后,终南的高峰还留有落日的余晖。 极言其高,又没有违背真实。 从《诗经·大雅·崧高》"崧高维岳,峻极于天"以来,人们习惯于用"摇遥天""出云表"之类的说法来表现山峰之高耸。 孟郊却避熟就生,抓取富有特征性的景物加以夸张,就在"言峻则崧高极天"之外,另辟蹊径,显得很新颖。 在同一地方,"昼"与"未明"(夜)无法并存,作者硬把二者拉在一起,自然给人以"险"的感觉。 但玩其本意,"深谷昼未明",不过是说在其他地方已经洒满阳光之时,终南的深谷里依然一片幽暗。 极言其深,很富有真实感。 "险"的风格,还从上下两句的夸张对比中表现出来。 同一终南山,其"高峰"高到"夜留景",其"深谷"深到"昼未明"。 一高一深,悬殊若此,似乎"夸过其理"。 然而这不过是借一高一深表现千岩万壑的千形万态,于此见终南山高深广远,无所不包。 究其实,略同于王维的"阴晴众壑殊",只是风格各异而已。

"长风驱松柏","驱"字下得"险"。 然而山高则风长,"长风"过处,千柏万松,枝枝叶叶,都向一边倾斜,这只有那个"驱"字才能表现得形神毕肖。"声"既无形又无色，谁能看见它在"拂"？"声拂万壑清"，"拂"字下得"险"。然而那"声"来自"长风驱松柏"，"长风"过处，千柏万松，枝枝叶叶都在飘拂，也都在发声。说"声拂万壑清"，就把视觉形象和听觉形象统一起来了，使读者于看见万顷松涛之际，又听见万壑清风。

这六句诗以写景为主，给人的感受是：终南自成天地，清幽宜人。插在这中间的两句，则以抒情为主。"山中人自正"里的"中"是"正"的同义语。山"中"而不偏，山里人自然就"正"，而不邪；联系"地灵人自杰"的原则，因山及人，抒发了赞颂之情。"路险心亦平"中的"险"是"平"的反义词。山里人既然"正"而不邪，那么，山路再"险"，心还是"平"的。以"路险"作反衬，突出地歌颂了山里人的心地平坦。当然，那"路"含有"比"义，既指"山路"，又指"世路"。

事物都有对立面。赞美终南的万壑清风，就意味着厌恶长安的十丈红尘；赞美山里的"人正""心平"，就意味着厌恶山外的人邪心险。硬语横空，险语惊人，也还有言外之意耐人寻味。以"即此悔读书，朝朝近浮名"收束全诗，这种言外之意就表现得相当明显了。

山红涧碧纷烂漫
——说韩愈《山石》

山石荦确行径微,黄昏到寺蝙蝠飞。
升堂坐阶新雨足,芭蕉叶大栀子肥。
僧言古壁佛画好,以火来照所见稀。
铺床拂席置羹饭,疏粝亦足饱我饥。
夜深静卧百虫绝,清月出岭光入扉。
天明独去无道路,出入高下穷烟霏。
山红涧碧纷烂漫,时见松枥皆十围。
当流赤足踏涧石,水声激激风吹衣。
人生如此自可乐,岂必局束为人鞿?
嗟哉吾党二三子,安得至老不更归!

韩愈不仅是卓有贡献的散文家,而且是极有影响的诗人。清人赵翼在《瓯北诗话》卷三里说:

> 韩昌黎生平所心摹力追者,惟李、杜二公。顾李、杜之前,未有李、杜,故二公才气横恣,各开生面,遂独有千古。至昌黎时,李、杜已在前,纵极力变化,终不能再辟一径,惟少陵奇险处,尚有可推广,故一眼觑定,欲从此辟山开道,自成一家,此昌黎注意所在也。然奇险处亦自有得失,盖少陵才思所到,偶然得之,而昌黎则专以此求胜,故时见斧凿痕迹,有心与无心异也。其实昌黎自有本色,仍在文从字顺中,自然雄厚博大,不可捉摸,不专以奇险

见长。

这些评论相当中肯。韩愈在诗歌创作的天地里,的确于李白、杜甫各大家开辟的领域之外,另辟蹊径,戛戛独造,自成一家。他追求奇险的风格,有得有失,需要就具体的作品作具体的分析。但笼统地以"奇险"或"险怪"概括他的诗风,却不合实际。赵翼指出:"昌黎自有本色,仍在文从字顺中,自然雄厚博大,不可捉摸,不专以奇险见长。"这的确是在全面研究韩诗之后作出的确切估价。例如历代传诵的《山石》,就不以奇险见长,而是文从字顺、不假雕琢、雄厚博大、俊伟清新。

看来诗人并不是先拟好题目再作诗,而是作好诗之后,才沿用《诗经》"首句标其目"的老例,取首句的头两个字"山石"作题目,所以,题曰《山石》,诗却并不是歌咏山石的,而是叙写游踪的。我们在赏析杜甫的《北征》时曾讲过韩愈"以文为诗"的问题。韩愈是诗人,又是杰出的散文家。他善于在保持诗文各自特质的前提下使它们互相渗透,互相汲取营养。这篇《山石》,就汲取了散文中有悠久传统的游记文的写法,按照行程顺序,叙写从攀登山路,"黄昏到寺","夜深静卧"到"天明独去"的所见、所闻和所感,是一篇游记体的诗。

按照时间顺序依次记述游踪,很容易弄成流水账。《山石》的可贵之处在于它是按照时间顺序依次记述游踪的,却并不像记流水账,而是像电影摄影师选好外景,人物在前面活动,摄影机在后面推、拉、摇、跟,一个画面接着一个画面,在我们眼前出现。每一画面,都有人有景有情,构成独特的意境。全诗主要记游山寺,一开头,只用"山石荦确行径微"一句,概括了到寺之前的行程,而险峻的山石,狭窄的山路,都随着诗中主人公的攀登而移步换形。你也许要说:"这一句没有写人嘛!"是的,是没有写,但第二句"黄昏到寺蝙蝠飞"中的"到寺"二字,就补写了人。"到寺"有个省去的主语,谁到寺呢?那就是来游的诗人。他从哪里来?就从那"山石荦确"的"行径"上来。而说第一句没写人,那只是说没有明写,实际上,那"山石"的"荦确"和"行径"的细"微",都是主人公从那里经过时看到的,感到的,正是通过这些主观感受的反映,表现他正在爬山。爬了多久,不得而知,但黄昏之时,才到了山寺,当然经过了一段艰苦行程。"黄昏",怎么能够变成可见可感的清晰画面呢?有办法。我们的摄影师很高明,他选取了一个"蝙蝠飞"的镜头,让那只有在黄昏之时才会出现的蝙蝠在寺院里盘旋,就立刻把诗中的主人公和他刚刚进入的山寺,统统笼罩于幽暗的暮色之中。既然是"黄昏到寺",就先得找寺僧安排食宿,所以就出现了主人公"升堂"的镜头。然而主人公是来游览的,游兴很浓,"升堂"之后,立刻退出来坐在堂前的台阶上,欣赏那院子里的花木,"芭蕉叶大栀子肥"的画面,也就跟着展开。"大"和"肥",这是很寻常的字眼,但用在"芭蕉叶"和"栀子"花上,特别是用在"新雨足"的"芭蕉叶"和"栀子"花上,就凸出了客观景物的特征,增强了形象的鲜明性。正因为形象如此鲜明,所以尽管时已黄昏,却仍然很显眼,主人公也就情不自禁地要赞美它们的"大"和"肥"了。请看看,只有四句诗,却包含了多少层次,放映了多少画面!

"升堂坐阶新雨足"一句中的"新雨足",那是和下句联系的,其作用是突出芭蕉叶的"大"和栀子花的"肥",并为它们洗去灰尘,增强亮度。"升堂坐阶",却有点费解。已经"升堂"了,又怎么"坐阶"?堂上哪有台阶呢?其实,如在前面所说,这的确是写主人公"到寺"之后,先穿过"蝙蝠飞"的院落,"升堂"去找住持,然后又转回来"坐阶",欣赏那"芭蕉叶大栀子肥"的美景。看"僧言"以下四句，其意自明。 因为已经找过住持，接着出现的画面上就有了僧人。 时间在流逝，新雨之后的栀子花和芭蕉叶尽管很"肥""大"，但终于隐没于夜幕之中，在主人公眼前消失了。 热情的僧人便凑过来助兴，夸耀寺里的"古壁佛画好"，并拿来火把，领客人去观看，一看，果然是罕见的艺术珍品。 这当儿，菜饭已经摆上了，床也铺好了，连席子都拂拭干净了。 寺僧们的殷勤，宾主感情的融洽，也都得到了形象的体现。 请看看，只用三句诗，又放映了多少画面！"疏粝亦足饱我饥"一句，图画性当然不够鲜明，但这是必不可少的。 它既与结尾的"人生如此自可乐，岂必局束为人靰"相照应，又说明主人公游山，已经费了很多时间，走了不少路，因而饿得够呛，连粗糙的饭菜都觉得挺好吃。 那么，如果拍电影的话，主人公穿越"荦确"的"山石"，在小径上攀登的"跟镜头"，就应该"跟"得久一些，不宜浮光掠影，一晃而过。

写夜宿只用了两句。 "夜深静卧百虫绝"，表现了山寺之夜的清幽。 而这清幽的境界，是通过主人公静卧细听百虫鸣叫的镜头显示出来的。 "夜深"而"百虫"之声始"绝"，那么在"夜深"之前，百虫自然在各献特技，合奏夜鸣曲，主人公也在欣赏夜鸣曲。 正像"鸟鸣山更幽"一样，山寺之夜，百虫合奏夜鸣曲，就比万籁俱寂还显得幽寂，而细听百虫合奏的主人公，也自然万虑俱消，心境也空前清静。 这镜头当然是朦胧的，但却是有声的，听觉形象掩盖了视觉形象。 夜深了，百虫绝响了，接踵而来的则是"清月出岭光入扉"，主人公又兴致勃勃地隔窗赏月了。 这月光，顿时照亮了画面，主人公寄宿的僧房是什么样子，他的床设在何处，从窗子里望出去，能够看见什么，都历历在目。 他刚才静卧细听百虫鸣叫的神态，也在"清月出岭光入扉"的一刹那显现于我们眼前。

作者所游的是洛阳北面的惠林寺，同游者是李景兴、侯喜、尉迟汾，时间是唐德宗贞元十七年七月二十二日（公元 801 年 9 月 3 日）。农谚有云："二十一二三，月出鸡叫唤。"可见诗中所说的"光入扉"的"清月"，乃是下弦月，它爬出山岭，照进窗扉，已经鸡叫头遍了。主人公再欣赏一阵子，就该天亮了。写夜宿只两句，却不仅展现了几个有声有色的画面，表现了主人公深夜未睡，陶醉于山中夜景的情怀，而且水到渠成，为下面写离寺早行作好了过渡。"天明"以下六句，写离寺早行，跟着时间的推移和主人公的迈步向前，画面上的光色景物在不断变换，引人入胜。"天明独去无道路"一句，需要作些解释。第一，"独去"的"独"，是就寺僧没有远送而言，不是主人公独自去，因为他还有三位朋友作伴。这不仅有记载可查，而且下面诗句里的"吾党二三子"，正是指他们。第二，"无道路"并非无路可走，而是天刚破晓，雾气很浓，看不清道路。所以接下去，就是"出入高下穷烟霏"的镜头。"出入"两字，有的选本解释为"走出这个山谷，又进入那个山谷"，这是合乎情理的，但在文字上找不到根据。按照语法结构，这一句的大意应该是：出入于高高下下的烟霏之中，终于走完了烟霏——烟霏消尽了。"高下"，指山势忽高忽低；"烟霏"，指流动的雾气；"穷"，尽也。主人公"天明"出发，眼前是一片"烟霏"的世界，不管是山的高处还是低处，全都浮动着蒙蒙雾气。在浓雾中摸索前进，出于高处，入于低处，出于低处，又入于高处，时高时低，时低时高。此情此境，岂不是饶有诗味，富于画意吗？烟霏既尽，朝阳熠熠，画面顿时增加了亮度，"山红涧碧纷烂漫"的奇景就闯入主人公的眼帘，自然也闯入读者的眼帘。而"时见松枥皆十围"，既为那"山红涧碧纷烂漫"的画面添景增色，又表明主人公在继续前行，而随着他的视野移动的画面，也自然不断地变换内容。

　　诗人写入山，只用一句，看得出他是为详写出山预留地步的。写出山，虽然也只有几句诗，然而和写游山寺所用的笔墨相比，也已经够详了。 尽管连续出现的画面都各有特色，很有吸引力，但那"跟镜头"总不能无休止地"跟"下去，直"跟"进洛阳城。 如果直"跟"进洛阳城，就未免失于剪裁。 诗人当然比我们更懂得这个道理，于是在映出"当流赤足踏涧石，水声激激风吹衣"的"全景"之后，就让它停在那里，唱起了"主题歌"。 而那"赤足踏涧石"、清风飘衣襟的人物形象和从他脚下响起的激激水声，就长久地浮现于我们的眼前耳畔。

结尾四句，具有总结全诗的意义，所以姑且叫作"主题歌"。 作者先用"人生如此"四个字概括了黄昏坐阶，寺僧陪游，疏粝充饥，夜深赏月，山中早行，光脚板踏涧石过溪水等此次出游的全部经历，然后用"自可乐"三字加以肯定。 后面的三句诗，以"为人靰"的幕僚生活作反衬，表现了对山中自然美、人情美的无限向往，从而强化了全诗的艺术魅力。

总起来说，《山石》汲取了山水游记的特点，按照行程的顺序逐层叙写游踪，为传统的记游诗开拓了新领域。

逐层叙写，却不像流水账，而像《长江万里图》那样的长卷逐次展开，一个个清新的画面连续出现；更像旅游彩色纪录影片，随着游人的前进，一个个有声有色有人有景的镜头不断转换。

那么，它在艺术表现方面的奥秘究竟何在呢？

第一，虽说是逐层叙写，仍经过严格的选择和精心的提炼。 从"黄昏到寺"到就寝之前，实际上的所经所见所闻所感当然很多，但摄入镜头的，却只有"蝙蝠飞"、"芭蕉叶大栀子肥"、寺僧陪看壁画和"铺床拂席置羹饭"等殷勤款待的情景，因为这体现了山中的自然美和人情美，跟"为人靰"的幕僚生活相对照，使诗人萌发了"归"耕或"归"隐的念头，是结尾"主题歌"所以形成的重要根据。 关于夜宿和早行，所摄者也只是最能体现山野的自然美和自由生活的那些镜头，同样是结尾的"主题歌"所以形成的重要根据。

第二，按行程顺序叙写，也就是按时间顺序叙写，时间不同，天气的阴晴和光线的强弱也不同。就时间说，主人公游寺在日暮，听虫赏月在夜间，离寺出山在早晨。而天气的主要特征，则是"新雨足"之后。这篇诗的突出特点，就在于诗人善于捕捉不同景物在特定时间、特定天气里所呈现的不同光感、不同湿度和不同色调。"黄昏到寺"之后，写的是暮景。先用"蝙蝠飞"带来暮色，又用"新雨足"表明大地的一切刚经过雨水的滋润和洗涤；这才写主人公于苍茫暮色中赞赏"芭蕉叶大栀子肥"，而那芭蕉叶和栀子花也就带着它们在雨后日暮之时所特有的光感、湿度和色调，呈现于我们眼前。接着写夜景。看壁画而以火照明，静卧无所见而听百虫鸣叫，都准确地表现出山中之夜的幽暗与恬静。写"月"而冠以"清"字，表明那是"新雨"之后的月儿，尽管它深夜出岭，已是"下弦"，却特别明净，所以照进窗扉，仍能引起主人公的兴趣。主人公隔窗遥望，就会看见翠岭似睡，碧空如洗，一钩残月，将仅有的清光洒向人间。写朝景，新奇而多变。因为他不是写一般的朝景，而是写山中雨后的朝景，他先以"天明独去无道路"一句，总括了山中雨雾，地面潮湿，黎明之时浓雾弥漫的特点，然后用"出入高下穷烟霏"一句，画出了雾中早行图。"烟霏"既"穷"，阳光普照，就看见涧水经雨而更深更碧，山花经雨而更红更亮。于是用"山红涧碧"加以概括。夹在两山之间的流水叫"涧"，山红而涧碧，红碧相辉映，色彩已很明丽。但由于诗人敏锐地把握了雨后天晴，秋阳照耀下的山花、涧水所特有的光感、湿度和色调，因而感到光用"红""碧"还很不够，又用"纷烂漫"加以渲染，才把那"山红涧碧"的美景表现得鲜艳夺目。接下去，把描绘的重点移向人物。光看在激激水声中"赤足踏涧石"、清风吹衣襟的人物形象已经很迷人。但如果光看人物，而无视于他的背景，就未免辜负了作者的苦心。要知道，"踏涧石"的"涧"，正就是前面所写的"山红涧碧"的"涧"。这个人物以"山红涧碧纷烂漫"为背景，无怪乎逸趣盎然，忍不住要吐露"人生如此自可乐"的情怀了。

第三，这首诗篇幅不长，所展现的画面却如此丰富多彩，还由于诗人善于驾驭祖国语言。仅就造句的高度凝练来说，正如方东树在评论这首诗时所指出："他人数语方能明者，此须一句，即全现出。"（《昭昧詹言》卷十二）例如"芭蕉叶大—栀子肥"，包含两个主谓结构；"水声激激—风吹衣"，包含一个主谓结构和一个主谓宾结构；"黄昏到寺—蝙蝠飞"，包含一个省略主语的状谓宾结构和一个主谓结构；"山红—涧碧—纷烂漫"，包含两个主谓结构，共带补语。这些诗句，每句都等于两个句子，而句法多变，无一雷同。又如"升堂—坐阶—新雨足"，包含两个省略主语的动宾结构和一个主谓结构，"铺床—拂席—置羹饭"，包含三个动宾结构，省略主语，这两句诗，各等于三个句子，而结构各异。因此，每一句诗都容量很大，表现力极强，而无单调之感。

第四，还有一点也值得一谈。自从律诗形成以后，有些诗人作七言古诗，喜欢用对偶句，在平仄声的处理上也往往运用律句。如"初唐四杰"、高适、王维、白居易、元稹等人的一些作品，就都具有这样的特点。就优点说，多用偶句，会显得整丽；多用律句，会显得和谐。但偶句、律句太多，又可能流于圆熟和疲弱，失却古体诗的格调。所以杜甫的一些七古，有意避免偶句和律句，韩愈承流接响而加以发展，对后代很有影响。这篇《山石》，就全用单句。正因为全用单句，不求对偶，才能像前面所说的那样，所有诗句，结构各有特点，极综错变化之妙。就平仄说，全篇无一律句，其主要特点是有意识地运用了与律句相区别的三字脚:"仄平仄""平仄平""仄仄仄""平平平"。正因为这样,所以虽然押的是平声韵,而且一韵到底,却无平板疲弱之感。

这篇诗极受后人重视,影响深远。苏轼与友人游南溪,解衣濯足,朗诵《山石》,慨然知其所以乐,因而依照原韵,作诗抒怀。原题是《二月十六日,与张、李二君游南溪,醉后,相与解衣濯足,因咏韩公〈山石〉之篇,慨然知其所以乐而忘其在数百年之外也。次其韵》,诗云:"终南太白横翠微,自我不见心南飞。行穿古县并山麓,野水清滑溪鱼肥。须臾渡溪踏乱石,山光渐近行人稀。穷探愈好去愈锐,意未满足桎如饥。忽闻奔泉响巨碓,隐隐百步摇窗扉。跳波溅沫不可向,散为白雾纷霏霏。醉中相与弃拘束,顾劝二子解带围。蹇裳试入插两足,飞浪激起冲人衣。君看麋鹿隐丰草,岂羡玉靮黄金鞿。人生何以易此乐,天下谁肯从我归!"见《苏轼诗集》卷五。他还写过一首七绝:"荦确何人似退之,意行无路欲从谁?宿云解驳晨光漏,独见山红涧碧时。"(《王晋卿所藏〈著色山〉二首》其二,见《苏轼诗集》卷三〇)诗意、词语,都从《山石》化出。至于元好问"拈出退之《山石》句"来对比秦观的"女郎诗",以及由此引起的争论,更为人所熟知。此后高度评价《山石》的人还很多,就不必一一列举了。

相思一夜梅花发
　　——说卢仝《有所思》

　　当时我醉美人家，美人颜色娇如花。
　　今日美人弃我去，青楼珠箔天之涯。
　　娟娟姮娥月，三五圆又缺。
　　翠眉蝉鬓生别离，一望不见心断绝。
　　心断绝，几千里。
　　梦中醉卧巫山云，觉来泪滴湘江水。
　　湘江两岸花木深，美人不见愁人心。
　　含愁更奏绿绮琴，调高弦绝无知音。
　　美人兮美人！不知为暮雨兮为朝云！
　　相思一夜梅花发，忽到窗前疑是君。

　　元好问《论诗三十首》中有这样一首："万古文章有坦途，纵横谁似玉川卢？真书不入今人眼，儿辈从教鬼画符。"中唐诗人卢仝自号玉川子。这里的"玉川卢"，就是指卢仝。韩愈《赠卢仝》诗云："往年弄笔嘲仝异，怪词惊众谤不已；近来自说寻坦途，犹上虚空跨骒骊。"元好问"坦途"一词，即本此；"纵横"，则是"坦途"的对立面，元好问赋予它贬义，略同于所谓"险怪"及"鬼画符"。这首论诗绝句，意在批评卢仝的诗风。宗廷辅《古今论诗绝句》解释说："卢仝诗险怪，溺之者皆入于邪径。下二句，盖以狂草为譬。"

这是符合元氏的原意的。

卢仝的诗,有一些的确很险怪,著名的《月蚀诗》,就是一例。但纵观他传世的全部诗作,属于"险怪"的也并不多,不应以点代面。更何况,"险怪"之作,也要作具体分析。朱熹就曾中肯地指出,"唐人玉川子辈,句语虽险怪,意思亦自有混成气象"。新中国成立后出版的几种文学史和其他有关论著,对于卢仝的诗,或以"险怪"否定,一笔带过,或压根儿不予论述,未免不够公允。让我们尝鼎一脔,读读他的《有所思》。

《有所思》,是汉铙歌十八曲之一。诗云:"有所思,乃在大海南。何用问遗君?双珠玳瑁簪,用玉绍缭之。闻君有他心,拉杂摧烧之。摧烧之,当风扬其灰。从今以往,勿复相思!相思与君绝!鸡鸣狗吠,兄嫂当知之。妃呼豨,秋风肃肃晨风飔,东方须臾高知之。"夏敬观《汉短箫铙歌注》说这是"征南粤纪功之辞",显然是错误的。从全诗看,分明表现一位痴心女子因其情人变心而打算与他决裂,却又下不了决心的矛盾心情,读之十分感人。至于此后文人们用这个乐府旧题所作的诗,包括李白的那首《古有所思》在内,尽管各有特色,但从内容与形式的完美结合所达到的艺术高度而言,似乎都不如卢仝的这一首。

有一位研究生写了研究贺铸《东山词》的毕业论文,颇有分量,因此获得了硕士学位。但说《小梅花》一词如何新颖,如何有创造性,却值得商榷。我在主持答辩时提出不同意见,却说服不了他,只好给他朗读卢仝的《有所思》,他全神贯注地听完,才频频点首。且看他高度评价的那首《小梅花》:

思前别,记时节,美人颜色如花发。美人归,天一涯,娟娟姮娥三五满还亏。翠眉蝉鬓生离诀,遥望青楼心欲绝。 梦中寻,卧巫云,觉来珠泪滴向湘水深。　　愁无已,奏绿绮,历历高山与流水。 妙通神,绝知音,不知暮雨朝云何山岑? 相思无计堪相比,珠箔雕栏几千里。 漏将分,月窗明,一夜梅花忽开疑是君。

不难看出,贺铸的这首词,是檃括卢仝的《有所思》而成的。 既然如此,就不便说它如何新颖,如何有创造性。 但如果不是互相比较而是抛开原作,则这首《小梅花》也的确很不错。 夏敬观评贺铸的《六州歌头》,就说它与这首《小梅花》"同样功力,雄姿壮采不可一世"。 龙榆生《唐宋名家词选》选词颇严,但也选了这首《小梅花》。 说这首《小梅花》"雄姿壮采,不可一世",未尝不可,但那"雄姿壮采"并非出自贺铸的艺术创造,而取自卢仝的《有所思》。而这正间接说明了卢诗的艺术成就。

把前人的某篇文或某篇诗檃括成一首词,不自贺铸始,贺铸之后,也还有人那样做(但一般都有说明,贺铸未说明,因而被误认为是他的创作)。 这有似于今天的"改编"。 严肃的改编,是艺术上的再创造,可以大大超过原作。 而贺铸改编卢仝《有所思》的《小梅花》,却逊于原作。 仅比较两篇的结尾,就可以看出孰优孰劣。 卢诗的结尾并非孤立的存在,而是全诗的层层波澜所激起的高潮。 一开头,诗人即说"当时我醉美人家,美人颜色娇如花"。 这"娇如花"的"美人颜色",就成了触发全诗"有所思"的电钮;从结构上说,则是贯串首尾的锦带。 接下去,由"当时"转向"今日",触景怀人,波澜迭起,直写到"湘江两岸花木深",又与开头呼应。 因"美人颜色娇如花",故见湘江两岸之花而思念美人,徒然思念而终不可见,故说"愁人心","泪滴湘江水"。 白居易《长恨歌》有云:"归来池苑皆依旧,太液芙蓉未央柳。芙蓉如面柳如眉,对此如何不泪垂!"其艺术构思,正与此同一机杼。写到见花不见美人,思念不已,似乎无法再写了。而作者出人意外地又掀起一层波澜,写弹奏"绿绮琴"以自遣。但弹琴不仅未能自遣,反而加深思念。原因是:弹琴,需要有知音欣赏,可如今呢?"调高弦绝无知音"啊!在这里,作者补写了思念美人的主要原因,也从而丰富了美人的形象塑造。"无知音"者,"美人不见"也。这美人既是他的知音,其心灵之美,自然是不言而喻的。"含愁更奏绿绮琴",而知音的美人不在身旁,"调高弦绝",又有谁同情呢?于是乎进一步"有所思",彻夜不眠,从而逼出了结尾的警句,把相思之情推向高潮。

"相思一夜梅花发,忽到窗前疑是君"两句,词意新警。开头只说"美人颜色娇如花",未说什么花。如果是桃花,虽然娇艳,却未免庸俗,如今落实到梅花,就显示了美人非凡的标格风韵。此其一。不说梅花凌寒自发,而于"梅花发"之前加上"相思一夜",仿佛那寒梅由于受自己彻夜相思的感动,才开了花。而梅花,也就成了自己的"知己"。此其二。梅花不会忽然从别的地方走到窗前。事实是:窗外本有梅树,却还没有开花。窗内人怀念美人,辗转反侧,"相思"了"一夜",窗纱上已有曙光,放眼一看,那忽然开放的梅花正在晓风中摇曳,就怀疑他彻夜相思的美人正向窗前走来。化静为动,化花为人,曲尽因渴望美人归来而想入非非、心神恍惚的情态。此其三。"疑是君"的"疑"反映了心理变化的过程:始而"疑",继而就需要作出判断,判断的结果,那是不言自明的。只写到"疑是君",与开头的"美人颜色娇如花"拍合,就戛然而止,言虽尽而意无穷。再看贺铸据此改编的《小梅花》。第一,首尾照应的特点虽然有所保留,但中间绾合首尾、触景生情的"湘江两岸花木深"却丢掉了，只说"珠泪滴向湘水深"就显得概念化。 第二，"奏绿绮"而说"绝知音"，就连那美人都不是他的"知音"了，还相思她干什么！第三，结尾多出了明月，当然是可以允许的，但"月窗明"乃夜间情景，月窗既明，窗前梅花夜间就可以看见，紧接着却说"一夜梅花忽开疑是君"，就不能表现出乍见生疑的神理。 第四，原作把梅花忽发说成"一夜相思"的结果，构思新奇而含意丰富，改作却丢掉了这些精华。 尽管保留了"一夜"，却把它加在"梅花忽开"之前，以致"一夜"与"忽"相碍，未免点金成铁。

元人贯云石有一首散曲小令《蟾宫曲》，题作《咏纸帐梅花》，结句云："夜半相思，香透窗纱。"题目中虽然有"梅花"，但曲文不提梅花而说"香透窗纱"，就显得突然，又和"夜半相思"联系起来，更有点费解。 这只有熟读卢仝的《有所思》，能够背诵其结句的人，才能领会其中奥妙。 "夜半相思"者，"相思一夜梅花发"也。 梅花既发，而又"忽到窗前"，自然就"香透窗纱"了，从贺铸的《小梅花》和贯云石的《蟾宫曲》中透露了一个消息，卢仝的《有所思》，曾经是历久传诵、脍炙人口的。

卢仝的诗，可取的远不止一首《有所思》。 我们对唐诗的研究，还局限于少数作家的少数作品，这种状况，是应该改变的。 只有放开眼界，扩大领域，才能取精用宏，在更大范围、更高程度上做到"古为今用"。

海天愁思正茫茫
——说柳宗元《登柳州城楼,寄漳、汀、封、连四州》

城上高楼接大荒,海天愁思正茫茫。
惊风乱飐芙蓉水,密雨斜侵薜荔墙。
岭树重遮千里目,江流曲似九回肠。
共来百粤文身地,犹自音书滞一乡。

《登柳州城楼,寄漳、汀、封、连四州》,是用七律形式写成的抒情诗。赋中有比,象中含兴,展现了一幅情景交融的动人图画,而抒情主人公的神态和情怀,也依稀可见。这情怀是特定的斗争环境触发的,因而先弄清写作背景,就有助于鉴赏这首诗独特的艺术美。

公元805年,唐德宗李适死,太子李诵(顺宗)即位,改元永贞,重用王叔文、柳宗元等革新派人物,进行了一系列政治改革,这就是历史上所说的"永贞革新"。但由于保守势力的反扑,仅仅五个月,"永贞革新"就遭到了残酷的镇压。王叔文、王伾贬往外地,革新派的主要成员柳宗元、刘禹锡、韩泰、韩晔、陈谏、凌准、程异、韦执谊也分别被贬为远州司马。这就是历史上所说的"二王八司马"事件。就这样,保守派还不肯罢手,第二年,又杀害王叔文、逼死王伾;对八司马的迫害,也有增无已,凌准、韦执谊都死于贬所。整整过了十年,即唐宪宗元和十年(815)年初,柳宗元与韩泰、韩晔、陈谏、刘禹锡五人(程异先被起用)才奉诏进京。但当他们千里迢迢,刚赶到长安的时候,朝廷又受保守派的唆使,把他们分别贬往更荒凉的边远州郡:韩泰为漳州(治所在今福建省漳州市)刺史,韩晔为汀州(治所在今福建省长汀县)刺史,陈谏为封州(治所在今广东省封开县)刺史,刘禹锡为连州(治所在今广东省连县)刺史,柳宗元为柳州(治所在今广西壮族自治区马平县）刺史。这首七律，就是这一年六月，柳宗元初到柳州之时写的。

唐人作诗，很讲究"制题"。"登柳州城楼"，已含触景生情、伤高怀远之意。"寄漳、汀、封、连四州"呢，只要设身处地，稍加思索，则诗人眼望何处，心想何事，苍茫百感，纷纭万象，无不奔赴眼底，叩击心弦。"制题"之妙，是首先值得注意的。

全诗先从"登柳州城楼"写起。结合题目，首句所谓"城上高楼"，当然就是"柳州城楼"。题中已写过"登"，故此处用不着再说"登"，而人已在城楼之上了。"城"高于地，"楼"高于城，登上城楼，已在高处，又于"楼"前着一"高"字，意在极言其高。为什么要极言其高呢？就因为立身愈高，所见愈远。作者长途跋涉，好容易才到柳州，应该稍事休息了，然而却急不可耐地爬上"城上高楼"，就为的是要遥望战友们的贬所，抒发难于明言的积愫。"接大荒"之"接"，有人解释为"目接"，即"看到"，似嫌牵强。从句法上看，分明是说"城上高楼"与"大荒"相"接"。人在楼上，楼与大荒相接，乃是楼上之人的眼中所见。因想遥望战友们的贬所而登"城上高楼"，这是"意在笔先"，因登"城上高楼"而望见"楼接大荒"，接下去就必然是"感物起兴"，"海天愁思正茫茫"一句，即由此喷涌而出，真可谓天然凑泊，有神无迹。

"城上高楼接大荒"，展现在眼前的是从自己的贬所远接战友们的贬所的辽阔而荒凉的空间。这空间望到极处，海天相连。这是景，是境。极海弥天，触景生情，因境见意，茫茫"愁思"，也从而充溢于辽阔而荒凉的空间，情与景，意与境，于是乎融合无间。试想，"登柳州城楼，寄漳、汀、封、连四州"，这是包涵了多么辽阔的境界和多么深广的情意的大题目，作者却似乎毫不费力地写出了这第一联，以如此深广的情景、辽阔的意境，摄诗题之魂，并为以下的逐层抒写展开了宏大的卷面。

起句中的"接"字极传神。楼"接"大荒，则楼上人的视野由近而远。先看近处,触景生情,由近而远,也触景生情。望极茫茫海天,"愁思"也随之弥漫于茫茫海天。这是总写,以下即逐层分写。第二联"惊风乱飐芙蓉水,密雨斜侵薜荔墙",写的是近处所见,即近景。唯其是近景,见得真切,故写得细致。就细致地描绘风急雨骤的景象而言,这是"赋"。然而仔细玩味,"赋"中又兼有"比兴"。屈子《离骚》有云:"制芰荷以为衣兮,集芙蓉以为裳。不吾知其亦已兮,苟余情其信芳。"又云:"揽木根以结茝兮,贯薜荔之落蕊。矫菌桂以纫蕙兮,索胡绳之纚纚。謇吾法夫前修兮,非世俗之所服。"在这里,"芙蓉"与"薜荔"正象征着人格的美好与芳洁。登城楼而望近处,所见者自然不仅是"芙蓉"与"薜荔",特意拈出"芙蓉"与"薜荔",显然是"芙蓉"与"薜荔"在暴风雨中的遭遇触动了心灵的颤悸。"风"而曰"惊","雨"而曰"密","飐"而曰"乱","侵"而曰"斜",客观事物已投射了诗人的感受。"芙蓉"出"水",何碍于"风",而"惊风"仍要"乱飐";"薜荔"覆"墙",雨本难侵,而"密雨"偏要"斜侵"。这怎能不使诗人产生联想,"愁思"弥漫于茫茫海天?在这里,景中之情,境中之意,赋中之比兴,有如水中着盐,不见痕迹,然而辨味者自能品出其中的滋味。

  第三联写远景。由近景过渡到远景的契机乃是近景所触发的联想。在自己的贬所,既然是"惊风乱飐芙蓉水,密雨斜侵薜荔墙",那么战友们的处境又如何呢?于是心驰远方,目光也随之移向"漳、汀、封、连四州"。"岭树""江流"两句,同写遥望,却一俯一仰,视野各异。仰观则重岭密林,遮断千里之目;俯察则江流曲折,有似九回之肠。景中寓情,"愁思"无限。从字面上看,以"江流曲似九回肠"对"岭树重遮千里目",铢两悉称,属于"工对"的范围。而从意义上看,行之气,又具有"流水对"的优点。上实下虚,前因后果,以骈偶之辞运单行之气,又具有"流水对"的优点。

  尾联与第三联之间仍有内在的联系。就第三联说:因关怀战友的处境而遥望战友的所在,然"岭树重遮",望而不见,益令人"肠一日而九回"(司马迁《报任安书》中语)。这一层意思是显而易见的。但还有更深一层的意思:望而不见,自然想到互访或互通音问,而望陆路,则山岭重叠,望水路,则江流纡曲,不要说互访不易,即互通音问,也十分困难。这就很自然地要归结到"音书滞一乡"。然而就这样结束,文情较浅,文气较直,缺乏余韵余味。作者的高明之处,在于他先用"共来百粤文身地"一垫,再用"犹自"一转,才归结到"音书滞一乡",便收到沉郁顿挫的艺术效果。而"共来"一句,既与首句中的"大荒"照应,又统摄题中的"柳州"与"漳、汀、封、连四州"。一同被贬谪于"大荒"之地,已经够痛心了,还彼此隔离,连音书都留滞于各自的贬地,无法送到啊!读诗至此,余韵袅袅,余味无穷,而题中的"寄"字之神,也于此曲曲传出。

施补华《岘佣说诗》有云:"太白七绝,天才超逸,而神韵随之。如'朝辞白帝彩云间,千里江陵一日还',如此迅捷,则轻舟之过万山不待言矣,中间却用'两岸猿声啼不在'一句垫之,无此句,则直而无味,有此句,走处仍留,急语仍缓,可悟用笔之妙。"柳宗元的这首诗与李白的《早发白帝城》意境不同,然而收尾之前同用垫句,其用笔之妙,又有相通之处,不妨互参。

欲采蘋花不自由
——说柳宗元《酬曹侍御过象县见寄》

> 破额山前碧玉流,骚人遥驻木兰舟。
> 春风无限潇湘意,欲采蘋花不自由。

这首小诗,是唐人七绝中的名篇之一,传诵颇广,但如何解释,却仁者见仁,智者见智。我觉得,那个题目很有概括性,不是随意加上去的,因而要理解原诗,必须紧扣原题。简单地说,"破额山前碧玉流,骚人遥驻木兰舟"两句,切"曹侍御过象县见寄"(曹侍御经过象县的时候,作诗寄给柳宗元),"春风无限潇湘意,欲采蘋花不自由"两句,切"酬"(读到曹侍御寄来的诗,作诗酬答,等于写回信)。作者当时正在柳州贬所,因而可以确定:"碧玉流",指的是流经柳州和象县的柳江;"破额山",当然是象县沿江的山。《唐诗选》里说:"'破额山'在今湖北省黄梅县西北。'碧玉流',形容澄清的江水。曹侍御从黄梅县来,曾驻舟于碧玉流中,从柳州象县而想'破额山前',所以说'遥驻'。"这样的解释,似乎既不合诗题,又违反诗意。

现在紧扣诗题,来看诗意。

"骚人"一词,本指《离骚》的作者屈原,后来泛指情操高洁的文士。"玉"和"木兰",都是屈原喜欢用的词儿,象征坚贞、芬芳的品质。作者称曹侍御为"骚人",并且用"碧玉流""木兰舟"这样美好的环境来烘托他,就会使读者把他和屈原及其作品联系起来,产生许多联想。环境如此优美,如此清幽,"骚人"本可一面赶他的路,一面看山看水,悦性怡情,如今却"遥驻木兰舟"于"碧玉流"之上,究竟干什么呢?想什么呢?这又会使读者产生许多联想。"遥"作为"驻"的状语,所表现的不是别的什么,而是"骚人"与作者之间的距离。象县是柳州的属县,"骚人"已经到了象县,距他的朋友柳宗元所在的柳州并不是十分遥远了,何况眼前的"碧玉流",正是从柳州流来的,为什么不乘上"木兰舟"到柳州去看他的朋友呢?这原因,也不能不引人深思。如果不嫌穿凿的话,可不可作这样的解释:第一,相对地说,从象县到柳州,还是显得"遥";第二,曹侍御的处境如何,虽然不知其详,但也可以从"骚人"的称呼中得到一些暗示,柳宗元呢,更分明过着"投荒万死"的流放生活。所以政治上的间隔,就比地理上的距离更显得"遥"。如韩愈在《祭柳子厚文》中所说:"一斥不复,群飞刺天。""骚人"也是怕"刺"的啊!因此,他尽管思友心切,却只好"遥驻"木兰舟于"破额山前",望"碧玉流"而兴叹。唯一的办法,就是作诗代柬,表达他的无限深情。

"春风无限潇湘意"一句,的确会使读者感到"无限意",但究竟是什么"意",却迷离朦胧,说不具体。这正是一部分优美的小诗所常有的艺术特点,也正是"神韵"派诗人所追求的最高境界。然而这也并不是"羚羊挂角,无迹可求",更不是"不着一字,尽得风流"。如果细玩全诗,其主要之点,还是可以说清的。"潇湘"一带,是屈子行吟之地。作者不是把曹侍御称为"骚人"吗?同时,作者自己也曾"以愚触罪,谪潇水上"(《愚溪诗序》),有类似"骚人"屈子的经历。把"潇湘"和"骚人"联系起来,那"无限意"就包含了政治上受打击之意。此其一。更重要的是,联系句中的"欲采蘋花"看,作者显然汲取了南朝诗人柳恽《江南曲》的诗意。《江南曲》是一篇名作,全文是这样的:

汀洲采白蘋,日暖江南春。
洞庭有归客,潇湘逢故人。
故人何不返?春花复应晚。
不道新知乐,只言行路远。

由此可见，"春风无限潇湘意"，主要就是怀念故人之意。此其二。而这两点，又是像水乳那样融合在一起的。

"春风无限潇湘意"作为绝句的第三句，又妙在似承似转，亦承亦转。也就是说，它主要表现作者怀念"骚人"之情，但也包含"骚人"寄诗中所表达的怀念作者之意。"春风"和暖，芳草丛生，蘋花盛开，朋友们能够于此时相见，该有多好！然而却办不到啊！"无限"相思而不能相见，就想到"采蘋花"以赠故人。然而呢？不要说相见没有"自由"，就是"欲采蘋花"相赠，也"不自由"啊！

有的选注家说这首诗"用简练的语言，细致地描绘出柳江一带的景色"，这当然是不错的。比如用"碧玉"作"流"的定语，就十分新颖。它不仅准确地表现了柳江的色调和质感，而且连那微波不兴，一平似镜的江面也展现在读者面前。这和第三句的"春风"是协调的，尤其和第二句的"遥驻"是协调的。如果写在风急浪涌的情况下，或者在"轻舟已过万重山"的三峡急流里，"骚人遥驻木兰舟"，那就完全破坏了艺术的和谐美。

这首诗虽然写景如画，但这不是它的主要特点。从全篇看，特别是从结句看，其主要特点是比兴并用，虚实相生，能够唤起读者许多联想。沈德潜在《唐诗别裁集》卷二十里说："欲采蘋花相赠，尚牵制不能自由，何以为情乎？言外有欲以忠心献之于君而未由意，与《上萧翰林书》同意，而词特微婉。"它的言外之意是不是"欲以忠心献之于君而未由"，可以有不同的看法。但它有言外之意，却是不成问题的。最明显的言外之意是：连"采蘋花"都"不自由"，还能有别的什么自由呢？又为什么没有自由呢？结合作者被贬谪的原因、经过和被贬以后继续遭受诽谤、打击、动辄得咎的处境，不是可以想到许多东西吗？

只将诗思入凉州
——说李益《边思》

> 腰悬锦带佩吴钩，走马曾防玉塞秋。
> 莫笑关西将家子，只将诗思入凉州。

这首诗是李益的自我写照，当作于中年以后。

前两句用一"曾"（曾经）字，追叙往日的战斗经历。李益生于凉州，出身望族，以"身承汉飞将"（《赵邠宁留别》）自豪。但八岁时爆发安史之乱，十七岁时吐蕃侵占河西陇右之地，家乡沦陷，移家洛阳。这给他留下了痛苦的回忆，自称"西州遗民"，誓复失地。《唐才子传·李益传》说他"从军十年，运筹决策，尤其所长。往往鞍马间为文，横槊赋诗，故多抑扬激厉悲离之作，高适、岑参之流亚也。"他"从军十年"，主要是抵御吐蕃入侵，当时的特定说法叫作"防秋"。《旧唐书·陆贽传》："河陇陷蕃（吐蕃）以来，西北边常以重兵守备，谓之'防秋'。"首句"腰悬锦带佩吴钩"，活画出"关西将家子"的英武形象，次句用"走马""防秋"概括了其十年战斗生涯。"防秋"乃至收复河西、陇右失地，这是他的本愿。他的《塞下曲》说："伏波惟愿裹尸还，定远何须生入关。莫遣只轮归海窟，仍留一箭定天山。"可是他的这种愿望一直未能实现，却以边塞诗蜚声当时，因而以三、四句抒发感慨。

后两句以"莫笑"领起，言外之意是：作为"关西将家子"而"只将诗思入凉州"，这是可"笑"的，而且已经有人"笑"他。当然，别人不会"笑"，这只是一种假设，便于自我解嘲：别笑我只知作诗，我还干过"关西将家子"的本行，"腰悬锦带佩吴钩，走马曾防玉塞秋"呢！"玉塞"借指边防，诗人当然没有到过玉门关。

"诗思"（音四），指诗情诗意。"入凉州"，语意双关。《旧唐书·李益传》说李益擅长七绝，"每作一篇，为教坊乐人以赂求取，唱为供奉歌辞。其《征人歌》《早行篇》，好事者画为屏障。'回乐烽前沙似雪，受降城外月如霜'之句，天下以为歌辞。"《乐府诗集》引《乐苑》云："《凉州》，宫调曲，开元中凉州府都督郭知运进。"据此，"诗思入凉州"指其诗"入乐"，被谱为歌曲，天下传唱。《凉州》，借指乐曲。他是凉州人，自幼熟习《凉州曲》，其诗入乐，亦以谱入《凉州曲》为宜。然而只要注意李益生长凉州，青年时期家乡沦陷，他常思收复，形于吟咏的事实，便不难探究"只将诗思入凉州"的深层意蕴：虽曾十载从军，却一直未能收复失地，因而只能将"诗思"谱"入凉州"，而自己及其家属，却依然漂泊他乡，未能"入凉州"回故里啊！他的《从军诗》自序云："吾在兵间，故为文多军旅之思。或因军中酒酣，或自塞上兵寝，投剑秉笔，散怀于斯文，率皆出乎慷慨意气，武毅果厉。本其凉国，则世将之后，乃西州之遗民欤！亦其坎坷当世，发愤之所志也。"（见《唐诗纪事》卷三十）读读这篇序，再读"故国关山无限路，风沙满眼堪断魂"（《六州胡儿歌》）一类诗句，便更能领会这首《边思》诗所抒发的作为"西州遗民"的深沉感慨。

诗题《边思》的"边"，不外是边地、边防一类的意思。与李益同时的白居易在《西凉伎》里写道："凉州陷来四十年，河陇侵将七千里。平时安西万里疆，今日边防在凤翔。……遗民肠断在凉州，将士相看无意收。"正可以移来解释《边思》的含意。诗题如此，诗意亦应与此调协。然而绝句有特殊写法。乍读前两句，华美、豪放的诗句流露出自豪感，后两句以"莫笑"抹倒"笑"，申言自己不仅诗名早著，诗意入乐，而且参加过防边战斗，难怪有些诗评家赞为"自负语""洒脱语"。然而结合诗题细味全诗，便知自负中有自愧，洒脱中含悲慨，含蓄蕴藉，唱叹有情。

吊古以诫今
——说刘禹锡《金陵五题》(其一、二、三)

石 头 城
山围故国周遭在,潮打空城寂寞回。
淮水东边旧时月,夜深还过女墙来。

  刘禹锡《金陵五题》,以联章方式歌咏五处古迹,《石头城》为这组诗的第一首。 金陵,今南京市,战国时为楚金陵邑,六朝均建都于此,至隋始废。 六朝更替频仍,俱为短命王朝,在它们兴亡史实中,蕴藏着深刻的历史教训,故成为后来诗人们或垂诫或凭吊的咏史题材。 石头城:在今南京市西清凉山上,西倚长江,南临秦淮河入长江口,为一红色砾岩低丘,孙吴时在此筑城以贮藏军械。 晋张勃《吴录》载:"刘备曾使诸葛亮至京,因睹秣陵山阜,叹曰:'钟山(紫金山)龙盘,石头虎踞,此帝王之宅。'"又据《丹阳记》载:"石头城吴时悉土坞,义熙(东晋安帝年号)始加砖垒石头,因山以为城,因江以为池,形险固有气势。"是石头城早已公认为地形雄壮险要的城镇,六朝统治者都置兵戍守。

  "山围故国周遭在,潮打空城寂寞回。""故国",即"故都",这里指石头城。"周遭",即周围环绕。 首二句对起,诗人登高纵目,作宏观鸟瞰,从大处落墨,开头两句,先用"山围""潮打"两词,标出石头城的位置和地形。 它负山面水,长江紧迫山麓而流,极写其形势险要,气象恢宏。 次用"故国""空城"对举,示人以石头城昔盛今衰的情景,唤起故国萧条、人事无定的苍凉吊古意识,使人浮想联翩,从楚辟金陵邑开始,由吴建为国都,历东晋宋齐梁陈,均为政治、经济、文化中心，又为王公贵族轻歌曼舞、纸醉金迷之地，真是舟车辐辏，盛极一时。可是曾几何时，六朝统治者俱成匆匆过客，繁华亦烟消灰灭，只剩下满目萧条，杂草丛生，芜秽不堪的"空城"，供人凭吊。最后用"周遭在"揭示出起伏的群山仍围绕着石头城，表明它依旧"虎踞"如昔，用"寂寞回"沉痛地寄慨，述说石头城虽然雄姿依旧，但因它已变成一座空城，所以当江潮拍打它的山麓时，亦有感于繁华消歇，不胜呜咽之情，寂寞地退了回去。据诗人《金陵五题》自序云："他日友人白乐天掉头苦吟，叹赏良久，且曰：'石头诗云：潮打空城寂寞回。吾知后之诗人，不复措辞矣。'"应该承认，诗人拟人化的手法是很高明的，将自然现象"江潮"亦描写成能感知之物，能与人世兴亡悲欢相契合，无怪乎白居易叹为绝唱。

"淮水东边旧时月，夜深还过女墙来。""淮水"，指秦淮河，由西北流经南京城，注入长江，以其开凿于秦时，故称秦淮河。"女墙"，城上短墙，古代战争时用作掩体和射孔。二句继续吊古抒怀，捕捉"旧时月""夜深""还过"等具体意象，发出更为深沉的感喟。只有曾照昔年豪华的"旧时月"，在夜深人静时从秦淮河东边升起，不嫌古城荒芜，仍旧穿过城上矮墙，频来相照。诗写至此，将吊古之情，推向了高潮，诗亦戛然而止，给人以无限驰骋想象的余地。

本诗句句写景，其艺术构思特色在于它不仅能准确地描绘出山川、夜月的气象，还在于它能用拟人化的手法，写群山默默地拱卫"故国"。江潮有感于"故国"的寥落荒凉，在拍打它的山麓时，寂寞地退了回去；多情的明月，从秦淮河东边升起，仍频频地来看望"故国"。诗人给一切景物都赋予人的感情，汇总喷薄而出，将吊古情绪步步推向高潮，令读者咏叹想象于无穷。

乌 衣 巷

朱雀桥边野草花，乌衣巷口夕阳斜。
旧时王谢堂前燕，飞入寻常百姓家。

　　这是刘禹锡《金陵五题》组诗第二首。 乌衣巷，在秦淮河南。三国吴时，戍守石头城的军队在此安营，因兵士皆穿乌衣（黑色衣服），故以乌衣名巷。 东晋时，开国元勋王导与指挥淝水之战的谢安等豪门贵族，皆聚居于此。 在以后建立的几个王朝中，这两个家族仍很有势力，故人称其子弟为"乌衣郎"。 朱雀桥，一名朱雀航（航，又作䑘），是当时横跨秦淮河上的一座浮桥。 三国吴时，名南津桥；东晋咸康二年作朱雀门，因桥在门外，故改名朱雀桥。《舆地纪胜》载："江南东路建康府乌衣巷，在秦淮南，去朱雀桥不远。"

　　"朱雀桥边野草花，乌衣巷口夕阳斜。"朱雀桥、乌衣巷并举，既对偶天成，又色彩斑斓，而且揭示出特定的地理环境，诱发人们的历史联想：遥想当年，秦淮河江桥（朱雀桥）玲珑璀璨，乌衣巷华屋鳞集，道路上冠盖相望，车马喧阗，备极繁荣昌盛。 而曾几何时，一切烟消云散，如今面对的皆是荒芜凄凉景色：春天来了，"朱雀桥"边只是野草蔓生，野花遍开。 着一"野"字，便给人以破败凄凉的感受。 因为如果仍似当年繁荣，行人如云，熙来攘往，桥边哪会滋生出"野草花"呢？ "乌衣巷"现在怎么样？诗人虽没有明说，但从"朱雀桥"的行人寥落以至桥边野草丛生中，亦能透露出"乌衣巷"人烟稀少，非复昔日鼎盛情况。 何况诗人又用"夕阳斜"映照它，这就使它更笼罩上阴郁的色彩。

　　"旧时王谢堂前燕，飞入寻常百姓家。"照应前两句所描绘的衰败气象作进一步的渲染。 诗人仍用眼前看到的景象着重刻画繁华消歇。 巧妙地选取人们常见的候鸟燕子，用它"喜居旧巢"的习性来作映证。晋人傅咸《燕赋序》云:"有言燕今年巢在此,明年故复来者。其将逝,剪爪识之,其后果至焉。"我们知道,燕子是喜欢在高屋大厦筑巢定居的。王、谢当权时,所居宅第华贵,自然是燕子筑巢的良好场所。又因燕子是候鸟,气候寒冷的冬天飞往热带地方越冬,来年春暖花开时仍飞回旧居生活。可如今从南方飞回的燕子,在"乌衣巷"口斜阳残照中徘徊,已看不到当年王谢的华屋,只好飞往普通的老百姓家投宿。这就明白地揭示出王谢旧宅废为民居,王谢子弟也已沦为普普通通的老百姓了。如谢枋得《唐诗绝句注解》所说:"王、谢之第宅今皆变为寻常百姓之室庐矣,乃云'旧时王谢堂前燕,飞入寻常百姓家。'此风人遗韵。"这里将凭吊贵族没落的感情推向极致,这两句诗也就成为脍炙人口的名句。当然,昔日居住在王、谢堂前的燕子,距刘禹锡生活的时代已有四百多年,燕子生命再长,也不可能还活着,很明显,这是一种大胆的夸张。所谓艺术的真实性,正是指这种现象而言的。

本诗借景抒情,通过对野草、斜阳、归巢燕子这些习见现象深入的刻画,抒发对没落贵族的凭吊,满目苍凉,感慨无限。俞陛云《诗境浅说续编》云:"朱雀桥、乌衣巷,皆当日画舸雕鞍,花月沉醉之地,桑海几经,剩有野草闲花与夕阳相妩媚耳。茅檐白屋中,春来燕子,依旧营巢,怜此红襟俊羽,即昔时王、谢堂前杏梁栖宿者,对语呢喃,当亦有华屋山丘之感矣。"真是物犹如此,人何以堪?

辛弃疾《沁园春》云:"朱雀桥边,何人会道,野草、斜阳、飞燕?"这是对刘禹锡《乌衣巷》诗的高度评赞。"何人会道",极言此乃绝唱,别人难以为继。不过,正因为是绝唱,化用其意而进行艺术再创造的就不乏其人。周邦彦《西河·金陵怀古》:"燕子不知何世,向寻常巷陌人家,相对如说兴亡斜阳里。"邓剡《唐多令》云:"乌衣日又斜,说兴亡,燕入谁家。"张炎《高阳台·西湖春感》:"当年燕子知何处,但苔深韦曲,草暗斜川。"这一切都说明这首诗是多么富于艺术魅力,多么影响深远。

台　城

台城六代竞豪华，结绮临春事最奢。
万户千门成野草，只缘一曲后庭花。

　　台城，古城名，故址在今南京市鸡鸣山南乾河沿北。"台"有禁、近意。三国吴在此建立后苑城，东晋成帝改建和增修，宋、齐、梁、陈相仍，为六朝台省（中央政府）和皇宫所在地，故称台城。今习称鸡鸣寺北与明城墙相接一段为台城遗址。

　　"台城六代竞豪华"一句总写，就凭吊之处作纵的历史鸟瞰。接着对这一地区历史人物的本质特征作高度的概括。诗的发端，开门见山，先点出地点"台城"，次标出时间"六朝"。时间跨度极大，有着三百多年的历史，近四十位皇帝在此登场活动。最后指出人物活动的本质特征是"竞豪华"，特别突出一个"竞"字，给平铺的叙事句，顿时赋予了飞动的意象，使人浮想联翩，回溯到从"六朝"第一个王朝东吴开始，在此起后苑城，经东晋成帝改造和增修为禁城（即台城），历宋、齐、梁、陈各朝，皆在此大兴土木，建造宫殿，"竞"斗"豪华"。于是一座座皇宫通过想象，异彩纷呈，矗立在人们的眼前，一个胜似一个。

　　第二句"结绮临春事最奢"。具体写"豪华"。"结绮""临春"，这是"六朝"最后一个王朝陈后主所起造的宫殿名。据《南史·张贵妃传》："（陈）至德二年，乃于光昭殿前起临春、结绮、望仙三阁，高数十丈，并数十间。"这些阁是如何装潢的呢？据《南史》载，它的窗牖、臂带、悬楣、栏槛之类，皆是沉香木作的，又用珠玉、翡翠作装饰，门上挂着珠帘，室内陈设着用珠宝镶嵌的床和用珠宝作饰物的帐子。其他一切穿的玩的，应有尽有，其华贵、美丽也是空前的。这句里的"事最奢"，应首句的"竞豪华"。陈后主为他的爱妃起造这样璀璨富丽的皇宫,真是登峰造极,"豪华"赛过前朝,臻于"最奢"的地步了。

"千门万户成野草"。本句大起大落,造成跌宕。"千门万户",仍写过去,承"豪华""最奢"而来,指当日宫殿,不仅"豪华",而且众多。"成野草",急遽逆转,回到今日现实。一个"成"字,道出变化之神速。昔日璀璨繁华的结绮、临春、望仙诸阁,转瞬何在,呈现在眼前的唯断砖残垣,破瓦碎砾,满目疮痍,野草丛生的景象。诗写至此,一股阴郁凄冷之气,向人袭来,使人兴无限惋惜,增无限感慨!

最后一句"只缘一曲后庭花",结出陈后主亡国破家的原因,是点睛之笔。据《隋书·音乐上》载:陈后主"于清乐中造《黄骊留》及《玉树后庭花》、《金钗两鬓垂》等曲,与幸臣等制其歌词,绮艳相高,极于轻薄。男女唱和,其音甚哀。"《玉树后庭花》是当时宫中经常演唱歌曲之一。陈后主是有名的只知奢侈豪华、不理国政、沉湎酒色的昏君。其结果隋兵攻进台城,金粉南朝,就在《玉树后庭花》的靡靡之音中覆灭。这桩历史公案,是耐人寻味的。

这首诗识见卓越,推论精当,高度简练地概括出六朝兴亡的本质原因,表面立足于吊古,实际着眼于诫今。诗人参加永贞革新失败后,心情极度沉痛,目睹当时唐朝统治者暨王公大臣陷于醉生梦死中,不知改革进取,只图奢侈淫逸,坐享安乐。诗人写这首诗,亦是借古讽今,给当时最高统治者敲警钟。因其所论时事,带有普遍意义,也足以垂训后人。

巧妙设色　比兴兼用
——说刘禹锡《竹枝词九首》（其二）

> 山桃红花满上头，蜀江春水拍山流。
> 花红易衰似郎意，水流无限似侬愁。

竹枝词是巴、渝等地民歌中的一种，歌咏当地风物和男女相恋之情。顾况、白居易都有拟作。刘禹锡《竹枝词》九首，前有序云："四方之歌，异音而同乐。岁正月，余来建平，里中儿联歌《竹枝》，吹短笛击鼓以赴节。歌者扬袂睢舞，以曲多为贤。聆其音，中黄钟之羽。卒章激讦如吴声，虽伧伫不可分，而含思宛转，有淇澳之艳。昔屈原居沅、湘间，其民迎神。词多鄙陋，乃为作《九歌》，到于今荆、楚鼓舞之。故余亦作《竹枝词》九篇，俾善歌者扬之，附于末。后之聆巴歈，知变风之自焉。"建平，古郡名，故治在今四川巫山县，这里指夔州。诗中多提蜀地山川，当是刘禹锡任夔州刺史时所作，这里选的是第二首。

这首歌，是由一位自称"侬"的山村姑娘唱出的。从全诗看，她与那个"郎"有过一段热恋的欢乐，如今却面临失恋的忧愁，因而被眼前景触发，就唱起来了。前两句托物起兴，兴中有比。"山桃红花"开"满"山头，着一"满"字，给人以满山红焰，像烈火燃烧的炽烈感。这是眼前景，也是"兴"。但姑娘同时联想到"郎"对她的爱情之火，也曾经燃烧得这般红艳，这般热烈，这又是"比"。山头红桃盛开，山下春水奔流，山水相依相恋，构成多么明丽的美景。水依山流，特意用了一个"拍"字，用拟人化手法把水对山的爱抚之情表现得淋漓尽致。这是眼前景，是"兴"，同时也是"比"。在前两句中,"比"的意味比较隐微,后两句则由隐而显,连用两个"似"字,使"比"义紧扣"兴"义,吐露了姑娘的隐衷:山头的桃花好似"郎意",盛开之时多么令人陶醉,可是又多么容易"衰"落!山下的春水日夜东流,好似"侬"失恋的"愁"绪,日夜萦心,永无尽期。

全诗设色明艳,写景如绘,以比兴兼用的手法融情入景,表现了女主人公由热恋到失恋的复杂心态,充分发挥了《竹枝》民歌"含思宛转"的特点。前两句与后两句各成对偶,而以第三句承第一句,以第四句承第二句,交叉回环,别成一格。

南人行乐北人悲
——说刘禹锡《踏歌词四首》

其一

春江月出大堤平,堤上女郎连袂行。

唱尽新词欢不见,红霞映树鹧鸪鸣。

刘禹锡因参与永贞革新失败,被贬往朗州(今湖南常德)任司马十年。在政治上,刘禹锡在这一时期可说是遭受了极其残酷的挫折和迫害;但就文学创作而言,其思想和艺术都出现了新的跃进。《踏歌词》四首,无疑是他这一时期创作上所结的硕果之一。

踏歌词,乐府《近代曲词》,一作《踏歌行》。唐时,川、湘一带苗族青年男女,以脚踏地为节拍而歌舞,名曰"踏歌";又因常在月下举行,俗名"跳月"。往往狂欢达旦,自由选择对象,这四首《踏歌词》所写的正是这种情景。

先谈第一首。

"春江月出大堤平,堤上女郎连袂行"两句,写踏歌的季节、时间、场所和踏歌者连袂而来。沅江流至朗州附近,江面骤宽,不仅水流舒缓,而且清澈晶莹。春江水满,与江堤齐平。每当玉宇澄清,东方一轮新月升起,透出溶溶的清辉,笼罩大地,使江边大堤也显得格外宽敞、平坦。温馨的春风送爽,一天劳作后闲下来的苗族少女,个个艳装盛裹,在这迷人的夜晚,胸中激荡着炽烈的追求情侣的欲望,手牵着手从大堤上走来。

"唱尽新词欢不见,红霞映树鹧鸪鸣"两句,写由希冀而转入焦急的盼望。少女们想象力丰富,自编的新歌美不胜收,她们边走边唱，开头异常兴奋，歌声轻松、嘹亮，满以为意中人（欢）马上前来欢会。可是事出意外，此处着一"尽"字，来一个跌宕，新歌都已唱完，意中人竟没有前来。早上从东方升起的万道霞光映照在树上，虽然很美丽，但在女郎们心中唤起的却不是欢乐，而是悲愁，因为早霞红映，正意味着白等了一夜。何况此时即传来雌雄鹧鸪相向和鸣的"行不得也哥哥"的叫声，有似嘲弄和讽刺女郎们的孤独和寂寞，这就更加增添了她们的失落感，心头涌上怅然的情绪。

全诗所写的事件，实际上是经过通宵达旦完成的。但作者善于剪裁，只选取了"春江月出"和翌日早晨"红霞映树"两个有特征性的镜头，用重彩浓墨，绘声绘色，制造出两种典型景观，放在开头和结尾，并因景以见情，烘托出心理变化的全过程。但因为时间跨度大，通宵达旦载歌载舞的许多场面都未曾着墨，女郎们心理变化的全过程也未明写，这就留给读者以充分驰骋想象的余地。顿觉象外有象，余味无穷。

其二

桃蹊柳陌好经过，灯下妆成月下歌。
为是襄王故宫地，至今犹自细腰多。

"桃蹊柳陌好经过，灯下妆成月下歌"两句倒装，按事件发生的顺序看，次句所写在前。夜幕刚刚拉下，准备参加"踏歌"的女郎精心选择心爱的衣服和首饰，坐在灯前认真梳妆打扮。然后约齐伙伴，手牵着手，一同出发。这时明月朗照，清辉洒向地面，空气清新宜人，踏歌女郎们心情也显得格外轻松和愉快：一面踏地作节拍，一面纵情高歌，开始了"踏歌"晚会。她们要去的地方也是经过挑选的。这里要注意一个"好"字。种植"桃柳"的场所，总是令人十分向往的，因为谁都喜爱"桃红柳绿"分外媚人的景色，而踏歌女郎们踏歌时选择要"经过"的道路，也正是"桃蹊柳陌"这些"好"的去处。

"为是襄王故宫地，至今犹自细腰多"两句写踏歌女郎的美丽和人数众多。《韩非子·二柄》："楚灵王好细腰，而国中多饿人。"这里"细腰"借喻美丽的女人。"故宫"，即楚襄王所游地，在今四川省巫山县西。朗州也是楚地，作者便用这个典故来赞美道：正因为这是襄王故宫所在地，所以直到现在还会有这么多婀娜多姿、能歌善舞的美女啊！

本诗以追光摄影之笔，活画出踏歌者的心态和踏歌中所经历的明媚场景与热烈气氛，十分飞动、流畅。运用楚王好细腰的典故暗喻楚女的婷婷袅袅，舞姿轻盈，也饶有韵味。

其三

新词宛转递相传，振衣倾鬓风露前。
月落乌啼云雨散，游童陌上拾花钿。

全诗所描绘的是少数民族青年男女通宵达旦欢聚的风俗组画。一个风清月白的夜晚，万物萌发着勃勃生机，能歌善舞的青年男女，从四面八方聚集到一块，举行踏歌晚会，直至月落乌啼，才肯散去；第二天儿童们来此游玩，拾到了她们丢失的花钿。每幅画面，都洋溢着欢乐的激情。

诗的发端，诗人抓住三个极其美丽的意象造句：第一是"新词"，踏歌者情怀激越，神采飞扬，自编"新词"，即兴抒怀，令人神为之振；第二是"婉转"，他们用当地流行的传统的民间小调歌唱"新词"，音调委婉，十分悦耳动听；第三是"递相传"，一人带头高歌，接下去一递一句地抢着唱，气氛异常活跃而热烈。"歌唱之不足,不知手之舞之,足之蹈之",所以第二句紧接着写舞,"振袖倾鬟风露前。"踏歌的青年男女们应着歌声,按着脚踏的节拍翩翩挥袖起舞,随着歌声的抑扬,发髻前倾后仰,直歌舞到风起露下。夜已深,天转凉,环境已并不那么宜人,而踏歌者们歌舞的热情不减,这就从反面落墨,活画出踏歌者的心态,说明他们已完全沉浸在狂欢的海洋中,不知时间的推移。

"月落乌啼云雨散"。好景易逝,盛会不长,不觉明月西下,乌啼频传,一派凌晨气象。歌朋舞伴,只好罢歌辍舞,怀着余兴纷纷散去,由于他们仍沉湎于欢乐的回味中,身外一切事物都无心检点,这就为第四个画面提供了素材。"游童陌上拾花钿",从侧面补足欢会的热烈情境。"花钿"是女郎们的首饰,心爱的"花钿"遗失陌上,尚不自知,被早晨在陌上游玩的儿童拾去玩耍。结合第三句"云雨"典故运用,其言外之意是耐人寻味的。刘禹锡《踏歌词》四首,这无疑是最脍炙人口的一首。写踏歌欢会,状景状情,十分酣畅淋漓,而遣词造句,备极华赡,却无堆砌之痕,令人百读不厌。

其四

日暮江头闻竹枝,南人行乐北人悲。
自从雪里唱新曲,直到三春花尽时。

这是《踏歌词四首》的最后一首,诗人在第三首里,已把踏歌狂欢推向高潮,无法再写,也无须再写,于是结合自己的感受,为整个组诗写出尾声。

首句先定时间、空间,继写自己在这样特殊的时间、空间里闻歌。次句紧承首句,"南人行乐",指歌者,即指当地青年男女踏歌《竹枝》;"北人悲",指听歌者,即指自己听人家踏歌《竹枝》的内心体验；而"日暮""江头"，则统摄双方。每日"江头"，都有"日暮"之时，这里所说的"日暮"究竟是特指某一日的"日暮"呢，还是泛指连续多日的"日暮"呢，三、四两句作了回答。这一点，对于领会全诗的深层意蕴是非常重要的。

唐德宗贞元二十一年（805）正月，德宗卒，顺宗即位。二月，任命韦执谊、王叔文等从事政治革新。四月，刘禹锡被重用，在革新运动中表现出特殊的才能，王叔文称赞他有"宰相器"。八月，顺宗"内禅"，太子李纯即皇帝位，这是宪宗，改年号为永贞（按史书惯例，一年内有几个年号的，著录时取后者，故王叔文等革新运动称"永贞革新"），革新派人士遭到残酷迫害。九月，刘禹锡被贬为连州刺史。十月，在赴贬所途中，加贬为朗州司马。十一月抵朗州贬所，正是严冬降雪之时。此诗三、四两句，"自从雪里唱新曲，直到三春花尽时"，乃是对一、二两句"日暮江上闻竹枝，南人行乐北人悲"划出的时间范围，而无穷诗意与无限诗情，即蕴含其中，动人心魄。作者在长安中进士，作京官，参与"永贞革新"，政治上很得意，因而诗中自称"北人"，他这位"北人"突然遭到打击，从繁华的京城贬到荒凉的"南"方朗州，就已经很"悲"。而每当"日暮"，对于穷途失意的人来说，又是最容易触发"悲"愁的时刻，"日暮乡关何处是，烟波江上使人愁"之类的诗句，正说明了这一点。更何况，"悲"与"乐"在同一时间、同一空间里出现的必然结果是："悲""乐"相形，乐者愈乐而悲者愈悲。每当"日暮"作者加倍"悲"的时刻，那些"南人"——朗州的青年男女们，就开始"行乐"了，"踏歌"狂欢了。而那种踏歌狂欢，一开始就简直没个完，不到天亮不罢休。就这样，作者于冬雪之时来到朗州直到第二年春尽，每天从"日暮"到"月落乌啼"，都是在闻"竹枝"中度过的。"南人"只顾"行乐"，哪晓得他这位"北人"的悲愁呢？

这首诗从艺术构思方面看，时间、空间的安排最值得注意。"南"与"北"，这是大空间。"江头"，这是小空间，包含在"南"的范围之内。从"雪里"到"三春花尽"，这是大时间。"日暮"，则包含于大时间之内，指长达四个月之久的每日"日暮"。这段时间，是与包含"江头"在内的"南"这一空间范围统一的。在这一时、空进行的事件是"南人行乐"与"北人"闻歌而"悲"。关于"南人行乐"，作者用前面三首诗作了生动的描绘，而关于"北人"闻歌而"悲"，却点到即止，这就不能不激发读者的想象，"北人"为什么"南"来呢？他在"北"方的时候，境况如何呢？他"南"来之后，为什么不与"南人"同"乐"，反而闻歌添愁，见"乐"增"悲"呢？短短四句诗，由于空间、时间的巧妙安排，"南"与"北"对比，"悲"与"乐"相形，给读者以丰富的暗示，从而扩展了诗歌内涵，强化了艺术魅力。

咏春草以抒别情
——说白居易《赋得古原草送别》

> 离离原上草，一岁一枯荣。
> 野火烧不尽，春风吹又生。
> 远芳侵古道，晴翠接荒城。
> 又送王孙去，萋萋满别情。

《唐摭言》卷七云："白乐天初举，名未振，以歌诗谒顾况。况谑之曰：'长安百物贵，居大不易！'及读至《赋得原上草送友人》诗曰：'野火烧不尽，春风吹又生。'况叹之曰：'有句如此，居天下有甚难！老夫前言戏之耳。'"《幽闲鼓吹》《唐语林》《北梦琐言》《能改斋漫录》《全唐诗话》等书都有类似的记载，从而扩大了这首诗的影响。

这首诗，因题前有"赋得"二字，或以为是作者"练习应试的拟作"，但仔细考虑，感到这种说法不很确切。唐代进士科考试中的诗题，有时的确加"赋得"二字。例如白居易本人，贞元十六年在中书侍郎高郢主试下以第四名中进士，试《玉水记方流》诗，与他同科登进士的郑俞、吴丹、王鉴、陈昌言、杜元颖等人，各有一首《赋得玉水记方流》，收入《全唐诗》卷四六四。但这种应试诗，按照规定，是五言六韵（十二句）的排律。白居易如果为了"练习应试"而"拟作"，必然严格遵照规定。可是《赋得古原草送别》并非五言六韵的排律，而是五言四韵的律诗。

事实上，题前加"赋得"与否，跟是否是应试诗没有必然联系。早在南北朝时期，就有"赋得"诗。初唐陈子昂有一首诗，题目是

《魏氏园林人赋一物,得秋亭萱草》。《全唐诗》中,类似的诗题相当多,卷二五二开头,有一首刘太真的《宣州东峰亭各赋一物,得古壁苔》,题下注明与袁傪等八人"同赋"。这八人的诗,也收在后面,题目均与刘诗相似,如《东峰亭各赋一物,得岭上云》《……得垂涧藤》等。可以想见,九人在东峰亭相会,提出"各赋一物",于是大家先拟了九个题,然后,"分题"。《沧浪诗话·诗体》云:"古人分题,或各赋一物,如云送某人分题得某物也。"题怎么分,当然可以用拈阄之类的办法,"分题"又叫"探题",就表明了这一点。由此可见,所谓"赋得",是"赋"诗得"题"的意思。得到什么题,当然由人限定,没有固定的框框,但最常见的"赋得"诗,则主要有两类:一类是取前人成句为题,如梁元帝的《赋得兰泽多芳草》,骆宾王的《赋得白云抱幽石》等。另一类是咏物,如陈后主《七夕宴宣猷堂,各赋一韵,咏五物自足为十物,次第用得帐、屏风、案、唾壶、履》及上述"各赋一物"等。至于体裁,则并无限制。但其中五律占大多数。

这两类"赋得"诗,都有很多是用来"送别"的。白居易的《赋得古原草送别》,即属于后一类。为了较好地把握这首诗的特点和优点,不妨引一些同类的诗略作比较。

刘孝孙《赋得春莺送友人》:

> 流莺拂绣羽,二月上林期。
> 待雪消金禁,衔花向玉墀。
> 翅掩飞燕舞,啼恼婕妤悲。
> 料取金闺意,因君问所思。

钱起《赋得归云送李山人归华山》:

>　　秀色横千里，归云积几重。
>　　欲依毛女岫，初卷少姨峰。
>　　盖影随征马，衣香拂卧龙。
>　　只应函谷上，真气日溶溶。

戴叔伦《赋得古井送王明府》：

>　　古井庇幽亭，涓涓一窦明。
>　　仙源通海水，灵液孕山精。
>　　久旱宁同涸？长年只自清。
>　　欲彰贞白操，酌献使君行。

　　从题目上看，这类诗的总的特点是"咏物"加"送别"。因此，评论这类诗，既要看咏物的艺术水平如何，又要看咏物与送别结合得是否自然，有无浓郁的诗意、诗情、诗味。

　　咏物诗，当然要咏什么像什么。读者不看题，只看诗，就能准确无误地知道它咏的是什么物。

　　但这只解决了"形似"的问题，进一步，还应该以形传神，形神兼备。杜甫的许多咏物诗，不离咏物，又不徒咏物。每咏一物而物理物情毕现，而表现物情物理，又凝结着对于人情世态的深刻体验和作者的意趣情态，故不仅体物精湛，而且寓意深远，自然是咏物诗的上乘。至于前面所引的那些"赋得"诗，由于要和"送别"结合，就在很大程度上局限了题材的广阔性和主题的深刻性，不能用杜甫的咏物诗所达到的高度来衡量。但在同样的局限下，正可以因难见巧，充分显示作者的艺术才华。让我们从比较的角度，谈谈那几篇"赋得"诗。

刘孝孙的一首五律，以六句咏"春莺"，可"春莺"的形象却并未写出，更谈不上传神。至于"衔花向玉墀"和"翅掩飞燕舞"，虽有形象，却不近情理，"春莺"怎能飞向皇宫的"玉墀"，并用它的"翅"去"掩"赵飞燕的"舞"呢？看来作者所"送"的那位"友人"正要赴京入朝，因而咏"春莺"也就得硬要它飞进皇宫。接下去的两句，"飞燕舞"写宫廷妇女中的得宠者，"婕妤悲"则写失宠者，而作者的真正用意，还在于用宫廷妇女的命运比拟朝士们的命运。因而以"料取金闺意，因君问所思"收束全诗，寄托了对于他们的命运的关怀。应该说，命意还比较高，但体物不精，而且与送别结合得颇嫌牵强。钱起以四句诗咏"归云"，山、云兼写，展现了云归华山的动景，算是不错的。但接下去的四句诗写"李山人归华山"，却与前四句写云归华山之间没有必然的联系。尾联用"紫气东来"的典故，只能说明李山人是从函谷关以东回华山的，而"紫气"毕竟是"气"，不是"云"。戴叔伦的《赋得古井送王明府》，则比较出色。唐代以"明府"称县令。送人去做县令，怎样和咏"古井"结合起来呢？乍想很难着笔，但作者却处理得相当好。他希望王明府做一个有"贞白"节操的地方官。作者通过咏"古井"之水，含蓄婉转地表达出这种希望。你看这古井之水多么明澈、多么贞洁、多么清白呀！我为了要表彰它，所以酌一杯献给你，送你走马上任。临别赠言，情意甚殷，咏物与送别融合无间，是同类作品中的佳作。

现在再看白居易的《赋得古原草送别》。

《楚辞·招隐士》云："王孙游兮不归，春草生兮萋萋。岁暮兮不自聊，蟪蛄鸣兮啾啾。"是说从"春草生"到"蟪蛄鸣"，已将一年，王孙还远游未归！"王孙"犹言"公子"，指贵族，但从此以后，往往把"春草"和"送别"联系起来，而"王孙"，也就成了游子的别称。谢灵运《悲哉行》："萋萋春草生，王孙游有情。"王勃《守岁序》："王孙春草，处处争鲜。"这样的例子，多得不胜枚举。江淹的《别赋》也没有忘记"春草"："春草兮碧色，春水兮绿波，送君南浦，伤如之何！"但所有这些例子，都写得很简单，未能很好地把春草和别情有机地结合起来，创造出完整而丰满的意象。而白居易的诗，在这一点上却有明显的突破。

　　题目是《赋得古原草送别》，因而先写古原草，后写送别，但写古原草而别情已寓其中。第一句以"原上草"点题，前加"离离"作定语，形容"原上草"稠密、茂盛，与次句的"荣"和末句的"萋萋"呼应。次句"一岁一枯荣"虽然"荣""枯"并举，却落脚于"荣"，表明在诗人的审美意识中，"荣"是主要的、本质的。据说从前有人因战败而草疏请求援兵，讲到"屡战屡败"，另一人则改为"屡败屡战"。二者所叙述的事实是相同的，但后者却显出士气的旺盛。春"荣"冬"枯"，这是"原上草"的特点。诗人颠倒"一岁"之中先"荣"后"枯"的顺序，既表现了"原上草"顽强的生命，又在读者面前展开了春草"离离"，一望无际的画卷。次联出句"野火烧不尽"承"枯"，对句"春风吹又生"承"荣"。就字面看，两相对偶，铢两悉称，但就意义看，却一气奔注，上下贯通，讲的都是"原上草"，而重点归到下句，与第二句"荣""枯"并举而重点归到"荣"，契合无间。第三联，就"春风吹又生"作尽情的描绘。出句从嗅觉方面落墨："远芳"，即传播得很远的香气，这香气，从"原"上散发，直侵入伸向天边的"古道"。对句从视觉方面着笔："晴翠"，即阳光下闪亮的绿色，这绿色，从"原"上延展，直连接遥远的荒城。十个字，把经受野火焚烧的"原上草"写得何等色香兼美、气势磅礴！

　　以上六句赋"古原草"，似与"送别"无关。但一读第七句"又送王孙去"，就感到前面所写的"萋萋"之草，立刻充满"别情"。眼前是"古原"，而"王孙"一去，不是首先要穿过那"古原"吗？"原上草"的"远芳侵古道"，"王孙"不是也要随着"远芳"踏上"古道"吗？"原上草"的"晴翠接荒城"，"王孙"不是也要随着"晴翠"走向"荒城"吗？诗中有两个"又"字，看来是有意的重复。

"原上草"一岁一枯,而"春风吹又生",循环不已。每当"原上草""春风吹又生",就"又送王孙去",也循环不已。就这样,作者把咏物和送别多层次地、紧密地结合起来了。

前六句,以"原上草"作主语,一气贯串,脉络分明。接着以"又送"转入"送别",又以"萋萋"照应首句的"离离",回到"原上草"。章法谨严,天衣无缝。同时,诗中紧扣题目中的"古"字。首先,原上之草"一岁一枯荣",岁岁如此,已见得那"原"是"古原"。第五句又特意用"古道",原上的道路既"古",则"原"安得不"古"?"赋得"诗,是要求紧扣题目的。当然,紧扣题目的,不一定是好诗。而这首诗却扣题既紧,又生动活泼,意象完美。

古原上的野草春荣冬枯,冬枯之时往往被野火烧掉。这一切都不会引起人们的注意,更不会激发诗人的美感。白居易却不然,他抓住了这些特点,并以他的独特的审美感受进行了独特的艺术表现,突出了野草不怕火烧、屡枯屡荣的顽强生命力,并以"远芳""晴翠"这样美好的字眼,把它的气味、色彩写得那样诱人。因此,虽然说"萋萋满别情",但并不使人感到"黯然销魂"。试想,当"王孙"踏着软绵绵的春草而去的时候,"远芳"扑鼻,"晴翠"耀眼,生意盎然,前途充满春天的气息,他能不受到感染吗?

这首诗通体完美。其中的"野火烧不尽,春风吹又生"一联,对仗工稳而气势流走,充分发挥了"流水对"的优点。它歌颂野草,又超出野草而具有普遍意义,给人以积极的鼓舞力量。蔑视"野火"而赞美"春风",又含有深刻的寓意。它在当时就受到前辈诗人的赞赏,直到现在还常被人引用,并非偶然。

抱膝灯前　魂飞家里
——说白居易《邯郸冬至夜思家》

> 邯郸驿里逢冬至，抱膝灯前影伴身。
> 想得家中夜深坐，还应说着远行人。

王维《九月九日忆山东兄弟》七绝的头两句"独在异乡为异客，每逢佳节倍思亲"，由于真切地表现了远在异国他乡的游子所共有的思家之情而为人们所传诵。白居易的这一首，正是抒发"每逢佳节倍思亲"的感情的。

第一句"邯郸驿里逢冬至"，不过是老老实实地纪实，但已点出很重要的两点：一、人在邯郸的客店，离家很远；二、正当天寒岁暮之时，碰上了冬至佳节。像冬至这样的佳节，在温暖的家中度过，才有意思。一个人在客店里，孤孤单单，冷冷清清，怎么个过法？第二句"抱膝灯前影伴身"就写他怎样在客店里过冬至节：双手抱着膝盖，枯坐在油灯前，暗淡的灯光照出了自己的影子；这影子，就是唯一的伴侣！其凄凉、孤寂之感，已洋溢于字里行间。凄凉孤寂，就不免思家，而"抱膝灯前"，正是沉思的表情，想家的神态。那么，他坐了多久、想了多久呢？这一句没有说，第三句却作了暗示，"想得家中夜深坐"，不是说明他自己也已经"坐"到深夜了吗？

"抱膝灯前影伴身"一句，于形象的描绘和环境的烘托中暗寓想家之情，已摄三、四两句之魂。三、四两句，正面写想家，其深刻之处在于：不是直写自己如何想念家里人，而是透过一层，写家里人如何想念自己。家里人在过冬至节，但由于自己奔波在外，所以这个冬至节肯定过得不很愉快，已经深夜了，还坐在一起"说着远行人"。"说"些什么？诗人当然想得很多，却没有写出，这就给读者留下了驰骋想象的广阔天地。每一个享过天伦之乐的人、有过类似经历的人，都可以根据自己的生活体验，想得很多、很多。

宋人范希文在《对床夜语》里说："白乐天'想得家中夜深坐，还应说着远行人'，语颇直，不如王建'家中见月望我归，正是道上思家时'有曲折之意。"这评论并不确切。二者各有独到之处，正不必抑此扬彼。还是姚培谦在把这首诗和李商隐的《夜雨寄北》相比较时说得好："'料得闺中（"闺中"应作"家中"，想是误记）夜深坐，多应说着远行人'，是魂飞到家里去。"不是"魂飞到家里去"，又怎么能描画出家里人"说着远行人"的动人情景呢？

白居易是一位感情深挚，并善于推己及人的诗人，因而在自己思念对方的时候，总想到对方也在思念自己，从而写出感人的诗句。例如《客上守岁在柳家庄》有云："故园今夜里，应念未归人。"《望驿台》有云："两处春光同日尽，居人思客客思家。"这是关于亲人的。《江楼月》有云："谁料江边怀我夜，正当池畔思君时。"《初与元九别，后忽梦见之，及寤而书忽至》有云："以我今朝意，想君此夜心。"这是关于友人的。白居易认为"感人心者，莫先乎情，莫始乎言，莫切乎声，莫深乎义"，因而给诗歌下了这样的界说："诗者，根情、苗言、华声、实义。"要写出好诗，需要许多条件，但没有健康的、深挚的"情"作为诗"根"，又怎能产生"以己之情动人之情"的作品呢？

枣树的赞歌
——说白居易《杏园中枣树》

> 人言百果中，唯枣最凡鄙：
> 皮皴似龟手，叶小如鼠耳。
> 胡为不自知，生花此园里？
> 岂宜遇攀玩，幸免遭伤毁！
> 二月曲江头，杂英红旖旎；
> 枣亦在其间，如嫫对西子。
> 东风不择木，吹煦长未已；
> 眼看欲合抱，得尽生生理。
> 寄言游春客，乞君一回视：
> 君爱绕指柔，从君怜柳杞；
> 君求悦目艳，不敢争桃李；
> 君若作大车，轮轴材须此。

这是一首托物言怀的五言古诗。诗人赞扬了"枣树"，但不仅是植物中的枣树。

全诗可分三段。第一段八句，先从反面落墨，以"人言"二字冒下，摆出一般人的看法，说那枣树"最凡鄙"，"皮皴似龟手，叶小如鼠耳"，要多难看就有多难看，为什么毫无自知之明，竟然好意思在杏园里开花！这看法，当然是有根据的，枣树的皮子、叶子和花儿，就是不那么漂亮嘛！因此，在这一点上，诗人不但没有给他心爱的枣树涂脂抹粉,而且索性把一般人的看法肯定下来,用反诘语气说:"岂宜遇攀玩!"接下去,还为枣树能够在杏园中生存感到高兴:得免于被砍掉,就算很幸运哩!

第二段八句,承"幸免遭伤毁"而来,但由于用了对比手法,显得有变化。"凡鄙"的枣树处于"红旖旎"的"杂英"之间,真有点像嫫母和西施站在一起,美丑相形,丑者更显得丑。然而丑尽管丑,东风却并不歧视它,它自己也不辜负东风的吹煦,鼓足勇气,不断成长,眼看要有"合抱"那么粗了。

就整篇来说,诗人采用了"欲扬先抑"的写法。说枣树"最凡鄙",这是抑;说它皮皱、叶小,不宜攀玩,这是抑;说它处于"红旖旎"的"杂英"之间,"如嫫对西子",这是进一步的抑。抑到无可再抑的时候,却已为后面的扬埋下了伏线。这伏线,就是"眼看欲合抱"。原来诗人的着眼点和一般人的不同,他不曾注意皮子、叶子、花儿之类的外表,而看中的是合抱粗的、钢铁般坚硬的材料。

嫫母的典故也用得很恰当。《列女传》上说:"黄帝妃曰嫫母……貌甚丑而最贤。"《路史》上说:"嫫母貌恶而德充。"用嫫母比枣树,不是在说明它难看的同时,已经暗示出它另有好处吗?

最后一段,诗人即从自己的着眼点出发,以"寄言"二字冒下,委婉但又有力地反驳了前面的"人言",完成了赞扬枣树的主题。

诗人不写一般的枣树,而写杏园中的枣树,值得玩味。这里的"杏园",并不是普通的杏树园子。它东连曲江池,北接慈恩寺,南邻紫云楼和芙蓉苑,是唐代长安著名的景物繁华之区。新进士登科,皇帝往往赐宴于此,有所谓"曲江宴""杏园宴"。唐中宗神龙(705—707)以后,"杏园宴"罢,新进士都到慈恩寺塔(即大雁塔)下题名。刘沧在《及第后宴曲江》诗里是这样描写的:

及第新春选胜游,杏园初宴曲江头。
紫毫粉壁题仙籍,柳色箫声拂御楼。
霁景露光明远岸,晚空山翠坠芳洲。
归时不省花间醉,绮陌香车似水流。

正因为新进士及第后于柳拂花映中赴"杏园宴",所以关中人李抟曾经骄傲地问新中了进士的四川人裴廷裕道:"闻道蜀江风景好,不知何似杏园春?"这"杏园春",自然不仅指桃红杏艳之类,还含有新进士们"春风得意"的内容。

封建时代的科举考试,所选中的不一定都是很有用的人才。唐代的进士科考试,又有"祖尚浮华,不根艺实"的缺失。白居易写这首《杏园中枣树》诗的动机,也许是想对当权者说:看看"杏园宴"上那些"春风得意"的人物吧,那里面有"柔而不坚"的柳杞,有"华而不实"的桃李,也有既不美艳悦目、又不柔媚称意,却可以制造大车轮轴的枣树。您看中谁、重用谁,那就只好凭您的爱好、看您的需要了。

凡是好诗,都有"言有尽而意无穷"的特点,不宜讲得太死,何况这是一首托物言怀的诗,比兴并用,联类不穷,寓意相当深广。不过,弄清"杏园"是什么地方、有什么特点,从而探索作者的创作意图,对于进一步涵咏这首诗的深广寓意,还是不无帮助的。

一篇"长恨"有风情

——说白居易《长恨歌》

汉皇重色思倾国，御宇多年求不得。
杨家有女初长成，养在深闺人未识。
天生丽质难自弃，一朝选在君王侧。
回眸一笑百媚生，六宫粉黛无颜色。
春寒赐浴华清池，温泉水滑洗凝脂。
侍儿扶起娇无力，始是新承恩泽时。
云鬓花颜金步摇，芙蓉帐暖度春宵。
春宵苦短日高起，从此君王不早朝。
承欢侍宴无闲暇，春从春游夜专夜。
后宫佳丽三千人，三千宠爱在一身。
金屋妆成娇侍夜，玉楼宴罢醉和春。
姊妹兄弟皆列土，可怜光彩生门户。
遂令天下父母心，不重生男重生女。
骊宫高处入青云，仙乐风飘处处闻。
缓歌慢舞凝丝竹，尽日君王看不足。
渔阳鼙鼓动地来，惊破霓裳羽衣曲。
九重城阙烟尘生，千乘万骑西南行。
翠华摇摇行复止，西出都门百余里：
六军不发无奈何，宛转蛾眉马前死！

花钿委地无人收，翠翘金雀玉搔头；
君王掩面救不得，回看血泪相和流。
黄埃散漫风萧索，云栈萦纡登剑阁。
峨嵋山下少人行，旌旗无光日色薄。
蜀江水碧蜀山青，圣主朝朝暮暮情。
行宫见月伤心色，夜雨闻铃断肠声。
天旋地转回龙驭，到此踌躇不能去。
马嵬坡下泥土中，不见玉颜空死处！
君臣相顾尽沾衣，东望都门信马归。
归来池苑皆依旧，太液芙蓉未央柳。
芙蓉如面柳如眉，对此如何不泪垂？
春风桃李花开日，秋雨梧桐叶落时。
西宫南内多秋草，落叶满阶红不扫。
梨园弟子白发新，椒房阿监青娥老。
夕殿萤飞思悄然，孤灯挑尽未成眠：
迟迟钟鼓初长夜，耿耿星河欲曙天。
鸳鸯瓦冷霜华重，翡翠衾寒谁与共？
悠悠生死别经年，魂魄不曾来入梦。
临邛道士鸿都客，能以精诚致魂魄。
为感君王展转思，遂教方士殷勤觅。
排空驭气奔如电，升天入地求之遍。
上穷碧落下黄泉，两处茫茫皆不见。

忽闻海上有仙山，山在虚无缥缈间。
楼阁玲珑五云起，其中绰约多仙子。
中有一人字太真，雪肤花貌参差是。
金阙西厢叩玉扃，转教小玉报双成。
闻道汉家天子使，九华帐里梦魂惊。
揽衣推枕起徘徊，珠箔银屏迤逦开；
云鬓半偏新睡觉，花冠不整下堂来。
风吹仙袂飘飘举，犹似霓裳羽衣舞。
玉容寂寞泪阑干，梨花一枝春带雨。
含情凝睇谢君王，一别音容两渺茫。
昭阳殿里恩爱绝，蓬莱宫中日月长。
回头下望人寰处，不见长安见尘雾。
唯将旧物表深情，钿合金钗寄将去。
钗留一股合一扇，钗擘黄金合分钿；
但教心似金钿坚，天上人间会相见。
临别殷勤重寄词，词中有誓两心知；
七月七日长生殿，夜半无人私语时：
在天愿作比翼鸟，在地愿为连理枝。
天长地久有时尽，此恨绵绵无绝期。

白居易在任周至县尉的时候，于元和元年（806）十二月和陈鸿、王质夫同游仙游寺，谈起唐玄宗、杨贵妃故事，因而写了这篇《长恨歌》。陈鸿跟着写了传奇小说《长恨歌传》。这两篇作品都很出色,《长恨歌》更是脍炙人口的名作。

从结构上看,全诗分两大部分。从开头到"惊破霓裳羽衣曲"是前一部分,写的是安史之乱以前的唐玄宗、杨玉环。

第一句"汉皇重色思倾国"统摄全篇。男主人公以"重色思倾国"的形象出场,女主人公自然就以"倾国"之"色"作为"思"的对象而跟着出场。做"汉皇"的男主人公不"重德思贤才",却"重色思倾国",能干出什么好事来呢?只七个字,就概括了人物的主要特点,确定了情节发展的方向,体现了作者对人物的态度。"倾国"一词,本来指能够使全国人倾倒的美色,但在这里却具有双关意义。前人已经指出:"思倾国,果倾国矣!"诗的前一部分,正是写唐玄宗由"思倾国"而怎样弄出了一个"倾国"(国家倾覆)的结局的。

诗人紧紧抓住"重色"的特点塑造唐玄宗李隆基的形象。在杨玉环入选以前,他"求"倾国之色已有"多年"。"后宫佳丽三千人",就是多年"求"来的。但因为都不是"倾国"之"色",所以还在继续"求",终于"求"到了杨玉环。于是,"春宵苦短日高起,从此君王不早朝","缓歌慢舞凝丝竹,尽日君王看不足"……完全沉溺于酒色歌舞之中了。

诗人从表现李隆基"重色"的角度塑造了杨玉环的形象。一个"重色",另一个以"色"邀宠。"回眸一笑百媚生","侍儿扶起娇无力","春从春游夜专夜","金屋妆成娇侍夜"等许多诗句,都不仅写她有"色",而且着重写她以"色"邀宠。着重写她以"色"邀宠,就有助于进一步表现李隆基如何"重色":仅仅由于爱杨玉环的"色",就让她的"姊妹兄弟皆列土",则政治上腐败到何等程度,也就不言可知了。

前代的某些评论家不同意或者不理解作者围绕李隆基"重色"和杨玉环以"色"邀宠这个中心塑造李、杨形象的艺术构思,指责说:"其叙杨贵妃进见、专宠、行乐事,皆秽亵之语。'侍儿扶起娇无力'以下云云,殆可掩耳也。"(张戒《岁寒堂诗话》卷上)又指责说："'回眸一笑百媚生',乃形容勾栏妓女之词,岂贵妃风度耶?"(张祖廉《定庵先生年谱外纪》)这正好从反面说明,在诗的前一部分里,诗人对李、杨的荒淫生活是作了大胆的暴露和批评的。

题目是《长恨歌》,不言而喻,重点在于歌"长恨"。在安史之乱以前,李、杨乐个没完,有什么"恨"?然而事物往往向反面发展,如果处理不当,"乐"会导致"恨"。在诗人的艺术构思里,这前一部分,正是写致"恨"之因。因为重点是歌"长恨",所以这致"恨"之因写得很集中,只用了四分之一的篇幅,即以"渔阳鼙鼓动地来,惊破霓裳羽衣曲"两句收上启下,为李、杨的"长恨"谱写哀歌。

后半篇写"长恨"本身,一气舒卷,转落无迹,但从情节的发展和人物的心理变化看,仍可以分出若干层次。

从"九重城阙烟尘生"至"回看血泪相和流",紧承前半篇的结句,写李、杨在安史之乱和马嵬兵变中结束了荒淫生活,演出了生离死别的一幕。据史书记载,"六军不发"的原因,主要是要杀酿成安史之乱、导致潼关失陷的祸首杨国忠及其"同恶"。但真正的祸首,实际上是李隆基。对此,诗人在前面已作了有力的表现。李隆基如果重德任贤,不因杨妃的裙带关系而让她的"姊妹兄弟皆列土",杨国忠又如何能把持朝政?诗人的难能可贵之处,正表现在他没有像有些封建文人那样不惜掩盖马嵬兵变的真相,为李隆基开脱,说什么"明皇鉴夏商之败,畏天悔过,赐妃子死",而是如实地写出李隆基被逼得"无奈何",干瞅着他心爱的妃子"马前死",这不是分明表现出这个祸首已受到"六军"的惩罚了吗?诗人不仅如实地写出李隆基赐妃子死,是出于被迫,而且用"君王掩面救不得,回看血泪相和流"等诗句,表现了他对杨妃的恋恋不舍之情。这样,李隆基这个人物"重色"的性格特征就不是"改"掉了,而是向前发展了。那"倾国"之"色"已被逼而死,而他仍思念不已,这就产生了"长恨"。行文至此,已由李、杨致"恨"之因写到"长恨"本身。

从"黄埃散漫风萧瑟"至"魂魄不曾来入梦",写李隆基在入蜀途中,在蜀中的"行宫",在回京经过马嵬坡的时候,在回京以后的各种场合,春夏秋冬,朝朝暮暮,总是触景生情,见物怀人,一心想着已死的妃子。从"临邛道士鸿都客"至篇末,于幻想的神仙境界中刻画了杨玉环的形象,表达了死者对生者的无限相思。生死相思而永无见期,这就是"长恨"。那么,为什么会产生这种"长恨"呢?诗人没有明说,也用不着明说,这是需要从全篇的艺术形象中去领会的。

《长恨歌》的艺术成就表现在许多方面,这里只提一下几个显著的艺术特点。

一、跟着人物性格的发展而发展情节,结构作品,表现主题。一开头就揭示出唐玄宗的主要性格特征——"重色",然后从各个侧面进行刻画,情节也就跟着向前发展:安史之乱,马嵬兵变,逃至蜀中,这是"重色"的后果;从入蜀到回京的思念妃子以及命方士"致魂魄",则是"重色"的进一步表现。因为主线分明,所以剪裁得当,结构谨严。例如写到杨妃对方士讲了"在天愿作比翼鸟,在地愿为连理枝"的誓言以后,即戛然而止,以"天长地久有时尽,此恨绵绵无绝期"点明"长恨",结束全诗,不写方士复命和李隆基的反应。因为人物的性格至此已无可发展,就不必浪费笔墨了。

二、善于通过人物对事件、环境的感受和反应来表现人物的感情,因而常常把叙事、写景和抒情结合为一。例如"六军不发无奈何,宛转蛾眉马前死",只两句就概括了马嵬兵变,这是最精练的叙事;但杨妃"宛转"求救的神态,也和盘托出,又是描写;而这又主要是写李隆基的感受和反应,表现他"无奈何"的心情,具有浓烈的抒情色彩。至于写李隆基触景念旧、见物怀人的那些诗句,这个特点也表现得尤其突出。

三、语言精练而流畅,优美而易懂,具有鲜明的形象性和音乐性,往往只一两句就展现出一个感人的诗的境界。比如用"玉容寂寞泪阑干"描写听到天子派来使者时的杨玉环,已经很形象,再用"梨花一枝春带雨"加以比拟而神情毕现。 又如"思悄然"和"未成眠"已能表现李隆基彷徨思旧的心情,再用"夕殿萤飞"和"孤灯挑尽"来渲染环境、勾勒肖像而意境全出。 前人讥笑"孤灯挑尽未成眠"一句"寒酸",理由是"宁有兴庆宫中夜不烧烛,明皇自挑灯者乎?"(《邵氏闻见续录》卷十九)其实,宫中燃蜡烛而不点油灯,明皇也不至于亲自挑灯,白居易该是懂得的。 他的艺术匠心,正表现在运用典型化的艺术手法,不仅活灵活现地写出了明皇思念妃子的神态和心境,而且连他处于被幽禁状态的凄凉晚景也烘托出来了。

四、前人肯定《长恨歌》,总说它"情至文生","情文相生",这是符合实际的。 正因为"情至文生",所以连虚构的浪漫主义境界都写得真实感人。 当写明皇思妃之情与日俱增,直写到"悠悠生死别经年,魂魄不曾来入梦"的时候,命方士"致魂魄"的情节,已呼之欲出。 而写仙山上的杨妃如何思念明皇,则是远承前面的"擅宠"和"君王掩面救不得"的"恩爱"发展而来的,因而具有感情的真实性。 作者本不信仙,有"戒求仙"的《海漫漫》等作品可证。 他之所以虚构一个仙境,不过是为了进一步塑造人物形象,揭示主人公的内心活动罢了。 有人认为作者在写杨妃之死时特意点明"花钿委地无人收",是为了暗示方士弄到"钿合金钗"之后编了一套在仙山找到杨妃的谎言进行欺骗,这也许是可能的。 但对于浪漫主义的艺术作品,只需要衡量它是否反映了生活的真实,不必考虑杨妃是否会"成仙"。 有人指责作者不该把一个"妖艳之妇"写成仙人,那也是不懂浪漫主义特点的谬论。

对《长恨歌》的主题思想,历来有不同理解。 从作者的艺术构思看,大约是意在讽喻当时和以后的统治者应以唐玄宗为戒,不要因"重色"而荒淫误国,给自己造成"长恨"。 这在诗的前一部分表现得相当明显。 但在后一部分,他把李隆基写得那么感伤,那么凄苦,那么一心追念妃子,把幻境中的杨妃对明皇的感情写得那么真挚专一，那么生死不渝，而他的那些情景交融、音韵悠扬的诗句又那么哀感顽艳，富于艺术感染力，因此，就客观效果说，那倒有可能引起读者对李、杨的同情。"重色"是个贬义词，如诗的前一部分所写，李隆基作为一个大权在握的皇帝，因"重色"而废弃、紊乱了朝政，那是该贬的。但在既失掉妃子，又失掉政权，颠沛流离，回京后更受到肃宗虐待的情况下日夜追念妃子，虽然仍与以前"重色"的性格特征相一致，但已经无损于国计民生，那么诗的后一部分即使引起读者对李、杨的同情，也是无害的。

不承认《长恨歌》有讽喻意义而力主它是歌颂李、杨坚贞爱情的专家们提出的理由是：一、作者把它编入"感伤诗"，而没有编入"讽喻诗"；二、作者在《与元九书》中曾说："今仆之诗，人所爱者，悉不过'杂律诗'与《长恨歌》以下耳；时之所重，仆之所轻。"这其实算不得什么理由。第一，作者明说："又有事物牵于外，情理动于内，随感遇而形于叹咏者一百首，谓之'感伤诗'。"按照这个定义，"感伤诗"为什么就不能有讽喻性的内容呢？有感于唐明皇因"重色"而荒淫误国，给他自己也造成"长恨"，从而"形于叹咏"，不是合情合理的吗？作者编入"感伤类"的不少诗，如《过昭君村》《哭王质夫》等等，就都有讽喻意义，《蚊蟆》甚至以"幺虫何足道，潜喻做人情"结尾，更与"讽喻诗"没有多少区别。第二，"时之所重，仆之所轻"的话，是激于他的"意激而言质"的"讽喻诗"被"号为訞讦，号为讪谤"而发的，并不能证明他自己真的轻视《长恨歌》。事实上，他倒是颇以《长恨歌》为豪的。就在跟《与元九书》同时写作的《编集拙诗成一十五卷，因题卷末，戏赠元九、李二十》一诗里，他一上来便夸《长恨歌》，并把它与《秦中吟》提到同样重要的位置，大书而特书：

一篇《长恨》有风情，十首《秦吟》近正声。

有人把"风情"理解为"儿女风情"，等同于今天所说的"爱情",那是不合原意的。而且,这样的理解,对"白居易因《长恨歌》写爱情而自己轻视它"的论点也很不利,因为在这里,诗人分明十分重视它。在这一联诗里,"风情"与"正声"对偶,"风情"指风人之情,"正声"指雅正之声。《毛诗序》云:"上以风化下,下以风刺上,主文而谲谏,言之者无罪,闻之者足以戒,故曰风。……国史明乎得失之迹,伤人伦之废,哀刑政之苛,吟咏情性,以风其上,达于事变而怀其旧俗者也。故变风发乎情,止乎礼义。"这就是"风情"所本。《毛诗序》又云:"雅者,正也,言王政之所由废兴也。"李白《古风》亦云:"大雅久不作……正声何微茫!"这就是"正声"所本。总之,白居易声明他的"《长恨》有风情""《秦吟》近正声",是和他在《与元九书》里反复强调的"风雅比兴"之说完全一致的。

有人认为《长恨歌》前半批判"重色",后半歌颂爱情。这也值得怀疑。像白居易这样的大诗人,一篇诗的主题竟然前矛后盾,水火不相容,这是很难想象的。细读作品,就可以看出前半是写致"恨"之因,后半是写"长恨"本身,而在诗人心目中,那"恨"是"一失足成千古恨"的"恨",其"讽喻"不仅是作者的创作动机,而且在很大程度上也得到了艺术体现。当然,这只能说是"在很大程度上",而不能说是"完全",因为诗人对"长恨"本身的描写有可能引起读者的同情,以致客观效果与主观动机不完全一致。文艺作品,特别是古典作家的作品,效果与动机在不同程度上出现矛盾的情况,并不是罕见的。

《长恨歌》对文艺的影响,不仅表现在诗歌创作方面,也不局限于国内。元代的大戏曲家白朴根据它写了《梧桐雨》,清代的大戏曲家洪昇根据它写了《长生殿》。在日本,《长恨歌》也被改编成戏曲,搬上舞台。

刺中尉承恩　代老农抒愤
——说白居易《宿紫阁山北村》

> 晨游紫阁峰，暮宿山下村。
> 村老见余喜，为余开一樽。
> 举杯未及饮，暴卒来入门。
> 紫衣挟刀斧，草草十馀人。
> 夺我席上酒，掣我盘中飧。
> 主人退后立，敛手反如宾。
> 中庭有奇树，种来三十春。
> 主人惜不得，持斧断其根。
> 口称采造家，身属神策军。
> "主人慎勿语，中尉正承恩！"

《宿紫阁山北村》就是白居易在《与元九书》中所说的使"握军要者切齿"的那首诗。其写作时间大约是唐宪宗元和四年(809)。

元和四年，诗人在长安做左拾遗，为什么会"宿紫阁山北村"呢？开头两句，作了交代。紫阁，在唐代京城长安西南百余里，是终南山的一个有名的山峰，"旭日射之，烂然而紫，其峰上耸，若楼阁然"。诗人之所以要"晨游"，大概就是为了欣赏那"烂然而紫"的美景吧！早"晨"欣赏了"紫阁"的美景，悠闲自得地往回走，直到日"暮"，才到"山下村"投"宿"，碰上的又是"村老见余喜，为余开一樽"的场面，其心情不用说是很愉快的。但是，"举杯未及饮"，"村老"不"喜"的人闯来了，使人不愉快的事发生了。

开头的这四句诗,似乎写得毫不费力,但只用二十个字,就不仅点明了抢劫事件发生的时间、地点和抢劫对象,而且表现了诗人与"村老"的亲密关系及其喜悦心情,为下面关于"暴卒"的描述起了有力的反衬作用,还是颇具匠心的。

中间的十二句,先用"暴卒""草草""紫衣挟刀斧"等暴露性的词句刻画了抢劫者的形象,接着展现了两个抢劫场面:一是抢劫酒食,一是砍树。

写抢酒食的四句诗,表现出"暴卒""我"和"主人"的三种态度。"我"毕竟是个官,胆子壮一些,自然还有随从,所以一开始还敢于和"暴卒"争(这"争"是从对手的"夺"中暗示出来的),但由于力量对比太悬殊,"我"的"席上酒"终于被"夺"走了,"我"的"盘中飧"终于被"掣"走了。在这场争夺战中,"主人"的态度怎样呢?诗人写道:"主人退后立,敛手反如宾。"压根儿不敢争。

"夺"和"掣"两个词,包含着一方不给、一方抢拿的丰富内容,不应随便读过。诗人用这两个词作"诗眼",表现出"我"仗着官势和"暴卒"争,竟败下阵来,这就不仅揭露了"暴卒"的"暴",而且要人们想一想"暴卒"凭什么这样"暴",为结尾的"点睛"之笔埋下了伏线。

"主人"一词也值得玩味。在前面,诗人分明说"村老见余喜",没有用"主人"这个词。到了"暴卒"闯入之后,却把"村老"改作"主人",其用意很深刻。在私有社会里,物各有主。酒食是"村老"为"我"而设的,一遭抢掠,作为主人的"村老",就有权讲理,然而如今不但丧失了"主"权,还"敛手反如宾",恭恭敬敬地听任"暴卒"反客为主。这样一来,人民的生命财产还有什么保障?

写两个抢劫场面,各有特点。抢酒食之时,"主人"退立"敛手",砍树之时,却改变了态度,其心理根据是什么呢?为了揭示这一点,诗人先用两句诗写树:一则指明那树长在"中庭",二则称赞那是棵"奇树",三则强调那树是"主人"亲手种的,已长了三十来年。这说明它在"主人"心中的地位,远非酒食所能比拟。"暴卒"要砍它,怎能不"惜"!"惜不得"是"惜"而不得的意思。"惜而不得",意味着发自内心的"惜"表现为语言、行动上的"护",但迫于暴力,没有达到目的。联系结尾的四句诗看,在"暴卒""持斧断其根"之时,"主人"大约问了"你们是干什么的?为什么要砍我院子里的树?"之类的话,所以才引出了"暴卒"的"自称"和"我"的悄声劝告。

结尾的四句诗,需要作一些解释,才能了解其深刻的含意。所谓"神策军",在天宝时期,本来是西部的地方军,后因"扈驾有功",变成了皇帝的禁军。德宗时开始设立左、右神策军中尉,由宦官担任。他们以皇帝的亲信掌握禁军,势焰熏天,把持朝政,打击正直的官吏,纵容部下酷虐百姓,什么坏事都干。元和初年,宪宗宠信宦官吐突承璀,让他做左神策军护军中尉,接着又派他兼任"诸军行营招讨处置使"(各路军统帅),白居易曾上疏谏阻。这首诗中"中尉",就包括了吐突承璀。所谓"采造",指专管采伐、建筑的官府;"采造家",就是这个官府派出的人员。元和时期,经常调用神策军修筑宫殿,吐突承璀又于元和四年领功德使,修建安国寺,为宪宗树立"功德碑"。因此,就出现了"身属神策军"而兼充"采造家"的"暴卒"。做一个以吐突承璀为头子的神策军人,已经炙手可热了,又兼充"采造家",执行为皇帝修建宫殿和树立功德碑的"任务",自然就更加为所欲为,不可一世!

这首诗,采取了画龙点睛的写法。先写"暴卒"肆意抢劫,目中无人,连身为左拾遗的官儿都不放在眼里,使人不能不产生这样的疑问:"这些家伙凭什么这样'暴'?"但究竟凭什么,没有说。直写到"主人"因"中庭"的那棵心爱的"奇树"被砍而忍无可忍的时候,才让"暴卒"自己亮出他们的黑旗,"自称":

> 我们负有为皇帝采伐木料的使命,
> 本是那赫赫有名的神策军人。

一听见"暴卒"的"自称",就把"我"吓坏了,连忙悄声劝告"村老":

> 主人啊,你千万不要作声,
> 神策军的头领,是皇帝的红人!

讽刺的矛头透过"暴卒",刺向"暴卒"的后台"中尉",又透过"中尉",刺向"中尉"的后台皇帝!

前面的那条"龙",已经画得很逼真,再一"点睛",全"龙"飞腾,把全诗的思想意义提到了何等惊人的高度!

但伤民病痛　不识时忘讳
——说白居易《轻肥》

> 意气骄满路，鞍马光照尘。
> 借问何为者？人称是内臣。
> 朱绂皆大夫，紫绶悉将军。
> 夸赴军中宴，走马去如云。
> 樽罍溢九酝，水陆罗八珍。
> 果擘洞庭橘，脍切天池鳞。
> 食饱心自若，酒酣气益振。
> 是岁江南旱，衢州人食人。

《轻肥》一作《江南旱》，是著名组诗《秦中吟》十首的第七首。作者在序里说："贞元、元和之际，予在长安，闻见之间，有足悲者。因直歌其事，命为《秦中吟》。"又在《伤唐衢》诗里说："忆昨元和初，忝备谏官位。是时兵革后，生民正憔悴。但伤民病痛，不识时忌讳。遂作《秦中吟》，一吟悲一事。"这说明了《秦中吟》的主要特点：第一，其题材来自耳闻目见、感动过作者的社会生活；第二，作者以"但伤民病痛"的激情，"直歌其事"，无所"忌讳"；第三，"一吟悲一事"，写得很集中。正因为这样，就惹得"贵人皆怪怒，闲人亦非訾"，而千百年来的劳动人民，则可以从中汲取改造现实的精神力量。作者在《编集拙诗成一十五卷，因题卷末，戏赠元九、李二十》一诗中说"十首《秦吟》近正声"，可以看出，他是把反映人民"心声"的诗歌称为"正声"的。他一再声明《秦中吟》的创作是"但伤民病痛""惟歌生民病"，就可以证实这一点。在封建社会里能够做到这一点,的确是难能可贵的。

对于同情人民的诗人来说,"民病痛"本身已经可"悲",反映"民病痛"本身,已经可以写出好诗,但在阶级社会里,"民病痛"常常是"民"的对立面造成的。因此,揭示这个对立面,就可以从矛盾双方的强烈对比中充分地表现出社会的不合理,就可以使人加倍地感到"民病痛"的可"悲",其作品就具有更强大的激动人心的艺术力量。《秦中吟》组诗的现实主义精神,正表现在这里。

《轻肥》这首诗,韦縠《才调集》题作《江南旱》,它正是写"江南旱"的。"旱"这种天灾,当然可以造成可"悲"的"民病痛"。诗的结尾说:"是岁江南旱,衢州人食人。"岂不可"悲"!但细读全诗,就可以看出这"一吟"所"悲"的"一事",并不仅仅是由于天"旱"而"人食人",其深刻之处在于,还揭示了与此既相联系、又尖锐对立的另一面:"轻肥。"

"轻肥"一词,取自《论语·雍也》中的"乘肥马,衣轻裘",用以概括豪奢生活。那么,诗人所写的是什么人的豪奢生活?什么样的豪奢生活?又是怎样写的呢?

开头四句,先描写,后点明,突兀跌宕,绘神绘色。"意气"之"骄",竟可"满路","鞍马之光",竟可"照尘",这不能不使人惊异。正因为惊异,才发出"何为者"(干什么的)的疑问,从而引出了"是内臣"的回答。"内臣"者,宦官也。宦官不过是皇帝的家奴,凭什么有"骄满路"的"意气"、"光照尘"的"鞍马"?这仍然不能不使人惊异,于是自然而然地引出下两句:"朱绂皆大夫"——这是掌握政权的,"紫绶悉将军"——这是掌握军权的。宦官这种角色竟然"朱绂""紫绶",掌握了政权和军权,怎能不"骄"?怎能不"奢"?"夸赴军中宴,走马去如云"两句,与"意气骄满路,鞍马光照尘"前呼后应,互相补充,写得很形象。做宦官的,居然"朱绂""紫绶",值得"夸";公然"赴军中宴",更值得"骄"。"走马去如云",就是"骄"与"夸"的具体表现。"骄满路"的"满"字,

"光照尘"的"照"字以及"去如云"的"云"字,又以鲜明的形象表现出"赴军中宴"的"内臣"不是一两个,而是一大帮。

"军中宴"的"军"不是一般的军队,而是保卫皇帝的"神策军"。作者写这首诗的时候,"神策军"由宦官管领。宦官们之所以为所欲为,莫敢谁何,就由于他们掌握了禁军,进而把持朝政。诗人通过宦官们"夸赴军中宴"的场面揭露其"意气"之"骄"和所以"骄",具有高度的典型概括意义。

前八句,通过"内臣"们"夸赴军中宴"的场面主要写"骄",但也写了"奢"。写"奢"只用了五个字——"鞍马光照尘",却称得上"以少少许胜人多多许"。鞍光可以照尘,其华贵可知;马光可以照尘,其饲料之精可知。鞍、马尚且如此,何况其他!紧接着的六句诗,通过"内臣"们"军中宴"的场面主要写"奢",但也写了"骄"。写"奢"的文字,与"鞍马光照尘"有内在的联系,而用笔不同。写"马",只写它油光水滑,其饲料之精,已意在言外。写"内臣",则只写"樽罍溢九酝,水陆罗八珍。果擘洞庭橘,脍切天池鳞",其脑满肠肥,大腹便便,已不言而喻。"食饱心自若,酒酣气益振"两句,又由"奢"写到"骄"。"气益振",遥应首句。"赴宴"之时,已然"意气骄满路",如今"食饱""酒酣","意气"自然"益"发骄横,不可一世了!

以上十四句诗,诗人以愤怒的笔触描绘出"内臣"行乐图,已具有深刻的暴露意义。然而诗人的目光并未局限于此。他"悄然动容,视通万里",于是奋笔一挥,给那行乐图勾出了"人食人"的社会背景,从而把诗的思想意义提到新的高度。

诗人说他的《秦中吟》"一吟悲一事""但伤民病痛",而这"一吟"写"民病痛"只用一句,写"内臣"行乐,却用了十四句,岂不是"乐"胜于"悲"吗?然而仔细吟味,就知道这正是以"乐"衬"悲"。毫不夸张地说,诗人是抓住了社会矛盾的本质进行艺术构思的。他提到"江南旱",但并没有把"衢州人食人"完全归因于"江南旱"。如果完全归因于"江南旱",那就应该在写"江南旱"方面用较多的笔墨,而无须涉及"内臣"。如今用大量篇幅写"内臣",而只在结尾点出"衢州人食人",就不仅从强烈对比中暴露了以把持朝政的"内臣"为代表的统治者们何等骄奢淫逸,而且从互相联系中揭示了"民病痛"的根本原因究在何处。

人民因旱灾而"病痛",自称"爱民如子"的统治者是应该节衣缩食,设法解救的。然而事实又怎样呢?看看诗人写同一旱灾的《杜陵叟》,就知道统治者不但没有任何救灾的措施,而且"急征暴敛",逼得人民"典桑卖地纳官租"。诗中的主人公控诉道:"剥我身上帛,夺我口中粟。虐人害物即豺狼,何必钩爪锯牙食人肉?"那些"豺狼"们剥夺了人民的衣食之后怎样肆意挥霍呢?《杜陵叟》里没写,《轻肥》却通过"军中宴"的图景作了回答。在同样遭受旱灾的情况下,"衢州人食人",而"内臣"们却酒池肉林,趾高气扬。诗人对此只作了形象的描绘,再没有说什么。而诗的形象本身,却说明了许多东西。一"悲"一"乐",对比如此鲜明,这样的社会难道是合理的吗?四体不勤、五谷不分的"内臣"们"樽罍溢九酝,水陆罗八珍",连他们的马都吃得油光水滑,而终岁辛劳、创造物质财富的农民群众之间却出现了"人食人"的惨象,这二者难道没有因果关系吗?不言而喻,"内臣"们的淫乐是建筑在农民们的"病痛"之上的,他们喝的"九酝",实质上是人民的血汗,他们吃的"八珍",实质上是人民的膏脂。他们"食饱心自若,酒酣气益振",精力自然十分充沛,然而又将以如此充沛的精力去干些什么呢?

"一吟悲一事",这样的"事"对于力图通过"裨补时缺"来"救济人病"的诗人来说,的确是可"悲"的!

一丛深色花　十户中人赋
——说白居易《买花》

帝城春欲暮，喧喧车马度。
共道牡丹时，相随买花去。
贵贱无常价，酬值看花数。
灼灼百朵红，戋戋五束素。
上张幄幕庇，旁织笆篱护。
水洒复泥封，移来色如故。
家家习为俗，人人迷不悟。
有一田舍翁，偶来买花处。
低头独长叹，此叹无人谕。
一丛深色花，十户中人赋。

《买花》是《秦中吟》组诗的第十首，《才调集》题作《牡丹》。在写于同一时期的《新乐府》中，也有一篇写牡丹的《牡丹芳》，可与此诗参看：

牡丹芳，牡丹芳，黄金蕊绽红玉房。
千片赤英霞烂烂，百枝绛焰灯煌煌。
照地初开锦绣段，当风不结兰麝囊。
仙人琪树白无色，王母桃花小不香。
宿露轻盈泛紫艳，朝阳照耀生红光。
红紫二色间深浅，向背万态皆低昂。
映叶多情隐羞面，卧丛无力含醉妆。

低娇笑容疑掩口，凝思怨人如断肠。
秾姿贵彩信奇绝，杂卉乱花无比方。
石竹金钱何细碎，芙蓉芍药苦寻常。
遂使王公与卿士，游花冠盖日相望。
庳车软舆贵公主，香衫细马豪家郎。
卫公宅静闭东院，西明寺深开北廊。
戏蝶双舞看人久，残莺一声春日长。
共愁日照芳难驻，仍张帷幕垂阴凉。
花开花落二十日，一城之人皆若狂。
三代以还文胜质，人心重华不重实。
重华直至牡丹芳，其来有渐非今日。
元和天子忧农桑，恤下动天天降祥。
去岁嘉禾生九穗，田中寂寞无人至。
今年瑞麦分两歧，君心独喜无人知。
无人知，可叹息。
我愿暂求造化力，减却牡丹妖艳色。
少回卿士爱花心，同似吾君忧稼穑。

关于中唐时期长安崇尚牡丹的情况，与白居易同时的李肇在《国史补》（卷中）里说："京城贵游尚牡丹三十余年矣。每春暮，车马若狂，以不耽玩为耻。执金吾铺官围外寺观，种以求利，一本有值数万者。"白居易的《牡丹芳》和《买花》，则不仅对"京城贵游"们"车马若狂"地"耽玩"牡丹和以高价购买牡丹作了生动的描绘，而且通过与其对立面的强烈对比，揭露了社会矛盾的某些本质方面，表现了具有深刻社会意义的主题。

《牡丹芳》把"元和天子忧农桑"和"王公""卿士""贵公主""豪家郎""游花冠盖日相望"相对比，从而肯定前者，批判后者。"元和天子"未必真的"忧农桑"。从正面说，上行下效，从反面说,上梁不正下梁歪。 总之,"上有好者,下必有甚焉"。 古老的民歌说得好:"上求材,臣残木;上求鱼,臣干谷。"如果说"元和天子"真的"忧农桑",命令他的臣子们全力以赴地抓农业生产,那么,那些"王公""卿士""贵公主""豪家郎"们又哪里会"车马若狂",只醉心于"赏花""买花"呢? 不言而喻,直接地揭露"臣干谷",实际上也就间接地批判了"上求鱼"。 作者之所以提到"元和天子忧农桑",一方面是希望他这样做,更重要的一方面是只有捧出"元和天子"作为"忧农桑"的正面力量,才便于而且敢于把那些有权有势的"王公"们作为"忧农桑"的对立面加以否定。 明乎此,就可以看出作者的艺术构思相当巧妙。 如果不加分析地给作者送一顶"美化封建皇帝"的帽子,那未免太简单化了。

《牡丹芳》的构思特点是把"元和天子"的"忧农桑"和"王公""卿士""贵公主""豪家郎"们的"尚牡丹"作对比。 "忧农桑"与"尚牡丹",这二者的对比是强烈的,但"元和天子"与"王公""卿士""贵公主""豪家郎"却同属于封建统治阶级的上层,其间的关系是"上梁"与"下梁"的关系,既非尖锐对立,因而也谈不上强烈对比。 把在现实生活中本非尖锐对立的人物在艺术构思中作强烈对比,就难免乞灵于抽象的议论,给这首诗的结尾带来概念化的缺点。 这种缺点在《买花》里却并不存在,主要原因在于不是拿"元和天子"和"王公""卿士"等等作对比,而是拿"田舍翁"和"王公""卿士"等等作对比。 在封建社会中,"田舍翁"和"王公""卿士"之间本来就存在着尖锐的矛盾,因而在艺术表现上运用对比手法,就能够形象地反映生活真实,充分地揭露社会矛盾的本质。

白居易很善于运用对比手法,通过不同人物在同一事物、同一事件上所表现的对立关系揭露社会矛盾的本质。 例如《采地黄者》:

> 麦死春不雨，禾损秋早霜。
> 岁晏无口食，田中采地黄。
> 采之将何用？持以易糇粮。
> 凌晨荷锄去，薄暮不盈筐。
> 携来朱门家，卖与白面郎：
> "与君啖肥马，可使照地光。
> 愿易马残粟，救此苦肌肠！"

农民忍冻挨饿，从"凌晨"到"薄暮"，只采了半筐地黄，为的是拿到"朱门家"去换些"马"吃"残"的粮食，"救此苦肌肠"。"朱门家"的"白面郎"不仅自己锦衣玉食，连他的"马"也已经喂得很"肥"，还为了使它"照地光"，要给它吃补药——地黄。那"地黄"，农民得之不易，而"白面郎"付出的代价，却只是马槽里的"残粟"而已。诗人并没有作什么说明，发什么议论，只通过对于"朱门家"与"采地黄者"在"地黄"这同一事物上所表现的对立关系的具体描写，就把剥削与被剥削的社会矛盾揭露得入木三分，惊心动魄。

《买花》在运用对比手法揭露社会矛盾方面与《采地黄者》有类似之处，但也有变化。

从"帝城春欲暮"至"移来色如故"一大段，着力地描写了"长安贵游"如疯似狂地以高价"买花"的情景。其中的"灼灼百朵红，戋戋五束素"乃是关键性的句子，但如何理解，却颇有分歧。有人认为上句指百朵红牡丹，下句指五束白（素）牡丹，"灼灼"言其红艳，"戋戋"言其微少。这样一来，两句就都是写"花"，而不是写"买花"，上面既与"相随买花去"，"酬值看花数"脱节，下面又与"一丛深色花，十户中人赋"不合。从章法上看，"一丛深色花"，显然上承"灼灼百朵红"，而这"百朵红"在前面既没写明多少值钱，结尾又怎么会突然冒出"十户中人赋"呢？何况，如果"五束素"指的是五束白牡丹，又分明无法包进"一丛深色花"里去，岂不是节外生枝！"深色花"，指的是红牡丹。当时长安崇尚红牡丹和紫牡丹，而白牡丹则遭到人们的贱视，很不值钱。所以白居易做赞善大夫这种冷官的时候，曾以白牡丹自比，作诗说："白花冷淡无人爱，亦占芳名号牡丹。应似东宫白赞善，被人还唤作朝官！"很清楚，"戋戋五束素"一句在意义上并不是与上句双线并列，以白牡丹对红牡丹，而是一线贯串，说明"灼灼百朵红"的价值。《易经·贲卦》有云："束帛戋戋。"根据旧注：束帛，即五匹帛；戋戋，"委积貌"，即堆积起来的样子，与通常作"微少"讲的用法刚好相反。白居易的"戋戋五束素"，显然从"束帛戋戋"化出。"素"，也就是"帛"；"五束"，就是二十五匹；戋戋，是形容二十五匹帛的庞大体积。"灼灼百朵红"的价值是"戋戋五束素"，其昂贵何等惊人！《新唐书·食货志》里说："自初定'两税'时，钱轻货重。……绢匹为钱三千二百。"白居易写这首诗的时候，正在实行"两税法"，一匹绢（也就是"素"）为钱三千二百，那么"五束素"就为钱八万。一本开百朵花的红牡丹竟然售价八万，这是不是有点夸张呢？和《国史补》记载的"一本有值数万者"相印证，白居易在这里并没有借助艺术夸张，而是老老实实的写实。艺术创作是可以运用夸张手法的，但在一本花究竟值多少钱这样的问题上，却不宜夸张，一夸张失实，结尾的"一丛深色花，十户中人赋"就没有说服力，整个作品也就不可能发挥应有的社会作用。白居易在《新乐府序》里说："其事核而实，使采之者传信也。"正是这个意思。

"灼灼百朵红，戋戋五束素"已为结尾埋下了伏线。"家家习为俗，人人迷不悟"两句承上启下，同时也表露了作者的思想倾向。"人人"并不是指普天下的一切人，而是指"帝城"中的统治者、剥削者，也就是《牡丹芳》里所说的"王公""卿士""贵公主""豪家郎"之流。下面的"此叹无人谕"，则与这里的"人人迷不悟"一脉相承，在章法上取得了内在的联系。

从"有一田舍翁"至结尾，其写法与《重赋》的末一段异中有同，后者写被勒索得衣不蔽体的农民因"输残税"而看见了"官库"里堆积如山、行将腐烂的缯帛丝絮，愤怒地控诉"贪吏"们"夺我身上暖，买尔眼前恩"，前者则写一位"田舍翁"来到买花处，目睹了"灼灼百朵红，戋戋五束素"的情景，发出了深长的叹息，而没有发表什么意见。他为什么叹息呢？"迷不悟"的"人人"是不会理解的，而作者却能理解，那就是："一丛深色花，十户中人赋！"这两句诗，不仅说明了牡丹的昂贵，而且说明了买花钱的来源。一开头，诗人就用"帝城春欲暮"一句既点明地点，又点明时间。在"春欲暮"的时候，农民们正披星戴月，忙于农业生产，而"帝城"中的富贵人家却"喧喧车马度"，"相随买花去"，为了买得"灼灼百朵红"，不惜挥金如土。他们既不从事生产劳动，又不干任何正事，那么他们的金钱是哪里来的呢？这只有深受剥削之苦的"田舍翁"才了解得最清楚。诗人的高明之处，就在于他把"田舍翁"从啼饥号寒的农村引入纸醉金迷的"帝城"，通过他的一声"长叹"，深刻地揭露了"买花"者与买花钱的实际负担者之间的尖锐矛盾，又以"独长叹"的那个"独"字与"人人迷不悟"形成强烈的对比，对"田舍翁"的对立面给予有力的鞭挞。

在当时的"帝城"里，以高价"买花"，这是"家家习为俗"的普遍现象，谁也不注意它有什么社会意义。柳浑写了"近来无奈牡丹何，数十千钱买一窠"的诗句，不过是自叹钱少，买不起那么高贵的花儿罢了。白居易却从中看出了并且尖锐地反映了剥削与被剥削的矛盾，引人深思，发人深省。这关键不仅在于艺术修养的高低，还在于诗人的心是否和农民相通，是否敢用自己的诗歌创作反映农民的心声。

《重赋》中的"官库"、《采地黄者》中的"地黄"、《买花》中的"买花"，都是诗人用以集中矛盾的焦点。通过特定的焦点反映出来的矛盾既有独特性，又有普遍意义。比如在《买花》里，剥削者与被剥削者的矛盾通过"买花"这一焦点表现为"一丛深色花，十户中人赋",很有独特性。 正是这种独特性,给这首诗带来了独创性。对于骄奢淫逸的统治者、剥削者来说,需要"买"的东西何止成千上万,"买花"只不过是微不足道的一端而已。 然而仅仅买"一丛"牡丹花,就挥霍掉"十户中人赋",那么要填满所有统治者、剥削者的欲壑,又将挥霍多少!农民负担的"赋税",还有减轻的希望吗?还有纳完的日子吗?

"免税"与"考课"的戏剧性描绘
——说白居易《杜陵叟》

> 杜陵叟,杜陵居,岁种薄田一顷余。
> 三月无雨旱风起,麦苗不秀多黄死。
> 九月降霜秋早寒,禾穗未熟皆青干。
> 长吏明知不申破,急敛暴征求考课。
> 典桑卖地纳官租,明年衣食将何如?
> 剥我身上帛,夺我口中粟!
> 虐人害物即豺狼,何必钩爪锯牙食人肉!
> 不知何人奏皇帝,帝心恻隐知人弊。
> 白麻纸上书德音,京畿尽放今年税。
> 昨日里胥方到门,手持敕牒牓乡村。
> 十家租税九家毕,虚受吾君蠲免恩。

租税,这是封建地主政权剥削人民的主要手段。白居易从"补察时政""救济人病"的角度所写的"讽喻诗"中,有好些篇涉及租税问题。《昆明春》的结尾说:"吴兴山中罢榷茗,鄱阳坑里休税银。天涯地角无禁利,熙熙同似昆明春。"在一千数百年以前的封建社会里竟敢提出对全国人民免收租税的主张,其进步性是不容低估的。然而实际上,统治者在农民遭受严重天灾的情况下仍要横征暴敛,何况平时?唐德宗贞元十九年(803)春夏大旱,长安一带发生饥荒。京兆尹李实不但不设法救济,反而向皇帝报喜,说什么"今年虽旱,谷田甚好",照样勒索租税,逼得人民贱卖田产。有个叫成辅端的艺人编唱民歌来反映人民的苦难,其中一首是:"秦地城池二百年,何期如此贱田园？一顷麦苗五石米，三间堂屋二千钱。"李实大怒，竟将这位艺人活活打死。 做监察御史的韩愈上疏请求缓征租税，罢除"宫市"，被贬为连州阳山（今广东阳山县）令。 这时候，白居易正在长安做校书郎，写了那首揭露"宫市"罪恶的《卖炭翁》。 唐宪宗元和三年（808）冬天到第二年春天，长安周围（所谓"京畿"）和江南广大地区，都遭受了严重旱灾。 这期间，白居易新任左拾遗，他并没有因为成辅端的被打杀和韩愈的被贬谪而畏葸不前，而是以一个言官的身份，上疏陈述民间疾苦，请求"减免租税"，"以实惠及人"。 唐宪宗总算批准了白居易的奏请，还下了罪己诏，但实际上不过是搞了个笼络人心的骗局。 为此，白居易写了两首诗，就是《秦中吟》中的《轻肥》和《新乐府》中的这首《杜陵叟》。

《轻肥》和《杜陵叟》写的是同一旱灾，但表现方法不同。 前者在"是岁江南旱，衢州人食人"的背景上勾出了一幅"大夫""将军"们酒池肉林的欢宴图。 后者则在禾穗青干、麦苗黄死、赤地千里的背景上展现出两个颇有戏剧性的场面：一个是贪官污吏如狼似虎，逼迫灾民们"典桑卖地纳官租"；接着的一个是在"十家租税九家毕"之后，"里胥"才慢慢腾腾地来到乡村，宣布"免税"的"德音"，让灾民们感谢皇帝的恩德。

诗人说他的这首诗是"伤农夫之困"的。 "杜陵叟"这个典型所概括的，当然不只是"杜陵"一地的"农夫之困"，而是所有农民的共同遭遇。 由于诗人对"农夫之困"感同身受，所以当写到"典桑卖地纳官租，明年衣食将何如"的时候，无法控制自己的激情，改第三人称为第一人称，用"杜陵叟"的口气，痛斥了那些为了自己升官发财而不顾农民死活的"长吏"："剥我身上帛，夺我口中粟！虐人害物即豺狼，何必钩爪锯牙食人肉！"白居易作为唐王朝的官员，敢于如此激烈地为人民鸣不平，不能不使我们佩服他的勇气。 而他塑造的这个"我"的形象，在中唐及其以前的诗歌中，也是绝无仅有的，它因高度概括地反映了千百万农民的悲惨处境和反抗精神而闪耀着永不熄灭的艺术火花，至今仍有不可低估的认识意义和审美价值。

正面写"长吏",只用了两句诗,但由于先用灾情的严重作铺垫,后用"我"的控诉作补充,中间又揭露了最本质的东西,所以着墨不多而形象凸现,具有高度的典型性。"明知"农民遭灾,却硬是"不申破",甚至美化现实以博取皇帝的欢心,这不是很有典型性吗?"明知"夏秋颗粒未收,农民已在死亡线上挣扎,却硬是"急敛暴征求考课",这不是入木三分地揭露了最本质的东西吗?

从表面上看,诗人鞭挞了"长吏"和"里胥",却歌颂了皇帝。然而把全诗作为有机的整体来考察,就会得出不同的结论。对于"长吏"的揭露,集中到"求考课",对于"里胥"的刻画,着重于"方到门",显然是有言外之意的。"考课"者,考核官吏的政绩也。既然"长吏"们"急敛暴征"是为了追求在"考课"中名列前茅,得以升官,那么"考课"的目的是什么,也就不言而喻了。"方"者,才也。"里胥"有多大的权力,竟敢等到"十家租税九家毕"之后"方到门"来宣布"免税"的"德音",难道会没有人支持吗?事情很清楚:"帝心恻隐"是假,用"考课"的办法鼓励各级官吏搜刮更多的民脂民膏是真,这就是问题的实质。诗人怀着"伤农夫之困"的深厚感情,通过典型性很强的艺术形象暴露了这一实质,是难能可贵的。

事实上,当灾荒严重的时候,由皇帝下诏免除租税,由地方官加紧勒索,完成甚至超额完成"任务",乃是历代统治者惯演的双簧戏。苏轼在《应诏言四事状》里指出"四方皆有'黄纸放而白纸催'之语"(在唐代,皇帝的诏书分两类:重要的用白麻纸写,叫"白麻";一般的用黄麻纸写,叫"黄麻"。在宋代,皇帝的诏书用黄纸写,地方官的公文用白纸写),就足以证明这一点。此后,范成大在《后催租行》里所写的"黄纸放尽白纸催,卖衣得钱都纳却",朱继芳在《农桑》里所写的"淡黄竹纸说蠲逋,白纸仍科不稼租",就都是这种双簧戏。而白居易则是最早、最有力地揭穿了这种双簧戏的现实主义诗人。

异彩奇文相隐映
——说白居易《缭绫》

缭绫缭绫何所似？不似罗绡与纨绮，
应似天台山上明月前，四十五尺瀑布泉。
中有文章又奇绝，地铺白烟花簇雪。
织者何人衣者谁？越溪寒女汉宫姬。
去年中使宣口敕，天上取样人间织。
织为云外秋雁行，染作江南春水色。
广裁衫袖长制裙，金斗熨波刀剪纹。
异彩奇文相隐映，转侧看花花不定。
昭阳舞人恩正深，春衣一对直千金；
汗沾粉污不再著，曳土踏泥无惜心。
缭绫织成费功绩，莫比寻常缯与帛：
丝细缲多女手疼，扎扎千声不盈尺。
昭阳殿里歌舞人，若见织时应也惜！

在白居易的《新乐府》中，有两篇诗反映了唐代丝织品所达到的惊人水平，一篇是《红线毯》，另一篇就是《缭绫》。当然，作为文学作品，《红线毯》与《缭绫》都不是单纯地叙写"红线毯"与"缭绫"的生产过程、生产技术和工艺特点，而是着重描绘作为"社会关系总和"的人，从而揭示了生产者与消费者的矛盾，表现了"忧蚕桑之费"与"念女工之劳"的不同主题。但这种不同的主题，并不是外加的，而是从两种丝织品的不同生产过程、生产技术、工艺特点及其生产者与消费者的社会关系中提炼出来的,因而在艺术表现上,就形成了各自的独创性。

《红线毯》中的"彩丝茸茸香拂拂,线软花虚不胜物,美人踏上歌舞来,罗袜绣鞋随步没"等句,当然写出了"红线毯"多么精美,其费工自不待言。但作者并不强调它如何费工,而是主要写它多么费丝。正因为有这几句作了具体描写,所以后面的"线厚丝多卷不得",才有了根子,不然,就不免流于概念化。"红线毯"这样厚,又有多么大呢?这在前面已经交代清楚了:"披香殿广十丈余,红丝织成可殿铺。"如此厚而且大,后面的"百夫同担进宫中",也就不是什么艺术夸张。写了这一切,自然水到渠成,于结尾部分点明了"忧蚕桑之费"的主题:"一丈毯,千两丝。地不知寒人要暖,少夺人衣作地衣!"

"缭绫"的工艺特点与"红线毯"的厚、大、重恰恰相反。诗人点出用它做成的"春衣"价值"千金",而这"春衣",乃是"昭阳舞人"的"舞衣"。"舞衣"本来就宜轻不宜重,它又是春天穿的,能有多厚、多重?它价值"千金",当然不是由于费丝,而是由于费工。因此,《缭绫》全篇的描写,都着眼于这种丝织品的出奇的精美,而写出它出奇的精美,则出奇的费工也就不言而喻了。

要具体地写出一种丝织品的出奇的精美,是需要高超的艺术技巧的。

"缭绫缭绫何所似?"——诗人先用突如其来的一问开头,让读者迫切地期待下文的回答。回答用了"比"的手法,又不是简单的"比",而是先说"不似……"后说"应似……",文意层层逼近,文势跌宕生姿。罗、绡、纨、绮,这四种丝织品都相当精美,而"不似罗绡与纨绮"一句,却将这一切全部抹倒,表明缭绫之精美,非其他丝织品所能比拟。那么,什么才配与它相比呢?诗人找到了一种天然的东西:"瀑布。"用"瀑布"与丝织品相比,唐人诗中并不罕见,徐凝写庐山瀑布的"今古长如白练飞,一条界破青山色",就是一例。

但白居易在这里说"应似天台山上明月前,四十五尺瀑布泉",仍显得很新颖,很贴切。 新颖之处在于照"瀑布"以"明月";贴切之处在于既以"四十五尺"兼写瀑布的下垂与一匹缭绫的长度,又以"天台山"点明缭绫的产地,与下文的"越溪"相照应。 缭绫是越地的名产,天台山是越地的名山,而"瀑布悬流,千丈飞泻"(《太平寰宇记·天台县》),又是天台山的奇景。 诗人把越地的名产与越地的名山奇景联系起来,说一匹四十五尺的缭绫高悬,就像天台山上的瀑布在明月下飞泻,不仅写出了形状,写出了色彩,而且表现出闪闪寒光,耀人眼目。 缭绫如此,已经是巧夺天工了,但还不止如此。 瀑布是没有文章(图案花纹)的,而缭绫呢,却"中有文章又奇绝",这又非瀑布所能比拟。 写那"文章"的"奇绝",又连用两"比":"地铺白烟花簇雪。""地"是底子,"花"是花纹。 在不太高明的诗人笔下,只能写出缭绫白底白花罢了,而白居易一用"铺烟""簇雪"作"比",就不仅写出了底、花俱白,而且连它们那轻柔的质感、半透明的光感和闪烁不定,令人望而生寒的色调都表现得活灵活现。至于那像雪花簇聚而成的图案究竟是什么样子,诗人还是要进一步描写的,但不能一口气写下去。 因为一口气写下去,一则文势平衍,缺乏变化,更重要的还在于老写缭绫而不写人,就失掉文学作品的特点,无法展现生活图景,因而也不可能表现有社会意义的主题。 白居易对这个问题是处理得很好的。 他用六句诗,一系列比喻写出了缭绫的精美奇绝,就立刻掉转笔锋,先问后答,点明缭绫的生产者与消费者,又从生产者与消费者两方面进一步描写缭绫的精美奇绝及其对缭绫的不同态度,新意层出,波澜迭起,如入山阴道上,令人目不暇给。

"织者何人衣者谁?"连发两问;"越溪寒女汉宫姬",连作两答。 生产者与消费者之间的尖锐矛盾,已历历在目。 "越溪女"既然那么"寒",为什么不给自己织布御"寒"呢? 就因为要给"汉宫姬"织造缭绫,不暇自顾。 "中使宣口敕",说明皇帝的命令不可抗拒，"天上取样"，说明技术要求非常高，因而也就非常费工。正因为这样，所以从"去年"直织到现在，还在织。"织为云外秋雁行"，是对上文"花簇雪"的补充描写。"染作江南春水色"，则是说织好了还得染，而"染"的难度也非常大，因而也相当费工。织好染就，"异彩奇文相隐映，转侧看花花不定"，其工艺水平竟达到如此惊人的程度！那么，它耗费了"寒女"的多少劳力和心血，也就不难想见了。

诗以"缭绫"为题，通篇不离缭绫，而又超越了缭绫。一方面，生动形象地写出了缭绫的精美绝伦，同时也写出了生产者付出的高昂代价："丝细缲多女手疼，扎扎千声不盈尺。"另一方面，则写"昭阳舞女"把用缭绫制成的价值千金的舞衣看得一文不值，"汗沾粉污不再着，曳土踏泥无惜心"。而"昭阳舞人"之所以把价值千金的舞衣看得一文不值，就由于她"恩正深"，正受到皇帝的宠爱。皇帝派"中使"，传"口敕"，发图样，逼使"越溪寒女"织造精美绝伦的缭绫，不是为了别的什么，正就是为了给他宠爱的"昭阳舞人"做舞衣！就这样，诗人以缭绫为焦点，集中地反映了封建社会的典型矛盾——生产者与消费者、被剥削者与剥削者之间的矛盾，讽刺的笔锋，直触及君临天下，神圣不可侵犯的皇帝。其精湛的艺术技巧和先进的思想光辉，都值得重视。

这首诗生动地反映了唐代丝织品所达到的惊人水平，也值得注意。"异彩奇文相隐映，转侧看花花不定"，是说从不同的角度去看缭绫，就呈现出不同的异彩奇文。这并非夸张。《资治通鉴》"唐中宗景龙二年"条记载：安乐公主"有织成裙，值钱一亿。花绘鸟兽，皆如粟粒。正视、旁视、日中、影中，各为一色"，就可与此相参证。这是我国劳动人民智慧的结晶，早已受到世界人民的喜爱和赞扬。

可怜身上衣正单　心忧炭贱愿天寒
——说白居易《卖炭翁》

> 卖炭翁,伐薪烧炭南山中。
> 满面尘灰烟火色,两鬓苍苍十指黑。
> 卖炭得钱何所营?身上衣裳口中食。
> 可怜身上衣正单,心忧炭贱愿天寒!
> 夜来城外一尺雪,晓驾炭车辗冰辙。
> 牛困人饥日已高,市南门外泥中歇。
> 翩翩两骑来是谁?黄衣使者白衫儿。
> 手把文书口称敕,回车叱牛牵向北。
> 一车炭,千余斤,宫使驱将惜不得!
> 半匹红纱一丈绫,系向牛头充炭直!

中唐时期"宫市"害民的情况,史书里多有记载,但千百年后仍然普遍为人们所了解,却主要由于白居易写了一篇"苦宫市也"的《卖炭翁》。"苦宫市",就是人民以"宫市"为苦,就是"宫市"给人民带来了苦难。

那么,什么叫"宫市"呢?

"宫",是皇宫,"市"是"买""采购"的意思。所谓"宫市",系指皇宫里需要的物品,派宦官到市场上去购买。派出去的宦官,就叫"宫使",即皇宫的使者。本来,为皇宫采购物品,是由官吏负责的,但到中唐时期,宦官专权,横行无忌,连这种采购权也被他们抓去了。宦官这种角色以"宫使"的身份到市场上去为皇宫购买物品,还能搞公平交易吗?所以,所谓"宫市",实际上是一种公开的掠夺。

《旧唐书》卷一四〇《张建封传》中说:

> 时宦者主官中市买,谓之"宫市"。抑买人物,稍不如本估(压低人家的物价,比原价稍低)。末年(指唐德宗贞元末年)不复行文书,置"白望"数十百人于两市及要闹坊曲,阅人所卖物,但称"宫市",则敛手付与,真伪不复可辨,无敢问所从来。其论价之高下者,率用值百钱物买人值数千钱物,仍索进奉"门户"及"脚价"银。将物诣市,至有空手而归者。名为"宫市",其实夺之。

《资治通鉴》卷二三五所记略同,但在"率用值百钱物买人值数千物"以下多写一句:"多以红紫染故衣、败缯,尺寸裂而给之。"揭露更其详尽。

"置'白望'数十百人于两市……"一句中的"白望"和"两市",需要作一些解释。"白望"是对那种"采购员"的称呼,概括了两个主要特点:"白"和"望"。"望",指在市场上东张西望,看看哪些物品是他们所需要的;"白",指"白取其物",不付物价。"两市",就是长安城中的"东市"和"西市"。"东市"位于皇城的东南,"西市"位于皇城的西南,各占两坊之地。两市各有两条平行的东西街和南北街,构成"井"字形。街道两面,店铺栉比鳞次,是当时长安城内经济活动的中心。两市各有二百二十个行业,小商小贩的货物和农民的农副产品,也要到这里出售。就在这样的地方"置'白望'数十百人",进行公开的掠夺,会给人民带来多么严重的灾难!

作为历史著作,像上面那样作一般的叙述,也就可以了。文学作品,却需要通过个别来反映一般。白居易的《卖炭翁》,就通过卖炭翁被掠夺的"个别",反映了"名为'宫市',其实夺之"的"一般"。那么,那个"个别"究竟是完全出于作者的艺术虚构呢,还是完全来自生活中的真人真事?看起来,这二者都不是。就是说,它是有生活原型的,却不是生活原型的翻版。让我们先看看生活原型。《顺宗实录》卷二云:

> 尝有农夫以驴负柴至城卖,遇宦者,称"宫市",取之,才与绢数尺,又就索"门户",仍邀以驴送至内。农夫涕泣,以所得绢付之;不肯受,曰:"须汝驴送柴至内。"农夫曰:"我有父母妻子,待此然后食。今以柴与汝,不取值而归,汝尚不肯,我有死而已!"遂殴宦者。街吏擒以闻,诏黜此宦者而赐农夫绢十匹。然宫市亦不为之改易,谏官御史数奏疏谏,不听。

这里的"就索'门户',仍邀以驴送至内"须和《旧唐书·张建封传》中的"仍索进奉'门户'及脚价银"参看。本来是"购买"人家的货物的,现在却干脆要人家"进奉",而且"进奉"到宫内去所经过的"门户",都要付费用(等于买门票)。"脚价银"好理解,那就是要被掠夺者出搬运费。因为这个卖柴的农夫有一头驴,所以没有向他要搬运费,而要他用驴送柴。

感谢《顺宗实录》的作者(一般认为是韩愈,但还有争议)记述了那位农夫的遭遇,使我们对"宫市"的罪恶能够有比较具体的了解。但这和文学作品仍然有区别,因为这是作为"宫市"害民的一个实例如实地记录下来的,并没有艺术想象和典型概括。白居易的《卖炭翁》,却与此不同。

农夫卖柴被掠夺的事,据《顺宗实录》记载,发生于"贞元末"。那时候,白居易正在长安做官。那件事既然闹得那么凶,以至于惊动了皇帝,白居易当然知道得很清楚。不容置疑,《卖炭翁》的创作,是从这里触发了艺术灵感,汲取了生活源泉的,但他不写"卖柴翁"

而写"卖炭翁",这在题材的选择、提炼与开掘上,表现了他的艺术匠心。 "炭"和"柴"相比,更来之不易,更凝结着劳动人民的血汗,寄托着劳动人民的希望,因而通过卖炭翁的遭遇,就更便于有力地表现"苦宫市"的主题。

同时,历史著作,只要如实地记录"宫市"掠夺人民财物的过程就够了,不需要创造人物形象。 写叙事诗却不然,那是需要创造出感人的艺术形象的。 白居易就创造了一个十分感人的"卖炭翁"的形象。

题为《卖炭翁》,诗的重点自然是写"卖炭"被掠夺。 但那位卖炭翁假如是经营木炭买卖的商人,那么"一车炭"被掠夺,就不会给他造成多么严重的苦难。 因此,在写卖炭之前,就有必要回答两个问题:卖炭翁是一个什么样的人?他的炭是怎样搞来的? 而回答这两个问题,又不宜用较多的笔墨,以免分散重点。 诗人的高明之处,在于他只用一开头的四句诗,二十四个字就回答了这两个问题,为我们塑造出艰难困苦的劳动者的形象。 "伐薪烧炭南山中"一句,通俗易懂,写来似乎毫不费力,却具有高度概括性。 卖炭翁的"炭"是自己"烧"出的,而"烧炭"用的"薪"又是自己"伐"来的。 披星戴月,凌霜冒雪,一斧一斧地"伐",一窑一窑地"烧",那"千余斤"炭,难道是容易得来的吗?

"伐薪""烧炭",概括了复杂的工序,也概括了漫长的艰苦劳动过程,为下文写"宫使"掠夺木炭的罪行作好了铺垫。 "南山中"三字也不是随便用上去的。 "南山",就是王维所写的"欲投人处宿,隔水问樵夫"的终南山,它山深林密,人迹罕到。 以"南山中"作为"伐薪""烧炭"的场所,具有环境的烘托作用。 此其一。 终南山在长安城南五十里以外,要把在"南山中"烧出的炭运到长安去卖,也很不容易。 下面的"晓驾炭车辗冰辙",直到"牛困人饥日已高"才到达"市南门外",就是紧扣这一点写的。 此其二。

"满面尘灰烟火色,两鬓苍苍十指黑",只十四个字就活画出卖炭翁的肖像，而劳动之艰辛，也得到了充分的表现。

前四句已经写出了卖炭翁所卖的炭是自己烧出的，来之不易。这就把他和贩卖木炭的商人区别了开来。但是，假如这位卖炭翁还有田地，凭自种自收就不至于挨饿受冻，只利用农闲时间烧炭、卖炭，用以补贴家用的话，那么他的一车炭被掠夺，也还有活路。还有活路，就不足以充分暴露"宫市"的罪恶。因此，在把卖炭翁和贩卖木炭的商人区别开来之后，还有必要把他和自给自足的农民区别开来。《顺宗实录》里所记的那个"农夫"，"以驴负柴至城卖"，自诉道："我有父母妻子，待此然后食。"看来他虽然被叫作"农夫"，实际上已丧失了田产，只靠打柴、卖柴养家活口。白居易所写的卖炭翁，显然是和这位"农夫"处境相似的劳动者，但诗人并没有让卖炭翁自己出面诉苦，而是设为问答："卖炭得钱何所营？身上衣裳口中食。"这一问一答，不仅化板为活，使文势跌宕，摇曳生姿，而且扩展了反映民间疾苦的深度与广度，使我们清楚地看到：卖炭翁贫无立锥之地，别无衣食来源，"身上衣裳口中食"，全指望他千辛万苦烧成的"千余斤"木炭能卖个好价钱。这就为后面写"宫使"掠夺木炭的罪行进一步作好了有力的铺垫。

"可怜身上衣正单，心忧炭贱愿天寒。"这是扣人心弦的名句。"身上衣正单"，就应该希望天暖。然而这位卖炭翁是把解决衣食问题的全部希望寄托在"卖炭得钱"上的，所以他"心忧炭贱愿天寒"，在冻得发抖的时候，一心盼望天气更冷。诗人如此深刻地理解卖炭翁的艰难处境和复杂的内心活动，又只用十多个字就如此真切地表现了出来，而且还用"可怜"两字倾注了自己的同情，从而迸发出激动人心的艺术力量。

这两句诗，从章法上看，是从前半篇向后半篇过渡的桥梁。"心忧炭贱愿天寒"，实际上是期待朔风凛冽，大雪纷飞。"夜来城外一尺雪"，这场大雪总算是盼到了！也就不再"心忧炭贱"了！"天子脚下"的达官贵人、富商巨贾们为了取暖，难道还会在微不足道的炭价上斤斤计较吗？当卖炭翁"晓驾炭车辗冰辙"的时候，占据着他的全部心灵的，不是埋怨下面是冰，上面是"一尺雪"的道路多么难走，而是盘算着那"一车炭"能卖多少钱，能换来多少"衣"和"食"。……要是在小说家笔下，是可以用很多篇幅写卖炭翁一路上的心理活动的，而诗人却连一句也没有写。这因为他在前面已经给读者开拓了驰骋想象的广阔天地，就不必再浪费笔墨了。

卖炭翁好容易烧出一车炭，盼到一场雪，一路上盘算着卖炭得钱换衣食。然而结果呢？他却遇上了"手把文书口称敕"的"宫使"。在皇宫的使者面前，在皇帝的文书和敕令面前，跟着那"叱牛"声，卖炭翁在从"伐薪""烧炭""愿天寒""驾炭车""辗冰辙"，直到"泥中歇"的漫长过程中所盘算的一切，所希望的一切，全都化为泡影！

从"南山中"到长安，路那么遥远，又那么难行，当卖炭翁"市南门外泥中歇"的时候，已经是"牛困人饥"，如今又"回车叱牛牵向北"，把炭送进皇宫，当然牛更困，人更饥了。那么，当卖炭翁饿着肚子走回终南山的时候，又想些什么呢？他往后的日子，又怎样过法呢？这一切，诗人都没有写，然而读者却不能不想。当想到这一切的时候，就不能不同情卖炭翁的遭遇，不能不憎恨统治者的罪恶，而诗人"苦宫市"的创作意图，也就收到了预期的社会效果。

《顺宗实录》里所记的那个"农夫"豁出性命打了"宫使"，很有斗争性。打了"宫使"，就激化了他与皇宫之间的矛盾，自然要被"街吏""擒"了去向皇宫里报告。而报告的结果呢？却是皇帝下诏"黜宦者""赐农夫绢十匹"，调和了矛盾。罚了宦者，赏了农夫，就应该取消"宫市"。然而，"宫市亦不为之改易"，可见皇帝罚宦者、赏农夫，只不过是玩弄欺骗人民的花招而已。很清楚，诗人如果按照《顺宗实录》所记的真人真事塑造卖炭翁的形象，以打了宦官、得到赏赐结束全诗，那就削弱了"苦宫市"的主题，降低了震撼人心的艺术力量。

这首诗层次多,跳跃性大,因而频频换韵。读的时候,要注意韵脚。"翁""中"押韵,平声;"色""黑""食"押韵,入声;"单""寒"押韵,平声;"雪""辙""歇"押韵,入声;"谁""儿"押韵,平声;"敕""北""得""直"押韵,入声。

　　有的同志提出一个问题:唐王朝的皇宫在长安城北,因而要"叱牛牵向北"。但卖炭翁是从"南山"来的,他的炭车在"市南门外泥中歇",本来就是"向北"的,为什么还要"回车"才能"牵向北"呢?诗歌是最精练的语言艺术,不必把一切细节都写出来,都写出来,那就拖沓了。"市南门外泥中歇",这是说卖炭翁总算盼到了目的地柴炭市,至于到了柴炭市以后怎样停车,就用不着交代,下面写"叱牛牵向北"的时候加上"回车"二字,不是补充说明卖炭翁到达"市南门外"之后,先"倒车"、再停车的吗?于"回车"中见"倒车",这也是使语言精练的一种技巧。这种技巧,就是写散文也很需要,更何况写诗!

"马蹄""牛领"的联系与对比
—— 说白居易《官牛》

官牛官牛驾官车,浐水岸边驱载沙。
一石沙,几斤重?朝载暮载将何用?
载向五门官道西,绿槐阴下铺沙堤。
昨来新拜右丞相,恐怕泥涂污马蹄。
右丞相:马蹄踏沙虽净洁,牛领牵车欲流血。
右丞相:但能济人治国调阴阳,官牛领穿亦无妨!

唐朝的制度,凡新宰相上任,京兆府要派人运沙子给他铺路,好让他从这条"沙堤"上去上班。中唐时期的李肇在《国史补》(卷下)里是这样叙述的:

> 凡拜相,礼绝班行。府县载沙填路,自私第至于城东街,名曰"沙堤"。

唐代杰出诗人的创作视野很开阔。为新任宰相铺沙堤,这本是司空见惯的例行公事,但也被他们中间的有些人看出诗意,选作题材,加以开掘,写出了具有深刻社会意义的好诗。白居易的《官牛》,就很有代表性。

为了便于进行比较,不妨先看看张籍的《沙堤行》:

> 长安大道沙为堤，旱风无尘雨无泥。
> 宫中玉漏下三刻，朱衣导骑丞相来。
> 路旁高楼息歌吹，千车不行行者避。
> 街官闾吏相传呼，当前十里惟空衢。
> 白麻诏下移相印，新堤未成旧堤尽。

先写为新宰相铺的沙堤多么好，接着写新宰相通过沙堤去上任，多威风。最后两句，则是全篇的"结穴"，需要作一些解释。所谓"白麻诏"，就是皇帝的诏书。唐代诏书分两种：凡有关重大事情的，用白麻纸，叫白麻诏；一般性的，用黄麻纸，叫黄麻诏。任免宰相，当然是大事，所以用白麻诏。《沙堤行》最后两句的意思是：新宰相刚在那十里"沙堤"上抖完威风，皇帝就下白麻诏让他移交相印，于是乎，又要为接替他的新任宰相铺沙堤了。

诗写得比较含蓄，但可以看出，它是意在讽喻的。关于新宰相走马上任的描写也很生动：朱衣人前导；街官闾吏喝道；一路上车马回避，连路两边高楼上的人也不敢喧哗；十里沙堤，空荡荡、静悄悄，一任新宰相驰骋。这使千百年以后的读者仿佛亲莅其境，形象地认识到封建社会的宰相有多么显赫！

白居易的《官牛》与张籍的《沙堤行》写的虽是同一题材，但白诗较之张诗却开掘得更深更广，表现得也更集中、更尖锐。

白诗题为《官牛》，主题却是"讽执政"，在封建社会里，宰相的权势仅次于皇帝，不用说享有许多特权。专门为他运沙铺路，这不过是他享有的许多特权中的一种小小特权。白居易举一反三，敏锐地抓住了这一小小特权，对宰相们进行了既委婉又深刻的讽喻。

诗很简短，但接连换韵换意，层层转折，富于波澜。其表现方法上的突出特点是：把两个互为因果的重大社会问题概括在似乎无足轻重的"马蹄"与"牛领"的关系上，一经对比，立刻表现为尖锐的矛盾，显示出深刻的社会意义。

诗里提到的"五门官道",是指宰相到皇宫里去办公要经过的道路。唐王朝的政治中心,唐高祖李渊和唐太宗李世民当政的三十多年在太极宫(西内),宰相要到太极宫去办公。太极宫南墙有"五门":承天门、长乐门、广运门、重福门、永春门。承天门是正门,其位置约在今西安市莲湖公园的范围以内。唐高宗李治以后,政治中心移到大明宫(东内),宰相要到大明宫去上班。大明宫南墙也有"五门",其遗址在今西安火车站以北一公里的龙首原上。其正门叫丹凤门。白居易的时代,政治中心在大明宫;他所说的"五门官道",如果要确指的话,那就是指以丹凤门为中心的"五门"前面的道路。

从"浐水岸边"把沙子拉到"五门官道"西,路不算近。"朝载暮载",需要的沙子不算少。那么,急急忙忙地拉那么多沙子,究竟有什么了不起的用途呢?说穿了,那用途其实与国计民生毫不相干:"昨来新拜右丞相,恐怕泥涂污马蹄",因而要在"绿槐阴下铺沙堤"。马在"绿槐阴下"的官道上走,这和牛从"浐水岸边"拉沙相比,已经很舒服,但还怕泥路弄脏了蹄子,要给路上铺沙。为什么如此尊贵呢?原因很简单:就因为它是宰相的马。反过来说,马尚如此,更何况宰相本人!更何况宰相的妻子儿女!事物总是互为因果的,"马"享特权,就需要"牛"替它付出代价。这二者之间的利害得失,是应该衡量一番的,然而不了解下情的宰相也许并没有注意到这一点。因此,诗人直呼"右丞相",提醒他:"马蹄踏沙虽净洁,牛领牵车欲流血!"对比如此鲜明,苦乐如此不均,"右丞相"是否可以衡量一下利害得失,放弃那一点点特权呢?——这算是诗人对"右丞相"提出的较高要求。要求虽然高,直高到要人家放弃特权但措辞却相当委婉。当然,要人家放弃特权,总是有困难的,诗人明白这一点,所以又直呼"右丞相",向他提出退一步的要求:"但能济人治国调阴阳,官牛领穿亦无妨!"就是说:只要能救济人民,治理国家,办好宰相该办的大事,那么,享受一点特权,也不要紧的,既然"恐怕泥涂污马蹄",那就让"官牛"多辛苦一点就是了。

这首诗写于元和四年(809)。先一年九月,任山南东道节度使,以贪污残暴出名的于頔(音狄)入朝,拜司空,同中书门下平章事,白居易曾上疏反对。因此,曾经有人认为这首诗里的"右丞相",指的就是于頔。其实,诗人明明说他写这首诗的目的是"讽执政也"。"执政"的范围比较大,并不一定专指某一个具体的人。在唐代,整个统治阶层都享有特权,为新任宰相拉沙铺路,原是小事一桩,可以说微不足道。但举出一种小特权,就可以联想到各种各样的大特权。小特权的代价是"牛领流血",大特权的代价,自然不止"牛领流血"而已!诗人的可贵之处,就在于他从小事中看出了大问题,从而提炼出具有深刻意义的主题,并以独创性的艺术构思,通过"马蹄"与"牛领"的联系和对比,生动地表现了这个主题。

为君翻作琵琶行　说尽心中无限事
——说白居易《琵琶行》

　　元和十年，予左迁九江郡司马。明年秋，送客湓浦口，闻船中夜弹琵琶者，听其音，铮铮然有京都声。问其人，本长安倡女，尝学琵琶于穆、曹二善才，年长色衰，委身为贾人妇。遂命酒，使快弹数曲，曲罢悯默。自叙少小时欢乐事，今漂沦憔悴，转徙于江湖间。予出官二年，恬然自安，感斯人言，是夕始觉有迁谪意。因为长句，歌以赠之，凡六百一十二言，命曰《琵琶行》。

浔阳江头夜送客，枫叶荻花秋瑟瑟。
主人下马客在船，举杯欲饮无管弦。
醉不成欢惨将别，别时茫茫江浸月。
忽闻水上琵琶声，主人忘归客不发。
寻声暗问弹者谁，琵琶声停欲语迟。
移船相近邀相见，添酒回灯重开宴；
千呼万唤始出来，犹抱琵琶半遮面。
转轴拨弦三两声，未成曲调先有情。
弦弦掩抑声声思，似诉平生不得志。
低眉信手续续弹，说尽心中无限事。
轻拢慢捻抹复挑，初为《霓裳》后《六幺》。
大弦嘈嘈如急雨，小弦切切如私语。
嘈嘈切切错杂弹，大珠小珠落玉盘。

间关莺语花底滑,幽咽泉流冰下难。
冰泉冷涩弦凝绝,凝绝不通声渐歇。
别有幽愁暗恨生,此时无声胜有声。
银瓶乍破水浆迸,铁骑突出刀枪鸣。
曲终收拨当心画,四弦一声如裂帛。
东船西舫悄无言,唯见江心秋月白。
沉吟放拨插弦中,整顿衣裳起敛容。
自言"本是京城女,家在虾蟆陵下住。
十三学得琵琶成,名属教坊第一部。
曲罢曾教善才伏,妆成每被秋娘妒。
五陵年少争缠头,一曲红绡不知数。
钿头云篦击节碎,血色罗裙翻酒污。
今年欢笑复明年,秋月春风等闲度;
弟走从军阿姨死,暮去朝来颜色故!
门前冷落鞍马稀,老大嫁作商人妇。
商人重利轻别离,前月浮梁买茶去。
去来江口守空船,绕船月明江水寒。
夜深忽梦少年事,梦啼妆泪红阑干。"
我闻琵琶已叹息,又闻此语重唧唧;
同是天涯沦落人,相逢何必曾相识!
"我从去年辞帝京,谪居卧病浔阳城。

浔阳地僻无音乐，终岁不闻丝竹声。
住近湓江地低湿，黄芦苦竹绕宅生；
其间旦暮闻何物？杜鹃啼血猿哀鸣。
春江花朝秋月夜，往往取酒还独倾；
岂无山歌与村笛？呕哑嘲哳难为听。
今夜闻君琵琶语，如听仙乐耳暂明；
莫辞更坐弹一曲，为君翻作《琵琶行》。"
感我此言良久立，却坐促弦弦转急：
凄凄不似向前声，满座重闻皆掩泣。
座中泣下谁最多？江州司马青衫湿。

《琵琶行》和《长恨歌》是各有独创性的名作。早在作者生前，已经是"童子解吟《长恨》曲，胡儿能唱《琵琶》篇"。此后，一直被传诵国内外，显示了其强大的艺术生命力。

《琵琶行》里所写的是作者由长安贬到九江期间在船上听一位长安故倡弹奏琵琶、诉说身世的情景。宋人洪迈在《容斋随笔》（卷七）里说："白乐天《琵琶行》一篇，读者但羡其风致，敬其词章，并形于乐府，咏歌之不足，遂以谓真为长安故倡所作。予窃疑之。唐世法网虽于此为宽，然乐天尝居禁密，且谪官未久，必不肯乘夜入独处妇人船中，权从饮酒。至于极弹丝之乐，中夕方去，岂不虞商人者它日议其后乎？乐天之意，直欲据写天涯沦落之恨尔。"当然，一个被贬谪的封建官吏"乘夜入独处妇人船中"，这不大可能。文艺作品中的情节常常出于虚构，或带有虚构成分。洪迈认为作者通过虚构的情节，抒发他自己的"天涯沦落之恨"，这是抓住了要害的。但那虚构的情节既然真实地反映了琵琶女的不幸遭遇，那么就诗的客观意义说，它也抒发了"长安故倡"的"天涯沦落之恨"。看不到这一点，同样有片面性。

诗人着力地塑造了琵琶女的形象。

从开头到"犹抱琵琶半遮面"，写琵琶女的出场。

首句，"浔阳江头夜送客"，只七个字，就把人物（主人和客人）、地点（浔阳江头）、事件（主人送客人）和时间（夜晚）一一作了概括的介绍，再用"枫叶荻花秋瑟瑟"一句作环境的烘染，而秋夜送客的萧瑟落寞之感，已曲曲传出。唯其萧瑟落寞，因而反跌出"举酒欲饮无管弦"。"无管弦"三字，既与后面的"终岁不闻丝竹声"相呼应，又为琵琶女的出场和弹奏作铺垫。因"无管弦"而"醉不成欢惨将别"，铺垫已十分有力，再用"别时茫茫江浸月"作进一层的环境烘染，就使得"忽闻水上琵琶声"具有浓烈的空谷足音之感，无怪乎"主人忘归客不发"，要"寻声暗问弹者谁"，"移船相近邀相见"了。

从"夜送客"之时的"秋瑟瑟""无管弦""惨将别"一转而为"忽闻""寻声""暗问""移船"，直到"邀相见"这对于琵琶女的出场来说，已可以说是"千呼万唤"了。但"邀相见"还不那么容易，委实要经历一个"千呼万唤"的过程，她才肯"出来"。这并不是她在拿身份。正像"我"渴望听仙乐一般的琵琶声，是"直欲摅写天涯沦落之恨"一样，她"千呼万唤始出来"，也是由于有一肚子"天涯沦落之恨"，不便明说，也不愿见人。诗人正是抓住这一点，用"琵琶声停欲语迟""犹抱琵琶半遮面"的肖像描写来表现她的难言之痛的。

下面的一大段，通过描写琵琶女弹奏的乐曲来揭示她的内心世界。

先用"转轴拨弦三两声"一句写校弦试音，接着就赞叹"未成曲调先有情"，突出了一个"情"字。"弦弦掩抑声声思"以下六句，总写"初为《霓裳》后《六幺》"的弹奏过程。其中既用"低眉信手续续弹""轻拢慢捻抹复挑"描写弹奏的神态,更用"似诉平生不得志""说尽心中无限事"概括了琵琶女借乐曲所抒发的思想情感。 此后十四句,在借助语言的音韵摹写音乐的时候,兼用各种生动的比喻以加强其形象性。 "大弦嘈嘈如急雨",既用"嘈嘈"这个叠韵词摹声,又用"如急雨"使它形象化。 "小弦切切如私语"亦然。 这还不够,"嘈嘈切切错杂弹",已经再现了"如急雨""如私语"两种旋律的交错出现,再用"大珠小珠落玉盘"一比,视觉形象与听觉形象就同时显露出来,令人眼花缭乱,耳不暇接。 旋律继续变化,出现了先"滑"后"涩"的两种意境。 "间关"之声,轻快流利,而这种声音又好像"莺语花底",视觉形象的优美强化了听觉形象的优美。 "幽咽"之声,悲抑哽塞,而这种声音又好像"泉流冰下",视觉形象的冷涩强化了听觉形象的冷涩。 由"冷涩"到"凝绝",是一个"声渐歇"的过程,诗人用"别有幽愁暗恨生,此时无声胜有声"的佳句描绘了余音袅袅、余意无穷的艺术境界。 弹奏至此,满以为已经结束了。 谁知那"幽愁暗恨"在"声渐歇"的过程中积聚了无穷的力量,无法压抑,终于如"银瓶乍破",水浆奔迸,如"铁骑突出",刀枪轰鸣,把"凝绝"的暗流突然推向高潮。 才到高潮,即收拨一画,戛然而止。 一曲虽终,而回肠荡气、惊心动魄的音乐魅力,却并没有消失。 诗人又用"东船西舫悄无言,唯见江心秋月白"的环境描写作侧面烘托,给读者留下了涵咏回味的广阔空间。

如此绘声绘色地再现千变万化的音乐形象,已不能不使我们敬佩作者的艺术才华。 但作者的才华还不仅表现在再现音乐形象,更重要的是通过音乐形象的千变万化,展现了琵琶女起伏回荡的心潮,为下面的诉说身世作了氛围的渲染。

正像在"邀相见"之后,省掉了请弹琵琶的细节一样,在曲终之后,也略去了关于身世的询问,而用两个描写肖像的句子向"自言"过渡。 "沉吟"的神态,显然与询问有关,这反映了她欲说还休的内心矛盾,"放拨""插弦中""整顿衣裳""起""敛容"等一系列动作和表情，则表现了她克服矛盾、一吐为快的心理活动。"自言"以下，用如怨如慕、如泣如诉的抒情笔调，为琵琶女的半生遭遇谱写了一曲扣人心弦的悲歌，与"说尽心中无限事"的乐曲互相补充，完成了女主人公的形象塑造。

女主人公的形象塑造得异常生动真实，并且有高度的典型性。通过这个形象，深刻地反映了封建社会中被侮辱、被损害的乐伎们、艺人们的悲惨命运。面对这个形象，怎能不一洒同情之泪！

作者在被琵琶女的命运激起的情感波涛中袒露了自我形象。"我从去年辞帝京，谪居卧病浔阳城"的那个"我"，是作者自己，但也有典型意义。作者由于要求革除暴政、实行仁政而遭受打击，从长安贬到九江，心情很痛苦。当琵琶女第一次弹出哀怨的乐曲、表达心事的时候，就已经拨动了他的心弦，发出了深长的叹息声。当琵琶女自诉身世、讲到"夜深忽梦少年事，梦啼妆泪红阑干"的时候，就更激起他的情感的共鸣："同是天涯沦落人，相逢何必曾相识。"同病相怜，同声相应，忍不住说出了自己的遭遇。

写琵琶女自诉身世，详昔而略今，写自己的遭遇，则压根儿不提被贬以前的事。这也许是意味着以彼之详，补此之略吧。比方说，琵琶女昔日在京城里，"曲罢常教善才伏，妆成每被秋娘妒"的情况和作者被贬以前的情况是不是有些相通之处呢？同样，作者被贬以后的处境和琵琶女"老大嫁作商人妇"以后的处境是不是也有某些类似之处呢？看起来，这都是有的，要不然，就不会发出"同是天涯沦落人"的感慨。

"我"的诉说，反转来又拨动了琵琶女的心弦，当她又一次弹琵琶的时候，那声音就更加凄苦感人，因而反转来又激动了"我"的情感，以至热泪直流，湿透青衫。

把处于封建社会底层的琵琶女的遭遇，同被压抑的正直的知识分子的遭遇相提并论，相互映衬，相互补充，作如此细致生动的描写，并寄予无限同情，这在以前的诗歌中还是罕见的。它透露了一个重要消息：市民阶层的人物，从此将更多地跨进文艺作品。

《琵琶行》由于具有集中的场景、单纯的情节和丰满的人物形象而为戏剧的再创作提供了坚实的基础。元代的戏曲家马致远曾根据它写出《青衫泪》，清代的戏曲家蒋士铨曾根据它写成《四弦秋》。在日本，也早在广泛传诵的过程中经过改编，被搬上舞台。

由触觉写到知觉
——说白居易《寒闺怨》

> 寒月沉沉洞房静，真珠帘外梧桐影。
> 秋霜欲下手先知，灯底裁缝剪刀冷。

唐代实行府兵制度，要求府兵战士从军时必须自备一部分武器、粮食和衣裳。时间久了，衣服破损，特别是御寒的棉衣，更需要经常补充。白居易生活的时代府兵制已遭到破坏，但家人为征夫准备棉衣还是十分必要的。这首七绝就描写一位少妇深夜为征戍的丈夫制作冬衣的情景，细腻深沉，描写角度新颖别致。

前两句诗落笔"寒闺"，设景凄清，突出深闺的寂静，更见闺中人幽独之状。"寒月"即秋月，用"寒"字起笔，在于强调时令，制造气氛。"洞房"指室之深邃者，沈迥《幽庭赋》有"转洞房而引景，偃飞阁而藏霞"句，其中"洞房"与此同义，此处指大户人家后院女眷的住房。首句的意思是：一轮圆月照着岑寂的闺房。这是远景，紧接着诗人把目光投向闺房外的院落。如果说前一句诗的"静"是虚写，那么"梧桐影"便是实写了，它与前句中的"寒月"相照应：月光下彻，树影斑驳，一两片树叶悄然飘落。传神地表达了静寂的感觉，又暗含茕茕孑立、形影相吊之意。"真珠帘"无非言其华贵，与上句中"洞房"相称。诗人不但写出幽凄的诗境，而且通过环境描写暗示人物的生活和身份。凡景语皆情语，前两句诗融情入景，"寒""沉""静""影"都带有浓郁的感情色彩，有力地烘托出一种哀婉的情调。

后两句诗落笔"闺怨"。李白曾在同一题材的《子夜吴歌》中直接抒发"何日平胡虏，良人罢远征"的怨恨。白居易则设身处地体验少妇的心情,通过缝衣中的细节刻画含蓄婉转地表达了同样的思想感情。"秋霜欲下"这简直是女主人公发自内心深处的惊呼。就一年来说,"秋霜欲下"表明冬天即将来临,而她的丈夫至今还未回来,冬衣还没有寄出。就一夜而论,"秋霜欲下"表明时间已近黎明,而她仍在灯下缝衣,几乎熬了一个通宵,寒衣还未缝就,怎能不心急如焚。她凭什么知道"秋霜欲下"呢?诗人代她作了十分新奇的解释,说她"手先知"。"手"只有触觉而无知觉,哪里能"先知"呢?正当读者惊疑揣猜,期待说明的时候,作者补充了一个细节。"灯底裁缝剪刀冷"。"手"握剪刀,乍感冰冷,不禁打了一个寒战,"秋霜欲下"的惊呼随之从内心深处迸发,而对丈夫征戍的关怀,对寒衣未寄的焦灼,以及对那导致丈夫久别未归的种种原因的怨愤,也就曲曲传出,动人心魄。

一、二两句所写,乃是前半夜缝衣的景况。北方深秋的夜晚,前半夜就有些"寒",后半夜便有些"冷"。"寒"与"冷"都来自触觉。首句的"月",当然诉诸视觉,说它"寒",乃是因见月色惨白而引发"寒"的触觉,形成"通感"。三、四两句所写乃是后半夜的景况。由"剪刀冷"而知"秋霜欲下",乃是由触觉到知觉的升华。人们的共同经验是:北方的深秋之夜,如果天气晴明,那么在黎明之前突然变"冷"就会下霜。女主人公先望"寒月",可见这是个晴明的深秋之夜,及至手触剪刀,乍感冰冷,凭她的经验就可以"先知""秋霜欲下"了。这种先有触觉,再结合经验跃进到知觉的过程十分短暂,因而触觉与知觉就像叠合为一。当然,在科学著作中说什么"手"能"先知",那是不允许的。而在诗中,却不仅允许这样说,而且正由于诗人创造了"秋霜欲下手先知,灯底裁缝剪刀冷"这样新奇的诗句,才把女主人公复杂的内心活动和深广无限的怨情表现得曲尽神理。

善用数词　极尽夸张
——说周匡物《及第谣》

水国寒消春日长，燕莺催促花枝忙。
风吹金榜落凡世，三十三人名字香。
遥望龙墀新得意，九天敕下多狂醉。
骅骝一百三十蹄，踏破蓬莱五云地。
物经千载出尘埃，从此便为天下瑞。

诗人进行艺术构思，就时间而言，"寂然凝虑，思接千载"，就空间而言，"悄焉动容，视通万里"。而"千""万"之类的数词，不论是表述时间或空间，都十分需要。正因为这样，在诗的语言中，数词占有相当重要的地位。唐代诗人，如"初唐四杰"中的骆宾王，就由于"好用数对"，被人们称为"算博士"。值得注意的是：作为诗人，即使被称为"算博士"，他运用数词，仍与数学家或历史学家、地理学家等等运用数字大不相同。诗中的数词，乃是"诗的语言"的组成部分，具有诗的语言的特点。它固然可以确指客观事物的数量，但在更多的场合，则服从表情达意的需要，允许在不同程度上夸大或缩小。因此，企图根据唐人诗句考证唐代酒价的做法，虽然至今仍有人为之辩护，但毕竟是不可取的。

中唐诗人周匡物的这篇《及第谣》，写及第后的狂欢，更有甚于孟郊的"春风得意马蹄疾，一日看尽长安花"。十分有趣的是：这两首诗都写了马蹄，而写法不同。孟郊强调的是马蹄的"疾"，"疾"到"一日看尽长安花"，以此表现那股子"得意"劲，因而无须计算马蹄的数目。周匡物要写出同榜"三十三人"成群结队，驰骋骅骝，

"踏破蓬莱五云地"的热闹场面和欢快气氛,所以不强调马蹄的"疾",而强调马蹄的多。实际上,三十三人,自然各骑一马,共三十三马。"三十三"这个关于马匹的数目,是不能夸大的。然而如实写出马数,就不够壮观,所以他不用马匹的数目而用马蹄的数目,来了个"骅骝一百三十蹄",其声势立刻改观,自足以"踏破"那"蓬莱五云地"了。一马四蹄,"三十三"乘"四",其得数是"一百三十二",不是"一百三十"。诗人不说"骅骝一百三十二蹄",因为他写的是"七言诗",也不说"骅骝一百卅二蹄",因为其音调不如"骅骝一百三十蹄"明快而响亮。于是竟然舍去两蹄,连别人会不会讥笑那三十三位新进士中有两位各骑三条腿的马,或者有一位骑两条腿的马,也不去管他。如果是数学演算,这当然闹了笑话;而在诗歌创作中,却是可以允许的。因为这里需要的不是数字的精确,而是意境的真切以及由此产生的艺术感染力。

由此联想到杜甫《古柏行》中的"四十围"和"二千尺"。诗的前几句是这样的:"孔明庙前有老柏,柯如青铜根如石。霜皮溜雨四十围,黛色参天二千尺。君臣已与时际会,树木犹为人爱惜。云来气接巫峡长,月出寒通雪山白。"很明显,诗人是用夸张手法描写老柏的高大,为在结尾抒发"古来材大难为用"的感慨蓄势。在这里,"四十围"和"二千尺",更不同于周匡物所说的"一百三十蹄"。然而对这两个数量词,历来却聚讼纷纭。《梦溪笔谈》(卷二三)里说:"四十围"乃是径七尺,径七尺而高"二千尺",太细长。《靖康缃素杂记》辩解说:三尺为围,"四十围"即一百二十尺,按"围三径一"计算,其径四十尺而非七尺,怎能说太细长?诸如此类,都从写实的角度考虑问题,而忽略了艺术夸张的特点。当然,也有认为是艺术夸张的。《学林新编》云:"子美《潼关吏》曰:'大城铁不如,小城万丈余。'岂有'万丈'城耶?姑言其高。'四十围'、'二千尺'者,亦姑言其大且高也。诗人之言当如此,而存中(《梦溪笔谈》作者沈括字存中)乃拘拘然以尺寸校之,则过矣。《诗》曰:'崧高维岳,峻极于天。'第言岳之高耳,岂果'极于天'耶?"

这种议论，自然十分中肯，但仍然有人反对。赵次公引《均州图经》及《太平寰宇记》所载武当古柏"大四十围"、巴郡古柏"高二千尺"的资料，认为杜甫"用柏事（用关于柏树的典故）以形容今柏之大"。近人高步瀛则进一步强调："沈氏所算实误。……《释文》引崔氏曰：'围环八尺为一围。'则四十围当三百二十尺，姑为周三径一计之，则径当百六十九尺有奇，亦不得如存中所算径七尺也。要之，古人形容之语，固不容刻舟求剑，然此不云十围、百围、千尺、万尺，而实指之曰'四十围'、'二千尺'，则不得泛然以'小城万丈'及'峻极于天'例之。存中所言数虽不合，不当如王氏、朱氏之言，认为假象，斥其不应以尺寸推寻也。"（《唐宋诗举要》卷二）看起来，他认为"四十围""二千尺"都是"实指"，而非夸张。

赵次公说"四十围""二千尺"是用典，朱长孺则说"皆假象为词，非有故实"，即并非用典。在我们看来，杜甫即使用典，仍具有夸张的性质。"霜皮溜雨四十围，黛色参天二千尺"，是夸张，"云来气接巫峡长，月出寒通雪山白"，是在此基础上所作的进一步夸张。如果说前两句是写实，那么难道后两句也能算写实吗？

夸张的描写，也是可以当作典故运用的。黄克晦《嵩阳宫三将军柏》首联云："人间柏大此全稀，老干宁论四十围！"王紫绶《汉柏》首联云："二树中天倚翠微，霜皮宁论几人围！"显然都借用杜诗"霜皮溜雨四十围"来赞叹嵩山古柏的粗大。加上"宁论"两个字，是说其树干之大，又岂是"四十围"所能形容的。这就是用夸张的典故作更大的夸张。嵩山嵩阳书院内那株被称为"二将军"的汉柏，我亲眼看过，的确大得惊人，当时就默诵了杜甫的诗句，但是否真有"四十围"，或者超过"四十围"，却不曾量。大约杜甫当年看孔明庙前古柏，也不曾量。黄克晦写出"老干宁论四十围"的诗句，也只是抒发他的观感，赞叹汉柏的雄伟，而不是记录他实地丈量的结果。艺术真实反映生活真实，但并不等于生活真实。对待诗中的数词，不能不注意这一特点。

藏问于答　词约意丰
——说贾岛《寻隐者不遇》

> 松下问童子，言师采药去。
> 只在此山中，云深不知处。

我在谈杜甫《石壕吏》"听妇前致词"一段时，曾以贾岛的《寻隐者不遇》为例，说明"藏问于答"的表现手法，现在再谈谈这首诗。

第一句"松下问童子"，有人以为"以叙作问"；"言师采药去。只在此山中，云深不知处"三句，有人曾说"自'言'字以下，皆为童子回答之辞"。从表面上看，这说法并不错，但仔细思索，却并不是这么回事。如果认为全诗只有一问一答，那未免辜负了作者的艺术匠心。

全篇只有二十个字，又是抒情诗，可它竟能吸收叙事诗的优点，有人物，有环境，有情节，内容十分丰富。字句这样少，容量这样大，其秘密何在呢？就在于独出心裁地运用问答体：不是有问有答，一问一答，而是藏问于答，几问几答。

崔颢的组诗《长干曲》先写女子的问："君家住何处？妾住在横塘。停舟暂借问，或恐是同乡。"后写男子的答："家临九江水，来去九江侧。同是长干人，生小不相识。"以一首诗写问，另一首写答，有点像民歌中的"盘歌"。至于在同一首小诗中运用问答体，通常是只写问而不写答。例如：

> 少小离家老大回，乡音无改鬓毛衰。
> 儿童相见不相识，笑问客从何处来？
> 　　　　　　　　——贺知章《回乡偶书》

君自故乡来,应知故乡事。
来日绮窗前,寒梅着花未?

——王维《杂咏》

绿蚁新醅酒,红泥小火炉。
晚来天欲雪,能饮一杯无?

——白居易《问刘十九》

这是一首诗只写了一问的。由于只写一问,尚有其他字句或写景,或叙事,或抒情,为这一问作铺垫,所以容易于问而不答中含不尽之意。又如:

门前水流何处?天边树绕谁家?
山绝东西多少?朝朝几度云遮?

——皇甫冉《问李二司直》

逢君自乡至,雪涕问田园:
几处生乔木?谁家在旧村?

——李端《逢王泌自东京至》

贺兰山上几株松?南北东西共几峰?
买得住来今几日?寻常谁与坐从容?

——王安石《勘会贺兰山主绝句》

昨汝登东岳,何峰是极峰?
有无丈人石?几许大夫松?

——李梦阳《郑生至自泰山》

这是一首诗中包含几问乃至句句问的。包含几问乃至句句问,要写得含蓄蕴藉,就比较困难。

为什么在一首小诗中运用问答体，通常是只写问而不写答呢？就因为用很少的字句既写问又写答，还要写得有韵味，那是很难着笔的。

这首《寻隐者不遇》，却不仅有问有答，而且是几问几答。其高明之处在于：明写答而暗写问，或者说，寓问于答。

"松下问童子"一句，省略了主语"我"。"我"在"松下"问"童子"，问者与被问者同时出现，有问就有答。"言师采药去"一句，省略了主语"童子"，童子"言"，就是童子对"我"的问作出了回答。问了些什么，没有写，只写了"童子"的答话："师采药去。"童子的答话既然是"我的师父采药去了"，那么"我"的问话不就是"你的师父干什么去了"吗？

"我"是专程来"寻隐者"的，"隐者""采药去"了，自然很想把他找回来。因而又问童子："他上哪儿采药去了？"这一问，诗人也没有明写，而是从"只在此山中"的回答里暗示出来的。

听到这一答，不难想见"我"转忧为喜的神态。既然"只在此山中"，不就可以把他找回来吗？于是迫不及待地问："他在哪一处？"不料童子却作了这样的回答："云深不知处。""他在哪一处"的问也没有明写，然而如果没有这样的问，又怎么会有"云深不知处"的回答呢？

"答非所问"，"顾左右而言他"，这只是特殊情况。在一般情况下，答总是针对问的，因而只写答什么，就可以想见问什么。诗人巧妙地以答见问，收到了言外见意的艺术效果。"我"的问话固然见于言外；"我"与"童子"往复问答的动作、情态及其内心活动，也见于言外。比方说，你读到"云深不知处"的时候，只要设身处地，眼前就可能出现一幅图画："童子"一边说，一边遥指，"我"跟着"童子"遥指的方向望去，东边是白云，西边也是白云，苍岑翠岭，时露林梢，时而又淹没于茫茫云海。那么，"隐者"穷竟在何处"采药"呢？……

只四句诗，通过问答的形式写出了"我""童子""隐者"三个人物及其相互关系，又通过环境的烘托，使人物形象表现得更加鲜明。

"松下问童子"的"松"字选得好。"寻隐者"而于"松下"问"童子"，表现那"隐者"正是隐于"松下"的。"松"字既写实景，又切合"隐者"的身份，有象征意味。如果换成"花下"问童子，就完全不同了。

当然，只看这一句，那"松"长在何处，是一棵，还是一大片，都不明确。倘若只是一棵，又长在繁华都市里的朱门绣户之间，那又是另一番情景。然而和"只在此山中"联系起来，和"云深不知处"联系起来，和隐者"采药去"联系起来，一个超尘绝俗的清幽环境就展现在读者面前，而隐居于此的"隐者"及其"童子"的人品如何，也可想而知。

"隐者"隐于"此山中"，"寻隐者"的"我"自然住在"此山"外。封建社会的知识分子一般都热衷于"争利于市，争名于朝"，"我"当然是个知识分子，却离开车水马龙的都市，跑到这超尘绝俗的青松白云之间来"寻隐者"，究竟是为了什么？当他伫立于青松之下四望漫山白云，无法寻见那"隐者"之时，又是什么心情？这一切，也耐人寻味，引人遐想。

贾岛是与孟郊并称的"苦吟诗人"。这首诗尽管清新自然，略无雕琢痕迹，但也是经过艰苦酝酿和反复锤炼的产物。有人把创作权付与孙革，是毫无根据的。

一骑红尘妃子笑
——说杜牧《过华清宫绝句三首》(其一)

> 长安回望绣成堆,山顶千门次第开。
> 一骑红尘妃子笑,无人知是荔枝来。

杜牧写华清宫的诗有五排《华清宫三十韵》一首、七绝《华清宫》一首、《过华清宫绝句》三首。这一首流传最广。关于唐明皇与杨贵妃荒淫误国,杜甫以来的不少诗人已作过充分反映。此诗也表现这一主题,却选取了新鲜角度,收到了独特效果。杨贵妃喜吃鲜荔枝,唐明皇命蜀中、南海并献。驿骑传送,六七日间飞驰数千里,送到长安,色味未变。此诗即从此处切入,以"一骑红尘"与"妃子笑"之间的戏剧性冲突为中心组织全诗,构思布局之妙,令人叹服。

首句"长安回望"四字极重要。解此诗者或避而不谈,或说作者已"过"华清而进入长安,又回头遥望。其实,这是从"一骑"方面设想的。长安是当时的京城,明皇应在京城日理万机,妃子自应留在京城,因而飞送荔枝者直奔长安,而皇帝、贵妃却在骊山行乐!这就出现了"长安回望绣成堆"的镜头。唐明皇时,骊山遍植花木如锦绣,故称绣岭。用"绣成堆"写"一骑"遥望中的骊山总貌,很传神。次句承"绣成堆"写骊山华清宫的建筑群。这时候,"一骑"已近骊山,望见"山顶千门次第开";山上人也早已望见"红尘"飞扬,"一骑"将到,因而将"山顶千门"次第打开。紧接着,便出现了"一骑红尘妃子笑"的戏剧性场景。一方面,是以卷起"红尘"的高速日夜奔驰,送来荔枝的"一骑",挥汗如雨,苦不堪言;另一方面,则是得到新鲜荔枝的贵妃,嫣然一笑,乐不可支。两相对照,蕴涵着对骄奢淫逸生活的无言谴责。前三句诗根本未提荔枝,如果像前面分析的那样句句讲荔枝,那就太平淡了。 读前三句,压根儿不知道为什么要从长安回望骊山,不知道"山顶千门"为什么要一重接一重地打开,更不知道"一骑红尘"是干什么的、"妃子"为什么要"笑",给读者留下了一连串悬念。 最后一句,应该是解释悬念了,可又出人意外地用了一个否定句:"无人知是荔枝来。"的确,卷风扬尘,"一骑"急驰,华清宫千门,从山下到山顶一重重为他敞开,谁都会认为那是飞送关于军国大事的紧急情报,怎能设想那是为贵妃送荔枝!"无人知"三字画龙点睛,蕴含深广,把全诗的思想境界提升到惊人的高度。

周幽王的烽火台也在骊山顶上。 作者让杨贵妃在骊山"山顶"望见"一骑红尘",并且特意用"妃子笑"三字,是有意使读者产生联想,想起"褒姒一笑倾周"的历史教训的。

瑶阶夜色凉如水　坐看牵牛织女星
——说杜牧《秋夕》

> 银烛秋光冷画屏，轻罗小扇扑流萤。
> 瑶阶夜色凉如水，坐看牵牛织女星。

农历七月初七在立秋之后，因此题作"秋夕"。杜牧此诗写了一个宫女孤寂失意的生活，化用的是崔颢《七夕》诗的后四句："长信深阴夜转幽，瑶阶金阁数萤流，班姬此夕无限恨，河汉三更看斗牛。"

首句用"银烛秋光"来点题。为了渲染气氛，诗人用"银"字修饰烛光，而且用"秋光"代替"月光"，因为秋月特别明朗。皎洁的月光与银白的烛光一齐照着屋内，就连华丽的画屏也蒙上一层淡淡的清辉。"冷"字逼真地写出室内在双重光线作用下的氛围，不仅指烛光与月色交相辉映形成的视觉感，也指这种冷色给心理上带来的冷落感。

"轻罗小扇扑流萤"句，写宫女在室外的活动。诗中的宫女住在草长萤飞的荒凉僻静之处，备受冷落。一个"扑"字刻画出宫女天真烂漫的神态，同时曲折地反映出她寂寞无聊的意绪。她手中的扇子不仅是扑萤取乐的工具，且另有寓意。古诗中常以秋扇比喻妇女失宠被抛弃的命运。

第三句中的"瑶阶"指宫女门前的石阶，因为月光的作用，因而看上去洁白如玉。"凉如水"，写的是深夜月光铺满庭院的景色，同李白《静夜思》中的"床前明月光，疑是地上霜"，有异曲同工之处。

一、三两句诗，一句写室内的烛月之光，着一"冷"字。三句写室外的星月之光，着一"凉"字，都写得神凄骨寒，曲曲传神，为二、四句写人物的活动作好铺垫。

室内，青灯古寺般的清冷令人难以忍受，更深夜静，宫女睡意全无，便走出卧室，坐在门前的石阶上，久久地凝望着天河边上的一双星座。相传，这天晚上分离了一年的牛郎织女将在鹊桥相会。诗人犹如一位第一流的雕塑家，抓住人物瞬间的表情，塑造了一个永恒的姿态——坐看。宫女满怀的心事、复杂的感情都凝聚在这举头坐看当中。

这首诗写得十分含蓄、优美，很有层次又富于变化，人和景交叉写来，有静有动，一句诗一幅画，尤其最后一句戛然而止，余味深长，令人百读不厌。

状难写之景　含不尽之情
——说温庭筠《商山早行》

> 晨起动征铎，客行悲故乡。
> 鸡声茅店月，人迹板桥霜。
> 槲叶落山路，枳花明驿墙。
> 因思杜陵梦，凫雁满回塘。

晚唐著名诗人温庭筠(812—870?)本来是太原祁(今山西省祁县)人，但由于在长安南郊安了个家，所以在他的一些诗歌里，是把长安南郊说成他的故乡的。唐宣宗大中末年，他离开长安，出外宦游。当他在商洛一带的山区里跋涉的时候，还念念不忘颇有江南风光的"故乡"，晚上住在"茅店"里，也在做着"杜陵梦"。让我们欣赏一下他的著名篇章《商山早行》。

这首诗之所以为人们所传诵，是因为它通过鲜明的艺术形象，真切地反映了封建社会里一般旅人的某些共同感受。

首句"晨起动征铎"表现"早行"的典型情景，概括性很强。清晨起床，旅店外面已经叮叮当当，响起了车马的铃铎声。旅店里面旅客们套马、驾车之类的许多活动虽然都没有明写，却已暗含其中。

第二句固然是作者讲自己，但也适用于一般旅客。在封建社会里，一般人由于有固定家产以及交通困难、人情浇薄等许多原因，往往安土重迁，怯于远行。"在家千日好，出门一日难"，"好出门不如歹在家"之类的谚语，就是这样产生的。因此，"客行悲故乡"这句诗，也就能够引起读者感情上的共鸣。

在赶路的时候还在"悲故乡"——为离开故乡而难过，那么夜间住在"茅店"里，不用说也是想家的。这一点，在尾联作了照应和补充。把首尾联系起来看,就不会像有些选注家那样乱加解释了。

三、四两句,历来脍炙人口。梅尧臣曾经对欧阳修说:最好的诗,应该是"状难状之景如在目前,含不尽之意见于言外"。当欧阳修请他举例说明时,他举出了这两句和贾岛的"怪禽啼旷野,落日恐行人",并反问道:"道路辛苦,羁愁旅思,岂不见于言外乎?"①李东阳更分析了这两个佳句在艺术构思方面的特点。他说:

"鸡声茅店月,人迹板桥霜。"人但知其能道羁愁野况于言意之表,不知二句中不用一二闲字,止提掇出紧关物色字样,而音韵铿锵,意象具足,始为难得。若强排硬叠,不论其字面之清浊,音韵之谐舛,而云:"我能写景用事。"岂可哉!(《怀麓堂诗话》)

所谓"音韵铿锵",指的是音乐美;所谓"意象具足",指的是形象鲜明、内涵丰满。这两点,是一切好诗的必备条件,不足以说明这两句诗的艺术特色。李东阳是把这两点作为"不用一二闲字,止提掇紧关物色字样"的从属条件提出来的。这样,就很可以说明这两句诗的艺术特色了。他所谓"闲字",指的是名词以外的各种词特别是动词(这从薛雪等人的解释中可以看得出来)。他所谓"提掇紧关物色字样",指的是代表典型景物的名词的选择与组合。这两句诗如果分解为最小的构成单位,那就是代表十种景物的十个名词:鸡、声、

---

①欧阳修《六一诗话》:"圣俞(梅尧臣)尝语余曰:'诗家虽主意而造语亦难。若意新语工,得前人所未道者,斯为善也。必能状难写之景如在目前,含不尽之意见于言外,然后为至矣。……'余曰:'语之工者固如是。状难写之景,含不尽之意。何诗为然?'圣俞曰:'作者得于心,览者会以意,殆难指陈以言也。虽然,亦可略道其仿佛。若严维"柳塘春水漫,花坞夕阳迟",则天容物态,融和骀荡,岂不如目前乎?又若温庭筠"鸡声茅店月,人迹板桥霜",贾岛"怪禽啼旷野,落日恐行人",则道路辛苦,羁愁旅思,岂不见于言外乎?'"

茅、店、月，人、迹、板、桥、霜。当然，在根据这十种景物的有机联系组成的诗句里，"鸡声""茅店""人迹""板桥"都结合为"定语加中心词"的"偏正词组"，但由于作定语的都是名词，仍然保留了名词的具体感。例如在"鸡声"中，作了"声"的定语的"鸡"，不是可以唤起引颈长鸣的视觉形象吗？"茅店""人迹"和"板桥"，也与此相类似。

旧社会的旅客为了安全，一般都是"未晚先投宿"。"宿"得早，耽误的时间就得用"早行"来补偿，所以一般都是"鸡鸣早看天"。看见天晴，就决然早行了。诗人既然写的是"早行"，那么"鸡声"和"月"，就是有特征性的景物。诗人写的又是山区的"早行"，"茅店"也就是有特征性的景物。把代表这些有特征性的景物的名词组成"鸡声茅店月"，就把旅人住在"茅店"里，听见"鸡声"就爬起来看天色，看见天上有"月"，就收拾行装，起身赶路等许多内容，都有声有色地表现出来了。

在旅途上，特别是在山区的旅途上，"板桥"是有特征的景物，对于"早行"者来说，"霜"和霜上的"人迹"也是有特征性的景物。作者于雄鸡报晓、残月末落之时上路，也算得上"早行"了，然而已经是"人迹板桥霜"，这真是"莫道君行早，更有早行人"啊！

这两句诗写"早行"情景宛然在目，称得上"意象具足"。"音韵"呢，也的确很"铿锵"。李东阳的评论是相当中肯的。纯用名词组成诗句，可以最大限度地收到"意象具足"的效果，但难度也很大，不必"强排硬叠"。有人举出欧阳修《秋怀》中的"西风酒旗市，细雨菊花天"和《过张至秘校庄》中的"鸟声梅店雨，野色板桥春",认为可与"鸡声茅店月,人迹板桥霜"媲美①;但认真说来,其中的"西"和"细"都是形容词。倒是陆游《书愤》中的"楼船夜雪瓜洲渡,铁马秋风大散关"一联,更有代表性。

不少人着眼于"板桥霜"和"槲叶落",认为"这诗写的是秋景",并说秋天"不当有'枳花',想是误用"。这其实是误解。不光是秋天才有"霜",也不是任何树都在秋天"落叶"。商县、洛南一带,枳树、槲树很多。槲树的叶片很大,冬天虽干枯,却仍留枝上,直到第二年早春树枝将发嫩芽的时候,才纷纷脱落。而这时候,枳树的白花已在开放。温庭筠对此很熟悉。他在《送洛南李主簿》里,也是用"槲叶晓迷路,枳花春满庭"的诗句描写商洛地区的早春景色的。

"槲叶落山路,枳花明驿墙"两句,写的是刚上路的景色。这时候,因为天还没有大亮,驿墙旁边的白色"枳花",就比较显眼,所以用了个"明"字。可以看出,诗人始终没有忘记"早行"的主题。

旅途"早行"的景色,使诗人想起了昨夜在梦中出现的杜陵景色:"凫雁满回塘。"春天来了,故乡杜陵,回塘水暖,凫雁自得其

---

① 薛雪《一瓢诗话》:"李西涯(李东阳)谓'作诗不用闲言助字,自然意象具足,此为最难。'要知五言尚多,七言颇不易,一落村学究对法,便不成诗。陈声伯举'西风酒旗市,细雨菊花天'为深秋景物,宛然在目,初不假语助而得。又引自作'野航秋水岸,林屋夕阳山'、'酒盆厓树影,茶鼎涧松声'为比,则觉笔力芜弱,且有稚气。"按:其中"西风"一联,见欧阳修《秋怀》。

又《三山老人语录》:"六一居士(欧阳修)喜温庭筠诗'鸡声茅店月,人迹板桥霜',尝作《过张至秘校庄》诗云:'鸟声梅店雨,野色板桥春。'效其体也。"

又《存余堂诗话》:"温庭筠《商山早行》诗,有'鸡声茅店月,人迹板桥霜',欧阳公甚嘉其语,故自作'鸟声茅店雨,野色板桥春'以拟之,终觉其在范围之内。"

乐，而自己却离家日远，在"茅店"里歇脚，在山路上奔波呢！"杜陵梦"，补出了夜间在"茅店"里思家的心情，与"客行悲故乡"首尾照应，互相补充；而梦中的故乡景色与旅途上的景色又形成鲜明的对照。 眼里看的是"槲叶落山路"，心里想的是"凫雁满回塘"。 "早行"之景与"早行"之情，都得到了完美的表现。 有人在解释末两句时说什么"回想长安情境恍然如梦，而眼前则是'凫雁满塘'，一片萧瑟景象"，显然没有搔着痒处。

曲折深婉　余味无穷
——说李商隐《夜雨寄北》

> 君问归期未有期，巴山夜雨涨秋池。
> 何当共剪西窗烛，却话巴山夜雨时。

这首诗，《万首唐人绝句》题作《夜雨寄内》，"内"就是"内人"——妻子；现传李诗各本题作《夜雨寄北》，"北"就是北方的人，可以指妻子，也可以指朋友。有人经过考证，认为它作于作者的妻子王氏去世之后，因而不是"寄内"诗，而是写赠长安友人的。但从诗的内容看，按"寄内"理解，似乎更确切一些。

第一句"君问归期未有期"，一问一答，先停顿，后转折，跌宕有致，极富表现力。翻译一下，那就是："你问我回家的日期；唉，回家的日期嘛，还没个准儿啊！"其羁旅之愁与不得归之苦，已跃然纸上。接下去，写了此时的眼前景"巴山夜雨涨秋池"，那已经跃然纸上的羁旅之愁与不得归之苦，便与夜雨交织，绵绵密密，淅淅沥沥，此愁此苦，只是借眼前景而自然显现，涨满秋池，弥漫于巴山的夜空。然而作者并没有说什么愁、诉什么苦，却从这眼前景生发开去，驰骋想象，另辟新境，表达了"何当共剪西窗烛，却话巴山夜雨时"的愿望。其构思之奇，真有点出人意料。而设身处地，又觉得情真意切，字字如从肺腑中流出。"何当"（何时能够）这个表示愿望的词儿，是从"君问归期未有期"的现实中迸发出来的；"共剪……""却话……"乃是由当前苦况所激发的对于未来欢乐的憧憬。盼望归后"共剪西窗烛"，则此时思归之切，不言可知。盼望他日与妻子团聚，"却话巴山夜雨时"，则此时独听"巴山夜雨"而无人共语，也不言可知。独剪残烛，夜深不寐，在淅淅沥沥的巴山秋雨声中阅读妻子询问归期的信，而归期无准，其心境之郁闷、孤寂，是不难想见的。作者却跨越这一切去写未来，盼望在重聚的欢乐中追话今夜的一切。于是，未来的乐，自然反衬出今夜的苦，而今夜的苦，又成了未来剪烛夜话的材料，增添了重聚时的乐。四句诗，明白如话，却何等曲折，何等深婉，何等含蓄隽永，余味无穷！

姚培谦在《李义山诗集》中评《夜雨寄北》说："'料得闺中夜深坐，多应说着远行人'（白居易《邯郸冬至夜思家》中的句子，见前），是魂飞到家里去。此诗则又预飞到归家后也，奇绝！"这看法是不错的，但只说了一半。实际上是：那"魂""预飞到归家后"，又飞回归家前的羁旅之地，打了个来回。而这个来回，既包含空间的往复对照，又体现时间的回环对比。桂馥在《札朴》卷六里说："眼前景反作后日怀想，此意更深。"就着重空间方面而言，指的是此地、彼地、此地的往复对照。徐德泓在《李义山诗疏》里说："翻从他日而话今宵，则此时羁情，不写而自深矣。"就着重时间方面而言，指的是今宵、他日、今宵的回环对比。在前人的诗作中，写身在此地而想彼地之思此地者，不乏其例，写时当今日而想他日之忆今日者，为数更多。但把二者统一起来，虚实相生，情景交融，构成如此完美的意境，却不能不归功于李商隐既善于借鉴前人的艺术经验，又勇于进行新的探索、发挥独创精神。

上述艺术构思的独创性又体现于章法结构的独创性。"期"字两见，而一为妻问，一为己答；妻问促其早归，己答叹其归期无准。"巴山夜雨"重出，而一为客中实景，紧承己答；一为归后谈助，遥应妻问。而以"何当"介乎其间，承前启后，化实为虚，开拓出一片想象境界，使时间与空间的回环对照融合无间。近体诗，一般是要避免字面重复的，这首诗却有意打破常规，"期"字的两见，特别是"巴山夜雨"的重出，正好构成了音调与章法的回环往复之妙，恰切地表现了时间与空间回环往复的意境之美,达到了内容与形式的完美结合。 宋人王安石《与宝觉宿龙华院》云:"与公京口水云间,问月:'何时照我还?'邂逅我还(回还之还)还问月:'何时照我宿钟山?'"杨万里《听雨》云:"归舟昔岁宿严陵,雨打疏篷听到明。 昨夜茅檐疏雨作,梦中唤作打篷声。"这两首诗俊爽明快,各有新意,但在构思谋篇方面受《夜雨寄北》的启发,也是灼然可见的。

春风举国裁宫锦
——说李商隐《隋宫》（七绝）

> 乘兴南游不戒严，九重谁省谏书函？
> 春风举国裁宫锦，半作障泥半作帆。

隋炀帝杨广是我国历史上突出的荒淫昏暴的君主。异常酷虐的经济掠夺和政治压迫，激起了席卷全国的农民大起义，埋葬了他的反动统治。这首七绝，通过精心的选材和独创性构思，只用寥寥二十余字，就在惊人的广度和深度上揭露了杨广荒淫害民的反动本质。

杨广在他当政的十四年内，把绝大部分时间用于佚游享乐、挥霍民脂民膏。这是促使阶级矛盾激化、导致隋朝灭亡的重要原因之一。诗人举南游江都以概其余，已经显示了选材上的艺术匠心。但仅就三次南游江都来说，涉及面也相当广，哪怕只作最简略的铺叙，也需要很大篇幅。诗人的高明之处，在于他不作铺叙，而是披沙拣金，只抓住不戒严、拒谏特别是举国裁宫锦等典型事例，略作点化，就收到了借一斑以窥全豹的艺术效果。

第一、二两句先借"南游"刻画人物。

第一句单刀直入，点明"南游"。而以"乘兴"作状语，不仅展现了杨广贪图享乐、不惜民力的污浊灵魂，而且连他那骄横任性、为所欲为的性格特征，也暴露无遗。"不戒严"在这里也不是什么好字眼，它并不表示杨广相信人民，或者要与民同乐，而是表现他既骄横又昏庸，错误地估计了形势，满以为普天下的老百姓都畏威怀德，唯命是从。他凭着自己的高兴，想南游就南游，想干啥就干啥，反正老百姓都要山呼万岁。既然如此，又戒什么严！

第一、二两句前呼后应，结合得很紧密。试想，一个既骄横又昏庸的君主,哪能不拒谏饰非?他既然要"乘兴南游",就只准别人"助兴",不准别人"扫兴"。据史书记载:大业十二年(616),杨广第三次南游的时候,就有崔民象、王爱仁等先后谏阻,扫了他的"兴",一个个被砍掉脑袋。这件事是有典型性的。它充分说明杨广南游不得人心,不但遭到百姓的反对,连他的"忠臣"们,也期期以为不可;而他却一意孤行,岂不成了"独夫"!诗人抓住这一点,在已经画出的"乘兴南游不戒严"的轮廓上涂上了饱含感情色彩的一笔:"九重谁省谏书函?"连装谏书的函套都不肯看上一眼,更不用说封在里面的谏书了。寥寥数字,那个"独夫"的形象,就活生生地出现在我们面前。

三、四两句,写南游的准备工作。一气贯注,十分流畅,又层层深入,极富波澜,每一个层次,都具有深刻的典型意义,可以唤起读者的许多联想,起到"一以当十"的作用。

杨广南游江都,仅就穷奢极侈、耗竭天下民力这一方面说,已经罄竹难书。只用两句诗,怎么写法呢?比方说,史书里有这样的记载:为了制造旌旗仪仗,仅需要的羽毛、皮革、牙角之类,就逼得百姓四出搜求,"网罝遍野,水陆禽兽殆尽,犹不能给"。那么,就写这一些行不行?不行,因为这无法包举南游的全貌。史书里还有这样的记载:游江都时,杨广自乘"龙舟",共四层,高四十五尺,长二百尺。上层是正殿、内殿及东西朝堂,中二层有一百二十个房间,皆饰以金玉。下层是内侍们的住处,也很豪华。皇后乘的叫"翔螭舟",规模略小,而装饰与"龙舟"无异。此外,有名叫"浮景"的巨船九艘,各三层,合成水上宫殿。又有漾彩、朱鸟、苍螭、白虎、玄武、飞羽、青凫、凌波、五楼、道场、玄坛、板艪、黄篾等数千艘,后宫诸王、公主、百官、僧尼、道士、蕃客乘之,并载内外百司供奉之物。又有平乘、青龙、艨艟、艚舡、八櫂、艇舸等数千艘,卫兵乘之,并载兵器帐幕等等。那么,就从造船写起行不行?也不行。因为这么多内容,两句诗无法写,写了也不足以包举南游的全貌。杨广南游，是水陆并进的。在水路上，"舳舻相继，连接千里，自大梁至淮口，连绵不绝，锦帆过处，香闻百里"。在陆路上，"骑兵翼两岸而行，旌旗蔽野"。只从造船方面落墨，怎能把这一切联系起来呢？

诗人抓住了一种东西："宫锦。"然后舍弃一切，又带动一切。"宫锦"，这是统治者按皇宫标准勒令劳动人民织成的高级锦缎。如果从种桑、采叶、养蚕、缫丝算起，织成一匹，也要耗费劳动人民不少血汗。诗人举一端以概其余，只说"裁（剪裁）宫锦"，而"织"宫锦及其以前的许多工序，都已暗含其中。诗人又用"举国"一词，说明了"裁宫锦"的范围。"举国"者，全国也。动用全国的劳力"裁宫锦"，则"宫锦"盈仓溢库，山积云屯，已不难想见。而这就不能不使人探究"宫锦"的来源，其对劳动人民剥削之重，压迫之惨，也就可想而知了。"春风"一词，当然是与"乘兴"遥相呼应的。"春风"和煦，柳暗花明，杨广这个荒淫天子也就动了游"兴"，要南幸江都，寻欢作乐。但不仅如此，"春风"和"举国裁宫锦"连在一起，还有更深刻的意义。对于广大农民来说，"春风"一起，农事倍增，一点儿也不能耽误。而现在呢？却不得不荒废农业，要为那个荒淫天子"裁宫锦"啊！

当然，只"春风举国裁宫锦"一句，还不能说明问题的实质。如果是在自己"乘兴南游"的时候让老百姓也分享一点快乐，"裁"了"宫锦"为他们缝制衣服被褥之类，那还有什么话说？但事实并非如此，而是"半作障泥半作帆"啊！

白居易的《隋堤柳》和温庭筠的《春江花月夜词》，都写了杨广南游的场面。白诗有云："大业末年春暮月，柳色如烟絮如雪。南幸江都恣佚游，应将此树阴龙舟。紫髯郎将护锦缆，青娥御史值迷楼。海内财力此时竭，舟中歌笑何日休！"温诗有云："杨家二世安九重，不御华芝嫌六龙。百幅锦帆风力满，连天展尽金芙蓉。珠翠丁星复明灭，龙头劈浪哀箫发。千里涵空照水魂，万枝破鼻团香雪。"用了不少文字，而其描写范围，还都限于水路。李商隐连南游本身都未涉及，只写了全部准备工作中的一种工作：以"举国"所"裁"之"宫锦""半作障泥半作帆"，就戛然而止；而"帆"与"障泥"，却从水陆两方面打开了读者的思路。 只要联系首句的"乘兴南游"驰骋想象，则舳舻破浪，骑兵夹岸，锦帆锦鞯照耀水陆的景象，就历历浮现目前。 同时，连承受风力的船帆和障蔽泥土的马鞯都要用珍贵的"宫锦"裁制，则船多么巨丽，马多么华贵，人的衣服饮食器用多么豪华奢侈，也就不言自明。 而给人民造成的灾难和给自己带来的后果，也已经包含其中。 诗人于纷繁的现象中抓住"宫锦"而舍弃一切，又带动一切，就收到了言有尽而意无穷的艺术效果，其精湛的艺术构思，是值得我们借鉴的。

终古垂杨有暮鸦
——说李商隐《隋宫》（七律）

> 紫泉宫殿锁烟霞，欲取芜城作帝家。
> 玉玺不缘归日角，锦帆应是到天涯。
> 于今腐草无萤火，终古垂杨有暮鸦。
> 地下若逢陈后主，岂宜重问《后庭花》！

题目《隋宫》，指的是隋炀帝杨广在江都营建的行宫江都宫、显福宫和临江宫等等。

首联点题。意思是：长安本是"帝家"，现在却想把江都作为"帝家"。什么原因呢？没有明说。这要从上下对比中去领会。把上句"紫泉宫殿锁烟霞"解释成"长安的宫殿弃置不用，为烟霞所锁"，似乎不大确切。"烟霞"不以人的去留为转移，不能说宫殿有人住就没有"烟霞"，没人住"烟霞"就来占领它。诗人把长安的宫殿和"烟霞"联系起来，意在表明它巍峨壮丽，高耸入云。王维的"云里帝城双凤阙"，白居易的"宫阙入烟云"，都可作为例证。用"紫泉"（长安的一条水）代替长安，也是为了选有色彩的字面与"烟霞"相映衬，从而烘托长安宫殿的巍峨壮丽。这样巍峨壮丽的长安宫殿，不是满可以作为"帝家"，长住下去吗？为什么要让它空"锁"于"烟霞"之中，却"欲取芜城（江都）作帝家"呢？不言而喻，就因为江都的行宫更豪华，在那里更好玩。对于一味贪图享乐，而又大权在握、为所欲为的皇帝来说，哪儿好玩就到哪儿去玩。据史书记载：杨广不仅开凿了两千里的通济渠，沿途筑离宫四十余所，多次到江都去玩，还开凿了八百余里的江南河，"又拟通龙舟，置驿宫"，准备到杭州去玩，只是未及实现罢了。

首联点出"欲取芜城作帝家",按照逻辑,颔联就应该写怎样"取"芜城作帝家了。诗人并没有违背这一逻辑,却不作铺叙,而用虚拟推想的语气说:"玉玺不缘归日角,锦帆应是到天涯。"——如果不是由于印把子落到了李渊的手中,杨广不会以游幸江都为满足,他的锦帆,大概一直要飘到天边去吧!这就既包含了"取"芜城作帝家,又超越"取"芜城作帝家。更重要的是,还表现出杨广的穷奢极欲导致了亡国的后果,而他还至死不悟。其用笔之灵妙,命意之深婉,真出人意料之外!

颈联更是公认的佳句。《昭昧詹言》说它"兴在象外,活极妙极,可谓绝作",是当之无愧的。怎么个妙法呢?让我们作一些分析。按:这两句诗,涉及杨广逸游的两个故实。一个是放萤:杨广曾在洛阳景华宫搜求萤火虫数斛,"夜出游山放之,光遍岩谷";在江都也放萤取乐,还修了个"放萤院"。另一个是"栽柳":白居易在《隋堤柳》中写道:"大业年中杨天子,种柳成行夹流水。西至黄河东至淮,绿影一千三百里。大业末年春暮月,柳色如烟絮如雪。南幸江都恣佚游,应将此树映龙舟。"这两个故实,自成对偶,可以构成律诗中间的一联。但李商隐却不屑于作机械的排比,而是把"萤火"和"腐草"、"垂杨"和"暮鸦"联系起来,于一"有"一"无"的鲜明对比中感慨今昔,深寓荒淫亡国的历史教训。"于今腐草无萤火",这不仅是说当年"放萤"的地方如今已成废墟,只有"腐草"而已,更深一层的含意是,杨广为了"放萤"夜游,穷搜极捕,使萤火遭受浩劫,至今腐草也不敢生萤。"终古垂杨有暮鸦",当然渲染了亡国后的凄凉景象,但也另有深意。上句说于今"无",自然暗示昔年"有";下句说终古"有",但"有"的背景,却昔非今比。昔日杨广"乘兴南游","千帆万马",水陆并进,鼓乐喧天,旌旗蔽空,隋堤"垂杨","暮鸦"来栖,经历过何等富丽豪华的景象!而在杨广被杀,南游已成陈迹之后,乌鸦虽然仍于日暮之时飞到隋堤"垂杨"上过夜,但往日繁华,都已经烟消云散,何等寂寞!就艺术构思说，这两句都包含着今昔对比，但在艺术表现上，却只表现对比的一个方面，让读者从这一方面去想象另一方面。既感慨淋漓，又含蓄蕴藉。

尾联活用杨广与陈叔宝梦中相遇的故事，以假设、反诘的语气，把揭露荒淫亡国主题提高到新的境界。陈叔宝是历史上另一个以荒淫亡国著称的君主。他亡国后投降隋朝，和隋朝的太子杨广很相熟。杨广当了天子，乘龙舟游江都的时候，梦中与死去的陈叔宝及其宠妃张丽华等相遇，请丽华舞了一曲《后庭花》。《后庭花》是陈叔宝所制的反映宫廷淫靡生活的舞曲，被后人斥为"亡国之音"。诗人在这里特别提到它，其用意是：杨广是目睹了陈叔宝荒淫亡国的事实的，却不吸取教训，既纵情龙舟之游，又迷恋亡国之音，终于重蹈陈叔宝的覆辙，身死国灭，为天下笑。他如果在地下遇见陈叔宝的话，难道还好意思再请张丽华舞一曲《后庭花》吗？问而不答，余味无穷。杨广当然不可能回答了，诗人是希望当时和以后的统治者作出回答的。

李商隐的两首《隋宫》都把揭露的矛头集中于炀帝的逸游，而未触及开运河，也表现了他的卓识。皮日休的《汴河怀古》诗，可与此相补充，录如下："尽道隋亡为此河，至今千里赖通波。若无水殿龙舟事，共禹论功不较多。"当然，运河客观上沟通南北、便利交通的好处，在封建社会里也会被统治者用来聚敛民脂民膏。从这一方面说，李敬芳的《汴河直进船》又可与皮日休的诗相补充："汴河通淮利最多，生人为害亦相和。东南四十三州地，取尽膏脂是此河。"

此日六军同驻马

——说李商隐《马嵬》（七律）

> 海外徒闻更九州，他生未卜此生休。
> 空闻虎旅鸣宵柝，无复鸡人报晓筹。
> 此日六军同驻马，当时七夕笑牵牛。
> 如何四纪为天子，不及卢家有莫愁。

唐人咏马嵬之变的诗很多。它们在艺术表现上虽然各有特色，但从思想倾向看，其中的大多数，是把罪责归给杨贵妃而为唐玄宗辩护的。鲁迅在《女人未必多说谎》一文中指出："关于杨贵妃，禄山之乱以后的文人就都撒着大谎，玄宗逍遥事外，倒说是许多坏事都由她。"李商隐的这首七律，却在思想和艺术上都别开生面。

诗以《马嵬》命题，重点是写玄宗在马嵬驿为"六军"所逼，"赐"杨妃死。按照时间顺序，自然应从安史叛军攻陷潼关，玄宗与杨国忠、杨贵妃姊妹等仓皇逃出长安写起。诗人没有这样做。一开头，夹叙夹议，先用"海外更（还有）九州"的故实概括了方士在海外仙山上寻见杨妃的传说，而用"徒闻"加以否定。"徒闻"者，徒然听说也。意思是说，玄宗听说杨妃在仙山上还记着"愿世世为夫妇"的密约，"十分震悼"。但"震悼"，有什么用处？"他生"为夫妇的事，渺茫"未卜"；"此生"的夫妇关系，却已经明明白白地完结了。怎样完结的呢？这就很自然地拍到题上。而"徒闻""未卜"和"休"流露的讥讽语气，又为下文的抒写定了基调。

中间两联，紧承"此生休"写马嵬之变，这当然是题中应有之义，值得注意的是写法上的独创性。

先看次联。

长期做"太平天子"、沉湎于淫乐生活的唐玄宗及其宠妃，哪里听到过"虎旅鸣宵柝"！在皇宫中，连公鸡都不准养；安然高卧，自有专人干鸡的工作，替他们报晓，多舒坦！诗人抓住最有特征性的事物，只用"虎旅鸣宵柝"五个字，就烘托出逃难途中的典型环境，而主人公的狼狈神态和慌乱心情，也依稀可见。而当主人公面对"虎旅鸣宵柝"的严酷现实的时候，怎能不思念"鸡人报晓筹"的宫廷生活呢？诗人掌握了特定环境中主人公心理活动的逻辑，用宫廷中的"鸡人报晓筹"，反衬马嵬驿的"虎旅鸣宵柝"，而昔乐今苦、昔安今危的不同处境和心境，已跃然纸上。"虎旅鸣宵柝"的逃难生活很不愉快，这是一层意思。和"鸡人报晓筹"的宫廷生活相映衬，暗示主人公希望重享昔日的安乐，这是又一层意思。再用"空闻"和"无复"相呼应，表明那希望已成幻想，为尾联蓄势，这是第三层意思。把"空闻虎旅鸣宵柝"解释成"唯闻禁军夜间巡逻的打梆声"，值得商榷。"空闻"不等于"唯闻"。"虎旅鸣宵柝"，本来是为了巡逻和警卫，以保障皇帝和贵妃的安全。而冠以"空闻"二字，意义就适得其反。从章法上看，"空闻"上承"此生休"，下启"六军同驻马"。意思是说，"虎旅"虽"鸣宵柝"，却不是为了保障皇帝和贵妃的安全，而是要发动兵变了。正因为如此，才"无复鸡人报晓筹"。"无复"二字，不是就暂时说的，而是就长远说的。马嵬兵变，杨妃长眠地下，李、杨的夫妇关系"他生未卜此生休"，再不可能同享"鸡人报晓筹"的安适生活了。

再看第三联。

"此日六军同驻马，当时七夕笑牵牛。"这是传诵已久的名句。沈德潜认为这是"用逆挽法"："诗中得此一联，便化板滞为跳脱。"有人把"逆挽"理解成"倒叙"，并说这首诗全篇都"采用倒叙手法"。这固然可以参考，但不一定符合这首诗的艺术特点。这不是叙事诗，而是咏史诗，它通过评论马嵬之变来借古讽今，并不像《长恨歌》和《长恨歌传》那样叙述李杨故事的本末。首联虽然涉及方士招魂的情节，但目的是借以抒发议论，而不是倒叙故事；次联以写"虎旅鸣宵柝"为主，而以"七夕笑牵牛"相对照，也不是情节安排上的倒叙法。 如果按照叙事诗的标准来要求，那么只用"六军同驻马"写马嵬之变，显然是不行的。 刘禹锡的《马嵬行》写了八句："军家诛佞幸，天子舍妖姬。 群吏伏门屏，贵人牵帝衣。 低回转美目，风日为无晖。 贵人饮金屑，倏忽舜英暮。"白居易的《长恨歌》也写了好几句。 这里只说"六军同驻马"，而"驻马"的原因和结果都未涉及，岂不是简而不明？然而和"七夕笑牵牛"相对照，那意义就明确了，丰富了，耐人寻味了。 玄宗当年七夕和杨妃"密相誓心"的时候，讥笑牵牛、织女一年只能相见一次，而他们两人则是要"世世为夫妇"，永远不分离的。 可是当遇上"六军不发"的时候，结果又怎样呢？两相映衬，杨妃"赐"死的结局，就不难于言外得之，而玄宗虚伪、自私的精神面貌，也被暴露无遗。 同时，"七夕笑牵牛"，这是对玄宗迷恋女色、荒废朝政的典型概括，用来对照"六军同驻马"，就表现出二者的因果关系。 没有"当时"的荒淫，哪有"此日"的离散？行文至此，尾联的一问也如箭在弦，眼看要一发破的了。

尾联也包含强烈的对比。 一方面是当了四十多年皇帝的唐玄宗保不住自己的宠妃，另一面是作为普通百姓的卢家能够保住既善"织绮"、又能"采桑"的妻子莫愁。 就章法上说，这是对前六句的总结。 就艺术构思说，这是由前一方面引起的联想。 这两方面，各有深刻的社会意义，值得问一个"为什么"。 诗人把二者联系起来，发出了冷峻的诘问："为什么当了四十多年皇帝的唐玄宗，还不如普通百姓能够保住自己的妻子呢？"

前六句诗，其批判的锋芒都是指向唐玄宗的。 用需要作许多探索才能作出全面回答的一问作结，更丰富了批判的内容，令人回味无穷。

诗虽短而意境曲折
——说李商隐《忆梅》

> 定定住天涯，依依向物华。
> 寒梅最堪恨，长作去年花。

此诗作于梓幕后期的一个春天。梓幕时期是李商隐十年幕僚生涯的最后一站，多年寄迹幕府，四处萍飘的生活和仕途上的挣扎奔波，使诗人对前途的希冀转为失望，加上爱妻去世，颓伤消沉令他感到茫然和悲观，而"愿打钟扫地"虔心事佛。因此，面对三春盛景，不仅不能让他感到赏心悦目，反而勾引出无限伤感。

"定定"，意谓牢牢地、永远地。李商隐以方言入诗，准确表达了他长久滞留他乡而无重返故里之日的无奈和凄凉。"天涯"指梓州（今四川三台），以唐王朝辽阔的疆域而言此地绝非最远的地方，但对于长期四处投奔的诗人来说，大有沦落天涯之悲。首句犹如一声长叹，吐出多年积在胸中的郁闷。

"依依"，形容留恋不舍的情态；"物华"，指眼前的景物。在独居异地、寄人篱下的悲哀抑郁的心境下，乱花迷人眼的美好春色，给诗人的心灵带来一丝安慰，同时也深深触发了诗人的隐痛。此时此地的李商隐完全沉浸在自我悲痛之中。正如杜甫所体会的那样"感时花溅泪，恨别鸟惊心"，愈是欢乐美好的景象愈使他感到伤心，这正是反衬的妙用。

此诗题为《忆梅》，但前两句似与梅毫不相干。这也正是李商隐的风格，委婉曲折，出乎意料，但又合乎情理。短短二十个字的小诗，字字以一当百，全诗具有叙事诗般的深沉和内涵，一字一叹地由眼前的情境荡开，愁肠百结，诉尽平生不得志。一个"恨"字既有忆的成分，但比忆所表达的感情和内容更鲜明更集中。寒梅先春而开，凌寒独秀，却不能占尽春色，只落得个"长作去年花"。在"忆梅"中所产生的遗憾，令诗人对梅产生了怨"恨"，这所谓的"恨"实则是强烈的不平和埋怨，是"忆"的集中与深化。

"向物华"是"忆梅"的根由，"恨梅""长作去年花"又是"忆梅"的结果。此诗虽短但诗境曲折，句句包藏深厚，又一意贯穿不离羁泊生涯的悲叹，浑然天成，在哀怨悲伤的情调中诉说他一生的坎坷。

李商隐少年时期就"文闻于诸公"，且早登科第，才华早露，但他一生，命途多舛，晚境更是不佳，回首往事难免要发出"寒梅堪恨"的叹嗟。

便是生灵血染成
——说杜荀鹤《再经胡城县》

> 去岁曾经此县城，县民无口不冤声。
> 今来县宰加朱绂，便是生灵血染成。

在唐代，以较多的篇章反映人民生活的杰出诗人相当多，但一般都运用比较自由的五七言古体。几乎以全部的艺术力量反映民间疾苦，又纯用格律极严的近体，这是杜荀鹤诗歌创作的一大特色。

《再经胡城县》是一首七绝。全诗只有二十八个字，还要讲平仄，却深刻地揭露了社会矛盾，反映了人民的深重苦难及其根源。其在艺术构思方面的奥秘，很值得探索。

不妨先作一点比较。

晚清小说《老残游记》通过酷吏虐民的事实所揭露的社会矛盾及其思想意义，是和杜荀鹤的这首七绝完全一致的，却用了很大篇幅。作者创造了刚弼和玉佐臣两个酷吏的形象，刻画了许多被酷吏害死的人物，描写了许多伤心惨目的景象，然后叙述酷吏的血腥罪行竟然博得上司的赞许，说什么"办强盗办得好"！专折保奏，升了大官。这才通过书中人物老残的口作出了这样的结论："冤埋城阙暗，血染顶珠红！"

《老残游记》是小说，所以必须细致地描写人物的外貌特征和内心特征，描写人物活动的环境，描写人物之间的冲突和构成这些冲突的详情细节。抒情小诗却不可能这样做，也不需要这样做，它具有不同于小说的艺术特征。这首《再经胡城县》之所以能够只用四句诗就表现出在小说中需要很大篇幅才能表现的社会内容，就由于它很出色地体现了抒情小诗的艺术特征：通过对典型现象的艺术概括来抒情达意。

酷吏因虐民而升官,这在封建社会里是典型现象。《再经胡城县》和《老残游记》都反映了这种典型现象。作为抒情小诗,《再经胡城县》不需要像《老残游记》那样创造一系列典型环境中的典型人物,这就节省了篇幅。尽管如此,要把那么纷纭复杂的生活现象用四句诗表现出来,还要避免概念化的缺点,这仍然是十分困难的。这里需要的是艺术概括,然而千头万绪,究竟怎样概括呢?这就要看诗人的艺术匠心。

这个题目首先值得注意。"胡城县",确定了空间范围,"再经",既确定了时间范围,又点明了把时间和空间联系起来的抒情主人公"我"。"再经",当然是相对于"初经"而言的,"再"字的分量很重,带有强烈的感情色彩,必须重读。以《再经胡城县》为题,就意味着"我"因"再经"而忆"初经",先后两次经过胡城县的感受使"我"心情激动,不能已于言。

第一句"去岁曾经此县城",朴实无华,当然不是什么警句。但稍加推敲,就发现字字确切,删一字不得,换一字不行。不说胡城县城,而说"此县城",这不仅是为了调平仄。"此"这个指示代词,表明"我"已经立足于胡城县城,对某些现象感受强烈,有话要说。"去岁"相对于"今岁"而言,说"去岁曾(曾经)经(经过)此县城",表明"我"在抚今追昔,从"再经"忆"初经"。"初经"既在"去岁",那么,从"初经"到"再经",不过一年的时间,"此县城"又能有什么变化足以使"我"感荡心灵,非陈诗无以骋其情呢?这就很自然地唤起了读者的悬念,急于一读下文。

"去岁曾经此县城"之时,所见所闻、最感荡心灵的是什么呢?诗人用一句诗进行了高度的概括:"县民无口不冤声。""冤声",这是听见的;县民一个个都在喊冤,这又是诉之于视觉的感性形象。一县之民,成千累万,竟然个个受冤、个个喊冤,无一例外,究竟是什么原因呢?"无口不冤声"的"冤声"又究竟是什么内容呢?"初经"胡城县的"我"当然是明白的,但诗人没有说,用一句诗也无法说。然而一点都不说,就流于隐晦。下面还有两句,总该作些说明吧!不错,下面是作了说明的,但说法却出人意料。

前两句写"再经"之时对于"初经"的追忆。"再经"之时,已有所见所闻,那就是"县宰加朱绂",但为什么按下不表,却去追忆"初经"之时的所见所闻呢?原因是"初经"之时,固然看见全县之民个个喊冤,也听见全县之民个个喊的是什么冤,但对于"民之父母"为什么硬是要使他的"子民"一个个冤沉海底,却难于理解;"再经"之时,固然已了解到"县宰加朱绂",但对于他凭什么"加朱绂",也一无所知;然而这又是"我"很想弄清楚的,于是抚今追昔,把"初经"与"再经"之时的所见所闻联系起来加以思索,不禁恍然大悟,写出了令人触目惊心的诗句:"今来县宰加朱绂,便是生灵血染成!"

讲到这里,就不难看出这首诗对于典型现象的高度概括,是通过对于"初经"与"再经"的巧妙安排完成的。写"初经"时的所见所闻,只从"县民"方面落墨,是谁使得"县民无口不冤声"呢?没有写。写"再经"时的所见所闻,只从"县宰"方面着笔,他凭什么"加朱绂"呢?也没有说。在摆出了这两种典型现象之后,紧接着用了"便是"一词作判断,而以"生灵血染成"作为判断的结果。"县宰"的"朱绂"既然"便是生灵血染成",那么"县民无口不冤声"正是"县宰"一手造成的,而"县宰"之所以"加朱绂",就由于他屠杀了无数冤民。在唐代,"朱绂"是四、五品官的官服,"县宰"而"加朱绂",表明他加官受赏,赢得了上级的表扬。诗人不说加官受赏,而说"加朱绂",并把"县宰"的"朱绂"和人民的鲜"血"这两种颜色相同而性质相反的事物联系起来,用"血染成"揭示二者的因果关系,就无比深刻地暴露了封建统治者"与民为敌"的反动本质。

"便是生灵血染成"的判断是不是有点儿武断,缺乏说服力呢?不然。这因为诗人从字里行间还暗示出一些东西。首先,诗人确定的时间范围和空间范围很值得玩味。"初经"与"再经"的是同一个"胡城县";"初经"在"去岁",距"再经"不过一年。"初经"之时,"县宰"正在戕害冤民(这是从第二句"县民无口不冤声"和第四句"生灵血"里表现出来的),别无其他建树,那么,在不过一年的时间里,他怎能在死者含冤、生者饮泣的胡城县做出什么别的"成绩"!他之所以"加朱绂",不就是由于屠杀冤民,立了"大功"吗?

诗的结句引满而发,不留余地,但仍然有余味。县宰未"加朱绂"之时,权势还不够大,腰杆还不够硬,却已经逼得"县民无口不冤声",如今因屠杀冤民而立功,加了"朱绂",尝到甜头,权势更大,腰杆更硬,他又将干些什么呢?诗人在《题所居村舍》里是这样说的:"杀民将尽更邀勋。"在《旅泊遇郡中叛乱同志》里是这样说的:"遍搜宝货无藏处,乱杀平人不怕天。"

在晚唐诗人中,杜荀鹤以大量的近体诗从各个侧面反映了黄巢大起义后的生活真实,取得了不容忽视的成就。他的七律《山中寡妇》《乱后逢村叟》《题所居村舍》《旅泊遇郡中叛乱同志》等等,都值得珍视。而这首七绝《再经胡城县》所概括的社会矛盾,则具有更高的典型性。对于整个封建社会来说,是典型的;对于农民起义遭到统治者残酷镇压的特定历史时期来说,尤其是典型的。

一首抒情诗如果准确地而不是歪曲地概括了现实生活中的典型现象,那么通过诗的典型图景所表现出来的情感,也往往具有典型性。这首七绝所表现的对于冤民的无限同情,对于县宰及其上级的愤怒谴责,既是诗人自己的情感,也是广大人民的情感,能够在一切进步人类的心灵深处激起强烈的共鸣。

漫天杨花　数声风笛
——说郑谷《淮上与友人别》

> 扬子江头杨柳春，杨花愁杀渡江人。
> 数声风笛离亭晚，君向潇湘我向秦。

郑谷以一首咏鹧鸪的七律出名，人称"郑鹧鸪"。《鹧鸪》诗的第二联"雨昏青草湖边过，花落黄陵庙里啼"，颇有神韵，堪称名句，但从全篇看，并不那么完整。这首《淮上与友人别》却通体和谐，风韵甚佳。沈德潜把它和被几个评论家分别推为唐人七绝"压卷"的"秦时明月""渭城朝雨""黄河远上""朝辞白帝"等并列（《说诗晬语》卷上），是当之无愧的。

《诗经·小雅·采薇》云："昔我往矣，杨柳依依；今我来思，雨雪霏霏。"通过客观环境的变化来表现行役之久，兴余象外，成为千古传诵的佳作。汉代以来，又常常以折柳相赠来寄托"依依"惜别之情，而柳条杨花，也就成了诗歌中借以抒写离情别绪的典型景物。当然，取景相同，而构思之妙，则各具匠心。这里举两个例子。隋末无名氏《送别》云："杨柳青青着地垂，杨花漫漫搅天飞。柳条折尽花飞尽，借问行人归不归？"罗隐《柳》云："灞岸晴来送别频，相偎相倚不胜春。自家飞絮犹无定，争（怎）把长条绊得人？"同写柳条杨花而命意不同，各有特色。

郑谷的这一首，又是另一种写法，另一种意境。

第一句中的"扬子江头"紧扣题目中的"淮上"，点离别之地。"杨柳"二字，拈出"扬子江头"最有特征的景物。"春"字既点离别之时，又为"杨柳"传神绘色。只提"杨柳"而不作具体描写，形象似乎不够鲜明，但把它和"扬子江头"联系起来，和"春"联系起来，就会通过读者的生活经验唤起丰富的想象：千万缕嫩绿的柳丝随风摇曳，或拖在岸上，或飘在水里；千万朵雪白的杨花随风飘扬，或扑落江面，或飞向远方；而江南江北的阳春烟景，也会在你面前展现出迷人的图画。

第二句的"渡江人"扣题目中的"与友人别"，"杨花"则紧承"杨柳春"而来。"杨柳春"三字兼包柳丝与杨花。诗人单拈"杨花"，只说它"愁杀渡江人"，就既可使读者想象到杨花之蒙蒙、漫漫，又可使读者联想到柳丝之依依、袅袅。要不然，怎么会"愁杀渡江人"呢？

"愁"本是个抽象的概念，但在这里，"渡江人"的"愁"是被离别之时所见所感的客观景物引起的，所以它并不抽象。不是吗？两位亲密的朋友即将"渡江"分手，依依的柳丝牵系着惜别的情感，四散的杨花撩乱着伤离的意绪，江南江北的阳春烟景，此后也只能在寂寞的旅途上各自欣赏了！在这种场合用"愁杀"二字来概括"渡江人"的心理活动，只会提高情景交融的艺术境界，而不会产生概念化的缺点。

三、四两句撇开了"杨柳"，怎样和一二两句联系起来呢？其实，那只是字面上撇开了"杨柳"，而在"数声风笛"里却再现了"杨柳"。古代有一种《折杨柳曲》，是用笛子吹奏的。北朝乐府民歌《折杨柳歌辞》云："上马不捉鞭，反折杨柳枝。蹀坐吹长笛，愁杀行客儿。"可以使我们了解这种笛曲的情调。这种笛曲，唐代仍然普遍流行。王之涣《凉州词》中的"羌笛何须怨杨柳"，杜甫《吹笛》中的"故园杨柳今摇落，何得愁中却尽生"，都指《折杨柳曲》而言。李白《春夜洛城闻笛》所写的"谁家玉笛暗飞声，散入春风满洛城。此夜曲中闻折柳，何人不起故园情"使我们对这种笛曲的情调有了更多的了解。和一、二两句联系起来看，第三句"数声风笛"所传来的，正就是撩动"故园情""愁杀行客儿"的《折杨柳曲》。当两位朋友于柳丝依依、杨花蒙蒙中"渡江"，在"离亭"话别的时候，又飘来"数声风笛",唤起了柳丝依依、杨花蒙蒙的听觉形象,与晃动在眼前的视觉形象融合为一,又会引起什么感触呢?

"离亭晚"中的"晚"字很重要。它既充分表现了惜别之情,又为下一句补景设色。两位朋友在"离亭"话别而不愿分别,直留连到天"晚",终于不得不在暮霭沉沉、暮色苍茫中分手上路,各奔前程了。"君向潇湘我向秦"一句,孤立地看,是叙事语,但和上文联系起来读,它又是写景语和抒情语。沈德潜指出:"落句不言离情,却从言外领取。"(《唐诗别裁》卷二〇)这是相当中肯的。谢榛却认为此结"如爆竹而无馀音",因而移作起句,将全诗改成:"君向潇湘我向秦,杨花愁杀渡江人。数声长笛离亭外,落日空江不见春。"(《四溟诗话》卷一)未免点金成铁。